쌍무지개 뜨는 언덕

윤재용 장편소설

쌍무지개 뜨는 언덕

인간과문학사

작가의 말

　요즘 흔히 사용하는 가스라이팅(Gaslighting)을 보면, 가해자가 피해자에게 인식을 왜곡하게 하여 자신의 판단을 흐리게 하고, 자신의 기억과 생각, 감정도 의심하게 하여 불안정한 상태에 빠지게 한다.
　상대방의 자주성自主性을 무너뜨리는 약점을 활용하면서 트라우마를 조장하여, 타인을 의존하게 하여 궤변, 선동으로 사기를 쳐, 자신이 잘못하고 있다는 인식으로 손해를 입는 경우이다.
　이것은, 사이비 교주가 신도의 언행을 지적해 자신을 믿고 따르도록 정신을 지배하려는 것과도 유사한데, 상대방이 조금 부족하거나 실수하면 확대해석하여 비난 또는, 잘한 일도 평가절하하여 기를 죽이는 행위를 반복하는 것이다.
　이러한 불안 심리를 이용하는 것은 가스라이팅 수법 중에서도 효과가 좋은 편인데, 간섭, 충고, 잔소리 등과 함께 설득이나 이해를 구하는 것과 같이, 인간관계 속에서 발생할 수 있는 정상적인 갈등들이, 모두 '가스라이팅'으로 확대하여 해석한 경우가 많다.
　요즘 초등학생들 사이에서 벌어지는, 일명 학폭(학교폭력)은 과히 도를 넘은 지가 오래되었다. 방과 후 밖에서뿐만 아니라, 일진이 다른 애를 괴롭히며 쌍욕과 책상을 뒤집으며 온 교실을 뛰어다녀도 선생은, '이제 그만하자.'라는 말 한마디로 문제를 일으키는 아이를 자제시켜야 하는 안타까운 현실이 되었다.

만약 큰소리로 자제하거나 반성문을 쓰게 하면, '아동 기분 상해(정서적 아동학대)'죄가 성립된다고 하였다.

그래서 일진으로 불리는 '비행非行(그릇된 행위. 나쁜 짓을 저지름)' 청소년에 대한 사회적 우려뿐만이 아니라, 학교에서도 현행법상 어쩔 수 없는 현실에서, 과연 올바른 교육이 이뤄지겠느냐는 반문을 할 수밖에 없다.

촉법소년(법적 처벌을 받기 어려운 연령대. 만 10세 이상 만 14세 미만)이라는 법제 아래, 철없는 아이들이 촉법소년만 믿고 범죄를 저지르는 데는, 교사와 학생들 간의 중간에서 진상 부모의 간섭이 이를 부추겨서 더욱 안타깝기 그지없다. 가정에서의 과잉보호가 학교까지 영향을 미치게 되어 교사의 권위가 말이 아니다.

한편에서는 국회의원 자녀가 엄마 아빠 백으로 좋은 직장에 들어가고, 심지어는 군대 휴가 나와서 아프다며 귀대하지 않아도, 처벌은커녕 담당 상사를 윽박질렀다.

장관이란 높은 권좌로 '내 아들 건들지 마라.'고 하니 주변의 사병들이 '나도 저런 어머니가 있었으면' 하고 부러워하는 세상이 되었다.

국회의원이 돈 받고 교도소 가고 법학과 교양학부의 교수가 자녀 입시 비리 · 사문서위조 · 허위작성공문서행사 · 위조사문서행사 · 위계공무집행방해 · 학력위조의 기획, 이루 말할 수 없는 죄명으로 실형을 받고, 인간의 양심을 저버린 비도덕적, 반윤리적 사건들은 고위 공직자들의 몫이었다. 요즘 정치 속을 들여다보면, 어떤 문제든 제 탓이 아닌 남의 탓으로 돌리며 '아니면 말고'식인 특권세력의 세상이 되었다.

예전에는 산아제한이라는 제도가 있었다. 그러나 요즘의 실태는 어떤가! 아예 결혼하지 않거나 결혼을 해도 아이를 갖지 않으려는 신혼이 많아, 인구는 줄어들게 되어 귀하게 태어난 아이들은 얼마나 많은 사랑을 받는가!

귀한 자식이 되어 버릇이 없거나, 행동거지에 거침이 없으니 당연히 학교폭력이 만연할 수밖에. 그래도 늦게나마 당연한 것은, 정부에서 '저출산고령사회위원회'를 열어 '인구 국가비상사태'를 선언했다.

저출산의 심각성에 범국가적 총력 대응 체계를 가동하여 양육 정책으로는, 3세부터 5세까지 무상 교육·돌봄을 실현하고, 초등학교의 모든 학년이 원하는 '늘봄프로그램'을 이용할 수 있게 하겠다.라고 했으니, 더는 인구 감소로 이어지지 말았으면 하는 바람이다.

이렇게 질서가 문란한 상황 속에서 그래도 자신의 성찰을 위한 믿음의 척도인, 마지노선까지로 생각하면서 물질이 아닌 정신세계로 떠나 보기로 했다.

그러기 위해서는 불전에 나오는 경구들을 의식하지 않을 수가 없었고, 그 경건함의 빛에 감전되어 자신을 낮추려는, 그 '아만심我慢心(내가 잘났다고 하는 마음)'을 버리고 겸손한 마음으로 살아가자는데 그 의미를 두고 정진했다.

과거 연기력으로 시청자들의 삶에 깊숙이 박힌 연예인이, '샤머니즘(Shamanism:원시적 종교 형태. 신령·악령惡靈, 초자연적 가치는 오로지 무술巫術적인 신앙)'적인, 정신세계에 입문하여 살아가는 모습이 자주 소개되고 있다.

그들도 엄연한 예술인으로, 연기자로서 한몫했었는데, 지금은 영매자靈媒者(신이 내려와 의식을 지배하는 접신형과, 신의 힘을 빌려 예언하는 감응형으로 나눔)의 길을 가고 있다.

초입에는 학계에서 '입무入巫', '무병巫病(Schamanenkrankheit)'이라 하는데, '망아경忘我境(Ecstasy: 정신이 황홀한 상태)'에서, '신주身主(보호신保護神)'로 삼는 이들의 정신세계에서, '퇴마사退魔師(귀신을 쫓아내는 일을 하는 사람)'를 불러 해결하려 하지만, 영매자의 길을 가기 위해서는 그만큼 절실한 정신적 번뇌를 겪어야 하는, 이것이 '샤머니즘(Shamanism)'의 무속신앙인 것이다.

경기도 이천의 설봉산자락에 있는, '부악문원負岳文院'에서의 3개월 집필은 별다른 생활의 연속이었다. 우리가 흔히 표현하는 '창살 없는 감옥'이라 해도 과언은 아닐 듯싶다.

'부악산負岳山'이었던 '부악負岳'이 2012년 1월 1일부터 '설봉雪峯'으로 이름이 변경되었는데, 이는 이천 시민의 숙원으로, 산세가 눈처럼 흰 봉우리가 솟은 모습이라 하여 '설봉산雪峯山'으로 부르게 되었다.

설봉산은 뒤에 있고 앞쪽으로 멀리 건너다보이는 곳에 도드람산이 있다. 아침 5시경에 일어나서 도드람 정상인 4봉으로 향했다. 초입에 들어서면 도드람산의 효자 멧돼지 상과, 효자 아들이 절벽에 밧줄을 매달고 석이버섯을 따는 그림이 있다. 여기서 '도드람산(저명산猪鳴山-경기 이천시 마장면 목리)'의 유래가 전해온다.

옛날 한 효자가 홀어머니의 병환에 특효라는 석이버섯을 따기 위해, 절벽에 밧줄을 매고 중턱에 내려가 석이를 따는 도중 멧돼지 울음소리가 들려왔다. 이상해서 급히 올라가 보니, 밧줄이 바위 모서리에 갈려 거의 끊어지기 일보 직전이었다.

신령님이 멧돼지를 울게 하여 효자의 목숨을 구해주었다 하여, '돝(돼지)울음산'을 '도두름산'으로 부르다 세월이 지나면서 현재의 '도드람산'으로 변했고, 울음소리를 내어 효자의 생명을 구해준 유래가 깊은 '저명산猪鳴山'의 그 돼지가, 어쩌다가 '도드람한돈'의 특허 제물이 되었는지?

1990년 이천에 있는 양돈농가의 13명이 '도드람양돈조합'을 설립하여, '도드람 한돈'이라는 상표로 고품질 돈육 유통을 운영하는데, 이런 것을 두고 '아이러니(Irony)'라 해야 할지? 도드람산에 무엇 때문에 효자 멧돼지 상을 설치해 놓았는지 이천시에 묻고 싶다.

지역의 구전이나 유래가 사적史蹟으로 보호받지는 못할망정, '효자 멧돼지 상'을 먹거리의 상표로 이용하다니! 어쩐지 좀. 그래서 그런지 산에 오를 때마다, 도드람산의 초입에 새워놓은 효자 멧돼지 상이 너무도 안타깝기 그지없다.

입주 작가로 입소하여 집필하는 문원 생활은, 혼자만의 중심 세계에 들어와 있는 것이 아닌가 싶다. 이소離巢를 재촉하는 뻐꾸기 소리며, 꾀꼬리, 멧비둘기, 찌르레기, 참새, 물까치 외에 한밤중까지 '소쩍·구. 소쩍·구' 하는 소쩍새에서부터 또 다른 이름 모를 새들의 독주獨奏가 펼쳐지고, 제비 흙집에서 자라는 새끼는 곧 이소를 하려고 둥지에서 자주 날갯짓을 한다.

새소리가 익숙해져 올 무렵, 이제 원고 교정을 마치고 집으로 돌아가야 할 날이 다가오면서, 하나밖에 없는 손녀를 생각했다. 이 작품을 쓰기 위해 모티브로 생각하게 된 계기는, 어린 손녀(6세)가 태권도복에 노란 띠를 두르고 기본 동작인 정권 찌르기와 발차기를 연마하는 사진을 보고서다.

온종일 컴퓨터 앞에서 키보드를 치는 시간으로 약해지는 골격을, 그래도 아침에 자주 도드람산에 오른 덕분으로 만회하게 된 것 같다. 그동안 여러모로 도움을 주신 박세환 사무국장님께 감사드린다. 이제 문원을 떠나면서 넓게 트인 창문으로 건너다보이는 도드람산 초입의 효자 멧돼지 상에게 안부를 전한다. 도드람산을 잘 고수固守하면서 굳건히 자리매김하라고……. ^^*

2024. 6월 31일
부악문원에서
윤재용

| 차례 |

■ 작가의 말

1, 남미려 학생 행방불명 • 13

2, 강연주의 신기神氣 / 만신滿神이 되어 • 41

3, 풍어제豊漁祭 / 흑룡과 여의주如意珠 • 79

4, 여의주의 결심 / 퇴마의식退魔儀式 • 116

5, 바람이 불어오는 이유- Ⅰ • 144

6, 바람이 불어오는 이유- Ⅱ • 177

7, 학교폭력의 현주소 • 209

8, 임경 주지住持 스님의 입적入寂 • 231

9, 여의주의 기개氣槪- 친부모님과 상봉相逢 • 250

10, 학교폭력전담기구 소집召集 • 285

11, 쌍무지개 뜨는 언덕 • 310

1, 남미려 학생 행방불명

　4월의 푸른 숲에서 머물던 바람이, 점차 교정으로 불어와 휘돌아 치자 향긋한 풀 냄새가 교실까지 풍겼다. 아이들은 교실에서 쿵쿵거리면서 풀 향기를 맡고 밝은 표정으로 수업에 들어갔다.
　오후 마지막 수업이 끝나자, 3학년 1반 학생들이 우르르 몰려나와 신발을 신기가 무섭게 운동장을 가로질러 내달려서, 서로 짝을 지어 재잘거리면서 집으로 갔다.
　오후 늦은 시간에도 남미려 학생이 집으로 오지 않아, 남미려 아버지는 회사 직원을 동원하여 딸을 찾아다녔지만, 어디에서도 보이지 않았다. 전화기도 꺼져있었다. 그래서 결국은 경찰서에 가서 실종신고 접수를 했다.
　다음날 조간신문에 Y 시내 심은 초등학교 3학년 1반 여학생이 행방불명되었다는, 뉴스가 보도되었다. 외동딸인 남미려 학생은 방과 후 집으로 가는 모습이 학교 CCTV에는 잡혔는데, 집주변 CCTV에는 잡히지 않았다. 곳곳에 설치된 CCTV도 확인했으나, 찍히지 않았고 아무런 단서도 안 남기고 행방이 묘연했다. 경찰은 유괴를 당하지 않았을까 하는 추측을 하고 탐문수사를 진행했다. 그러나 이틀이 지나서 3일째 되는 날도 어떠한 단서도 잡히지 않았다. 유괴범한테서 협박이나 돈을 요구하는 전화도 걸려 오지 않았다.

아버지가 중소기업을 운영하는 사업가라, 돈 아니면 원한 관계까지 수사 선상에 올려놓았는데, 아직 아무런 연락이 없어서, 경찰에서는 교통사고 아니면 성추행까지도 추측도 하게 되었다. 그러나 어떠한 물적 근거도 제보도 없는 상황이라, 심지어는 사망까지 가능성을 두고 탐문수사를 계속했다.

방과 후에 남미려 학생이 집으로 간다고 학교를 나갔는데, 집으로 가는 동선과 집 근처 일대를 찾아봤지만, 학생의 종적이 묘연해서 경찰의 수사도 매우 어려움을 겪었다. 걸어갔을 만한 일대의 탐문도 허사였고, 인근 시내버스 정류장 부근의 CCTV에도 학생의 모습은 찍히지 않았다. 또한, 학생을 봤다는 제보자가 나타나지 않아 단서 하나 잡지를 못했다.

그러면 도대체 어디로 사라진 것일까? 하는지 의문만 남기면서, 경찰은 경찰대로, 학교는 교직원과 전교 학생이 연대하여 찾았으나 점점 더 미궁 속으로 빠져들었다. 이렇게 흔적 없이 사라졌으니, 결국은 수사전담팀을 꾸리기까지 하여 사건 해결에 매진하게 되었다. 그러나 좀처럼 해결의 실마리조차 풀지를 못했다.

남미려 학생의 아버지는 전 직원까지 동원하여 아이 찾기에 나섰다. 사방팔방을 다니면서 전단을 나눠주면서 애타게 돌아다녔다. 그러나 어떤 연관 때문인지 미심쩍은 일조차 알아내지 못했다. 이렇게 단서 하나 찾아내지 못하면서 마지막으로 제보자가 속히 나타나기를 간절히 바랄 뿐이었다. 어둠이 깔리고 나서야 직원들이 사장님께 철수를 권유했다.

"사장님! 날이 어두워져서 내일 다시 찾아 나서는 것이 좋을 듯싶습니다."

직원들의 의견을 들은 남성일 사장은 직원들을 돌려보내고 일단 철수하려고 기사에게 차를 대라고 하는데, 남미려 어머니가 그만 혼절하고 말았다. 박정훈 기사가 119에 전화하여 기사의 도움을 받아 구급차에 실려 병원으로 호송되었다.

이튿날도 남성일 사장은, 다시 직원들을 풀어 사방팔방을 수소문하고 갈 수 있는 곳은 다 뒤져 봤지만, 흔적 하나 찾지 못하였다. 갈수록 알 길이 막막하여 끝내 딸을 찾지 못하고, 남성일 사장은 부인이 입원해 있는 병원으로 갔다. 많이 호전되기는 했지만, 언제 또 충격을 받고 혼절할지 몰라 남성일 사장은 조심스럽게 물었다.

"여보 좀 어때? 아주 힘들지? 당신이 빨리 일어나야지."

"당신 왔어요? 우리 미려 어떻게 됐어요? 아직도……?"

"우리 직원들이 지금도 찾는 중인데, 아무래도 한계가 있을 것 같아. 그래서 경찰의 특별수사대에 이첩되어 수사가 확대될 것 같으니, 너무 무리하지 말고 좀 지켜봅시다. 당신까지 이렇게 여러 날을 병상에 누워있으니 더 속이 타는구려. 그러니 어서 일어나야지."

옆에서 지켜보고 있던 박정훈 기사도 미려 어머니를 보면서 걱정했다.

"사모님! 사모님께서 빨리 일어나셔야 저희도 미려 아가씨를 찾는데 주력하지요. 사모님께서 이렇게 누워만 계시니까 사장님께서도 너무 힘들어하십니다. 저희가 계속 아가씨를 찾고 있으니 어서 일어나십시오. 사모님!"

박 기사도 사모님의 건강이 염려스러워 속히 일어나시기를 바라면서 아가씨 찾기에 주력했다. 그러나 제보자 한 사람도 나타나지 않고, 학생이 사라진 지도 벌써 여러 날이 지나갔다.

학교에서는 비상 체제로 전교생에게 호소문을 작성하여 배포하였다. 그렇게 학생 찾기에 주력하면서 열흘이 지났다. 아무런 성과 없이 모두 지쳐갈 때쯤에서였다. 방과 후라 모든 학생이 귀가하여 학교는 텅 비어있었다. 그런데 한 학생이 담임 선생님한테 문자를 보내왔다.

"선생님. 저 김지예인데요, 여기 교실로 저한테 좀 와주시면 안 되나요?"

성민숙 담임 선생은 요즘 행방불명된 남미려 학생 때문에 신경이 곤두설 대로 곤두선 상태라, 딩동 거리는 알림 소리에도 놀라 심장이 마구 뛰었다.

요즘 들어 학교폭력이 만연하여 피해 학생 때문에 골치를 앓고 있는 담임은 심장마저 뛰지 않을 수가 없었다. 갑자기 받은 문자라 '혹시 지예 학생까지? 하면서, 바람이 불어오면, 어디라도 휙 하고 날아갈 듯이 의자에서 일어나다 휘청거렸다. 담임은 다시 의자에 털썩 주저앉아 가까스로 정신을 가다듬고 지예 학생을 떠올렸다. 통화버튼을 누르려니 불안이 먼저 급습해 왔다. 지예 학생까지 학폭에 시달리고 있었다는 생각이 들자, 갑자기 앞이 캄캄해지면서 머리가 어지러웠다.

잠시 정신을 가다듬은 담임은, 그래도 침착해야 한다면서 마음을 추스르고 이내 통화 버튼을 눌렀다. 신호음이 울리기 무섭게 곧바로, '선생님'하고 울먹이는 목소리가 들렸다.

"지예야. 너 왜 집으로 가지 않고 교실에 남아있니? 너 혹시 어디가 아파서 그러니? 아니면 왜?"

"아니에요. 선생님……."

성민숙 선생은 좀 이상한 생각이 들었다. 급하게 일어나려다 헛다리를 짚고 휘청거렸다. 다시 의자에 앉아 숨을 고르면서, 천천히 일어나 지예가 있는 교실로 갔다. 교실 문을 열자 한 학생이 책상에 두 팔을 얹고 엎드린 채로 있다가 얼굴을 들었다. 선생님과 눈이 마주치자, 김지예 학생은 자리에서 일어났다.

"지예야, 괜찮아. 자리에 그냥 앉아 있어. 너 어디가 몹시 아픈 거로구나?"

"네, 선생님! 아픈 건 아닌데요……."

"아프지 않으면 다행인데, 그런데, 왜 여태 집에 가지 않고 교실에 혼자 남아 책상에 엎드려 있니? 지예가 선생님한테 무슨 할 말이 있는가 보구나? 그래 무슨 말인데 어서 해봐. 아참! 여기는 좀 그렇지? 지금 밖에 아무도 없으니 어서 나를 따라와."

머뭇거리면서 겁먹은 얼굴로 바라보는 지예를, 성민숙 선생은 숙직실로 데리고 갔다. 지예를 의자에 앉으라 하고 문을 걸어 잠갔다.

"여기는 아무도 없고 우리 둘뿐이니까 마음 놓고 어서 말해 봐. 어느 학생이 또 너까지 괴롭히는 거니?"

그제야 지예는 울먹이면서 그간의 일들을 털어놓았다.

"선생님! 요즘 우리 반에 무슨 일이 일어나고 있는 줄 아세요? 여태껏 미려가 애들한테 매 맞고, 돈 빼앗기고 왕따 당하고 했단 말이에요. 그래서 언젠가 저보고 죽고 싶다고 했어요. 그리고 복수하려고 태권도 배우러 다니고 싶다고 했어요. 애들이 너무 미려를 괴롭혔어요. 우리 다른 애들이 나서서 도와줬으면 좋겠는데, 나서면 더 애들이 극성 사납게 폭행해요. 여러 명이 집단으로 폭행해서 나서지를 못해요."

이야기를 듣던 성민숙 담임은, 너무 놀라 동그랗게 눈동자를 부풀리면서, 의자를 소리가 나도록 바투 끌어당겼다.

"선생님은 그런 줄도 모르고, 그렇게 학폭이 심했었는데도 지예 때문에 이제야 알게 되었구나. 선생님이 너희한테 정말 미안하다. 그런데 지예야! 혹시 이아연이란 학생이 주동자니? 서클 애들에 관해서도 얘기 좀 해줄래?"

담임의 말에 지예는 묵묵부답으로 고개를 떨구고 있었다. 담임은, 아차 싶기도 하여 갑자기 머리가 핑 돌아 혼란스러웠다. 지예에게 너무 어려운 질문을 했음을 느끼고 이내 지예에게 다시 물었다.

"그래 지예야! 내가 힘든 너에게 너무 부담을 주는 질문을 했구나. 못된 애들은 차차 알아낼 거고, 시 교육청 학교폭력대책자치위원회에서 엄한 조처를 내릴 거야. 그러니 지예가 선생님한테 한 얘기는 아무도 몰라. 선생님밖에 모르니 안심해. 그리고 여기까지만 얘기해도 선생님은 다 알아들었으니까 더는 말하지 않아도 괜찮아. 선생님도 짐작이 가는 애들이 있으니까."

담임은 묵묵히 듣고 있는 지예 학생이 겁먹거나 주눅이 들지 않도록 다독였다. 그러고는 지예를 바투 바라보면서, 어깨에 손을 얹고 웃음을 지어 보이며 나직이 당부했다.

"그래 지예야! 알려줘서 고맙구나. 여태 지예도 많이 놀라고 무서웠겠구나. 그러나 지예는 참으로 용기 있는 선택을 했어. 정말 잘했어. 난 늘 지예 같은 학생이 우리 반에 있어 줬으면 했는데, 선생님이 바라는 지예가 있었다는 것이 무척 다행이고, 너무 미더워서 감동을 주는구나!"

성민숙 선생은 지예를 잠시 기다리고 있으라 하고 숙직실을 나왔다. 학교 주변을 둘러보고 남아 있는 아이들이 보이지 않음을 확인하고 다시 숙직실로 들어갔다.

"많이 기다렸지? 지예야! 이제 됐어. 선생님이 교문까지 바래다줄게, 집에 가자."

담임은 지예를 데리고 운동장 주변의 나무숲 사이를 걸어서 교문까지 갔다.

"오늘 지예가 참 잘했어. 다른 애들이 어려움을 당하면 꼭 선생님께 알려야 해. 그리고 선생님께 알리는 건 고자질하는 게 아니란 거 지예는 잘 알고 있었구나!"

"네, 선생님! 무서웠어요. 말하고 나니 답답함이 풀려서 이젠 안 그렇고요."

"그래! 그간 말도 못 하고 얼마나 답답했겠니? 지예는 똑똑해서 문제는 없을 거야. 곧장 집으로 가거라."

지예를 집으로 돌려보낸 성민숙 선생은 교무부장 실로 가서 교무부장을 만났다.

"어서 와요. 성 선생이 갑자기 어쩐 일로?"

"선생님! 우리 반 애들 좀 심각한데요. 이번 남미려 학생이 실종된 사건하고 연관이 있는 것 같습니다. 학교에서 전혀 모르고 있는 일들이 저의 반에서 벌어지고 있음을, 담임인 저 자신도 모르고 있었으니 이를 어쩌면 좋을까요?"

3학년 1반 담임인 성민숙 선생이 지예 학생에게서 들은 말을 전했다. 듣고 있던 교무부장은 놀란 얼굴로 성민숙 선생을 바투 바라봤다.

"성 선생님! 이렇게까지 왕따 행위가 일어나리란 생각은 왜 못 했을까요? 참으로 난감한 일입니다. 그렇지 않아도 이번에 학생이 사라진 일 때문에, 교장 선생님께서 얼마나 힘들어하시는지 알기나 하세요? 성 선생!"

"죄송합니다. 교무부장님! 저희 반에서 일어난 사건이고, 담임인 저로서는 드릴 말씀이 없습니다. 거듭 죄송할 따름입니다."

"죄송하다고 될 일은 아니고요. 속히 위원회를 소집하여 이 문제를 논의해야겠어요. 이 일로 인해 다음 주에 시 교육청에서 간담회에 참석하라는 통지문이 왔는데, 간담회에 참석하려면 학생 실종으로 그간 학교에서 아이 찾기의 진행 과정과, 현재 경찰 수사의 진척에 대한 현황을 알아야 하니까, 성 선생이 직접 작성하여 제출해 주세요. 그리고 사건 해결 방안과 재발 방지를 위한 대안까지도요. 속히 담임 주관으로 학생 개별 면담을 하여 학폭에 대한 진상조사 자료도 작성하고요. 이번에는 성 선생 반 학생뿐만 아니라 앞으로 교내 이런 일이 두 번 다시 일어나지 않기를 위해섭니다. 아시겠지요?"

"네, 알겠습니다."

"그럼 그렇게 알고 이른 시일 내에 교장 선생님께 회의 소집을 건의하겠습니다. 그리고 되도록 힘들어하시는 교장, 교감 선생님은 이 회의에 참석시키지 않고, 우리 교직원으로 구성하여 회의를 진행하려 하니, 성 선생은 아이들과 면담한 내용을 정리한 결과문을 갖고 발제를 해주시면 좋겠습니다."

"네, 아이들을 일대일로 불러서 면담할 것입니다. 그리고 면담 내용을 정리하여, 문제에 대한 대안 및 해결 방안을 모색해 보도록 하겠습니다."

제자리로 돌아온 성민숙 선생은 남미려를 생각했다. '착하고 공부도 잘하는 애였는데, 그런 일을 겪으면서도 내색 한 번 안 하고 참아왔단 말인가! 내가 그 애 담임 맞아?' 하면서 자신을 질타했지만, 어떤 대안을 낼 수가 없음을 한탄만 하고 있을 수밖에 없었다. '도대체 그 애는 어디로 사라졌단 말인가? 왜 안 나타나는가?' 너무도 답답하여 질식할 것만 같았다. 어떻게 손 놓고 마냥 기다릴 수만은 없는 일인데도, 손을 놓고 있어야만 하는 자신이 한심스럽기만 했다.

이튿날 교무부장의 전화를 받았다. 수업이 끝나는 대로 잠깐 보자고 하였다. 성민숙 선생은 마지막 수업을 마치고 교무부장을 찾아갔다.

"성 선생님. 오늘 시 교육청 간담회에 갔었는데, 우리 학교 남미려 학생 행방불명에 대한 질타가 있었습니다. 그래서 우리 학교 교장 선생님에게까지 문책이 올 것 같습니다. 우리 학교도 서울·경기·광주 지역에서 시행하고 있는, '학생인권조례'에 따른 간담회를 조만간 갖도록 하겠습니다. 학교폭력 근절 방안에 대한 자료를 검토해 보십시오. 그리고 성 선생은 학생의 담임이니까 우리 학교 자체 회의에서 거론하여 주세요."

시 교육청에서 배포한 학교폭력 근절 방안이라는 자료 책자를 건네주었다.

"네! 이른 시일 내로 개별 면담을 한 자료를 정리하여 준비해 놓겠습니다."

학교에서는 학생이 행방불명되자 곧바로 시 교육청 학생정책과장의 면담 통보를 받았다. 행정 당국에서 이 사안을 심각하게 받아들인다며 면담자로 참석하여, 들은 얘기를 성민숙 선생과 마주 앉아 들려줬다.

학교에서도 상부에서 일선에 배포한 지침서에 따른 조처를 내리고, 재발 방지를 위한 강구책을 마련하라고 했다. 성민숙 담임은 일단 위원회를 열기 전에, 교무회의에 참석하여 앞으로 진행해야 할 문제를 파악했다. 그리고 3학년 1반 학생을 상대로 면담을 시작했다. 먼저 반장을 면담실로 불렀다. 반장이 문을 열고 들어서자 담임 선생님이 의자에 앉으라고 했다.

"어서 와. 1번은 반장이니까 묻는 말에 잘 대답해야 해야 해. 먼저 남미려 학생이 왜 행방불명이 되었는지, 무슨 짐작 가는 데는 없니?"

"저는 확실하게 알고 있는 것이 없을뿐더러, 반장이라서 그런지 애들이 접근하기를 꺼려서요."

"음! 듣고 보니 그렇기도 하겠네! 그래 알았으니, 다음은 김지예를 오라고 해라. 그리고 반장이니까 애들 동태를 좀 잘 살펴보고 이상한 점이 있으면 바로 알려줘."

"네, 선생님!"

반장이 면담실을 나와 반 교실로 들어서자, 모두가 일제히 반장한테 눈이 쏠렸다. 제자리로 돌아온 반장은 다음 면담자를 호명했다. 그러자 첫 면담자로 무슨 말이 오갔을까 하는 생각으로 한 학생이 반장에게 물었다.

"반장! 선생님이 무슨 말을 물어본 거야?"

반장은 대꾸도 하지 않고, '다음은 김지예 네 차례다. 어서 가봐라.' 하고는 더는 말을 하지 않았다. 김지예는 반장의 호명에 바로 일어나는데, 이번엔 다른 학생이 물었다.

"야, 반장! 무엇을 물어보는지 알아야 답변서를 준비해 가지."

"가보면 알아. 지예야. 너 차례니 어서 가봐라."

지예는 곧바로 일어나서 교실 문을 열고 복도로 나갔다. 면담실로 들어가자 담임 선생님이 반갑게 맞아주었다.

"그래, 어서 와. 이번이 지예 차례구나! 다른 애들한테 겁먹지 말고 그냥 평소대로 조용히 있어라. 그리고 잠시 좀 기다렸다 나가."

지예 학생도 예외는 아니라서, 그냥 면담을 충분히 마친 것처럼 잠시 기다리게 했다. 얼마 후에 담임 선생님이 지예를 살며시 안았다. 등을 도닥여 주면서 나가라 하며 다음 면담 학생을 지명해 주었다.

"지예야! 교실로 가면 이번에는 이아연이 차례라고 알려 줘."

면담을 마치고 온 지예가 교실 문을 열고 들어서자, 한참 시끄럽게 떠들던 애들이 조용해지면서 일제히 지예에게 쏠렸다. 교실로 들어온 지예는 이아연이를 향해 '이번엔 아연이 너 들어오래.' 그러자 이아연 학생은 입을 실룩거리면서 잽싸게 일어나 교실을 나갔다.

한참 후에 면담을 마친 이아연이 들어와 교실 문을 쾅하고 닫으며, 험악한 얼굴로 내뱉었다.

"왜 우리 반만 갖고 그래? 쪽팔려서 어디 학교나 나오겠냐! 그런데 우리 반에 그런 애들 있기는 하냐? 다들 우리 반 애들을 뭐 량생이(불량학생) 취급하면서, 꼬치꼬치 캐묻는데 난 너무 빡돌아서(화가 나서) 죽는 줄 알았다."

하면서 손을 거머쥐고 엄지를 세워 아래로 틀었다. 그러거나 말거나 한쪽에서는 킬킬대며 스마트폰으로 게임을 하고 있었다. 잔뜩 화가 나서 소리 지르던 이아연이, 킬킬거리는 애들을 향해 소리를 질렀다.

"야, 이것들아! 너네 내 말 개무시하는 거야?"

애들을 향해 소리쳤지만, 게임을 하면서 누구 하나 나서서 대꾸하지 않았다. 이아연이는 주위를 둘러보면서 뻘쭘해하다가 다음 면담자를 호명하지 않았음을 알고는, 아차 싶은지 이내 큰소리로 가랑비를 불렀다.

"아참! 야. 가랑비(눈이 작은 아이)! 이번엔 너 오라는 걸 깜박했네. 어서 냉큼 가봐라. 그런데 니네 뭔 게임하는 거 임?"

묻고는 핸드폰으로 게임을 하는 애들과 합세했다. 모두가 이때다 싶은지 사물함에 고이 모셔 둔 폰을 꺼내어 게임과 카톡을 하면서 떠들어 댔다.

학교에 오면 일률적으로 휴대전화를 꺼서 각자 사물함 안에 넣게 하고, 모든 교시가 끝나는 방과 후에나 사용하게 했다. 혹시 쉬는 시간에 몰래 핸드폰을 만지면 옆의 애들이 일러주기도 했다.

주동자는 분명히 있는데 면담을 받는 아이마다 '모른다. 나는 아니다. 맞는 거 못 봤다. 때리는 것도 못 봤다. 미려가 왕따 당하고 있었는지도 모른다.'며 자꾸 대답을 회피하려 드는데, 말끝이 분명치가 않았다. 남미려 옆자리의 학생도 전혀 모른다면서 시치미를 떼었다.

"미려가 나한테는 말을 잘 안 하거든요…."

말을 잘 안 한다는 말 만 짧게 하면서, 다른 말을 안 하려 들었다. 심지어는 김지예 학생이 알려준 폭행 가담자도 매한가지로 모두 한결같았다.

"나는 돈 뺏고 때리고 한 적 없거든요. 상황 파악이 잘 안 되시면 이딴 거 물어보지 마세요."

하면서 불쾌하다는 듯이 오히려 역으로 추궁했다.

"그래도 네가 활동성이 강하고 애들하고 잘 어울려 놀았지 않니? 그래서 말인데, 지금 남미려 급우가 행방불명되어 학교 전체가 비상이 걸려 있잖아. 그러니 미려를 찾는데, 협조를 해주면 좋겠다."

담임의 말이 끝나자마자 학생은 더 기세등등하게 담임에게 대들다시피 했다.

"돈 뺏고 때리는 거 선생님이 직접 보셨어요? 우리 반 애들은 왕따 그런 거 몰라요."

하며 이기죽거리는 데는 더 물어봐야 엇나가기만 할 뿐이었다. '나는 아니다.'라고 발뺌을 하며 느물거리기까지 하고, 함께 공부하던 급우가 행방불명되었어도, 내 알 바 아니란 듯이 관심 밖으로 치부해 버리는 데는 더할 나위가 없었다.

1반 학생들에게 물어보는 것은 물어보나 마나였다. 이제 남은 것은 위원회에서 어떤 결정을 내릴지는 회의 때야 나오겠지만, 혹시 제보한 김지예 학생이 공개되면 이 또한 난처하지 않을 수가 없었다. 보복성 문제로 번질 가능성은 매우 높으므로 신경이 쓰였다. 그래서 제보자에 대해서는 두 사람밖에 모르기 때문에, 담임이 교무부장과 일체 함구하기로 했다. 그러나 담임은 재차 교무부장한테 김지예 학생에 대한 우려를 나타냈다.

"성 선생! 남미려 학생 때문에 신경이 엄청나게 예민해졌어요. 그런 걱정은 마시고 간담회 준비나 잘하세요."

교무부장도 그런 담임에게 걱정하지 말라며 안심시켰다.

시 교육청에서 '학교폭력대책자치위원회(이하 자치위원회)' 위원과 간담회를 실시하겠다고 알려왔다. 또한 학교폭력 사안에 대한 실질적인 조치를 심의하는 권한을 갖고 있는 만큼 강한 의지를 내비쳤다.

그런데 왜 일부 일선 교육청과 학교에서 학교폭력 학생부 기재를 반대하고 있는지, 그 이유에 관해서는 기사가 한 줄 자체도 없는데 왜 그런지 이유를 몰라 했다.

더군다나 교육청에서는 '학교에서 폭력이 발생하면 이미 현행법 테두리 내에서 충분히 처벌하고 있다.'라고 하지만, 인성을 가르치고 잘

못을 하지 않도록 일깨우는 학교로서는, 이미 형사 법적으로 잘못한 학생에게 두 번의 처벌, 즉 졸업 후 5년(교과부 주장 10년) 동안 취직 또는 진학이 어렵게 기록을 남겨야 한다는 것인데, 한때 어렵고 어두운 시절 때문에 사회 진출에 어려움을 주는 학생부 기재는, 선생으로서는 대단히 심각한 문제라고 설명하고 있었다.

그래서 시 교육청 학교폭력대책자치위원회의 간담회에 앞서, 학교장의 주최로 학교폭력대책회의를 소집하여, 학폭(학교폭력)의 근절을 위해 중지衆智를 모으기로 했다. 회의에는 교장과 교감은 제외하고, 교무부장·연구부장·생활지도부장의 중심으로 맡아서 처리할 수 있는 주재主宰로, 각 교사와 회의를 진행하였다.

이번에 3학년 1반 담임인 성민숙 선생이, 학생을 불러서 면담한 자료를 토대로 발제發題하고, 학생주임 교사와 같이 질의 내용을 취합하여, 교무·연구·생활지도부장이 함께 좋은 방안을 마련하여서, 다음에 있을 시 교육청 학교폭력대책자치위원회 간담회에 참석한다는 취지였다.

그러나 회의에서 발제한 내용에 대한 대안들이 나왔지만, 담임의 면담에도 한계가 있어서 실효성이 그렇게 크지는 않을 듯 보였다. 그래서 장기적으로 동향을 살펴서 서클(일진)을 가려내어 주동자를 특별 조치하는 수밖에 없어서, 해당 교육청에서 언급한 내용이라도 숙지하여 대책을 마련해야 하는 실정이었다.

성민숙 담임의 발제를 보면, 학생의 제보는 틀림없는 사실이지만, 해당 학생이 딱 잡아떼고는 대들다시피 했다.

"나는 돈 뺏고 때리고 한 적 없거든요."

그러면서 한술 더 떠서 의기양양하게 대꾸했다.

"돈 뺏고 때리는 거 선생님이 직접 보셨어요? 우리 반 애들은 왕따 그런 거 몰라요."

가소롭다는 듯이 눈을 치켜뜨고 따지듯이, 시치미를 떼는 데는 어찌할 방법이 없었다. 거기다가 아빠까지 들먹였다.

"자꾸 없는 거 억지로 만들어서 우리 끌어들이지 마세요. 선생님 그러시다가 다치시면 우리 책임 안 져요. 우리 아빠가 누구신지 모르시죠?"

이 또한 협박조로 나오는 데는 선생님도 별거 아니구나! 하는 괴리감마저 들게 하고, 더 나아가서는 제자와 스승 관계가 아닌 가르치고, 가르침을 받는 평범한 위치의 동등한 관계라 해도 과언은 아닐 것이란 생각이 들게 했다. 그렇다고 제보한 학생을 언급하면 나중에 보복할 테고. 더군다나 일진으로 지목된 애들은 이기죽거리기만 하고, 더 물어봐야 엇나가기만 할 뿐이었다. '나는 아니에요. 선생님이 보셨어요?' 라고 대들고 그러시다가 다치시면 책임 안 져요. 하는 데는 더욱더 그랬다.

또한, 함께 공부하던 급우가 행방불명되어도, 내 알 바 아니란 듯이 관심 밖으로 치부해 버렸다. 그러나 분명한 것은 기초 즉, 시작부터 일진으로 발전하게 되거나 계획적인 것은 아니고, 괴롭힘이 계속되면서 학폭으로 이어간다고, 학폭에 가담했던 학생이 솔직하게 면담 중에 털어놓은 얘기였다.

며칠 후 이번 남미려 학생 실종으로 시 교육청에서, '학교폭력대책자치위원회'의 간담회에 참석하라는 통지문을 보내왔다. 교무부장은 즉각 부장단을 소집하고, 각 학급 담임과 함께 각 부장단 회의를 열었다. 이는 교육청에서 발표할 발제와 소신 발언所信 發言을 위함이었다. 회의에 참석한 담임 중에 먼저 남미려 학생 실종 사건으로, 3학년 1반 학생을 면담한 내용을 듣기로 했다.
"이번 학폭 때문에 남미려 학생 실종 사건으로, 교직원 모두가 힘들어하시는데, 제가 맡은 3학년 1반에서 일어난 일이라 담임으로써, 이렇게까지 학교에 부담드려 송구스럽습니다. 거듭 사과드립니다."
성민숙 담임은 이번에 반 학생 면담 내용을 말하면서, 김지예 학생 얘기는 일절 하지 않았다. 만일을 대비해서 교무부장과 담임만 알고 있어야 했기 때문이었다. 만일에 외부로 발설이라도 되는 날에는, 김지예 학생이 무슨 봉변을 당할지 불 보듯 뻔한 일이기 때문이었다. 그리고 요즘 취업이나 사회 진출에서 과거에 저지른 학교폭력 전과가 드러나, 퇴출당하는 일까지 벌어진 일과, 일진이 생겨나는 문제와 정부의 안이한 태도에 대해서도 성민숙 담임은 언급했다.
"그런데, 해당 청에서는 사건이 터지고 나서 해결 방안이나 방지책을 내놓고는 합니다. 그러나 이미 만연해진 학폭의 위험성을, 어떻게 하든 막아보려고 갖은 방법을 다 제시하지만, 일진이 생겨나는 이유를 모르고서야 대처하기란 쉬운 게 아닙니다.
제가 이번에 면담하면서 일진에 가담한 학생에게서 들은 얘기입니다. 기록의 범위도 그렇고, 감수성이 강한 시기에 스스로 절제하지 못하는 애들이라, '고의적 폭력(갈취나 괴롭힘의 목적)'이나 왕따 같은 것이 아니고, 지켜보면서 은근히 이끌리거나, 또는 본의 아니게 폭력에 가담하게 되는데, 일진이 직접 상대를 지목하면서, '야, 누구누구 너 나와.' 하면 마지못해 합세하여 괴롭혀야 합니다.
그러나 시원찮거나 호명을 받고도 동조하지 않으면, 바로 '야 이 찐찌버거(찐따·찌질이·버러지·거지)야! 낄끼빠빠(낄 때 끼고 빠질 때 빠짐)좀.

하면서 다음 대상으로 점 찍어 놓습니다.

　요즘 사회 전반으로 학폭에 가담했다가 성인이 되어서 취업이나, 예체능계에 들어갔다가 전과가 문제 되어 도중에 하차하는 사례를 보면 말입니다.

　일전에 불타는 트롯맨의 오디션에서 학폭 문제로 도중하차하는 일과, 여자 프로배구 선수의 쌍둥이 자매가 그렇고요. 학폭을 당한 피해자는 트라우마로, 얼마나 상처가 큰지는 당해보지 않은 사람은 모를 것입니다."

　성민숙 선생은 요즘 TV에서 방영되거나, 유튜브에 올라온 영상의 학폭 문제에 대한 심각성을 언급했다.

　"트롯맨이나 여자 프로배구의 쌍둥이 자매 폭력 문제도 그렇지만, 과거 12년간 학폭을 당한 피해자가 고백한, K 미용실에서 근무하는 가해자를 언급하자, K 미용실 원장은 해당 직원을 즉각 해고합니다. 그리고 피해자에게 후원금도 전달하고 A 미용실을 운영한다는 피해자에게, 미용실 운영 관련 비결을 지원하여 돕겠다고 나선 것이 다가 아니었습니다.

　K 미용실은 피해자에게 피해 회복·지원을 약속했습니다. 그런데 이번 사건을 알린 사람이 있었습니다. 그녀는, 자신은 피해자의 동창생이라며 동영상 공유 플랫폼인 유튜브 영상을 통해, 초등학교부터 고등학교 때까지 12년 동안, 일진에게 따돌림과 신체적 폭력, 언어폭력을 당했다면서, 4명의 가해자를 실명과 직업, 근황 등을 폭로한 사건이었습니다.

　K 미용실 측은, 4명 중 한 명인 해당 직원에게 별도의 법적 조처가 내려질 것으로 안다면서, 학폭을 옹호하거나 감싸주지 않겠다면서 해

고했었습니다. 그러면서 미리 이 사실을 알았더라면 채용하지 않았을 것이라고 했습니다. 이런 악질적인 만행은 세월이 지났어도 그에 대한 죗값을 받게 되는 것입니다. 그런데 이번에는 피해자의 동창생이라고 밝힌 채널 운영자는, 다섯 번째 가해자의 신상을 추가로 공개했는데, 가만히 있으면 공개하지 않았을 텐데, 폭로한 친구를 협박하고 위협을 가한 것입니다."

이번 남미려 학생 실종 사건은 학교폭력으로 인해 실종되어 바로 알게 된 사건이지만, 위의 학폭은 무려 12년 전에 일어난, 성인이 되어서 본인이 저지른 악질적인 학폭으로 대가를 치러야 할 것인데, 피해자가 사과를 받기 위해 전화를 했는데 돌아온 답변은, '기억이 안 난다. 철없을 때였지 않냐?'라는 뻔뻔한 대답만 할 뿐이었다. 그 답을 들은 피해자는, '미안하다. 잘못했다. 그래서 내가 어떻게 해줄까?'라는 사과만 했으면 했는데, 오히려 주변에서 미안하다고 사과한다며 매우 속상해했다.

더군다나 학폭 피해자가 가해자에게 복수하는, 많은 유행 요소를 만든 국내 오리지널 시리즈로, 문동은(송혜교), 조여정(이도현), 박여진(임지연), 하도영(정성일)이 연기한, '넷플릭스 드라마(The Glory- PART 2)'를 빗대어 가해자가 언급하였는데, 도무지 납득을 할 수가 없다고 하였다.

"드라마를 보더니 뽕에 차서 그러냐? 남의 인생에 침범하지 마라."

이 말은 학폭 가해자인 '응급구조사 군무원軍務員(군무에 종사하는 군인 이외의 공무원. '군속軍屬'의 고친 이름)'이, 학폭 피해 당사자에게 한 말인데, 극본 김은숙, 연출 안길호의 '더 글로리', 2차에서, 유년 시절 폭력에 시달려 영혼까지 망가진 여자가, 자기 생까지 내팽개치면서 복수의 소용돌이로 돌진하는 학폭의 복수극 이야기로, 주인공인 '문동은'을 배우

송혜교가 연기했는데, 군무원이 피해자를 송혜교의 성만 바꿔서 비아냥거린 것이다.

송혜교는, '어떤 증오는 그리움을 닮아서 멈출 수가 없거든.' 하면서 '뭐가 됐던 날 좀 도와줬다면 어땠을까?'라고 하는 말에서 더욱더 그녀의 비장함이 엿보였다. 미혼모의 딸로 태어난 문동은은, 가난해서 모진 학교 폭력을 당하면서 웃음도 빼앗기고 영혼마저도 짓밟힌다. 동은은 죽기 좋은 날씨여서 죽으러 갔었다. 그러나 동은을 죽게 내버려두지 않은 것은, 짙은 농무로 한 치 앞도 보이지 않게 한 안개로, 옷이 축축하여지니 팔, 다리의 흉터들이 가려워서, 결국은 울면서 날씨마저 자신을 불쌍하게 만든다며 증오의 웃음을 웃고 말았다.

"왜 나만 죽어야 하지? 용서는 없다. 그 누구도 천국에 들지 못하겠지만."

물론, 드라마지만, K 미용실 직원이나 군무원이 중·고등학교 때 저지른 학폭도 이와 흡사하다는 것이다. 주인공이 자신만을 자학하면서, 울고 있을 때가 아니란 것을 깨닫게 되면서 복수의 길을 가는 것이다. 그런 송혜교의 복수극을 비아냥거리며, 이런 반응을 보여 기가 찰 일이라고 했다. 그런데 이 드라마를 연출한 PD도 고교 시절에 학폭의 의혹이 일자 곧바로 인정하고 사과했기에 더 이상의 문제는 없었다.

그러나 성범죄와는 달리, 학폭을 범죄로 다루지 않는다는 것이 맹점이라 했다. 하지만 12년 전에 받은 학교폭력을 폭로한 동창생도, 처벌의 대상이 될 수도 있다는 변호사의 말이 있었다.

"아무리 공익적 목적이라도 우리나라에서는 명예훼손이 적용되는데, 또한 사이버상의 명예훼손도 가중처벌의 원인이 될 수 있기에 매우 우려스럽습니다만, 가해자의 얼굴 사진, 실명, 직업, 근무지, 학교

등 온라인에서의 공개는 사이버 명예훼손으로, 일반 명예훼손과는 달라서 7년 이하 징역, 5천만 원 이하 벌금을 물릴 수 있고, 학폭의 공소시효는 현행 관련법에 명시되어 있지는 않으나, 폭행죄는 5년, 일반상해죄는 7년, 특수상해죄는 10년, 강제추행은 10년 등이 적용됩니다. 그리고 학폭위 처분은 경징계인, '서면사과(1호)'부터 가장 중한 징계인 '퇴학(9호)'까지 9개 조치로 이뤄집니다."

교육지원청 관계자는 '학폭위 처분은 외부 위원이 법적으로 규정된 기준에 따라 결정하며 재심의를 할 수 없다'며, '처분에 이의가 있으면 시 교육청 행정심판위원회에 행정심판을 청구할 수 있다'고 말했다.

이러한 데도 학폭 가해자 군무원은 온라인 커뮤니티(동아리)에서, 학창 시절 '노는 무리'가 맞다면서 '험하고 세 보이려고 행동한 것이 곧 우월한 것이라는 착각 속에서, 피해를 주고 상처를 준 데 대해서는 인정한다.'라고 했다.

그러나 '재미로 이유 없이 짓밟고 해한 적은 없다.'라며, 군무원도 고3 때 무리에서 왕따를 당해봤다고 하면서, '큰 거짓에 약간의 진실을 섞으면 진실이 되고, 없던 일을 있던 사실처럼 주장하기는 쉽지만, 그것이 아니라는 것을 증명하기는 너무나도 어렵고, 욕설과 문자, 군부대로 오는 전화와 죄 없는 지인들의 SNS 테러 피해가 크다며, 잘못된 학창 시절을 되돌릴 순 없지만 남에게 피해를 주지 않고 반성하면서 살겠다.'라고 했다.

그런데 역으로 요즘 유튜브를 이용해 조회 수를 얻으려고, 한 유튜버는 가해자의 오빠라 주장하며 '피해자 말을 믿지 말라며, '빨×이냐. 인민재판과 다를 게 뭐냐'라며 더 혼탁하게 한다면서 피해자의 동창생은 매우 분개해야 했는데, 어쩌면 피해자의 한 유튜버가 군무원과의 전화 내용에서 '중립적으로 다뤄달라.'라며 오히려 반박하려 드는, 학폭 가해자의 기묘한 한 수가 잘 드러나고 있다고 했다.

그래서 메시지에 대한 반박이 불가능할 때 쓰는 술법은, 오히려 메신저를 반박하여 여론전 핵심의 쟁점을 무력화하여 추악한 짓거리로 매도하는 것이다.

MBC '실화탐사대' 취재진이, 이 학폭 문제를 다룰 때서부터 가해자들의 진심 어린 사과와 반성이 있었다면, 이렇게까지 확산이 되지 않았을 것이라 했다.

처음에는 가해자들의 신원이 알려지지 않자, 직장과 사회에서 아닌 척 뻔뻔하게 굴었다. 그러다 유튜브에 자신들의 신상이 공개되자, 오히려 피해자를 공격하여 이 난관을 모면하려는 지극히 악질적인 추악함을 드러낸 것이다.

왜 학폭 사실을 부분은 인정하면서도 물리적 폭력 없고, 이미 사과했다고 했는데, 군무원과는 달리 나머지 세 명은 사과하고 싶다는 의사를 내비쳤다. 그러자 군무원이 한술 더 떠서, 그러면 학폭을 인정하게 되어 집행유예를 받으면 직업을 잃기 때문에 극구 반대하고 나선 것이다.

그러면서 '학생 때 눈도 못 마주치고 두들겨 맞던 하등 인간이, 나이 먹었다고 이제야 나의 직업에 영향을 미치는 것에 그냥 당하지 않을 것이다.'라고 한, 군무원의 파렴치는 어디까지 갈 것인지 두고 볼 일이라 했다.

그것도 군무원의 엇나가는 직후에 학교장은 피해를 보았던 학생에게, '고등학교 3년간 힘든 학교생활이었을 텐데 정말로 미안하다며, 다른 선생님들도 마음 아파하시고 미안하다고 사과한다고 하시더라'라는 말을 전했다고 했다. 그런데도 군무원은 직장을 잃을까 봐서, 다른 학생에게 사과하지 말라는 그 말에 과연 인정될 것인가 하기도 했다.

이후 학교 측은 피해자 사건에 대해 '피해 졸업생이 재학 중, 학교폭력 피해가 발생하지 않도록 지켜주지 못했던 책임을 깊이 통감하며 사과 말씀드린다.'는 공식 의견문을 발표했다고 했다. 이 소식에 피해자 본인은, 얼마나 많은 눈물을 흘렸을까 하는 아픈 심정을 느낄 수가 있었을 것이다.

유튜브 채널의 '탐정사무소' 측은 군무원이 근무하고 있는 부대에 직접 연락해 이번 사건에 대해 보고했고, 육군 제2작전사령부는 지난 23일 학폭 피해 사건과 관련해, '군 수사기관에 사실관계를 확인하는 등 필요한 조치를 강구하고 있다.'는 입장을 밝혔다고 했다.

그러나 유튜브 채널이 아무리 나서서 해결하려 해도, 당사자들이 비양심적으로 대처하는 데는 막을 재간이 없었을 것이다. 오직 본인 당사자만이 정신적 고통을 받을 뿐이었다. 가해자 그들이 피해자를 비난하면서, 협박과 조롱의 글을 SNS에 올리니, 피해자는 마음의 상처가 너무 커서 결국은 극단적 선택을 했다고 뉴스에 보도되었는데, 친구의 학교폭력 피해를 폭로해 가해자들에게서 정중한 사과를 얻어내려 했었는데, 결국은 넷플릭스 드라마 '더 글로리'의 주인공이 되어버린 것이다.

친구의 정의에도 가해자들은 사과는커녕, 피해자를 인터넷. 휴대전화 등 정보통신기기를 이용하여 특정 대상에게 지속적, 반복적으로 심리적 공격과, 관련된 개인정보나 허위 사실을 유포하여 고통을 주는, '사이버 따돌림'을 자행하여 결국은 죽음으로까지 가게 했다.

그녀는 영상에서 가해자들은 합세하여 유튜브 커뮤니티를 통해서도, '하루에도 두세 개의 영상이나 커뮤니티를 통해 저를 저격하며, 다중의 익명으로 인신공격 및 '조리돌림(학교나 직장, 온라인 커뮤니티 등에서 발생하는 집단 괴롭힘)'을 하고 있다.'라고 하였다.

그러니 본인이야말로 얼마나 억울하고 분해서 자살까지 하게 되었을까? 그녀는 영상에서 '제가 당한 학교폭력이 근거 없는 주장이라고 비난한 가해자들에게 자신의 죽음으로 진실을 증명하겠다.'라고 글을 올리고 마지막 선택을 하게 되었다.

유튜버 탐정사무소도 커뮤니티에 '너무나 슬프고 비통하고 황망한 심정'이라며, 유튜브 채널과 SNS까지 개설해 고인에 대한 지속적인 비난, 비방 영상 게시로 '사이버 불링(Cyber Bullying: 따돌림, 집단 괴롭힘의 'Bullying'을 합친 신조어. 온라인상에서 특정인을 집단으로 괴롭히는 것)과 스토킹했던 그들이 장본인이라'라고 했다.

고인이 된 피해자는 얼마나 많은 상처를 입고 자신의 유튜브 채널에, 죽음을 예고하는 영상을 올리고서 마지막 선택을 하였으니, 비통함은 이루 말할 수가 없는 현실이 되고 말았다.

친구는 피해자를 도우려고 시작한 일인데 오히려 친구가 마음의 상처로 인해, 결국은 자살까지 하였으니 피해자의 친구 또한 마음속에 남은 상처로 인한 고통이 매우 클 것이다.

'푸른나무재단(청소년폭력예방재단)'에서는, '당사자들은 타결이 없는데, 누군가를 미워하고 증오하는 마음보다는 차라리 좋아하는 마음, 그리고 앞으로 내가 살아갈 방향 이런 걸 찾는 게 훨씬 플러스가 되는 것으로 생각한다.'라고 했다.

피해자의 동창생이 그녀의 억울한 내용을 폭로하게 되었는데, 학폭을 당했다고 신고하면, 경찰에서 나서서 해결해 줄줄 알았는데 그게 아니었다고 호소했다. 더군다나 나중에 드러난 일이지만, 처음에 피해 동창생이 한 말에서 당시 상황을 엿볼 수가 있었다.

그 일이 크게 안됐던 이유는, 당시 학주(학생 주임) 선생님이 걔네(가해자들)랑 친한 관계로, 학폭으로 인한 사고 같은 것도 무마시켜 주곤 했기 때문이고, 선생님 앞에서도 그녀를 폭행하기까지 했기 때문에, 당시의 이런 상황에서 학폭이 만연했던 이유가 아닐까 하는 생각이라 했다. 더군다나 학폭을 폭로한 피해자의 동창생이 한 말은, 너무나도 현실이 개탄스러울 정도로 모순투성이라고 했다.

"저는 제가 피해를 보았다고 하면, 경찰이나 다른 분들이 나의 피해 사실을 입증해 주실 줄을 알았는데, 그런데 현실은 그게 아니었어요. 제가 당한 피해에 대한 증거를 피해를 본 제가, 일일이 찾아다니면서 부탁하고 사정해서 얻은 증거를 갖다 제시해야만 하므로, 증거 찾기란 여간 어려운 게 아니었습니다."

피해자가 피해 증거를 직접 수집해야 하고, 심지어 법적인 절차 안에서는 가해자의 부모와 법률 대리인들은 진술하는데, 이 과정에서 피해자 혹은 피해자 대리인은 진술할 권리조차 없다는 현행법이 가장 아쉽다고 했다.

그렇더라도 학교폭력 가해자들이 성인이 되어서 법적 처벌 대상에서 제외되더라도, 사회에서 손가락질을 받고 불이익을 당한다는 것은 피할 수가 없을 것이다. 그래서 당장은 아니지만 장래를 생각해서라도, 영악한 행동을 자제하려 드는 경향이 있을 거라는 의미로 해석할 수 있다고 했다. 누군가가 나서서 의로운 일을 한다는 것이 바로 정의라고 해석하고 있었다.

"피해자가 '국민동의청원'에, '작은 공을 쏘아 올린다는 마음으로 탄원서를 받고 있습니다.'라며, '학교폭력에 대한 공소시효 정지 특례 개정안 통과 탄원서'를 올렸는데, 5만 명 이상의 동의를 받아 국회에 제출되어 법제사법위원회에서 심의 중이며, '피해자 고통에는 공소시효가 없다. 탄원서가 모이길 바라는 이유는 저와 같은 피해자가 더는 없었으면 하기 때문입니다.'라며, 피해자의 법률 대리를 맡은 천호성 법무법인 디스커버리 변호사는, '미성년자가 학교폭력의 극악함으로 받는 피해는 성년이 되어서도 잊을 수가 없는데, 그에 비해 구제 수단은 여전히 작용하지 못하고 있다.'라고 지적했습니다.

　현재 공소시효는 학교폭력 관련법엔 명시돼 있지 않아, 이 때문에 형법상 '폭행죄(공소시효 5년)'나 '상해죄(7년)', '강제추행(10년)'을 적용하고 있지만, '성폭력 범죄의 처벌 등에 관한 특례법'에 따르면, 미성년자에 대한 성폭력 범죄의 공소시효는 해당 성폭력 범죄로 피해를 본 미성년자가, 성년에 달한 날부터 진행한다는 특례 규정을 포함하고 있어서, 학교폭력 범죄도 같은 특례 규정을 적용해야 한다는 취지였습니다."

　학폭에 발을 잘못 들여놨다가 후에 피해를 보는 경우와, 멋모르고 일진과 놀아나다 씻을 수 없는 잘못을 저지르는 애들이 문제였다. 또한 학폭을 일삼는 일진의 처음 시작은 매우 단순했다.

　'재미 삼아 · 장난삼아 · 애들을 갈구다가', 점점 대상을 구별하게 되어야 한 아이만 집중적으로 괴롭히게 되었다. 처음에는 그냥 애들과 별 탈 없이 지냈는데, 점차 자꾸 눈에 거슬리는 말투와 재수 없게 행동하는 애들이 눈에 들어왔다. 그래서 재수 없는 놈들로 치부해 버리고 괴롭히게 되는 것이라 했다.

　"괴롭힘을 당하면 반항이라도 해야 하는데, 바짝 졸아 슬금슬금 피하는 모양새가 우습고 재미있어서, 자주 불러서 놀리기도 하고 괴롭히며, 심부름도 시키고 나중에는 돈도 갈취하게 된다고 했습니다.

이렇게 상습적으로 괴롭히다 보니 학폭으로 우쭐해지는 것은 사실이고, 지켜보던 애들도 하나둘 합세하게 되면서 애들과 같이 괴롭히는 것에 재미가 들려, 일진으로 세 불리기로 하여 상습적으로 괴롭히게 되는 것이라 합니다. 그러나 처음에 반항하거나 치고받고 싸우게 되면, 그 후로는 웬만하면 잘 안 건드리게 되어서, 학폭을 이기는 방법은 스스로 강해져야 한다고 했습니다.

이 외의 괴롭힘은 육체적인 아픔보다는 정신적으로 씻을 수 없는 굴욕의 상처가, 오래도록 지워지지 않아 더욱더 큰 피해로 작용합니다. 그리고 '사이버 폭력(카톡 감옥: 단톡에 초대하여 발언을 무시, 단체로 퇴장하거나 피해 학생이 방을 나가면 다시 초대의 연속)', 또한 SNS 게시글의 댓글에 피해 학생을 태그, 언어폭력을 하는 방식으로 시간 공간을 가리지 않는 만큼 복제 확산이 빠른데, 오프라인은 학교에 가지 않으면 피할 수는 있지만, 사이버상은 그러지 못하여 고통을 당할 수밖에 없습니다. 그래서 우울, 불안에 무기력해져서 정신적 고통은 이루 말할 수가 없는 데는, 일진이 정보를 공유하여 피해자를 지속해서 괴롭히기 때문입니다."

학교폭력예방 및 대책에 관한 법률 제20조의 시행 2024. 3. 1. 법률 제19942호로, 현장을 보거나 그 사실을 알게 된 자는 학교 등 관계 기관에 신고, 기관은 가해 학생 및 피해 학생의 보호자와 해당 학교장에게 홍보하고, 소속 학교장은 심의위원회에 바로 홍보하도록 했다.

긴 시간 동안 학폭에 대한 문제를 점검하여, 시 교육청 '학교폭력대책자치위원회'의 간담회에 참석하여 발표할 자료를 각 부장이 정리하기로 하고 회의를 끝냈다. 교무부장이 따로 의논할 일이 있다고 하여, 성민숙 담임은 교무부장 집무실로 갔다.

"성 선생님! 어린 학생의 수업 방해를 자제키 위해 손목을 잡았다는 이유로, 부모에게 일러 학부모는 '아동학대(폭행)' 혐의로 신고까지 하는 판국입니다. 그래서 교원의 정당한 생활지도에는 면책권을 부여해야 한다는 교육계의 의견이 대두하고 있습니다."

"교무부장님! 그건 약과입니다. 이번에 일어난 교권 침해에 대해서는 심각성을 여실히 드러낸 경우입니다. 도교육청에서 교사에게 협박성 발언을 한 학부모를 고발했지만, 경찰은 '감정의 표현'이란 판단하에 교권 침해 사안에 대해 '불송치'를 결정했답니다.

사건은 작년에 학부모 A 씨는, 교사 생활지도에 따르지 않고 모욕적인 말을 여러 번 했다는 이유로 상담했는데, A 씨는 교사에게 '당신이 선생답지 못했으니, 무릎 꿇고 빌기 전까지는 말하지 말라'라며 '민·형사 소송으로 끝까지 간다.'라고 하면서 아동학대 혐의로 교사를 신고하기까지 하였습니다.

도교육청은 학부모를 경찰에 고발한 사건 이외에도, 경찰청 소속 경찰관도 작년 12월 자녀의 학교생활 문제로 항의 방문해 '나의 경찰직을 걸고 교사를 가만두지 않겠다.'면서 협박하여 고발한 상태인데, 경찰의 수사가 진행 중이라고 했습니다."

성 선생의 발제 내용 중에서 많은 학폭과 교권 침해 사례가 나왔는데, 그중에서도 '교육활동보호강화'의 입법 마련을 위한 대책이 시급하다고 하였다. 초·중등교육법 시행령에 명시해 교권을 침해하는 학생에 대해 교사가, '교실 퇴실 명령 및 지정된 공간으로 이동'을 하게 하고, '반성문 등 과제 부여'를 하여, 교권보호위원회, 생활교육위원회를 개최하고, 교권 침해에 따른 학생 징계 조치를 위해서는 구체적인 명시를 해 둘 필요성을 역설했다.

정당한 학생 교육 생활지도에 고의나 중대한 과실이나 위법이 없으면, 아동학대 처벌 면책조항을 신설해야 한다는 것이다.

"저 역시도 현재 각처에서 하는 주제 발표나 기조 강연, 포럼에서 나온 문제들은, 다 법제화의 미비 때문에 심각성이 크다는 생각이 들고요, 최근 교육활동 침해나 터무니없는 아동학대 신고로 인해, 교육 현장에서 받는 스트레스는 교육자들의 자유는 물론, 기본 틀인 인격마저 무시당하고 있어서, 교육부는 교권 확립으로 정당한 교육활동에 차질이 생기지 않도록, 법적인 보호 제도를 마련해야 한다고 생각합니다."

2. 강연주의 신기神氣 / 만신萬神이 되어

　불자님이셨던 강연주 어머니는 사찰에 불공을 드리러 갈 때는 딸인 연주를 데리고 갔다. 연주는 사찰의 모든 것이 생소하고 신기하기만 했다. 어린 나이에도 꼬박꼬박 어머니를 엄마라 부르지 않고 꼭 어머니라고 불렀다. 그런 딸이 기특하기도 하고 신기해서 눈을 흘기면, 연주는 장난인 거를 눈치채고 일부러 같이 눈을 흘겼다. 어머니는 이왕 데리고 다니는 딸의 장래를 생각해서라도, 바른길을 가게 하려고 많은 가르침을 주었다.

　"연주야! 불교는 자신의 고통과 번뇌에서 벗어나서 해탈을 위한 불공을 드리는 의식이므로, 무엇을 위한 도움이나 선처를 바라는 것이 아니다. 다만, 자신의 수양을 위해 정갈한 마음을 늘 품고 있어야 한다는 것을 명심해야 한다."

　그리고 연주 어머니는 스님들이 기거하시는 사찰寺刹에 대해서도 상세히 알려주셨다.

"법당으로 들어가면 중앙에 있는 문을 어간문御間門이라고 하는데, 이 문은 조실 스님이나 공부를 많이 하신 큰스님께서만 출입하실 수 있고, 신도들은 어간문으로 출입하지 않으며 좌·우측의 옆문으로 들어가야 한다."

"그러면 우리는 양쪽에 있는 문으로 들어가야 하는군요."

"그렇단다. 그리고 우리가 주지 스님을 알현하러 가면 요사채에 들어가는데, 요사채寮舍寨는 사찰 경내의 전각과 문을 제외한, 스님들이 생활하는 곳이라, 큰방, 선방, 강당, 사무실, 후원(부엌), 창고, 수각水閣, 해우소解憂所(화장실)까지 포함한단다. 그리고 요사에는 많은 생활공간과 강당 등과, 참선과 강설講說의 의미가 복합된 설선당設禪堂과, 선방禪房(참선參禪하는 방, 선실禪室에서 좌선坐禪: 고요히 앉아서 참선)을 위함으로, 요사는, 지혜의 칼을 찾아 무명의 풀을 벤다는 뜻의 심검당尋劍堂·말없이 명상한다는 뜻의 적묵당寂默堂·올바른 행과 참선하는 장소임을 뜻하는 해행당解行堂·수선당修禪堂 등이 있구나."

연주는 어머니의 말씀을 들으면서 그 의도나 의미는 다 이해할 수는 없는 나이였지만, 어머니 말씀을 잘 듣는 어린이가 되면 좋을 것 같다는 생각이 들었다. 그래서 어머니의 옆에서 참배하는 법도 따라 하면서 익히게 되었다. 불공을 드리러 온 다른 불자님들도 어린아이가 능청맞게 절을 하면 칭찬을 아끼지 않았다.

"보살님! 어린 딸애가 어찌 저리도 절을 야무지게 잘하는지 너무 귀엽습니다."

연주는 처음에 어머니가 하는 대로 옆에서 따라 하면서 몇 번 넘어지곤 했다. 넘어지기를 여러 번 하면서 그래도 기를 쓰고 일어나 반복하여 절을 했다. 가르쳐 주지도 않았는데도 어느새 자세를 바르게 잡고 잘 따라 했다. 그런 딸을 보면서 대견해하는 어머니는, 딸을 위해라면 배고픔도 모르고 이치를 가르치려 들었다. 그러면 제법 귀담아들으며 어머니 곁에서 떠나지를 않았다. 연주도 어린 터라 배가 고파오면 결국은 배고프다고 했다. 어머니는 그만 딸아이와 같이 서둘러 사찰을 떠났다.

집에 와서 밥을 차려주면 연주는 허겁지겁 먹기 시작했다.

"우리 연주 너무 배가 고팠구나. 엄마는 그것도 모르고. 천천히 먹어라. 체할라."

밥을 다 먹은 연주는 더 알고 싶은 것이 있는지, 다음에 갈 때 해야 할 일들을 물었다. 연주 어머니는 설거지를 끝내고 연주와 마주 앉았다.

"그래, 먼저 법당에 들면 합장 반 배후에 부처님께 올리는 큰절을 '오체투지五體投地'라고 하는데, 절하는 법은 먼저 반 배를 한 뒤 선 자세에서 두 무릎을 조용히 굽히고 나서, 합장한 손에서 왼손을 떼어 가슴에 붙이고, 오른손은 이마가 땅에 닿도록 온몸을 엎드려야 한다."

"어머니 그런데요, '오체투지'가 뭐예요?"

"그래 잘 물어봤다. 이제 우리 연주도 제법 알아가려는 의지가 보이고 있구나. '오체투지'란 몸의 다섯 부분을 땅에 닿게 하는데, 두 손을 모아 올리는 합장, 반 배와는 달리 큰절을 일컫는데, 일반인의 큰절과는 다소 차이가 있다고 봐야 한다. 그러니까 불자가 하는 예로 몸의 다섯 부분을 땅에 닿게 하여, 자신을 낮추어서 상대방에게 존경을 표하려는 예라고 보면 될 것이다."

"네! 알겠어요."

"그리고 또 알아야 할 것은, 이때 오른발을 밑에 왼발이 위에 가도록 발등을 얹고, 일어날 때는 손을 다시 뒤집어 손바닥으로 땅을 짚으면서, 왼손이 먼저 앞가슴에 오도록 하고, 오른손이 나중에 오면서 왼손과 붙여서 다시 합장해야 한다. 그리고 반대 동작으로 조용히 일어나며, 마지막 절을 하고 끝마무리로, '고두배叩頭拜' 또는 '고두례叩頭禮'를 해야 하는데, '고두배'란 삼배에 대한 아쉬움의 표시이며, 지극한 존경심에 대한 여운인데 일명 '유원반배唯願半拜'라고도 한단다."

"어머니! 그런데 고두례와 고두배는 너무 어려워 잘 모르겠어요."

"그래. 아직 너는 어리니까 잘은 모르겠지만, 차차 알게 될 것이다. 다시 말해서 '고두례'는 머리를 조아려 예경禮敬 즉, 부처나 성현 앞에 예배함을 말하는 것이고, '고두배' 혹은 자신의 발원 즉, 신이나 부처에게 소원을 빈다고 하여 '유원반배'라고도 하는 것이다. 그러나 예를 삼배로 그침은 아쉬움이 많이 남으니 허전함이 크다고 하였다. 우리 연주는 더 크면 차차 알게 될 것이니 너무 걱정을 안 해도 된다."

"연주도 조금 더 크면 잘 따라 할 것 같아요."

"그래. 우리 연주는 지금도 잘 따라 하고 있는데. 그리고 고두배는 마지막에 이마를 바닥에서 떼고 난 후에, 잠시 합장하고 바로 이마를 땅에 대고 절을 해야 하는데, 절을 하는 의미는 마음이 어지럽고 약해질 때며, 탐을 내는 마음과 속세의 일에 더럽혀진 마음, 사치를 좋아하는 마음이 많아도 절을 계속하면, 나쁜 마음이 해소되며 주의력이 집중되기 때문이란다. 그러나 형식으로 해서는 안 되며 정성으로 해야 한단다."

연주는 알아들었다는 듯이 고개를 끄덕이면서 어머니의 다음 말씀을 기다렸다.

"또한 절은 자신을 낮추는, '아만심我慢心(내가 잘났다고 하는 마음)'을 버리고 겸손한 마음으로 살아가자는 뜻이란다. 그리고 '굴복무명 공경진성屈伏無明 恭敬眞性'이란 말이 있는데, 이 말은 절을 할 때 하는 인사말로, '무명(모든 번뇌의 근원)'을 굴복시키고 '진성(거짓 없는 참된 정성)'을 공경해야 한다는 말이란다. 우리 연주가 더 크면 알게 될 거다."

연주는 법당에서도 늘 어머니 곁에 붙어 다니다시피 하면서, 불교적 가르침과 신념을 배우며 자랐다.

불교의 핵심 가르침 중 하나인 자비심을 통해, 다른 모든 존재를 이해하고 존중하는 마음을 품는 것은, 삶의 고통과 역경을 겪는 모든 사람에게 베풀어야 할 인간의 도리라는 것이기 때문이었다. 그러므로 해서 더 나은 삶을 살아갈 수 있기를 기원했다. 어린 나이라 다 이해할 수는 없겠지만, 그래도 사람의 도리인 자비심에 대해서, 어린아이답지 않게 묻고 또 물어서 알려고 했다.

또한, 불교의 가르침을 받아 실천해야 한다는 것도, 삶의 고통과 불안을 극복하려 한 것이겠지만, 이 모든 것이 어린 연주에게는 생소하고 이해하기 어려웠다. 늘 어머니 곁에서 귀하게 자라면서, 사찰을 드나드는 많은 불자님의 귀여움을 독차지하다시피 한 아이는, 자비심을 깨달으면서 항상 밝은 성격으로 예쁘게 자랐다.

연주는 초등학교에 들어가서도, 어머니가 사찰에 불공을 드리러 가는 날에는 어머니를 따라갔다. 연주가 커갈수록 학과 진로 방향을 정하지 못하다가 사회학과를 택하려고 했다. 인간은 사회적 동물이라는 명분으로, 사회학과에 진학하려고 마음먹은 것은, 사회 각 분야에 경제·산업·환경·정치·종교·정보·세계사 같은 영역들이 연주에게 다가오고 있었다.

이는 또한 세련된 인식의 틀을 마련해 주며, 여전히 현대사회에서 그 중요성은 날로 높아져 가고 있다는 인식을 심어주었다. 특히 사회학적 비판 정신은, 사회발전과 민주주의의 성숙을 위한 필수 자원이라 할 수 있다고 믿었다. 그리고 우리 사회에서 대두하는, 여러 가지 사회문제들의 현실적 대안을 마련하는 중요한 매개체라고 생각해 왔다. 그러면서 진로를 굳혀나갔다.

그러나 부모님은 의대를 지망하길 원했다. 연주 아버지는 법무부에서 행정 일을 하고 있었으므로, 딸아이만큼은 의사가 되기를 원했다. 어머니 역시도 연주가 의대를 나와서 의사가 되기를 바라고 있었다. 그러나 연주는 부모님 말씀을 듣지 않고 사회계열의 사회과학 쪽의 학과를 지망했다.

학과를 택한 몫은 본인의 의지여서 잘하리라 믿고 있었지만, 엉뚱한 곳에서 일이 불거지고야 말았다. 그리고 과에서 만난 선배하고 교제하다 대학 졸업 후 결혼했다. 부모의 반대에도 무릅쓰고 기어코 그 남자와 결혼했으나, 초부터 순탄치가 않았다. 남자의 사생활은 엉망이었다. 회사에서는 툭하면 상사와의 다툼과 동료 간의 마찰로 좌천되기까지 하여 결국은 사직하고 말았다. 또 다른 회사에 입사하면 길게 있지를 못했다.

연주는 그런 남편에게서 많은 실망을 하여 자주 다투게 되었다. 서로 간의 갈등 속에서 더 이상의 인연은 여기까지로 끝나게 되었다.

연주는 심한 스트레스 때문에 배 속의 아이까지 잃게 되었다. 병원에 입원하여 치료를 마치고 퇴원하게 된 연주는 제정신이 아니었다. 잠은 고사하고 아이를 찾아 밖으로 나가 거리를 헤매는 게 다반사였다. 결국 연주 부모님은 사위를 불러서 이혼합의서에 도장을 찍게 하여 관할 가정법원에 제출하고 이혼을 시켰다.

본인은 물론이지만, 부모의 마음은 한없이 타들어 갔다. 부모는 딸아이가 얼마나 힘이 들까 하고, 조용히 지켜볼 뿐이었다.

아이를 잃은 연주는 매일 식음을 전폐하다시피 하면서, 충격에서 헤어 나오지를 못했다. 날로 쇠약해진 딸을 보다 못한 어머니는, 겨우 달래어 사찰로 떠났다. 며칠을 사찰에 머무르면서 불공을 드렸다. 딸의 증세가 많이 호전되어 갔다. 그런 연주에게 어머니는 조용히 물었다.

"연주야! 이제 좀 정신이 드냐?"

"……."

"연주야! 어찌 대답이 없느냐?"

어머니가 연주에게 되묻자 마지못해 짧게 대답했다.

"네, 어머니!"

어머니는 연주의 대답을 듣고, 마음을 다스리기를 며칠 더 하고 나서 하산했다. 집에 와서도 연주는 마음을 진정하면서 정상을 회복하나 싶었는데, 가끔 현기증이 이는지 먹은 것을 토하고 나서 끙끙 앓았다. 몸져누워 며칠을 앓고 난 후부터는 연주의 이상한 행동이 시작되었다. 한밤중에 자다 말고 일어나 밖으로 나갔다가 새벽이 되어서야 들어왔다. 그러기를 며칠 지나고부터 심하게 열병을 앓았다.

연주는 잠을 자다가도 깜짝깜짝 놀라면서, 갑자기 벌떡 일어나 뭐라고 중얼거리다 다시 잠이 들곤 했다. 열이 내리는 해열제解熱劑를 먹여도 소용이 없었다. 그래서 병원에 가서 검진을 받았다. 처음에는 심신이 쇠약하여 정신적으로 질환이 오는 병이라고 했다.

병원에서는 먼저 몸을 추스르라며 영양제 주사와 처방 약을 내려주었다. 며칠 분을 복용하고 난 연주가 열은 내렸지만, 정신적으로 안정은 찾지 못했다. 며칠을 더 두고 보다 못한 연주 어머니는, 신경정신과 진료를 예약하고 날짜에 맞춰 진료를 받았다. 며칠 후 의사의 진료 소견서를 받았는데, 특별히 정신적인 분열 상태는 아니라면서 증세가 심해지거나, 사라지지 않으면 뇌파 검사를 해보자고 하였다.

"뇌파 검사라면, 혹시 뇌에 종양이나 다른 문제가 있어선가요?"

의사의 말에 연주 어머니는 무척이나 조심스럽게 질문했다.

"딱히 뇌에 어떤 질병보다는, 정신적으로 일어날 수 있는 증상을 염두에 두고서입니다. 과거에는 간질이라 해서, 뇌세포에서 갑자기 비정상적인 현상을 일으키는 질환인데, 뇌종양, 외상, 뇌출혈, 뇌졸중 등 원인이 약 1/4 정도로, 전조 증상은 사람에 따라 다른데, 몸이 뜨겁거나 차가운 느낌도 나고, 음악이나 기계음도 들리고, 상한 맛, 냄새를 느끼기도 합니다. 또한 머리가 어지럽고 이상한 불빛이 시야에 들어오기도 합니다. 가장 흔한 측두엽 간질 환자들은 메스껍고 배에서 무엇인가 올라오는 느낌, 오심 등의 소화기 증상이나 기시감, 불안, 공포감 등의 전조 증상을 호소하는 경우가 많습니다. 그러나 따님의 증상은 상반되는 터라 간질 발작은 아니고, 그러니까, 히스테리나 강박관념 같은 정신적인 스트레스성 발작을 말하는 것입니다. 그러니 너무 염려 안 하셔도 됩니다. 이런 증상들도 뇌파검사를 하면 나타나기 때문에 검사를 권하는 것입니다."

연주 어머니는 며칠 후에 결과를 보려고 병원으로 갔다. 지난번 딸의 뇌파 검사를 한 결과를 들었다.

"염려했던 '전두엽前頭葉 · 이마엽(Frontal lobe)' 쪽의 질환은 없는 것으로 확인되었습니다. 대뇌 반구의 전방에 위치한 뇌엽으로, 두정엽 · 측두엽·후두엽 등과 함께 대뇌피질을 구성하는 주요 부위로, 추리·계획·운동·감정·문제해결에 관여하며, 특히 전두엽의 앞쪽에 있는 전전두피질은, 기억·사고력 등의 고등 행동을 관장하는데, 대뇌는 이마엽 또는 전두엽이라 하며 두정엽, 측두엽, 후두엽으로 구성되고, 이마엽은 다칠 확률은 낮지만 다치거나 쇠퇴하면, 기억상실 기억력 감퇴, 치매, 감정 억제의 어려움 많아집니다. 다행으로 이 질환은 아닌 것으로 나왔습니다."

연주 어머니는 의사의 검사 소견을 들으면서 혼란스러웠다. 전문용어를 들으면서 무슨 뜻인지 분별을 하지 못하여 어리둥절했다. 다시 묻기도 그렇고 해서 넋 놓고 아이의 얼굴만 응시했다. 연주도 아무렇지도 않은 듯이 다소곳이 앉아 있었다. 그러나 다행인 것은 뇌파검사 소견은 이상도 없고, 정신적인 스트레스성의 증상은 나타나지 않았다니 여간 다행히 아니었다.

연주 어머니는 의사 선생님께 고맙다는 인사를 하고, 연주를 데리고 집으로 왔다. 연주는 방안에 틀어박혀 집 밖으로 나올 생각을 안 했다. 온종일 방에서 무슨 생각을 그렇게 골똘히 하는지, 누워서도 천장을 보면서 미동도 하지 않았다.

연주 어머니는 할 수 없이 종합검진도 받아보고, 이름난 의사가 있는 병원에 특진을 신청하여 입원을 시키고 진료를 받아봤지만, 연주는 집에 와서도 다른 증상은 보이지 않았다.

연주 어머니는 별 뚜렷한 병명은 들을 수가 없었기에 한시름 놓긴 했지만, 연주가 함께 밥을 먹으면서도 별로 말없이 밥을 다 먹으면, 홀로 방으로 들어가서 나오지 않았다. 연주 어머니는 그런 딸을 놔두고 자주 사찰을 찾았다. 하루는 사찰의 업무를 담당하는 종무실장님이 연주 어머니에게 딸의 안부를 물었다.

"따님께서도 잘 지내시는지요?"

종무실장님은 연주 어머니가 어린 딸을 데리고, 가끔 사찰을 찾아 불공을 드리러 오면 인사를 나누고 했었다. 당시에는 종무원으로 있을 때는 젊었었는데, 이제 나이가 드셔서 종무실장을 하고 있었다. 연주 어머니는 종무실장님께 연주의 근황에 관해서 말씀을 드렸다. 한참 듣고 있던 종무실장님의 얼굴이 파르르 떨리고 있음이 보였다. 연주 어머니는 말하다 말고 그런 종무실장님을 보면서, 갑자기 머리가 어지러워졌다. 잠시 마음을 가다듬고 정신을 차리면서 종무실장님께 물었다.

"종무실장님! 저의 딸아이에게 무슨 문제라도 생긴 건가요? 갑자기 안색이 좋지 않아지시니?"

"그러게요. 듣고 보니 예삿일은 아닌 것 같습니다. 병원에서 여러 가지 검사를 해도 병명을 찾지 못하였다면, 필시……!"

또다시 종무실장님이 말을 잇지 못하시고 말끝을 흐리시는 데, 연주 어머니는 다시 마음이 불안하여 잠시 마음을 추스르고 나서 다시 물었다.

"종무실장님께서 말씀하시다 마시니 도무지 무슨 영문인지를 모르겠습니다. 느낌이라면 혹시 다른 병이라도 난 것인지요? 아니면 종무실장님께서 짐작 가시는 데가 있어서 그러시는 지요?"

연주 어머니는 답답한 마음에 자초지종을 물으며 종무실장님의 얼굴을 응시했다. 한참 동안 아무 말씀을 안 하시던 종무실장님이 조심스럽게 말했다.

"딸의 증상으로 봐서는, '신병神病(무당, 박수(남자 무당)가 될 사람이 걸리는 병)'의 시초가 아닌가 하는 추측이 가는데. 이 병에 걸리면은 의약醫藥

으로는 낫지 않고 무당이 되어야 비로소 낫는 병입니다. 그렇지만, 일단은 제가 잘 아는 용한 신어머니를 소개해 드리겠습니다. 일단 한번 만나서 의논해 보시고, 그분의 뜻에 따라 신내림을 받는 것이 좋을 듯합니다."

연주 어머니는 갑자기 머리를 벽에 부딪힌 듯이 통증이 오면서 어지러웠다. 종무실장님의 말씀이 사실이라면, 더는 지체할 수가 없었다. 정신을 가다듬고 종무실장님이 적어주신 신어머니의 전화번호와 주소를 받고, 종무실장님께 합장하고 나서 사찰을 떠났다.

연주 어머니는 사찰을 벗어나 내리막길을 걸으면서도, 걸음마다 다리가 휘청거려왔다. 몇 번이고 현기증이 일어 길바닥에 쓰러질 뻔하여 도무지 더는 걸어서 내려갈 수가 없었다. 바위 턱에 걸터앉아 한참 동안을 쉬고 나서야 겨우 집에 당도했다. 연주가 보이지 않았다. 연주 방을 열어봐도 보이지 않고, 안방에도 없고 사랑채에도 없었다. 연주가 보이지 않아 갑자기 가슴이 철렁 내려앉았다. 집 근처를 돌면서 한참을 찾아 헤매는데, 연주가 들꽃을 몇 송이 꺾어 들고 능선에서 내려오면서 어머니를 보고 방긋 웃음을 지었다.

"연주야! 야산에 혼자서 올라갔다 오는구나. 난 어디로 갔나 한참 찾았네. 그 꽃 참 예쁘구나. 꼭 우리 연주 닮았네!"

오랜만에 환히 웃는 딸의 얼굴을 보면서 어머니는 수심 어린 얼굴로 한참을 바라보았다. 연주는 아무렇지도 않다는 듯이 꽃을 꽃병에 물을 채워 꽂아 방으로 갖고 들어갔다. 꽃병을 들고 방으로 들어가는 딸의 뒷모습을 바라보는 어머니의 속마음은, 갈피를 잡을 수 없을 정도로 바싹 타들어 갔다. 이게 무슨 변고인지? 무슨 인연의 시작인지? 알다가도 모를 지경이었다. 한참 넋을 놓고 딸아이의 방을 바라다봤다. 이미 시련의 시작은 예고된 대로 행해질 것이란 감정을 떨쳐버릴 수가 없었다.

다음 날 아침에 연주 어머니는 종무실장님이 적어 주신 번호로 전화하니 바로 받았는데, 앳돼 보이는 목소리로 '네, 선이동 영신 신어머니 법당입니다.'라고 했다. 연주 어머니는 내일 중으로 찾아뵙겠다 하고, 다음 날 아침에 선이동의 영신 신어머니를 찾아갔다. 생태공원의 숲으로 이어진 골목길을 조금 오르다 보니 간판이 보였다. 집 안으로 들어가 어제 전화를 했었다고 하니, 전화를 받은 어린 보살이 반갑게 맞았다. 보살을 따라 안채로 들어갔다. 강당같이 넓은 곳의 법당이 차려진 곳에서, 신어머니라는 분이 기다리고 있었다. 연주 어머니가 묵례를 하자 앉으라고 방석을 내주면서 물었다.

"그래 잘 오시었소. 종무실장님께 대충은 들었소 만은, 언제 날짜를 잡아 상태를 살펴봐야겠소이다. 모친께서 편한 날을 택해 딸을 한번 데리고 오시겠다면, 내 딸의 증상을 자세히 살펴봐 드리겠습니다."

연주 어머니는 신어머니라고 해서 연세가 꽤 드신 할머니인 줄 알았는데, 무척이나 젊은 여자였다. 신어머니는 어린 나이에 애동제자로서 무녀 수업을 충실히 한 터라, 일찍 신탁을 내려 받아 '주무主巫'로 이름이 나 있었다.

더 미루고 할 이유가 없었다. 오늘 당장에라도 모시고 싶었지만, 그래도 며칠은 다시 더 지켜보고 싶어서, 다음에 연락드리고 방문하겠다 하고 집으로 왔다. 연주는 방에서 자는지 기척이 없었다. 연주 어머니는 연주의 방문을 두드렸다. 아무런 대답이 없어서 살며시 방문을 열었다. 있어야 할 연주가 보이지 않았다. 방을 나온 연주 어머니는 집 밖을 나와 사방을 둘러보았으나, 연주가 보이지 않았다. 주택가로 길게 난 오르막길을 올려다봤다.

이제 세월이 흘러가고 있음을 느껴야 했다. 꽃이 피는가 싶었는데, 그새 꽃잎이 지면서 바람에 날리고 있었다. 집 앞으로 이어진 능선으로 올라가는 길을 바라다봤다. 전에 연주가 꽃을 꺾어 들고 내려오던 모습이 떠올랐다. 연주 어머니는 그 길을 걸어 올라갔다. 길가로 들풀이 웃자라 싱그러운 냄새마저 풍겨왔다. 얼마를 올라가다 보니 길섶 옆의 바위에 연주가 앉아 있었다. 무엇을 그리 골똘히 생각하고 있는지, 연주 어머니가 다가가도 모르고 있었다.

"우리 연주 여기 있었구나. 여기 온 지 얼마나 되었니? 오래되었으면 이만 엄마랑 내려가자."

"네, 어머니 오셨군요. 여기 올라온 지 한참 되었어요. 그래서 저도 곧 내려가려던 참이었어요."

연주와 같이 내려오면서도 입을 굳게 닫은 딸의 표정에서 절로 한숨만 나왔다. 집에 와서도 방으로 들어가서 나오지를 않았다. 어림짐작으로 봐도 말수가 없고 침묵하고 있지만, 아이까지 잃고 이혼한 터라, 속내야 오죽할까 하는 생각에 눈시울이 붉어졌다. 연주 어머니는 티슈를 뽑아 눈물을 훔치고는 이내 마음을 접었다. 더는 살펴봐도 뚜렷이 달라질 거라곤 없어 보였다.

속히 성무의식을 치르고, 연주를 자유롭게 놔주어야 한다는 생각만 들었다. 이제 더 이상의 선택은 없겠다 싶었다. 어서 신어머니께 연락드리고 하루속히 기일을 잡아야겠다고 생각했다.

그간 '원인 모를 병(정신이상, 현대의학으로 치료할 수 없는 육체적 고통)' 때문에, 힘들어했던 딸을 위해 해줄 수 있는 것은 아무것도 없었다. 종무실장님이 하신 신병의 시초일 수도 있다는 심상치 않은 말씀에, 어쩌지 못하고 그냥 지켜볼 수밖에 없었음에 더욱더 애만 태웠다.

연주 어머니는 연주를 데리고 신어머니를 찾아가기로 마음먹었다. 연주와 의논하기 위해 연주 방으로 들어갔다. 마침, 연주가 누워서 잠을 자지 않고 있었다.

"연주야! 잠이 안 와서 그러고 있는 것이니? 아니면 무슨 생각을 그리하느냐?"

그래도 아무런 말이 없이 그냥 천장만 올려다보고 있었다. 어머니는 연주를 일키고 옆에 앉아 연주의 얼굴을 자세히 응시했다. 그러자 연주가 의아하다는 표정을 지으며 말했다.

"어머니! 제 얼굴에 뭐가 묻었나요? 왜 그렇게 저의 얼굴을 유심히 살펴보시고 그러시나요."

"아니다. 우리 딸이 너무 힘이 없어 보여서. 너의 아버지께서도 이젠 연로하셔서 봉사활동도 접으시려나 본데, 연주마저 그렇게 힘이 없어서야! 어서 기운을 내야지. 자 우리 밖으로 나갈까?"

연주와 밖으로 나온 어머니는 연주가 가끔 오르던 능선길을 따라 걸었다. 연주가 앉아서 침묵하던 넓적 바위에 앉아 연주에게 넌지시 일렀다.

"연주야! 내일 엄마 따라 어디 갈 곳이 있는데 같이 가줄래? 이유는 묻지 말고…."

"네, 어머니! 그럴게요. 이유 따윈 별 관심이 없어요. 어머니가 하자는 대로 무엇이든 할게요."

이유 따위는 별 관심이 없다는 연주의 말이, 자꾸만 딸에게 무슨 죄라도 지은 듯이 안타깝게 들렸다. 그래도 무엇이든 하겠다고 하는 말이 안도의 한숨을 쉬게 했다.

"그래. 우리 연주 잘 생각했다. 이 엄마는 혹시 우리 딸이 거절하면 어쩌나 했었는데, 낼 아침 먹고 엄마랑 다녀오자."

아침이 되어 연주 아버지는 식사 후에 바로 봉사활동 나가시고, 연주 어머니는 연주를 데리고 버스를 타고 신어머니한테로 갔다. 젊은 보살이 밖에까지 나와 연주 어머니를 기다리고 있었다. 법당으로 안내되어 들어가자, 신어머니가 반갑게 맞아 주셨다.

"먼 길 오시느라 고생하시었소. 어서 이쪽으로 가까이 와서 앉으시지요."

연주 어머니는 법당 안으로 들어가서 앉기 전에, 먼저 연주에게 신어머니라고 인사를 시켰다. 연주는 공손하게 인사를 했다. 신어머니는 인사를 하는 딸의 얼굴을 유심히 살피면서 차를 권했다.

"모친께서 이렇게 예쁜 딸을 두셨는데도, 모친께서는 마음이 편치 않으시니. 이 무슨 조화 속으로 왜 이리 주위가 어수선한지 살이 끼어 도무지 앞이 안 보이고!"

신어머니는 잠시 딸을 물러있게 보살들 방으로 보내놓고 연주 어머니와 단둘이 마주 앉았다.

"따님을 보니 어딘지 모르게 석연찮은 데가 있어, 너무 불쌍해서 이대론 안 되겠어요. 짐작은 갑니다만, 그래도 옆에서 지켜보신 모친만이 제일 잘 알 수 있을 것 같네요. 그동안 따님의 행동에 대해 자세히 설명을 해주셔야 합니다."

연주 어머니는 딸의 증상에 대해 소상히 설명했다. 한참 듣고 있던 신어머니는 연주 어머니에게 해답을 내놓았다.

"본인에게 직접 물어보고 이모저모를 살펴보고 소견을 내려고 했는데, 모친께서 하신 말씀을 들어보니, 짐작이 확연하여 그럴 필요가 없을 것 같습니다. 병원의 검사란 검사는 다 받아보셨는데도 증상이 나타나지 않았다니! 모친께서도 짐작은 하셨겠지만, 모친 따님은 신병을 앓고 있는 게 맞네요. 그동안 다들 모르시고 엉뚱한 곳에서 원인도 못 찾고 마음고생만 하시었네요."

 신어머니는 신병을 앓고 있다는 소견을 내놓으면서, 신병을 앓고 있음이 확실하다고 판단이 되면, 내림굿을 통하여 신과 영적인 교감으로 병을 고치고, 영적 능력을 발휘할 수 있는 무당의 길을 가게 될 것이라 했다. 연주 어머니는 결국 딸을 위해 '성무의식成巫儀式'을 치르고, 무당의 길을 가도록 할 수밖에 없음을 직감하였다.

 연주 어머니는 신어머니에게 의식 절차 모든 것을 맡기기로 마음먹고, 신어머니의 뜻에 따르겠다는 의사를 내비치자, 신어머니는 신이 내림에 대해서 자초지종 설명했다.

 "무당이 될 사람에게 신이 내리면 밥을 먹지 못하고 잠도 자지 못하며, 환청·환영이 나타나는 등 불가사의한 질병인 신병神病을 앓게 됩니다. 이러한 증상은 내림굿을 통하여 무당이 되어야만 나으므로, '신굿·명두굿·강신제'라 부르기도 하는 이 내림굿을 받아야 합니다. 이는 신병의 치유와 성무成巫를 동시에 이루게 하려는, 절차 의식이라고 생각하시면 됩니다."

 딸애한테 그런 신병이 있는 줄도 모르고 병원에만 끌고 다니다시피 했으니, 연주 어머니는 딸애한테 미안한 마음에 이번만큼은 제대로 된 치유를 받게 하고 싶었다. 신중하게 신어머니의 내림굿에 대한 말씀을 들으면서 신병이 확실하다면, 속히 성무의식을 치러주어야겠다고 생각했다.

 "과거에는 신병이 오랫동안 계속되는 사람이, 무당에게 점을 쳐보고 신이 내렸다면 날을 잡아 내림굿을 하게 되는데, 강신자는 굿하기 사흘 전에 마을을 돌아다니면서 7집이나 21집에서, '무조신巫祖神(무당의 조상이나 시조에 해당하는 무속신격)'인 대신상에 바칠 떡살을 동냥합니다. 그리고 쌀을 받을 때는 대개 강신자가 치마를 벌려 앞자락에 받아요. 또한 전날 강신자 집 아니면, 무당의 집 대문에 부정을 막기 위해 세 무더기의 황토를 놓고 문 위에 금줄을 쳐놓게 하였지요."

"그렇다면 지금은 아니란 말씀이지요?"

"전에는 절차가 좀 까다로웠으나 지금은 많이 간소화된 것입니다. 그리고 따님처럼 무병을 앓고 있는 신기는, 눈에 보이지 않는 작용에 원인 모를 신이라는 개념과 그 작용의 운동 주체로, 신령한 기 혹은 정신 현상을 가능케 하는 기氣라는 의미로 해석됩니다.

이러한 신기 개념이 더욱 확충되어, 철학의 중심 개념으로도 정의를 내리고 있습니다. 최한기의 기학氣學에서도 신의 의미를 기와 관련해 설명하고 있는데, 기의 능함을 일컬어 신이라고 한다면, 기는 천지의 작용하는 바탕질質이요, 신은 기의 덕德이라고 합니다만, 그 기 전체의 무한한 공용의 덕을 총괄해서 신이라고 하고 있습니다.

그리고 또한 '신병神病'은 학계에서 '입무入巫병'으로, '무병巫病(Schamanenkrankheit)'이라 하는데, 방안에 틀어박혀 사람을 피하고 별안간 밖으로 뛰쳐나가 춤추고, '망아경忘我境(Ecstasy: 정신이 황홀한 상태)'에서 정신을 잃고 쓰러지거나 숨겨진 무구를 발견하면, '몸주身主(보호신保護神)'로 삼습니다.

그리고 '신장神將(신병神兵을 거느리는 장수將帥)'의 잡귀 모습과, '무령巫鈴(방울)' · 징 소리 같은 환상 · 환청에 빠졌다가 '신어머니神母'의 인도로, 내림굿인 '강신제降神祭(몸에 내린 신神을 맞아서 무당이 되려고 신神에게 비는 굿'와, '입무제入巫祭로 병이 나으면 '신탁神託(사람이 매개자媒介者로, 신神의 의지意志가 나타남)'을 내리게 됩니다.

이때 말문이 열려서 점을 칠 수 있는 무당이 되고 그렇게 해서 매개체인 무당이, 하강하고자 하는 신의 욕망, 상승하고자 하는 인간의 욕망을 대변해 주는 역할을 맡게 됩니다."

신어머니는 초조해하는 모친의 마음을 안정시키기 위해, 신굿에 대한 내막을 차근차근 자세하게 알려주었다.

"또한, 일본에서는 요괴라 하여 령을 태우는 방법을 아직 고수하고 있고, 중국에는 도교적인 영향으로, '악령惡靈(악한 유령. 인간에게 해를 끼치는 귀신 유는 모두 악령으로 구분하나, 요괴와는 다름)'이 강시로 부활해서 나타난다고 합니다.

그러나 우리나라에서의 불교는 성불을 먼저 그리고 간혹 천도재, 두 개를 크게 나누는데, 성불은 귀신의 한을 풀어 저승으로 인도케 하고, 천도재는 조상신들의 노여움을 가라앉히려고 제사로써 안정을 시키는 것입니다.

무당이 주로 하는 퇴마는 쫓아내는 것보다 좋게 구슬려 타이르고 안정시켜서, 성불시키거나 대화가 막혀 귀신이 강제로 무당을 탐하려는 경우에 하는 의식이지요."

마지막으로 굿을 할 때 겪는 '탈혼脫魂(죽음은 영혼의 장소 이동으로, 이승에서 저승으로, 차 안에서 피안으로 변경되는 것)'에 대한 내용은, 정신세계를 이해하려면 좀 더 깊이 들어가 봐야 할 것 같았다.

"그러니까 굿이나 영적인 행위를 할 때는 심리적으로 무언가에 의존하고, 영혼이 빠져나가는 듯한 상태를 세 단계로 구분하게 됩니다. 첫 번째 단계는, '엑스터시(Ecstasy)'라 하여 영혼이 빠져나가는 듯한 황홀경을 느끼며, 능동적으로 영적인 대상에 접근하여서 하나가 되려는 것을 의미합니다. 그리고 두 번째 단계는, '트랜스(Trance)'라 하여, 자신의 의식이 영적인 존재로 서서히 변해감을 의미하며, 마지막 세 번째 단계인 '포지션(Possession)'은, 말 그대로 빙의로서, 수동적으로 영적인 존재에 사로잡혀 있는 궁극의 상태인데, 심리학적으로 영적인 존재는, 무의식적인 '초자아超自我(Superego-정신 분석학에서 이드(Id)·자아(Ego)와 더불어 정신을 구성하는 요소 중 하나)'라고 하지요.

그러니까 자아가 원시적 욕구를 억제하고, 도덕이나 양심에 따라 행동할 수 있게 하는 정신 요소라면, 초자아는 대부분 사회의 도덕이나 금기, 부모에게 받은 도덕 교육을 토대로 형성됩니다. 그래서 여러 개의 대상을 줬을 때, 그것들의 순서를 바꾸는 것으로 '치환(Permutation)'이라 할 수 있습니다.

정신분석에서는 정신을 '이드(Id)' 또는 '에스(Es)', '자아(Ego)', '초자아(Super Ego)'라는 3부분으로 나누게 되고, '자아自我(Ego)'는 생각, 감정 등을 통해 외부와 접촉하는 행동의 주체로서의 '나 자신'을 말합니다. 또한 '이드(Id)'는 본능적인 생체 에너지로, '리비도(Libido: 성 본능의 에너지)'의 원천이자 쾌락을 극도로 추구하는 쾌감원리인 본능으로, 정신분석학의 용어 중 하나로 '자아自我, 초자아超自我와 함께 인간의 정신 근간이 되는 요소이자 영역입니다."

자아, 초자아가 의식의 영역에 있는 것과는 다르게, 이드는 무의식 영역에 머물고 있으며, 그 때문에 일반적인 각성상태에선 이드를 파악하기 어렵다고 프로이트는 말했으며, 이 이드를 파악하기 위해 프로이트는 최면, 꿈의 해석(해몽) 등의 많은 방법을 제시했었지만, 결국 방법 대부분이 효과가 없는 것으로 판명되었다. 특히 최면 같은 경우엔 프로이트 자신이 환자마다 심각한 편차를 인식하고, 애초에 최면에 안 걸리는 사람도 있기 때문에 사실상 의미가 없어지는 것이라고 했다.

초자아는 우리가 말하는 양심, 도덕이라고 부르는 자아의 이상理想으로서, 자아는 초자아가 기준으로 하는 바에 따라 자기를 생각하고 완전한 행동을 하려고 노력하며, 초자아와 자아의 간격이 너무 벌어지면 죄악감·열등의식이 생긴다고 했다. 초자아에 대한, 특히 내림굿에 대한 설명을 충분히 들은 후 연주 어머니는 자리에서 일어났다.

"네 말씀 너무 감사합니다. 집에 가서 저의 남편과 상의해서 처리하도록 하겠습니다. 결정하는 대로 알려 드리겠습니다. 거듭 감사드립니다."

연주 어머니는 법당을 나왔다. 신어머니가 밖에까지 나와 배웅하였다. 연주 어머니는 고개 숙여 인사를 하고 연주를 데리고 집으로 왔다. 집으로 오면서도 외동딸을 이렇게 보내야 한다는 것이, 여간 어려운 것이 아니란 생각에 가슴이 미어질 듯이 답답해 왔다.

차에서 내려 흐르는 눈물을 연주 몰래 닦아내리려고 앞서서 걸었다. 한참이나 눈물을 흘리고 나서 조금은 진정이 되어 걸음을 멈추니 연주가 다가와서 물었다.

"어머니. 왜 그렇게 급히 걸으세요? 그렇게 걸으시다 넘어지시기라도 하시면 어쩌시려고요?"

"그러게. 나도 모르게 발걸음이 갑자기 빨라지는 구나……."

연주는 더는 묻지 않고 앞장서서 걸었다.

강연주 어머니는 선이동 영신 신어머니를 찾아갔다가 온 후 사찰로 향했다. 주지 스님을 알현하고 선이동 영신 신어머니를 찾아갔던 일을 상세하게 말씀드렸다.

"잘하셨소이다. 내 그러잖아도 어찌 되었는지 궁금하던 차였는데, 결국은 신기로 인해 그간 마음고생이 많았으니, 따님은 말할 것도 없겠지만, 불자님께서 그간 겪으신 고충은 이루 헤아릴 수가 없을 터인데, 마음이 가면 어찌 아니 이루어질 수 있겠냐 만은, 이도 다 부처님 뜻이라 생각하시고 순리에 따르도록 하시지요. 나무南無 관세음보살觀世音菩薩!"

임경 주지住持 스님을 만나고 난 후부터 차츰 안정을 찾아가는 연주 어머니는, 연주를 불러 앉혔다. 연주는 여느 때와 다름없이 매일 방에서만 지냈다. 연주가 어머니 앞에 다소곳이 앉았다. 어머니는 연주의 얼굴을 잠시 살펴보고 나서 말을 꺼냈다.

"연주야! 다음 주말에 연주를 위해 굿을 할 터인데, 연주는 괜찮겠어? 연주가 싫다고 해도 이번만큼은 어쩔 수가 없구나. 이것도 다 너를 위한 일로, 엄마는 많은 생각 끝에 어렵게 결정을 내리게 되었구나."

연주 어머니는 연주의 대답도 들어보지도 않고 일방적으로 결정을 내렸다. 어머니가 이미 결정을 내린 터라, 연주는 체념한 듯이 고개를 끄덕이며 아무 말도 하지 않았다.

굿 날은 신어머니가 길일을 택하여, 다음 주말로 잡아놨으니 그날 딸과 함께 와달라고 하였다. 신어머니의 기별을 받은 연주 어머니는 택일 날 아침에 자신부터 목욕재계하고, 연주도 깨끗이 목욕을 시키고 새 옷으로 갈아입혔다. 길로 나와 택시를 불러 연주와 같이 타고 신이동 신어머니 집 앞에서 내렸다. 신어머니의 신당으로 가니 대기하고 있던 애동제자가 반갑게 맞아 법당으로 안내되어 들어갔다. 신굿을 할 곳이라 제단을 꾸며 놓고 분주하게 상을 차리고 있었다. 모든 진행은

'원무당元巫堂'인 영신 신어머니가 주재하고 있었다.

제물로 '백병白餠'과 과일, 당과와 유과, 술, 포 등을 차려놓고, 오방신장, 장군, 백마신령, 산신, 용왕, 칠성, 대신할머니, 글문도사, 삼불제석의 모두 각 장으로 따로 된 탱화가 걸려있고, 앞으로는 호랑이를 깔고 앉아 있는 산신과 산신동자, 부처 2기가 모셔져 있었다.

'신단神壇'의 좌측에는 놋동이 위에 오방기·신장칼·신장대·부채·삼지창 등이 담겨있는데, 신장대는 굿에서 신장을 청할 때 쓰며, 오방기는 굿거리를 마친 뒤에 기를 뽑아 공수를 줄 때 사용하는 것이다. 삼신을 나타내는 삼지창은 삼신을 받들어 세우는데, 이 삼지창에 소나 돼지 등 전물을 꽂아 세웠다. 삼신을 받들어 세운 이 삼지창을 사슬이라 하여, 신들께서 잘 받으셨는지 가름하게 되는데, 잘 서면 곧 삼신께서 정성을 잘 받으셨다고 보았다. 이는 우리의 모든 신은 삼신으로부터 시작되었기 때문이라 했다.

신단의 신상 앞에는 신에게 바치는 맑은 물이 놓여있고, 위의 천장에는 이름을 적어놓은 연등을 걸어놓고, 우측 벽에는 부처가 새겨져 있는 원형 동판과 종이 달려있었다.

신굿을 할 때는 먼저 신의 정체를 파악하는 것이 중요했다. 우선 쓸모 있는 신인가를 판별하고 몇 번이고 확답을 받은 후에 신을 받았다.

신단의 밑에는 굿할 때 쓸 북과 징·채·징 깔개 등을 넣어 놓았다. 굿을 할 때는 꺼내어 채 위에 북을 놓고, 징 깔개 위에 징을 놓는다. 무당은 양손에 채를 갈라 쥐고 치며 굿을 했다.

신굿에는 3~4명의 무당이 함께하는데, 무당이 오방신장으로 모시는 무신도로, 신방 벽에는 오른쪽부터 봉안된 천신대감, 오방신장, 산신, 삼불제석, 칠성, 부군, 용궁부인, 용장군, 최영장군, 관성제군, 일광보살, 월광보살이 그려져 있었다.

기무는 장구를, 악수는 조수로서 징을 치며, 전악은 퉁소와 해금을 맡고, 창부무와 후전무는 가무와 예藝만 하면서, 선무당도 세 명이나 합세하여 법사들 중앙에서 치성드렸다.

굿의 절차는 일반 재수굿 열두거리에 내림굿 의식이 추가된다. 먼저, 일반 굿과 같이 액과 살을 내쫓는 '추당물림'을 하고 나서, 부정거리·가망거리·말명거리·상산上山거리에 이어서 내림굿을 하게 되었다.

상산거리에서 대신상 앞에 '신명상神名床'을 놓는데, 이것은 팥·콩·쌀·참깨·물·여물·메밀·재·돈 등을 똑같은 모양의 종지에, 각각 담고 백지로 덮어싸서 상 위에 늘어놓았다.

무당이 상산노랫가락을 하고 나서 강신자에게 마음에 드는 무복을 입게 한 다음, 오른손에 부채와 왼손에 무당방울을 들려서 춤을 추게 한다. 이때 장구와 제금을 빠른 가락으로 쳐주면, 강신자의 몸에 신이 내려 떨면서 춤을 추게 된다. 그리고 한동안 춤을 추고 나서 무당이 '어느 신이 드셨느냐?'라고 물으면, 강신자는 자기에게 내린 신명을 모두 댔다.

강신자는 무속을 하는 동안 평생 이 신들을 모시게 된다. 이어 주위에 모인 사람들에게 점을 쳐주는데, 이를 '말문 연다'라고 한다. 말문은 강신자가 신을 받아서 처음 입이 열리는 것을 말한다. 다음에는 무당이 신명상 위에 있는 종지 하나를, 강신자에게 집게 하여 몸에 실린 신명을 알아내려고 했다.

이런 신명종지를 집으면 그 속에 든 것을 삼키게 하고, 잡귀나 도깨비인 '여물', 부정인 '재' 등 악신을 상징하는 신명종지를 집으면, 부정치기를 하고 다시 종지를 집게 하는데, 신앙信仰심으로 선신의 신명종지를 집을 때까지 이 과정을 반복시킨다. 이것은 강신자에게 허튼 신을 몰아내고, 경건하게 자비·사랑·의뢰심을 갖게 하는 것으로, 선신을 모시고자 하는 것이다. 이것이 끝나면 강신자는 한바탕 춤을 춘 뒤, 대신상에 놓인 '열두방기떡'을 구경꾼들에게 나누어준다. 이 떡을 먹으면, 일 년 내내 재수 좋고 병이 없다 하여 이를 '방기떡 판다'고 했다.

강신자는 다시 빠른 가락에 맞추어 '도무跳舞(뛰며 활발히 추는 춤)'를 하고, 춤이 끝나면 주위 사람들에게 점을 쳐주는데, 새로 무당이 된 사람이 용하다 하여 다투어 공수받기를 원하는데, 공수는 강신무가 신의 계시를 받아서 공수를 내려 인간과 신 사이의 중계자 역할을 하며, 굿하는 도중 신이 들려 스스로 '신격화神格化'된다. 신이 따라온다고 믿는 화려한 여러 종류의 무복을 입고, 부채·방울·신칼 등의 무구를 들고 추는 춤을 통해 강신무는 자신의 몸에 신을 싣는데, 무당이 신내림 상태에서 과거 현재 미래의 일을 말하는 '신탁神託'으로, 신이 사람을 매개자로 하여, 그의 뜻을 나타내거나 인간의 물음에 대답하는 것을 신에 의한 언행이라 했다.

내림굿 과정이 끝나고 나머지 뒷부분은 재수굿과 마찬가지로, 별상굿·대감거리·제석거리·호구거리·성주거리·군웅거리·창부거리·뒷전거리를 하여 굿을 마치게 되는데, 3일 후 강신자는 굿을 해준 무당의 집 신전에 술과 메를 올리고 간단한 제를 올리는데, 이것을 '삼일치성'이라 했다.

내림굿을 받은 강신자는 '주무主巫'를 신어미 또는 선생으로 모셔 평생 관계를 맺으며, 무속의례 전반을 배우게 되며, 이밖에 부채·무당방울을 숨겨놓고 격렬한 무악을 울려 강신자가 신들린 상태에서 찾아내게 함으로써, 무당이 지녀야 할 능력을 시험하기도 했다.

연주 어머니는 연주와 뒤에 앉아 원무당의 지시가 떨어질 때를 기다리면서, 내림굿의 진행 과정을 지켜보았다. 지켜보는 도중에도 연주 어머니는 연신 두 손을 모아 딸의 앞길을 빌고 빌었다.

악사들과 무당들이 벌이는 가무가 한창 절정에 이른 후에, 악사들과 무당들의 굿거리가 잦아들었다. 이어 보살들이 널브러져 있던 무구들을 정리하고 나자, 신어머니가 무복을 차려입고 무당들 사이로 걸어 나왔다. 법사들과 무녀들이 조용히 옆과 뒤로 물러났다. 하얀 신복에 고깔을 쓰고 두 손에 무당 방울과 부채를 든 신어머니는, '영매자靈媒者'의 의식으로 들어가기 위해서 당춤을 추었다.

무악이 점점 더 빨라지자 신어머니도 '도무跳舞'에 빠져 얼마 지나서, 절정으로 치닫는 춤으로써 무아의 경지에 돌입하게 되고, 거의 '탈혼脫魂' 상태로 접어들면서 신과 접하게 되었다. 이어서 '신탁神託'을 통하여 '반신반인半神半人'으로 빠져들어 갔다.

신어머니는 들고 있던 무당 방울을 냅다 흔들어 대며 한참 동안 당춤을 추다 그 자리에 쓰러졌다. 모든 무악도 멈추고 정적이 흘렀다. 얼마나 지났을까? 신어머니가 깨어나서 법사를 불렀다. 뒤에 있던 법사가 다가갔다. 신어머니는 법사에게 강신자를 데려오라고 했다.

"어서 준비해 놓은 무복으로 갈아입히고 앞으로 데려오게."

법사는 이내 뒤로 물러나 연주 어머니에게 다가가서 강신자를 부른다고 하였다. 연주 어머니는 연주에게 보살이 갖고 온 하얀 신복으로 갈아입히고, 연주를 데리고 앞으로 나갔다. 신어머니는 바로 연주에게 방울과 부채를 쥐여 주고, 가망청배와 본향, 상산 노랫가락으로 축원문을 낭독했다.

가망청배 축원문은 가망청배를 하는 의식에서 읽어지는 글로, 가망청배는 조상을 청배하는 거리 또는 모든 신의 본향을 찾는 거리로, 가망청배를 끝낸 후 '가망노랫가락'으로 들어가며, 이 의식에서 읽어지는 축원문은 수명장수와 복록을 기원하기 위해 쓰이는 글이었다.

초가망 이가망 조라도 전물도 가망이요,
마거(말게)받아 오신가망 소거(설게)받아 오신가망
조상은 마편에 구래등정에 오는말 채를치고 가는말
섟을 잡아 들어오시다 양산에 본향가망,
소산은 소본향 육산은 육본향 가망이며 뼈주신 가망에
살주신 가망이며 씨주신 가망이요,
사위로 삼당가망 궁내로 제당가망 도당가망 부군가망 산릉(살릉)가망
사해로는 용신가망 성주로 업이가망 안당으로 불시가망 만신몸주 대신가망,
가망님 수이에서 약소한 정성을 태산같이 받으시고 ○씨에 가중이 이름나고
명나고 재수발원 점지를 하시어 상덕을 입히어 주손이다 내외야 제 산으로
공수 하시다 대감은 천신가망,
오늘은 이정성에 정성덕 입히어 주시고 선망후망 ○씨가중 선후망에 본향부리도 유궁하고 신에도 가득한 가정인데 삼월은 만도화 꽃맞이 잎맞이 진달래 화전 맞이 정성을 태산같이 받으시고 준령같이 받으시어 ○씨에 대주님 마음 안에 먹은대로 백사가 대길하고 전량을 놀이삼고 업산년 복삼년 곱게나고 석달이 편안하게 점지를 하소사.

강신자 연주는 왼손에 부채와 오른손에 무당방울을 어설프게 잡았지만, 신명이 나지 않는지 춤사위를 놀리지 않고 울기만 했다. 먼저 몸 안에 잡귀와 조상귀를 다 승천시켜야 신을 깨끗하게 모실 수 있는데, 연주의 몸에서 잡귀가 떨어지지 않는 탓인지, 넋이 나간 사람처럼 멀뚱히 서서 주르르 눈물만 흘리며 서 있기만 했다.

잡귀를 떨치지 못하면 강신이 안 되는데, 다른 잡귀 때문인지 영매자의 길을 막고 터주지를 않았다. 무엇을 주저하는지 접신을 못 하고 그냥 떨기만 하는, 강신자의 동태를 살피던 신어머니는, 큰소리로 축문을 외며 방울을 흔들어 댔다.

"인간에게 있는 혼과 넋은 하늘신이 되어 제사를 받다가 4대가 지나면 영과 선으로 바뀌었으니, 자손을 둔 신은 '황천신黃泉神'이나 '삼신三神'이 되어 하늘로부터 자손을 타 내렸고, 자손을 두지 못한 신은 '중천신中天神'이니 곧 '서신西神'이 된다고 하였거늘, 강신제자 연주는 듣거라. 신명님께 공드린 조상님의 은덕으로, 칠성줄에 신기 받아 '탈혼脫魂'으로 강신을 발원했으나 영 신통치가 않으니, 이는 필시 공수를 받아들일 준비가 아직 미흡한지라 어서 이리 와서 앉으라."

신어머니는 강신자에게 신단 앞에 앉게 하고, 신제자를 위한 축원문을 외웠다.

    개단개천 유연하고 풍우태상 사바하
    천상에는 옥황상제님 구천응원 뇌성보화
    천존대왕 강남천리 호구별상
    동두칠성 칠원성군 남두칠성 칠원성군
    서두칠성 칠원성군 북두대성 칠원성군

남아영산 산왕대신 사해수부 용왕대신 8도의 신령님네
금일 감응하옵시고 석가여래 세존불사 관세음보살
복이 천존 개벽후에 일월이 광명하여 일월성신 나계시고
풍운조화 손오병서 육도삼약 육정육갑 둔갑신장의
변화무궁 도술법은 인간을 향한 법이로다
천지만물 지중에 인간은 만물의 영장이라 인간탄생 하신후로
날짐승 길짐승 일체초목 금생수는 인간들의 하수연이라 하였으니
옛날의 대성인들이 이르사대 신거기하고 인민간이라 하옵기로
일체 귀신들은 후세상 법도따라 천상으로 가게되고 극락으로 가게되고
지옥으로 가게되며 일체만물과 인간들은
땅에서 살기를 마련인고로 갖은 조화를 주실적에
열두신장님과 좌우영신들은 금차가중에 작희작난 걷우시고
이탈저탈 잡지말고 송경법사 법문따라
이만하강 강림하여 소원성취 내리소서

이때 장구와 제금을 빠른 가락으로 쳐주면, 강신자의 몸에 신이 내려 떨면서 춤을 추게 된다. 그리고 한동안 춤을 추고 나서 무당이 "어느 신이 드셨느냐?"라고 물으면, 강신자는 자기에게 내린 신명을 모두 댄다. 강신자가 무업을 하는 동안 평생을 두고 이 신들을 모시게 된다.

신어머니의 신제자를 위한 축원문이 끝나자, 잠잠해 있던 무악들이 일제히 빠르게 소리를 냈다. '기무(장구)·악수(징)·전악(퉁소·해금)·창부'는 가무와 예藝를 하면서, 선무당도 세 명이나 합세하여 법사들 중앙에서 치성을 드렸다.

굿당 안은 온통 악기 소리와, 선무당의 치성 드리는 소리가 뒤섞여

혼이 나갈 정도였다. 잡귀가 얼씬도 못 할 정도로 굿당 안을 쩔렁쩔렁 울렸다.

무당방울과 부채를 쥐고 정신 나간 듯이 멍하니 서 있는 강신자 연주에게, '공수(신탁: 신이 무당의 입을 빌려 인간에게 의사를 전하는 일)'를 주기 위해 신어머니가 다시 나섰다. 강신자의 머리 위를 부채로 저으면서 무당방울을 흔들었다. 쩔렁쩔렁 '방울(무령巫鈴)'소리를 내면서 강신자의 주위를 맴돌면서 방울소리에 신들이 춤을 추어댔다.

방울을 흔드는 것은 신에 대한 예의이며, 무당이 쓰는 방울은 신을 부르기 위한 도구이기도 했다. 요란한 방울 소리에 정신이 드는지, 강신자는 한참이나 주변을 두리번거리다가 이내 부채를 펴들었다. 그리고 방울을 흔들면서 발작적인 광란한 춤을 추기 시작했다.

강신자가 탈혼의 길로 접어들자 신어머니는 뒤로 물러서서 보다가, 조용히 강신자 뒤에 앉아서 유심히 지켜보고 있었다. 한참이나 도무跳舞에 빠져 반은 미친 사람처럼 날뛰더니, 점점 춤사위가 잦아들었다. 신어머니는 곧바로 일어나서, 방울을 쩌렁쩌렁 소리가 나도록 흔들어댔다.

강신자가 속히 탈혼脫魂이 되어 신탁神託을 내려받게 하기 위해서였다. 신어머니는 주문을 외면서 강신자의 어깨를 방울로 내리쳤다. 쩌렁하는 요란한 방울 소리에 강신자는 그만 그 자리에 풀썩 쓰러졌다.

뒤에서 딸의 신탁을 위해 연신 두 손 모아 빌던, 강연주의 어머니가 벌떡 일어나 급하게 다가왔다. 신어머니는 바닥에 널브러진 강신자를 바른 자세로 눕히고, 놀란 눈으로 딸을 내려다보는 모친에게 조용히 귀띔했다.

"좀 있으면 깨어날 테니 너무 걱정하지 마시고 제자리로 돌아가 기도나 열심히 올리십시오."

　신어머니의 귀띔에 마음을 놓으려 했지만, 딸은 눈을 감은 채 마구 사지를 떨고 있으니 불안하기 짝이 없었다. 신어머니는 연신 무슨 알 수 없는 주문을 외고 있어서, 강연주 어머니는 그냥 지켜볼 수밖에 없어 다시 제자리로 물러났다. 그리고 연신 머리를 조아리면서 두 손을 모아 빌고 또 빌었다.

　신어머니 또한 강신자의 갑작스러운 발작에 당황해 했다. 신어머니는 갑자기 주의가 산만해짐을 느끼고, 어수선해진 주위를 살피면서도 강신자의 몸에서 눈을 떼지 못했다. 이는 분명 공수받기를 거절하려는 몸부림이란 생각이 들었다. 어쩌면 어느 망자의 혼이 서린 탓에, 탈혼이 되지 않고 있었기에, 이렇게 한나절이 속절없이 지나가고 있었다.

　이는 필시 아기의 영혼이 원과 한을 풀지 못하고, 이승에 남아 떠돌고 있기 때문일 거란 생각이 들었다. 이제 어떻게 해야 할지 신어머니조차도 기진맥진할 정도로 지쳐갔다. 신어머니는 마지막으로 '영가靈駕(靈: 정신의 불가사의不可思議함이고, 駕: 경칭敬稱으로 높임의 말)'를 위해서, '진오귀鎭惡鬼 혼가'를 외웠다. 다시는 죽은 아이가 이승에서 귀천으로 떠돌지 않도록, 좋은 곳으로 보내기 위해 주술로써 망자의 혼을 달랬다.

　　　혼이로다 넋이로다
　　　사람죽어 혼이되고 인혼죽어 넋이되고
　　　전생길도 못가시고 이승길도 못가시어
　　　허공중천 떠돌다가 배가고파 못살겠네
　　　적막강산 허공에서 말못하고 소리없이 울고 있는 원혼이여

이승에서 우는사연 그 곡절은 모르지만 그 까닭도 모르지만
혼이로다 넋이로다 무주공산 삼원혼량
혼이라도 다녀가요 넋이라도 다녀가요
사람은 죽어 귀신이오 귀신은 죽어 품은 혼령
품은 혼령은 부모님의 혼령
오시는 것을 누가 보며 가시는 길을 누가 알랴
꿈결 같은 세상살이 헌신같이 저버리고
사람은 죽어 범이 되고 범은 죽어 꽃이 되네
백사장 넓은 뜰에 표적 없이 다녀가시라고
아흔아홉 상쇠는 원앙을 삼아 쇠천명두는 인물 삼고
진오기 대령이오 단오기 대령입니다

    신어머니의 마지막 몸부림이 통했는지 강신자가 정신을 차리고 일어나 앉았다. 그러고는 무엇인가 중얼거리면서 주위를 매섭게 주시했다. 신어머니는 다시 방울을 흔들며, 강신자의 주위에서 떠도는 혼령魂靈을 불러들였다.

신이로구나 신이로 허어어어~어 어허어어~로구나
마이장서 어나리로구나 애 애 애해 해애 해아야
나야 시러 애해 애해 이야
등잔가세 등잔을 가세 불쌍하신 만자님의 넋 빌러가자
등잔을 가세 하느님전에 등잔을 가세-후렴 구음

나보소사 불쌍하신 망자님 씻김받자 나오소사
상탕에 목욕하고 중탕에 머리감고 하탕에 수족씻고

가자서라 씻김받자 가자서라 꽃 꺾고 머리꽂고 좌상
부처 품에 안고 염불로 양석 쌓고 새왕가자 나오소사
춘하추동 사시절

염불로 양석쌓고 새왕가고 나오소사

경상도는 대푸리요 전라도는 충천애 푸리로구나
잔도 잔도 새로 속잎이 났네
애라 만수야 애라 대신아
많이 흠향하고 편안히 돌아가소사

  신어머니가 혼신을 다해서 '사령死靈(죽은 이의 영혼을 천도하기 위해 행해지는 의식)'을 달래서 불러들이자, 강신자는 탈혼이 되었는지 벌떡 일어나, 뜬금없이 부채를 펴 들고 방울을 흔들면서 이승사자인 강림도령을 불러들였다.

이승 사자 강림도령 영문 안에 들어서서
팔뚝 같은 쇠사슬로 망자씨 실낱같은 목을 올거
철퇴로 두다리니 정신조차 암암하다
위 영靈이라 할 일 없이 저승길을 갈려 하고······

넋이로세 넋이로세
넋인 줄을 몰랐더니 오늘 보니 넋이로세
신이로세 신이로세
신일 줄을 몰랐더니 오늘 보니 신이로세

넋일랑은 오시거든 넋당삭에 모셔 오고
신일랑은 오시거든 신상에 담아 모셔 오고
신넋이 오시거든 화기사단에 모십시다

강림도령은 이승차사로 죽은 자의 영혼을 불러 저승으로 가서, '저승차사'인 '이원사자'에게 인계하는데 그때 이원사자가 비로소, '명부冥府(저승으로, 명계冥界·황천黃泉·구천九泉·유명幽冥·음부陰府 등)'의 세계로 데리고 간다고 했다.

신어머니는 강신자의 탈혼이 시작됨을 눈치를 채고, 누구보다도 행보가 더 빨라졌다. 신이 하늘에서 인간 세상으로 내려온다는 그 '강림降臨'으로 인해, 강신자는 계속 떨면서 춤을 추다 신어머니에게로 다가갔다. 신어머니는 다가오는 강신자의 동태를 보면서 물었다.

"이제 됐다. 어서 너의 말문을 열어 이 어미에게 고하거라. 그래 어느 신이 드셨느냐?"

강신자는 신어미 앞에 넙죽 엎드려 절을 올리고 나서 접신을 열거했다.

"산신·칠성신·지신·용신과 자연신·장군신·대감신·왕신 등입니다."

신어머니는 대견하다는 듯이 그동안 마음고생 많았다면서, 신의 계열에 관해 설명했다.

천신계열 - 일월성신, 옥황상제 등
지신계열 - 산신, 산신령
용신계열 - 용왕

인신계열 - 서산대사, 남성수, 대신마누라 등

내세신계열 - 십대왕

영역신 - 부군, '서낭(마을을 수호하는 서낭당이 서낭을 모시는 곳)'

직능신 - 천문신장, 의술신장, 약사신장 등 계열에 대해 말씀을 내리고 나서, '종지잡이'를 했다. 내림굿이 성공하였다고 생각될 때 무당이 될 사람이 앞으로 잘 불리는 무당이 될 것인가, 아니면 잘 불리지 못할 것인가를 가름하기 위해서였다. 내림굿하는 당사자에겐 아주 중요한 순간으로, 요즘은 보통 5~7가지의 품목으로 '종지잡이'를 하고 있지만, 예전에는 12가지가 넘었다고 했다.

내림굿하는 당사자인 신애기가 장단에 맞춰 힘껏 춤을 추다가, 갑자기 멈추서서 널어놓은 종지 중에 하나를 잡았다. 그리고 속에 무엇이 들어있는지 많은 종지 가운데 하나씩 집는 형식으로 3번을 한다. 이때 반드시 집어야 하는 종지는 물이 든 종지라고 한다. 물이 든 종지를 잡지 못하면, 맑은 신명이 들어오시지 않았다는 의미가 되기 때문에 무당들은 난감해한다고 했다.

강신자는 용케도 물이 든 종지를 잡아내었다. 신어머니는 매우 흡족해하면서 강신자의 두 손을 잡았다.

"이제 됐으니, 어머니께 가보도록 하거라."

강신자는 어머니한테 가서 목이 메도록 흐느꼈다. 어머니는 딸의 등을 두드리면서, 그동안 마음고생 많았다면서 같이 눈물을 펑펑 쏟았다.

"그래 그동안 얼마나 많은 아픔을 겪으며 참아왔었니? 내가 우리 딸에게 해준 게 너무 없어서 미안하구나. 가여운 것!"

"아닙니다. 어머니! 이게 다 어머니의 애 쓰신 덕분이기에, 다 털어

버리고 새롭게 삶을 살아갈 수가 있을 것입니다. 저 연주 때문에 어머니, 아버지께서 고생만 하시고……."

어머니는 연주를 껴안고 대성통곡을 했다. 한참 동안 부둥켜안고 울던 연주가, 어머니를 달래려고 손은 놓는데, 어머니가 실신하면서 이내 바닥으로 쓰러졌다. 갑자기 일어난 일이라 장내가 조용해졌다. 무당들이 오고 애동제자가 달려와서 연주 어머니를 주무르기 시작했다. 한참 후에 정신이 드는지 감았던 눈을 뜨고 연주를 찾았다.

"우리 연주 어디 있어요?"
"네, 어머니. 연주 여기 있어요. 이제 괜찮으시나요? 정신이 드셔요?"
"응, 그래. 우리 연주 그간 고생이 많았다."

다시 모녀가 끌어안고 울음을 터트렸다. 한참을 그렇게 울던 모녀의 울음소리가 잦아들었다. 멀리서 지켜보던 신어머니가 다가와 모녀의 어깨를 도닥이며 넌지시 일렀다.

"이제들 그만 우소. 공수를 받았으니, 이제 따남은 '영매자靈媒者'로서의 길을 가게 될 것이오. 그러니 너무 서러워 마시고 가는 길 붙잡지 마시고, 축복의 문을 활짝 열어주소서, 이제 영매자를 보내드리시고 걱정을 않으셔도 됩니다. 마지막 축원을 드릴 터이니 부디 좋은 길로 인도하소서. 신어머니는 그들에게 신명님전 축원경을 외웠다.

  천상옥황 일월성신 천지신명님네들은
  금일 이정성에 감응감통 하시어서
  원차 강림 하시여 처지고 누지는 일없이
  세세 찰지를 하옵소서.
  북두대성칠월성군 님네들은

원차 강림하시어서 금일 이공사에 쳐지고
누지는일 없이 세세 찰지를 하옵소서.
삼불은 제석님네들도 원차 강림하시어서
금일 이공사에 쳐지고 누지는일 없이
세세 찰지를 하옵소서.
호구 별상님네들도 원차 강림하시어서
금일 이공사에 쳐지고 누지는일 없이
세세 찰지를 하옵소서,
선관도사 일월도사 지리도사 약명도사
산신도사 제종도사님네들도 하위동심 받으시고
원차 강림 하시어서 금일 이공사에 쳐지고
누지는일 없이 세세 찰지를 하옵소서.
천신대감 천복대감 천하대감 지하대감
각국나라 열두대감 삼나라에 사신대감
살륭대감 부근대감 터주대감 제종대감님네들도
하위동심 받으시고 원차 강림하시어서 금일
이공사에 쳐지고 누지는일 없이 세세 찰지를 하옵소서.

  연주는 이제 성무의식이 끝나고 무업의 길로 들어서서, 신어머니에게서 무당수업의 가르침을 받기 시작했다.
  그렇게 해서 연주는 부모님 곁을 떠나 법당을 차리고 무속인으로 거듭나게 되었다. 그렇게도 부모님께 불효한 딸자식이기에 연주의 눈가에는 눈물이 맺혀 흘러내렸다. 가야 할 길을 열어주신 부모님께 기도하는 딸의 마음은 아리다 못해 쓰라렸다.
  마음 내키지 않았을 텐데도 홀가분하게 갈 길을 가도록 배려해 주신, 고마우신 부모님께 연주는 날마다 기도로써 참회해 보지만, 연주의 가슴에는 죄책감이 떠나지를 않았다.

연주는 무속 수업을 끝내고 무속인으로 홀로서기를 하고, 이미 이 세상을 떠나신 부모님을 생각하면서 늘 가슴앓이를 해보지만, 속내를 감당할 수 없을 때는, 어릴 때 어머니를 따라가서 만났던 주지 스님을 만났다. 주지 스님을 친부親父처럼 의지하며 형용할 수 없는 일에 봉착할 때는, 모든 것을 숨김없이 털어놓고 가르침을 받았다.

주지 스님은 어릴 때부터 지켜본 아이였고, 성인이 되어서 부모님을 힘들게 하고 무속인이 되었기에, 더욱더 안쓰러워했으며, 부모처럼 따르고 해서 정도 많이 들었다. 주지 스님은 더 애써서 마음 다스릴 수 있도록 보살펴 주면서, 도道의 이치에 대해서도 가르쳤다.

주지 스님의 가르침은 연주를 무속인으로서, 만신의 길을 가기 위해 해야 할 일을 알려주곤 했다.

"기본적 소양과 품성으로 자신의 환자와 상담할 때는, 마음속의 고뇌를 이해하려 들며, 마을이나 지역사회에서 존경받는 무속인이 되어야 하며, 내림굿을 받고 오랜 기간 학습 과정을 거쳐서 점치는 법, 신령들의 계보, 노래, 춤, 옷, 제상 차리는 것 등, 굿을 주도할 수 있을 수준이 되려면 10년은 배워야 하느니라."

모든 단계를 거쳐 무당이 된 후로는, 지식을 쌓고, 만사에 노력을 기울이는 것이지만, 신성한 직업에 대한 존경과 책임감도 가지라고 했다.

무속인이 하늘의 노여움을 사지 않고, 산과 강, 바다, 하늘 등 자연의 현상을 신격화한 것으로, 농경사회에서 매우 중요한 역할을 했으며,

고려 시대에는 대개 무신을 숭배하면서 농업과 관련된 예술, 의식 등을 지켜 매개체 역할을 했다.

"산 사람을 위한 '굿(재수굿·운맞이굿·병굿)'이나, 망자를 위한 '굿(진오기굿)'과, 마을을 위해 지내는(도당제·서낭제)와, '신굿(내림굿·진적굿)'이 있는데, 서해안 배연신굿 및 대동굿은 황해도 해주와 옹진, 연평도 지방에서 해마다 행해진 굿으로, 이 중 배 연신굿은 바다에 배를 띄우고, 그 위에서 배의 안전과 풍어를 기원하는 의식이고, 대동굿은 마을 전체를 다니며 마을 사람들의 이익을 빌고, 또 단결을 다지는 지역 축제처럼 모두가 나서서 흥겨운 한마당을 펼치는 것이니라."

3, 풍어제豊漁祭 / 흑룡과 여의주如意珠

매년 봄의 절기가 다가오면 바닷가에서는, '해륙풍海陸風'이 불어와 풍랑이 다소 거칠게 몰아쳤다. 낮 동안에는 바다와 호수에서 육지를 향해 해풍海風이 불어오는 데 비해, 밤이 되면 거꾸로 육지에서 바다나 호수 쪽으로 육풍陸風이 불었다. 그런 풍속의 차이 때문에 낮과 밤에 부는 바람의 방향이 달라졌다. 그래서 낮 동안에는 바다와 육지의 기온 차이가 벌어지기 때문에 해풍이 육풍보다 풍속이 더 강했다. 그런 해풍을 '해양풍海洋風'이라고 하기도 하며, 육풍은 '대륙풍大陸風'이라고 했다.

해마다 꽃이 피고 지는 이맘때가 되면 마을 전체가 공동으로 기원의 약속이기도 한, 어민들의 공동 제의祭儀(동신제洞神祭)로 안전한 항해와 풍어를 기원하는 용왕굿인, '풍어제豊漁祭'를 지내게 되었다.

이는 풍어제를 지내면서 일 년을 기약하고, 물을 지배하는 용왕龍王을 수신水神으로 숭배하면서, '안심입명安心立命(안심 때문에 몸을 천명에 맡기고 생사 이해에 당면하여 태연함)'으로 풍어와 무탈을 위해 지내는 의식의 절차였다.

해마다 항구 입구에서 어선들을 모아놓고 그곳에다 제물을 차려 지내던 풍어제였다. 그런데 새로 채택된 강연주 '만신萬神(여자 무당)'이, 기도 중에 용신의 신기를 받고 찾아낸 곳이 지금의 너럭바위였다. 용신께 제를 올리면, 뒤탈 없이 1년은 무사히 넘어가서 해마다 이곳에서 제를 올렸다.

어선이 드나드는 항구의 입구는 먼바다로 기를 뻗어 나가게 하기에는 협소했다. 그래서 만신은 항구의 입구를 돌아 방파제의 모래톱까지 나갔다. 모래톱 주변으로는 굵고 넓적한 바위가 길게 뻗어 있고, 그 이어진 곳에 꽤 큰 너럭바위가 있었다. 그 주위로는 늘 파도가 찰랑거릴 뿐 바위 위를 넘나들지 않았다.

강연주 만신은 이곳에 터를 정해놓고, 몇 년째 풍어제를 지냈다. 해마다 이곳에서 제수를 마련하여 제를 지내게 되어, 올해도 만신은 음력 3월 9일을 택일로 잡고 풍어제를 지냈다.

먼저 제를 지내기 전에 바닷물을 길어와 바위를 깨끗이 닦고, 위에 흰 광목을 펴서 널고 그 위에다 제상祭床을 차려냈다. 그리고 명패에 【용왕대신 - 龍王大神之位】라고 세로로 써서 걸었다. 용왕굿과도 같은, 용왕신에 대한 굿거리로서 축원 덕담의 무가를 가창했다. 제가 끝나면 배를 타고 바다에 나가 용왕신에게 용왕떡 등 제물을 바치고 돌아왔다.

모두 무릎을 꿇고 앉아 풍어제 준비에 온 힘을 다하였다. 일 년 내내 바다에 나가 고기를 잡는 이들에게서 풍어제는, 계승해서 내려오는 절실한 의식이었기 때문에, 모두 숙연하게 합장하고 기다리고 있었다.

보살들이 분주하게 움직여 준비를 마치고 강연주 만신에게 고하자,

화려한 오방색 '무복巫服(무당이 굿할 때 신神을 상징하기 위하여 입는 의례복)' 위에 하얀 외투와 하얀 고깔모자를 쓴 강연주 만신은, 동서남북과 중앙을 지킨다는 '오방신장五方神將(다섯 방위를 지키는 신으로, 잡귀나 악신을 몰아내고, 주로 수호신으로 오방장군이라 하고, 동의 청제靑帝, 서의 백제白帝, 남의 적제赤帝, 북의 흑제黑帝, 중앙의 황제黃帝로, 상징)'을 불러들였다. 그리고는 준비해 온 옥수를 두 손으로 받쳐 들고 제단에 올렸다.

용왕제 상차림 제물로 어류는 용왕에게 비는 터라서 사용하지 않고, 육포와 감. 배. 사과. 밤. 대추 등 다섯 가지 과일을 놓고, 흰 시루떡과 파, 마늘 등 오신채 양념을 넣지 않은 나물을 놓고, 마지막 흰 도자기 병에 소주와 탁주를 담아 올리고 나서, 강연주 만신은 제물상 앞에 서서 먼바다를 향해 합장했다.

오른손에는 부채를 들고 왼손에는 방울을 들어 신들을 '청배請陪(무당굿에서 신령이나 굿하는 집안의 조상의 혼령을 불러 모심)'했다. 왼손을 흔들자 방울 소리는 요란하게 퍼져 나갔다. 방울은 소리로서 신들에게 고하고, 부채는 바람을 일으켜 신들을 부르며 '신명축원 영신제자 법당기도문'을 외기 시작했다. 이어 기무技巫는 장구로 장단을 맞추고, 악수樂手는 조수로서 징을 쳐댔다. 바위 틈새에서 내는 파도 소리도 한몫하듯 철썩거리며 흥을 돋웠다. 그러자 강연주 만신의 신명축원문은 더욱더 거세게 하늘로 퍼져 올라갔다.

   천신도사 일월도사 선관도사 약명도사
   산신도사 제종도사 신령님은 합의동신 하옵시고
   풍어기원 발원하며 용신숭배 발원으로
   용궁신장 산신으로 합의동심 굽어도와 주옵시고

수신숭배 안심입명 모든신께 고하나니
　　지극지심 기도발원 명기줄도 점의점지 하옵시고
　　천왕문도 열어주고 공동제의 축원으로
　　부디평정 내리옵고 무사항해 풍어기원 올리나이다.

　천지신명 용왕대신님 전에 간곡한 치성으로 청배를 아뢰었다. 이윽고 무아無我의 경지에 다다라 탈혼脫魂이 되자 '신탁神託(신이 사람을 매개자로 그의 뜻을 나타내거나 물음에 답함)'을 통해 말문을 열어 번영을 내렸다. 만신이 마지막으로 무속의례 중 하나인, 신에 대한 기도와 축원을 하는 '합장청배合掌請陪'를 하고, 공양제물을 주위에 뿌리고 나서야, 긴 시간 동안 정성을 쏟아 치러 낸 풍어제는 끝이 났다. 바위 주변으로 몰려드는 파도만이 찰싹대면서 신명축원문을 잠재웠다.
　신명축원문으로 청배를 마친 만신은, 한참이나 좌정의 무념 상태에서 미동도 하지 않았다. 얼마 지나지 않아서 무념에서 깨어나 고개를 든 만신은 고깔모자를 벗었다. 만신의 흰 이마에는 땀이 송골송골 맺혀 흘러내렸다. 만신은 보살들에게 제물을 참여한 마을 사람에게 나눠주게 하고 술로 목을 축였다. 한층 갈증으로 목이 타는 터에 탁주 한잔으로, 저 멀리 심하게 너울지는 파도를 보면서 수심을 풀어냈다. 아득히 보이는 수평선 끝으로 해무가 피어올랐다. 햇살이 해무를 뚫고 서서히 파도에 일렁거렸다. 만신은 그 파도 너머로 시선을 두면서 아득하니 일갈했다.
　"용왕신이 강림하시어 올해도 무탈과 번영을 내려주셨으니 이 어찌 길하지 아니할 것인고."
　수협 직원이 만신에게 수고했다며 술을 따르고 굿이 잘 끝났음을 기뻐했다.

"올해도 어김없이 만신께서 지극정성으로 빌어주셨으니, 용왕대신의 축원을 받아 안심하고 조업에 임할 수 있겠습니다. 하 하 하!"

만신은 용신굿을 무사히 끝마치고 조무와 화랑이 패들·악사·보살들과 같이, 모든 무구를 챙겨서 차에 싣고 달려 만신의 굿당에 도착했다.

일행은 여장을 풀고 나서 법당에 모여 이른 저녁을 들고 각자 집으로 돌아갔다. 만신은 수고한 그들을 보내놓고 나니, 굿일을 치르느라 쌓인 피로가 한꺼번에 몰려왔다. 만신은 법당에서 그냥 쓰러져 깊은 잠에 빠졌다.

사방이 캄캄해지면서 동쪽 하늘에 오로라가 춤을 추었다. 주로 남반구와 북반구의 고위도 상층대기 중에 나타나는 오로라인데, 희한하게도 동쪽 하늘에서 오로라가 피어나더니, 서서히 동이 터오면서 주위가 밝아왔다. 오로라가 춤을 추던 곳에서 용오름이 시작되어 이내 법당으로 치달았다. 법당 지붕에서 불꽃이 튀었다. 거센 바람이 소용돌이치면서 하늘로 치솟더니 단숨에 바다로 내달렸다.

파도가 거세지면서 바위를 부숴버릴 듯이 물살이 몰아쳤다. 바위벽을 치면서 포효하던 물살이 용오름을 타고 하늘로 치솟았다. 하늘을 뚫을 것 같았던 용오름이 갑자기 하강하면서 용신제를 지내던 곳으로 빨려 내려왔다. 곧이어 거대한 흑룡이 여의주를 떨어트리고 하늘로 치솟았다. 만신은 신음과 함께 눈을 떴다.

만신은 예삿일이 아님을 직감했다. 만신은 서둘러 뱃전에 둘렀던 광목을 꾸려 승합차에 실었다. 한시도 지체할 수가 없었다. 흑룡이 하늘로 올라가면서 떨어트린 여의주를 찾기 위해 만신은 전속력으로 내달렸다. 용신제를 지내던 곳에 해 지기 전에 도착했다.

　차를 주차장에 대고 내린 만신은, 광목을 챙겨 들고 모래 둔덕을 넘어 용신제를 지냈던 곳을 지났다. 급히 오느라 숨이 차서 잠시 쉬었다가, 다시 흑룡이 여의주를 떨어트렸던 바위 쪽으로 올라갔다. 올라가 보니 아래에서 보기와는 전혀 딴판으로, 바위들이 촘촘하게 깔려있어서 주변으로 잔잔한 파도가 찰랑거렸다.

　그런데 흑룡이 여의주를 떨어트렸던 바로 그 자리에, 웬 여자아이가 피를 흘리고 쓰러져 신음하고 있었다. 서산으로 넘어가는 햇살이 바로 아이의 피 흘리는 곳으로 비쳐서, 선명한 핏빛이 만신의 눈을 자극했다. 만신은 강한 빛을 받아 눈이 부시어 슴벅거리며, 준비해 간 광목으로 서둘러 여자아이의 머리를 감싸고 무릎에 앉혔다.

　그리고 바로 119에 전화했다. 광목으로 둘러싼 아이의 머리를 손바닥으로 떠받치고 아이가 무사하게 해달라고, 신명축원문으로 기도하면서 어서 구급차가 오기를 기다렸다. 만신은 피를 흘리는 아이 머리가 열이 나면서 뜨거워, 식히느라 부채를 펴들고 부채질했다. 한참을 부채질하고 있는데 저 멀리서 요란한 비상음을 내면서 달려오는 구급차가 보였다. 만신은 부채를 넓게 펴서 높이 들어 마구 흔들어댔다. 구급대원이 만신이 부채를 흔들고 있는 곳을 발견하고는 응급용 침대를 들고 뛰어왔다. 이내 아이를 침대에 옮겨 눕혀 구급차로 가서 싣고, 어느 병원이라고 알려주고 급히 떠났다. 만신도 차에 올라 가르쳐 준 병원으로 내달렸다. 응급실로 들어가니 응급치료는 거의 마친 상태로, 눈, 코와 입만 남기고 온 머리는 붕대에 감겨 있었다. 아직도 아이는 깨어나지 않았다.

　얼마 후에 응급치료한 의사가 와서 맞고 넘어져서 생긴 상처인데,

다친 지가 오래된 것 같지는 않다고 하면서, '찰과상(Abrasion)'과 '타박상(Bruise)'이 좀 심하기는 해도 생명에는 지장이 없어서 다행이라면서, 어떻게 하다 이렇게까지 되었느냐고 반문했지만, 왜 바닷가까지 가서 다쳤는지 모르겠다는 대답만 했다. 다친 데 대한 경위를 묻는 이유는 진료기록을 해야 하기 때문이라면서, 절대 안정을 취하여야 한다면서 입원실로 옮겨야 한다고 했다.

만신은 의사의 소견을 듣고 안도의 한숨을 내쉬었다. 아이의 상태가 이만한 것도 하늘의 뜻이라면서 눈시울이 뜨거워졌다. 입원실로 옮긴 뒤 시간이 좀 지나 아이가 신음을 내면서 겨우 눈을 뜨고, 이리저리 바라보다 다시 눈을 감고 한참을 지나서야 다시 눈을 떴다. 만신은 아이의 손을 잡고 물었다.

"얘야! 이제 정신이 좀 드느냐? 어떻게 된 일인지 기억할 수 있겠니?"

아이는 대답 없이 그냥 만신의 얼굴만 쳐다보면서 입속으로 뭐라고 중얼거리다 말았다. 만신은 입원실의 아이 옆에서 꼬박 밤을 새웠다. 아침에 치료가 끝나고 얼굴에 난 상처가 깊어서 성형해야 한다고 하였다. 성형외과에서 1차 수술을 받았다. 꼬박 3일을 치료 후 2차 수술 날짜를 잡아주고 퇴원해도 좋다는 간호사의 말을 듣고, 원무과에 가서 수납하고 약제과에 가서 약을 받아왔다.

아이를 부추겨 데리고 병원을 나와 차의 뒷자리에 눕히고 조심히 운전하여 집으로 왔다. 아이를 싣고 돌아온 만신은 아이를 안채에 요를 깔고 그 위에 눕혔다. 그제야 팔과 어깨에 통증이 왔다. 피를 흘리며 쓰러져 신음하는 아이의 머리를 감싸 업고, 차에 태우고 내리고 할 때는 전혀 느끼지 못했는데, 위급한 상황에서 한숨 돌리고 나니까 힘을 썼던 곳으로 통증이 몰려왔다. 그것도 병실의 아이 옆에서 자다 깨다 하면서 뜬눈으로 밤을 새웠으니, 만신은 아픈 곳을 주무르면서도 아이한테서 눈길을 떼지 못했다. 한참 동안 주무르자, 통증이 좀 가라앉았다.

만신은 죽을 쑤어와 누워있는 아이에게 입안으로 조금씩 흘려 넣어줬다. 아이는 겨우 몇 술을 받아먹고 나서 다시 신음을 내더니 이내 잠이 들었다. 잠을 자면서도 가끔 이상한 소리를 지껄였다. 만신은 아이 옆에 누웠다가 잠이 들었다. 잠결에도 무엇을 찾는지 가끔 팔을 허공으로 휘두르다 만신의 어깨를 치기도 했다.

만신은 잠에서 깨어났다. 옆의 아이는 깊은 잠에 빠져 미동도 하지 않다가, 갑자기 수렁에 빠져서 헤매는 아이처럼 팔다리를 허우적거렸다. 만신은 그런 아이를 감싸 안고 도닥이면서 어서 깨어나기를 빌었다.

초등학교 3~4학년 정도로 보이는 아이는, 2일 만에 깊은 수렁에서 깨어났다. 한참 만에 눈을 뜬 아이는 사방을 두리번거리면서 무엇을 찾는 듯했다. 만신은 아이에게 다가가 옆에 앉아서 조용히 얼굴을 내려다봤다. 아이는 내려다보는 만신과 눈이 마주치자, 눈을 몇 번 깜박거리다 만신에게 물었다.

"여기가 어디인데 왜 제가 여기 누워있어요? 그리고 아줌마는 누구세요?"

아이는 생소한지 이곳을 계속 두리번거리면서, 지긋이 내려다보고 있는 만신을 향해서 재차 물었다.

"여기가 아줌마 집이에요? 아줌마가 이곳으로 저를 데려오신 거예요?"

아이는 계속 무언가를 생각해 내려고 애를 쓰면서 몸을 뒤척였다.

"애야. 묻는 건 나중에 하고, 어서 일어나 뭐라도 먹어야지. 안 그러면 지쳐서 영영 못 일어난단다. 죽을 쑤어놨으니 어서 일어나 한술 뜨려무나."

만신은 아이를 일으켜 앉히고 '개다리소반小盤(상다리 모양이 개의 다리처럼 휜 막치 소반)'에 흰 쌀죽을 내왔다. 아이는 몹시 배가 고팠기에 허겁지겁 한 그릇을 비웠다. 그런 아이를 바라보던 만신은 기가 차서 말도 못 하고, 아이의 등을 도닥이면서 넌지시 일렀다.

"그래, 네가 2일 만에 깨어났으니 얼마나 배가 고팠을까마는, 하여튼 무사해서 다행이다. 지금은 이 상황을 기억하지 못해서 답답하겠지만, 차차 몸이 회복되는 데로 기억을 떠올리려 들면 될 것이니 좀 더 누워 쉬거라."

아이는 만신의 말을 들으면서, 다시 기억이 전혀 안 난다며 뒤척이다 조용히 잠에 빠져들었다. 만신은 아이 옆에서 떠나지 않았다. 그러고는 정성을 다해 간호하면서 기도했다.

아이가 잠에서 깨어나자, 옆에서 지켜보고 있던 만신이 가까이 다가왔다. 아이는 눈을 뜨고 내려다보고 있는 만신을 올려다보면서 물었다.

"어떤 애들에게 강제로 끌려갔었는데, 떠밀려져 넘어지면서 정신을 잃었어요. 그리고 아무리 생각해도 그 이상은 생각나지 않아요."

아이의 정신상태는 멀쩡한 것 같은데, 기억을 찾지 못하여 가만히 있지를 못하고 이리 뒤척 저리 뒤척 하면서 몸부림을 쳤다. 만신은 그런 아이를 한참 동안 내려다보면서 생각에 잠겼다. 한참을 미동도 하지 않고 생각에 골똘해 있던 만신은, 아이에게 더 가까이 다가가 아이의 가슴에 손을 얹어놓고, 수명과 재산을 맡아보는 제석신에게 올리는 제석풀이를 했다.

이때는 어느 때일런가 삼한적의 시절이라 인간을 마련할 제
사수에 인신하시었고 우수인신 하시어서 건건 좌선 살아갈 제
목실은 좌양하여 떡갈나무 떡잎열고 쌀 나무 쌀이 열고
돈 나무 돈이 열고 신나무 신이 열리데 교인화식 수인씨는 교식교화 하옵시고
염제 신농씨는 농사법을 마련할 제 제석천황 나계셨네

눈을 감은 채 기도문을 외던 만신은 집중이 잘 안 되는지 일어나 법당으로 들어갔다. 다시 눈을 감고 참선에 들면서 한참 동안 주문을 외었다. 한참이나 서려 있던 법당의 기운이 서서히 내려오고 있었다. 만신은 더욱더 집중하여 법문으로 제석신을 불러 일갈했다. 법당에 서서히 바람이 불기 시작했다.

천하제석 지하제석 나무인간 제석신 금산화주 제석신 옥산화주 제석신
태자아기 제석불 세자아기 제석불 중마실 제석불 하마실 제석불
대한바다라 추들고 받들어서 삼신제왕으로 인도할 제 제석할머니 삼신이라고 일컬어 주옵시어
금일정성 발원하는 여의주는 귀한 생명 인연으로 찾아가니,
뉘집 자손 구하려고 몇 날 며칠 발원하여 자손창성 부귀영화 수복구존을
희망 점지 하옵시어 소원조화 주옵소서-

어지러운 징조가 하늘을 뒤덮었다. 온통 주의가 산만해졌다. 사방이 어수선하게 흔들렸다. 한 무더기의 붉은 기운이 법당 안을 휘돌면서 소용돌이를 치자, 하늘에서 내려온 동자신이 만신을 요령으로 후려쳤다. '찰그랑' 소리와 함께 만신은 눈을 떴다.

"거 참 해괴한 일일세! 어찌 여태껏 보이지 않던 동자가 내려온 걸 보니까 우리 아이에게 무슨 짓을 하려고?"

만신은 짤막한 한숨을 토해내면서 아이의 동태를 살피려고 일어났다. 법당을 나와 아이의 곁으로 갔다. 아이는 그새 잠이 들었다. 언제 그랬느냐는 식으로 태연하게 잠에 떨어진 아이의 얼굴에서, 자꾸만 주체할 수 없는 독기가 서려 있었다. 만신이 아이를 내려다보는데 아이의 얼굴에서 오로라가 요동을 치고 있었다. 만신은 아이의 얼굴을 더 가까이 내려다보면서 중얼거렸다.

"그래. 너에게는 액운이 끼었다. 그 액운을 없애려면 너는 내 곁에서 떠나면 안 되겠다. 내 정성이 모자라 너의 기억을 찾아주지 못해 안타까움만 가득한데, 왜 이리 주위가 산만한지 모르겠구나!"

만신은 아이가 웬만하면 경찰에 신고하여 아이 찾아주기 운동이라도 벌이고 싶었지만, 모든 기억을 잃고 거기다가 상처도 아직 아물지도 않고, 2차 성형수술 날짜가 다가와서 만신의 힘으로 아이를 돌봐야겠다고 생각했다.

만신은 흑룡이 승천하면서 떨어트린 여의주를 찾으러 갔다가 발견한 아이라 해서, 여의주로 이름을 지어주고 더욱더 기도에 매달렸다. 여의주의 과거를 찾아주려 항상 곁에 머무르며 참선을 게을리하지 않았다.

그러나 신이 노했는지 접신으로도 알 수가 없었다. 아이는 누군가에게 끌려와 넘어졌다는데, 넘어져도 그냥 넘어진 게 아닌 것 같았다. 분명한 것은 바위에 부딪혀서 피를 흘린 것과, 그 와중에서도 정신을 놓지 않은 것은, 분명 누군가에 의해 폭행을 당해 이곳으로 유기되었거나, 아니면 이곳으로 끌려와서 사고를 당한 것이 아닐까 하는 생각도 들었다. 만신은 일단 아이가 크게 다치지는 않고, 정신도 멀쩡하여 안도하면서도, 다만 기억을 잃은 것이 안타까워 더욱더 정성껏 기도문을 외웠다.

　　－속세를 떠나서 평범한 인간이 아닌 길을, 참선과 수행으로 내 영혼 속에는 인간의 한과 욕심이 꿈틀거리기를 수없이 반복하건만, 윤회가 무엇이며, 평범한 인간이 갖지 못하는 영적능력자라 한들, 신의제자가 되어 하늘에 빌고 영매자의 길을 걷는 자신이 무엇이란 말인가?－

　만신은 잠든 아이의 곁을 지키면서도, 하늘에 빌고 또 빌며 한탄을 거듭하였다. 그럴수록 아이에 대한 안타까움은 더해가기만 하여 넋두리를 늘어놓았다.
　"용신이 내려준 귀한 생명인데, 이 아이는 어디서 왔으며 누구란 말인가? 아이를 잃은 부모는 날마다 애타게 찾고 있을 텐데. 도무지 가늠할 수가 없는 이 아이에 대한 과거를, 짐작이라도 가는 데가 있으면 좋으련만. 기억조차도 못 하고 있으니. 도무지 아이에 대해서 이렇게 앞길이 꽉 막혀서야!"
　만신은 이 아이의 기억을 되찾아주려고 갖은 정성으로 매달렸지만, 접신이 쉽게 되지 않아 한숨만 내쉬며 중얼거렸다.

"그래! 이렇게 빌어도 안 되고 있으니 이 또한 무슨 조화 속이란 말인가? 정녕 이 아이에게 무슨 일이 일어났었단 말인가?"

만신은 더욱더 매진하려고 애를 쓰면서도, 기가 꺾이지 않으려고 빌고 또 빌었고, 감았던 눈을 뜨고 천장을 쳐다보며 푸념을 늘어놓는 만신의 시야에는, 잔뜩 먹구름만 노닐었다. 만신은 다시 눈을 감고 깊은 생각에 잠겼다. 아득한 먼 곳에서 보일 듯 말듯이 아이의 그림자만 어른거렸다.

매일 아이를 위해 밖으로 데리고 나가, 개인 주택이 들어선 길섶에 자라는 이름 모를 나무를 보면서, 말을 시켜보았지만 듣기만 했지 어떤 생각나는 일이 없는지 묻지 않았다.

"우리 의주! 다치기 전에는 어디 살았어? 그리고 어느 초등학교에 다녔었고?"

그러나 의주는 아무리 생각을 해봐도 떠오르는 것이 없다고 하였다. 만신은 의주와 다시 집으로 들어와 법당으로 들어갔다. 아무리 데리고 다니면서 주택가 주위의 돌아다니면서 이것저것 구경시켜 줘도, 생소하기만 한지 그냥 지나치려 했다. 만신은 법당에서 다시 물었지만, 무엇인가 알아내려고 애를 쓰고는 있지만, 생각이 나지 않아 어지럽다고 했다. 너무 많은 것을 물으니 생각해 내느라 머리가 어지러운 모양이었다. 만신은 묻는 일은 접어두고 아이가 밖에서 놀 수 있도록 지켜만 봤다.

다음 날 아침을 먹고 별신굿을 하러 가려고 준비를 마치고 의주를 찾으니 보이지 않았다. 그래서 밖에 나가보니 꽃밭에서 윙윙거리는 꿀벌들을 보면서 놀고 있었다. 만신은 의주를 불러들였다. 그리고 냉장고의 반찬과 밥솥의 밥을 가리키며 일일이 확인시켜 주었다. 의주가 물었다.

"어머니! 또 멀리 가시려고요?"

"그래 의주야. 엄마는 '별신別神굿'이 떨어져서 좀 멀리 갔다가 내일 오후쯤에야 올 것이니, 나 없는 동안 밥 잘 챙겨 먹고 너무 법당에만 있지 말고 밖에 좀 나가 놀아라. 그렇게 할 수 있지?"

의주는 별것을 다 걱정하신다는 뜻으로 고개를 끄덕였다.

"어머니, 걱정하지 마세요. 의주 잘 지낼 테니 별신굿이나 잘 치르고 오세요. 지극정성으로 성황(서낭)님께 빌어서, 마을의 평화와 농사의 풍년을 기원해 드리시고요."

"그래, 우리 의주 이젠 제법이네! 엄마에게 좋은 교훈도 내려주고. 의주의 정성에 힘입어 이번 굿도 잘 모시고 올 수 있을 것 같구나."

강연주 만신은 보살님들이 챙겨온 도구도 함께 승합차에 싣고 떠날 준비를 마쳤다. 만신은 빠진 게 없는지 다시 확인하고 조무 그리고 악사들과 함께 차에 올라 떠났다.

무구巫具로는, 장구·징·제금 등의 '무악기巫樂器'와 신칼·작두 등의 '도검류刀劍類', 엽전·산통 등의 '무점구巫占具'와, 방울·지전·부채·오색기 등의 소도구 등이 있는데, 중부·영동·호남·영남·제주도·이북 지역으로 종류별로 형태 및 기능을 살펴볼 수 있다. 의주는 떠나는 차를 향해 손을 높이 흔들며 배웅했다.

별신굿은 3년에서 5년 정도의 기간에 마을의 수호신인, 선황님께 마을의 평화와 농사의 풍년을 이루게 해달라고 비는 굿을 말하지만, 때에 따라서는 길한 기운을 받고, 흉한 악귀를 배척하여 마을의 안녕을 위해 해마다 제를 지내기도 했다.

특히 무당이 제사하는 큰 규모의 마을굿을 동해안 지역에서는, 벨신·뻴순·배생이·별손·뱃선 등으로 불렀다. 그리고 그 외 지역으로는 은산·경주·충주·마산·김천·자인 등이라 전해오지만, 가장 전통을 지니고 이어져 내려온 지역은, 역시 동해안 일대로 알려져 내려왔다.

마을을 수호하고 농사나 어업의 풍요를 빌기 위해서 마을 전체가 나서서 거행하는 동제洞祭는, 모두 합심하여 긴 날 동안 제를 위해, 필요한 것들을 준비하고 마련하여 신께 고하는 날까지 분주하게 움직였다.

동제는 정기적으로 벌이는 큰 굿이라 십여 명 이상의 무당이 동원되어, '음주가무飮酒歌舞'를 동반하는 '집단수호신集團守護神(특정한 집단이나 장소를 보호하고 지켜주는 신)'에 대한 제의였다.

원시 고대古代에 하늘을 숭배하고 제祭를 지내는 '제천의식祭天儀式'은, 농경과 정착 생활이 본격화함에 따라 나타난 추수감사제적인 성격이었다. 서낭당에서 제를 올리고, 당堂에서 굿을 하여 평안과 농업의 풍요를 기원하는 의식이었다. 마을 전체가 행하는 별신굿 덕분에 마을은 축제 분위기로 한층 들떠있었다.

마을 사람들에게는 굿청이, 흥겹게 놀면서 즐길 수 있는 놀이판으로 변했다. 굿이 진행되는 중간에도 '노름굿'이라고 하는 굿거리 한마당이 차려지는데, 이때는 마을 청년들과 무녀들이 함께 어우러져 노래하고 춤추는 장관을 이루기도 했다. 무가의 내용도 한층 더 발전하면서 '무악巫樂'도 세련되어 흥을 돋우기에는 안성맞춤이었다.

큰 볕가리개를 치고 '신대神竿(무속에서 신령이 하강하는 통로로, 신령의 임재臨在를 나타내는 신목神木)'와, '오방신장기五方神將旗'인 '신기神旗'를 세우고 제상을 차려놓았다. 굿의 진행과 별신굿의 풍어제를 살펴보면 대략 다음과 같이, 풍어제로서의 별신굿은 신에게 드리는 제사이지만, 특정 신이 따로 있는 것이 아니라, 마을 동제당인 서낭당의 당신堂神을 비롯하여 여러 존신尊神을 함께 모셨다.

또한 별신굿은 여러 신에게 굿을 한 거리씩 해가는 과정으로 보면, '부정굿'은 굿을 준비하는 과정에서 끼어든 부정한 것을 정화하고, '골맥이청좌굿'은 마을의 수호신인 골맥이신을 모셔다 굿청에 봉안하며, '당맞이굿'에서는 골맥이신을 봉안하여 쾌자 차림의 무녀가 부채를 펴고, 무가를 부르고 마을에서 선정한 제주祭主가 도착하면, 제관들은 제물을 진설하고 헌작 배례했다.

무녀는 축원·덕담 후 소지燒紙(종교적·신앙적 목적으로 종이를 태우는 행위)를 올려 마을 전체와 집집의 길흉을 살펴 가며, '화해굿'은 신과 신, 신과 인간과의 화해를 도모했다. 이는 일명 합석合席굿으로, 산신·용왕신·당신·성주신을 합석시켜 모두의 화해를 기원하며, '세존굿', 시준굿 또는 중굿이라 하는데, 무녀는 고깔, 장삼에 염주를 걸고 청배무가로써 '당금아기'를 부르며 중춤을 추는데, 중 흉내를 익살맞게 연행하며, 그리고 무당 둘이 나와서 '도둑잡기놀이'를 즐겁게 했다.

그리고 '조상굿'에서는 조상신 청배, 재수와 자손들을 잘 돌봐 달라고 축원했다. 세존굿, 화해굿에서와 마찬가지로 이 굿의 후반은 흥겨운 놀음굿으로 진행되었다.

다음의 '성주굿'에서는 가옥을 관장하는 성주신령이므로, 무녀가 쾌자에 갓쓰고 부채를 들고 등장, 집을 짓는 과정, 살림을 불려 집치장하는 모습을 무가로써 가장하여 묘사하고 있었다.

'천왕굿'은 천왕신天王神에 대한 거리로, 굿말미에 '도리강관 원놀이', '천왕곤 반놀이' 또는 '원님놀이'를 하는데, 원님의 힘으로 마을의 관재

官災와 불상사를 없애려고 했다.

다음은 '심청굿'의 '심청전'과 같은 식의 서사무를 구연하는데, 원래 창부굿이라 하던 것으로 눈병을 없애 준다고 믿었다.

'놋동이굿'은 군웅軍雄굿의 속칭인데, 무녀가 놋대야를 입에 물고 군웅장수의 위력을 뽐내면서 시주를 받는 굿이었다.

'손님굿'은 마마신인 손님신에 대한 거리로, 할머니들이 돈을 신대술에 달아 주기도 하는데, 자손을 보호해달라는 뜻으로 말미에는 손님을 배송하는 말놀이를 놀기도 했다.

다음은 '계면굿'으로, 무당신인 계면 할머니가 단골 구역을 돌며 신자들의 정성을 알아봤다. 지역에 따라 걸립굿, 말명굿이라 부르기도 하고, 무당과 바라지꾼의 익살맞은 재담이 많고 계면떡을 팔고, '용왕굿' 사해용왕을 모셔 어선의 안전과 풍어를 빌며, 굿의 막바지 절차로 바닷가에 나가 용왕상을 차리고, 바다에 '헌식獻食(불교에서 시식돌에 음식을 차려 잡귀에게 베푸는 일)'하여 액막이를 하기도 했다.

'거리굿'에서는 신들을 따라다니는 '수비('수부'라고도 하며, 수배隨陪로 표기되기도 한다. 서울·경기지역의 옛 재수굿에서는 굿의 본거리를 모두 놀고 난 다음, 뒷전 거리에서 다른 여러 잡귀 잡신과 함께 수비를 반드시 쳐들고 놀렸다.)'들을 풀어먹였다. 남자 무당이 나와 여러 가지 익살스러운 몸짓으로 훈장, 사촌, 골맥이신, 시각장애인, 해녀, 어부 등의 행태를 묘사했다.

무복巫服과 굿청 장식으로는, 동해안의 별신굿에서 무당들이 입는 의상은 비교적 소박했다. 보통 쾌자 차림에 부채를 드는 일이 많고, 세존굿의 경우 고깔과 장삼에 염주를 거는 정도지만, 굿청의 장식은 화려한 편이었다. 청·홍·황·녹색의 종이로 만든 꾓대는 굿당 왼쪽에, 용선은 오른쪽에 달았다. 신대는 꼭대기에 푸른 잎이 달린 7미터

가량의 큰 대나무에 흰 종이를 매달아 사용했다.

의주는 어머니가 굿이 떨어져 멀리 떠나면, 홀로 남아 법당에서 온종일 틀어박혀 나오지 않았다. 의주는 과거의 어떤 충격적인 일들이 머릿속을 들쑤시고 다녀서, 머리를 감싸 쥐고 법당 안을 뒹굴다 깊은 잠에 빠져들었다.

하늘에서 용신이 내려와 의주를 감싸 안으며 주술을 외었다. 의주는 최면에 걸린 듯이 그 주술의 경지로 떠나서, 깊이깊이 빠져들기를 여러 차례 반복하였다. 그러다가 또 주술에 걸려서 마냥 하늘을 날아다니기를 거듭했다. 그러기를 몇 차례 이어지다가 다시 깊이 잠들었다.

만신이 돌아와 의주가 보이지 않아 이곳저곳 찾다가, 법당에 누워서 미동도 없는 딸을 보고 만신은 겁이 덜컥 났다. 의주의 이마를 짚었다. 불덩이같이 열이 펄펄 끓었다. 만신은 의주의 옷을 전부 벗겨 냈다. 찬물을 적셔 몸 구석구석을 닦기를 수없이 반복했다.

차츰 의주의 몸에서 열이 내리기 시작했다. 의주는 혼절하여 깊은 잠에서 깨어나지 못하였다. 의주를 한참이나 내려다보던 만신은 의주에게서 이상한 징후를 느꼈다. 그리고 의주 앞에 앉아서 신과의 접신을 했다. 한나절이 지난 후에 아이는 깨어나면서 무슨 말인가 열심히 중얼거렸다. 그 후부터 의주는 기상천외한 법문을 중얼거리면서 법당 안을 두루 살피면서 돌아다녔다.

천, 지, 인, 삼신에게 숭배하는 기도는 오행(금·목·화·수·토)의 오계가
삼라만상의 생원이며,

일원성 삼신은 신원, 신명, 신영을 이루게 되니, 하늘 천신, 땅 지신, 물에는 수신이라,
인간세계 인신이 이룸은 민속 숭배의 신의 근원이라.
천존께서 아들 환웅을 삼의 태백(백두산)에 내리시어 묘향산 신단수에 재단을 설하시고,
호, 우, 신, 충, 손, 지, 용, 엄, 팔계를 두시며 삼신을 숭앙하시니라.
천존께서는 천부인(구천현녀)께 방울, 부채, 칼을 지녀 하강이니 대신의 근원과,
천관을 주관하는 풍백, 비구름을 주관하시는 우사, 오방을 주관하는 오방 신장으로
신의 동방구제 상고사에 상원갑자, 상달 상날(10월3일)에 신인의 삼천단부
건립하시고 화육신삼일 신화로 인간을 교화하시었다.

　내림굿인 '성무의식'을 통하여 무당이 된 강연주 만신은 의주가 하는 행동에서, 가르쳐 주지도 않은 법문을 욀 수 있는지 혀를 내두르지 않을 수가 없었다. '어린 것이 어떻게 '신탁神託(신이 사람을 매개자로 하여 물음에 대답하는 일)'을 받지 않았는데도, 영특하게 법문을 외고 있으니 하고 탄복해 마지않았다. 그렇지만, 옆에서 마냥 보고만 있을 수는 없었다. 어떻게 하든지 간에 무슨 결단이라도 내려야 하는데, 아무런 방법이 떠오르지 않았다.
　그렇거나 말거나 만신의 고민은 아랑곳하지 않고, 의주는 틈만 나면 뒷짐을 지고 법당을 돌면서 밖으로 나와서도 법문을 외웠다. 어른들이 하는 모습을 재현이라도 하듯 걸음걸이도 아이답지 않게 사뿐사뿐 걸어 다녔다.

만신이 더욱더 걱정스러워하는 것은, 아이의 집안 내력을 모르는 터라서 혹시나 하는 추측만 할 뿐이었다. 가끔 도를 넘는 행동을 볼 때면 결국은 집안에, '세습무世襲巫(조상 대대로 무당의 신분을 이어받음)'의 내력이 있는 게 아닌지 의심스러울 때가 있어서, 이런 아이를 걱정하는 강연주 만신은, 자신이 걸어온 길을 되짚어 봤다.

자신은 성무의식을 치러 무당이 되었지만, 조상 대대로 혈통을 따라 이어오는 '세습무世襲巫'를 의식하면서, 아이의 행동에서 작지 않은 충격을 받기도 했다.

조상 대대로 혈통을 따라서, 무당의 사제권이 세습된 집안 내림의 무업을 승계하면, 곧 '신어머니(신아버지) - 신딸(신아들)'의 관계 속에서 무당이 되어 무업을 하는 데는, 혈연이나 지연 등의 요소가 따르게 마련이었으나, '강신무降神巫'는 '빙신憑神(신지핌)이라 하여, 신묘한 영이 통하여 '성무의식成巫儀式'을 치르고 무당이 되는 것'이라 해서, 영력에 의해 무당으로서 사회적 인정을 받고 무업 활동을 하게 되어 강신무라 하였고, '만신萬神(북부 지역에서 무당을 높여 부름. 만萬은 매우 많음을 뜻하여, 만신은 모든 신들을 대신하는 무녀)'과, 만신 이외 기자·여무·단골네 등이 있는데, 기자는 무당 스스로가 자신을 지칭하여 부르고 있었다.

만신은 아이에 대해 풀어야 할 일들이 많은 탓에 틈나는 대로 법문을 외었다.

> 삼백육십여사로 주관하시며 상천의 천존궁을 세워 좌편에는 태왕성모,
> 우편에는 현녀궁으로 삼화궁을 두시었다.
> 천상에는 구천 구지계를 마련하여 구천에는 만물의 혼정을,

구지계는 영백을 만드시니 정영과 혼백이 생기었다.
정영은 신영이 무형차원 속에 태어나 혼백은 인간에게 육을 주고,
혼백은 육을 관장하니 육이 소멸되면 혼은 다시 구천계에 올라 정영계로 돌아가고,
백은 구천계에 살아 선과 악을 가리어 지옥과 저승의(극락)갈림을 두시었다.

'무불통지無不通知(무슨 일이든지 두루 통하여 모르는 것이 없음)'를 받았는지, 어린 것이 무슨 '허주虛主(잡신雜神)'가 씌었기에 저리도 당돌할까 하는 생각에, 만신은 더 두고 보기로 하였으나, 의주는 만신도 알아들을 수 없는 법문을 줄줄 외웠다.

의주는 한참이나 밖에서 혼자 뛰어놀다가, 법당에서 기도하는 어머니 옆에서 '청배請陪(신령이나 굿하는 집안의 조상의 혼령을 부름)'를 했다. 만신은 그런 의주가 무척이나 걱정되었다. 이 아이만은 '신밥(무당의 일)'을 먹게 해서는 안 되겠기에 하루하루 유심히 지켜보게 되었다.

2차와 3차 성형 수술을 잘 끝내고 나니 차츰 아이의 산만끼도 수그러들었다. 아이의 얼굴에 난 상처는 잘 치료가 되어 본연의 얼굴을 되찾게 되어, 이제 더는 집에만 있게 해서는 안 되었다. 어림잡아 초등학교 3학년 정도면 될 성싶은 아이를, 이대로 방치만 해둘 수는 없어서 학교에 보내 공부를 시켜야 하기 때문이었다.

만신은 의주를 전학시키기 위해 시내에 있는 미래초등학교를 찾아갔다. 교무담당자를 만나 전학을 의뢰했으나 요구사항이 너무 많았다. 먼저 재학 중인 학교의 재학증명서는 물론이고, 새 주소지 주민등록등본과 전학신청서를 작성하여, 전학 지역 교육청에 제출하면 전학이 허

용된다고 했다.

그러나 아이는 아무런 근거 서류를 첨부할 수 없었다. 지나간 일은 아무것도 기억해 내지를 못하니, 어떤 경로로도 신분을 증명할 방법이 없었고, 전에 다니던 학교를 모르니 전 학교에서 떼와야 할 출결기록, 교과별 수행평가 기록, 행동특성 및 종합의견 기록 등을, 생활기록부에 모두 정리해 전입 학교에 보내달라 할 수도 없었다.

그래서 먼저 주민등록 발급을 위해 구청을 방문하여, 구출하여 병원에서 치료를 받았을 때 진료기록부와 소견서와, 이에 따르는 서류를 작성하고 난 다음, 신분증을 새로 발급받기도 무척이나 까다로웠다. 법적인 딸로 입적은 할 수 없었지만, 임시 보호자로 지정하고 주거지 동거 확인만 가능했다.

아이를 구한 날짜는 풍어제를 지냈던 날인 음력 3월 9일이고, 나이는 초등학교 3학년 정도로 보여 10살로 추정해서 작성했다.

만신은 구비서류를 준비하고 다시 미래초등학교로 찾아갔다. 담당자에게 서류를 제출하고 등록 절차를 밟았다. 그리고 학교에서 교과서를 받아 챙기고, 아이의 학력, 건강 상태 및 연령대를 확인하고 다음 절차로는, 아이의 학년에 맞는 시험을 치르게 되었다.

아이는 기억만 못 할 뿐 시험도 잘 보고, 적성검사에서도 아무런 장애가 나타나지 않았다. 의주는 3학년으로 입학하고 나서 학교를 잘 다니고 친구들이랑 밖에서 잘 뛰놀았다. 그런데 차츰 아이들과 어울리지를 않고, 방과 후에 어디를 갔다 오는지 늦게 집으로 왔다. 저녁을 먹고는 이내 법당에 들어가서 숙제하고는 기도하는지 조용했다. 그리고 어떤 때는 법당을 나와, 실질적으로 본 것 같은 말을 하면서 이상할 정도로 변해가고 있었다.

중천계에 내려와 우편에 구천현녀, 좌편에 일광 낮을 주관하고, 우편에 월광 밤을 주관하며 북두칠성제원군이 계시며 친만칠천 신장을 거느리시고
만물의 수명장부 부귀공명을 관장하시며 신관들과 신명들은 관장하시게 되었고,
하천계 내려온 신명들은 신장 신병들을 거느려 동서남북 사천왕을 봉위하며,
지상계에 내려와 명산대천정영인 산신령을 내리시고,
안토지신 후도신령 오방신장 군웅장군을 내림하고,
면면촌촌에 선황신을 내림하고 천용지신 사해용왕을 내림하시어 만물성장의 물을 관장하니
천상계의 신명들을 내림하시니 영가혼이 신명계로 통하여 신의제자를 내림하였느니라.

의주는 다시 한참 주문을 내리더니 눈을 번쩍 떴다. 그러고는 옆에서 참선에 든 어머니를 바라보면서 뭐라고 입속으로 중얼거렸다. 눈을 감고 접신에 골똘하고 있던 만신의 귀에까지 들렸다.

"의주야. 네가 지금 무슨 말을 하는지 좀 더 자세하게 말하거라. 누가 뭐라는지?"

의주는 다시 어머니의 동태를 살피다가 말을 꺼냈다.

"어머니, 지금 Y 초등학교 후문에서 한 학생이 여러 명한테 맞고 구급차가 와서 병원으로 실려 갔어요."

하면서 안절부절못했다. 만신은 무엇에 홀린 듯이 정신이 혼미해졌다. 이 아이가 지금 무슨 말을 하고 있는지, 도무지 이해할 수가 없었다. 의주의 말을 듣고 한참 천장을 바라보던 만신이 물었다.

"의주야. 지금 너에게 누가 다녀간 게야? 너의 신기神氣에서 무엇을 본 게로구나?"

"네, 어머니. 요즘 우리 학교 애들이 좀 심하게 놀아서요."

"그게 무슨 소리냐? 의주야! 요즘 학교에서 애들이 심하게 놀다니?"

"그런 게 있어요. 어머니."

"난 알다가도 모르겠다."

"어머니, 저 밖에 나가 놀래요."

이튿날 Y 초등학교 학생이 집단 폭행을 당해 병원에서 치료 중인데, 학교폭력에 의한 사건이라고 보도했다. TV의 뉴스를 접한 만신은, 뉴스가 믿어지지 않을 정도로 큰 충격을 받았다.

"어찌 이런 생각지도 못한 일이! 어린 것이 감히!"

어린 게 '반신반인半神半人(반은 신인 사람. 또는 아주 영묘한 사람)'처럼 행동해서 기가 찰 노릇이었다. 날이 갈수록 증세가 더 심해져 가고 있었다. 어린 나이인데도 엄마라고 부르지 않고 꼭 어머니라고 불렀다. 만신도 어렸을 때 엄마에게 어머니라 불러서, 어머니께 귀여움을 많이 받았었는데, 의주는 꼭 그런 티를 내는 것은 아니었지만, 그런 아이가 처음에는 좀 설게 만 느껴졌다. 초등학교 3학년 아이답지 않게 서너 살이나 더 먹은 아이같이 행동했다.

'반신반인'이란 무당이 무속 의식을 진행하면서 무아의 경지에 돌입하여, 탈혼과정을 거쳐 신과 접하게 되고, 신탁을 통하여 반신반인의 기능을 발휘하게 되는데, 그 과정에서 무당은 인간의 소망을 신에게 고하고 또 신의 의사를 탐지하여, 이를 인간에게 계시해 주는 영매자의 구실을 맡게 된다고 하였다.

의주가 학교에서 돌아올 때가 되었어도 오지 않았다. 만신은 불길한 예감으로 안절부절못하고 있는데 의주가 돌아왔다.

"의주야. 오늘은 왜 이리 늦었어? 학교에서 무슨 일이 있었던 거니? 손등에 상처는 또 뭐냐?"

"오다 넘어졌어요."

"넘어진 것 같지 않은데 너 혹시 누구랑 싸웠니?"

"아니에요. 어머니, 정말 넘어져 조금 긁혔어요."

"알았다. 그러면 됐구나."

만신은 넘어져서 긁힌 상처가 아니란 걸 알았지만, 본인이 아니라고 하니 더는 묻지 않았다. 아마도 새로 입학한 아이니, 처음이라 싸울 수도 있을 거라는 마음으로 가볍게 넘어갔다. 그러나 다음 날 또 상처가 난 손등에 반창고를 붙이고 왔다.

"손등의 그 상처는 또 왜? 우리 의주 오늘은 또 누구와 싸웠구나?"

"그냥 조금 다퉜어요."

"안 되겠다. 우리 의주가 전학 왔다고 만만히 보고 행패를 부리는 것 같은데, 엄마가 학교로 찾아가서 담임을 만나야겠다. 우리 귀한 딸한테 이 무슨 몹쓸 짓들을 하는 애들을, 그냥 놔두고 있으면 안 되겠다."

"의주 괜찮아요. 그렇게 심하게 다치지는 않았으니까, 학교에 가지 마세요."

"의주 왜 엄마를 학교로 못 가게 하느냐? 엄마가 가면 안 되는 일이라도 있는 거냐?"

"부모님께서 개입하면 애들이 더 나대서요. 이번엔 그냥 놔두세요."

"그래, 알았다. 우리 의주도 따로 생각이 있는 거로구나. 그렇지만, 조심하고. 학교 끝나면 곧장 집으로 와야 한다."

"네, 어머니!"

그럭저럭 학교생활에 잘 적응해 가면서 의주는 여름방학을 맞았다. 만신은 방학 숙제를 마친 의주를 데리고 사찰로 갔다. 의주의 불안한 정신을 다스리게 하려고, 주지 스님께 먼저 가능한 날짜를 배정받고 찾아가서 의주와 합장저두를 올렸다.

"어서 오세요. 오늘이 사찰생활 체험 시작날인가요?"

"네, 주지 스님! 그래서 우리 딸아이를 데리고 왔습니다."

그렇게 부탁드리고 4박 5일간의 '템플 스테이(Temple Stay)'를 시켰다. 너무 지난 일을 기억해내려고 집착하는 아이의 머리도 식힐 겸 해서였다.

템플스테이는, 사찰의 일상생활과 한국 불교의 전통문화, 그리고 수행 정신을 느껴보고 수양을 쌓는 사찰의 체험이었다.

일반인이 처음 사찰의 오랜 전통과 문화 그리고 스님들만의 생활방식을 통해, 좌선, 입선, 행선, 와선 같은 다양한 형태의 명상 뿐 아니라 예불, 발우공양, 운력, 차담 등 여러 명상활동, 신체활동, 지적활동으로 구성된 체험 학습이었다. 그래서 명상과 참선을 통해 마음의 평화를 갖기 위해 잠시 일상을 내려놓고 진정한 행복이 무엇인지, 무엇을 해야 하는지 성찰하고, 마음의 평화를 가꾸어 가는 것이다.

며칠의 사찰 생활이 끝나는 날 만신은 딸을 데리러 갔다. 주지 스님께 합장저두를 올리고 의주와 사찰을 떠났다.

"우리 의주 그래, 사찰 체험은 어땠어? 견딜 만했고?"

"네, 가끔씩 어지럽던 정신도 많이 좋아졌어요. 처음에는 앉아있기가 무척 힘들었는데, 오래도록 하다보니 괜찮아졌어요."

"그래 다행이구나. 이제 차츰 더 좋아지겠지. 너무 지난 일을 기억해 내려 하지 말고."

"네, 어머니!"

그래서 만신은 불공을 드리러 사찰로 갈 때는 꼭 의주를 데리고 갔다. 그러면 의주도 어머니 옆에 앉아서 눈을 감고 기도했다. 사찰에는 불공을 드리려고 오는 불자가 많았다. 그래서 불자님을 만나면 먼저 60도 각도로 허리와 머리를 굽혀, '합장저두合掌低頭'라고 하는 반배半拜를 하게 했다.

어느덧 여름방학이 끝나고 2학기를 맞아 의주는 등교하고 일주일 정도 지났다. 학교 수업이 끝나 방과 후 집으로 가는 길목에서 일진을 만났다. 다섯 명이 의주를 기다리고 서 있었다. 그중에서 좀 논다고 설쳐대는 김서령이 의주 앞을 가로막고 섰다. 의주도 지지 않고 서령이 앞에 서서 노려봤다. 서령은 곧바로 의주의 팔을 잡았다. 의주는 잡힌 팔을 빼내면서 한발 물러섰다. 그러자 서령은 실실 웃어가면서 의주를 노려봤다.

"야! 너희 엄마가 무당이라며? 요즘 점 보러 오는 사람이 많은가 본데, 있는 돈 좀 주고 가라. 우리가 지금 배가 몹시 고프거든."

"나 돈 안 갖고 다녀. 그러니 나한테 삥 뜯을 생각 마. 나 갈 테니 비켜라."

의주가 냉정히 뿌리치자 서령은 다시 의주 앞을 가로막고 서서 조용히 타이르듯이 얘기를 했다.

"이번엔 순순히 비켜줄 테니까 담부턴 돈 좀 갖고 다녀라. 그래야 네 신상이 편할 테니까. 그냥 보낼 때 얼른 꺼져라 잉."

일진이 아무리 얼려대도 의주에게는 잘 먹혀들어 가지 않았다. 그 후로는 김서령과 논다는 애들은 뒤로 빠지고, 이진을 내세워서 숨김없이 그대로 골탕을 먹이려 들었다. 공부만 하는 의주에게 다가와, 공책에 낙서하면서 슬슬 장난을 치더니, 연필로 다리를 찍고 엄마가 직접 놓아주신 십자수 손수건을 커터 칼로 몇 번을 그었다.

의주가 거미를 무척 싫어하는 것을 눈치 챈 일진이, 가방 안에 몰래 죽인 거미를 넣기도 하고, 어디서 잡아 왔는지 가방을 열면, 바퀴벌레가 재빠르게 기어 나와 손등을 타고 올라와서 의주는 기겁하고 팔을 내둘렀다. 그렇게 소름이 돋아 허둥대는 모습을 보면서, 일진은 킥킥거리면서 좋아했다.

시끄럽게 굴지도 않으면서 주위에서 지켜보면서 은근히 골탕을 먹였다. 한참을 허둥대던 의주는, 실실 비웃는 애들을 쏘아보고는 이내 동작을 멈추고 냉정함을 되찾았다. 아무 일 없다는 듯이 공부에 전념하여 일이 싱겁게 돌아가자, 교실 안이 갑자기 소름이 끼치도록 조용해졌다. 일진의 피를 말리듯이 아이들의 책장 넘기는 소리만 벼락 치듯 정적을 깨트렸다.

일진은 우울증 정신착란 등의 피해를 보고서야 끝을 보려는지, 남에게 폭력을 행사하고 물건을 빼앗고 괴롭히는 것을, 재미로 삼아 저지르고 있었다. 다른 애들이 보면, 마치 장난치는 것 같이 찜쩍대면서 귀찮을 정도로 치근덕거렸다. 일진이 생각하기에는 마치 자신들이 영웅이나 되는 것처럼 연속적으로 괴롭혔다. 그래서인지 가해하는 일진은, 선생님이나 주위 애들이 관심 밖으로 보이도록 몰래 일을 저질렀다. 그래서 학급생들 사이에서 무관심으로 겉으로는 평온해 보이지만, 정작 당하는 애들은 무관심이 흉기로 느껴졌다. 학교에서는 여전히 드러나지 않게 폭력이 난무했다.

하루는 분실물이 생겨서 반이 발칵 뒤집혔다. 스마트폰을 의주가 가져갔다는 것이다. 의주는 교무실에 불려 가서 심하게 꾸중을 듣게 되고, 그 일로 만신은 학교로 가서 의주를 데려왔다. 집으로 오는 차 안에서 의주는 누구의 짓인지 안다고 했다. 의주의 말을 들은 만신은, 의주의 말이 이해가 잘되지 않았다.

"의주야! 왜 네가 가져가지도 않았는데, 담임 선생님께 꾸중을 들어야 했니? 그리고 누구의 짓인지 안다면서 왜 말하지 않고?"

"저도 말하려고 했지만, 아직 때가 아니라는 생각이 들어서요. 오늘 꾸지람 들은 것은, 담임 선생님도 대충은 제가 아니란 것을 알고 하신 거예요."

"거 참! 점점 알다가도 모를 소리만 하고 있니? 어머니는 도무지 모르겠다. 우리 딸의 생각을 말이다."

만신은 법당에서 오전부터 점사를 봤다. 많은 사람이 다녀갔다. 점심때가 되어 의주와 안채에서 점심을 먹은 후 법당으로 들어갔다.

어린 것이 무슨 생각으로 그러는지 겁에 질릴 만도 한데, 오히려 어머니에게 걱정하지 말라니. 정말 걱정을 안 해도 되는 건지 도무지 갈피를 잡을 수가 없었다. 그래서 그런지, 의주의 앞날이 순탄치만은 아닐 거란 예감이 자꾸만 참선에 방해를 놨다. 의주가 법당 문을 열고 들어와 어머니 옆에 앉아서 말했다.

"어머니! 우리 반에서 제일 잘 나가는 김서령이라는 일짱이 있는데, 그 애가 의주를 무척 애먹여서요. 그래서 유림이랑 벼르고 있어요."

의주가 애를 먹고 있다고 말하고는 이내 법당을 나갔다. 만신은 그런 의주의 뒷모습을 바라보면서 가슴이 철렁 내려앉았다. 계속 접신이 안 되는 터라 가슴만 타들어 가는데, 아이의 이상한 말에 만신은 더 혼미스럽게 마음이 진정되지 않았다. 뜻 모를 말을 하고 나서 밖으로 나간 의주를 생각하면서, 괜히 좌불안석坐不安席으로 이러지도 저러지도 못하면서 애만 태웠다. 앉으면 일어나야 하고, 일어나면 다시 또 앉게 되어 한참을 그렇게 헤맸다.

이 모든 것은 차후를 지켜볼 수밖에 없기에 안타까움만 더해갔다. 생각다 못한 만신은 접신은 이미 물 건너간 터라, 정신을 가다듬고 법당을 나왔다. 뜨락을 걸으면서 곰곰이 생각해 봤다. 도무지 잡힐 듯 잡힐 듯하면서도 잡히지 않음이, 무슨 조화 속일까 하는 막연한 생각이 주위를 싸고돌았다. 만신은 의주의 방으로 갔다.

"의주야 다시 법당으로 들어와 보렴. 엄마가 물어볼 말이 있는데…."

만신은 법당으로 들어가서 의주를 기다렸다. 한참 후에 의주가 법당으로 들어오면서 물었다.

"왜 그러시는데요? 어머니!"

"응, 아까 한 말 다시 해 봐. 어머니는 너의 말을 이해할 수가 없어서 그래."

"우리 반에서 제일 힘이 센 애가 있는데, 그 애를 제거해야 하므로 어떤 일이 벌어져도 어머니께서는 그냥 알고 계시라고요."

"그럼, 우리 의주에게는 아무런 문제가 없는 거지? 난 아무래도 불안하여 마음이 놓이지 않아서 그래. 그리고 일짱은 또 뭐고?"

"네, 염려 마셔요. 어머니. 일짱이란 학교에서 우리 급식체 애들이 쓰는 말이에요. 가장 싸움 잘하는 아이를 그렇게 불러요. 그리고 '급식체'는 학교급식을 먹는 우리 학생들이 사용한다고 해서 붙은 이름인데, 우리 애들 사이에서 유행하는 말투예요."

"어쨌거나 너무 나서서 분란을 일으키지는 마라. 애들이 떼 지어 너를 괴롭히려 들면 엄마한테 꼭 전화하고. 알았지? 참, 우리 의주 전화기가 없어서 어쩌나?"

"네, 어머니! 전화기 없으면 다른 애들 것 빌려 쓰면 돼요."

의주가 염려 말라고는 하여도 걱정을 안 할 수도 없었다. 만신은 더 두고 보기로 하고 의주를 내보냈다. 그리고 며칠이 무사히 지나갔다. 이제 만신은 굿일이 없으면 주로 법당에서 신점을 보았다.

사주와 관상을 보고, 운명과 미래에 대한 현안을 공수받아 신명으로 풀어보지만, 아무리 좋은 사주를 가지고 태어났어도 본인의 노력이 없으면 소용없듯이, 과거는 바꿀 순 없어도 당신의 미래는 달라질 수 있다고 역설했다.

신점을 보러오는 이들에게는 더욱더 신중하게 강림하기를 빌었다. 만신은 신탁을 받아 달라진 미래는 본인의 몫이기에, 인생의 길을 알려주는 카운슬러(조언자)로서의 하늘과 땅의 뜻을 거짓 없이 알리려 했다.

이 세상이 사람의 중심인 현실 세계에서, 오늘보다 내일이 더 나은 인생의 길을, 가장 바르고 즐겁게 갈 수 있도록 알려주려고 했다. 맑은 영으로 신의 신통력을 전달하여, 당신의 운명과 미래에 대한 해답을 내놓기도 했다.

만신은 아이를 위해 굿일이나 점사를 보러오는 손님이 없는 날은, 함께 지냈다. 의주는 기억만 돌아오지 않을 뿐, 공부도 잘하고 반 학생들과도 잘 적응하고 있었다. 그런데 학교 수업이 파할 무렵에 전화가 왔다.

"여의주 어머니 되시나요?"

"네! 제가 의주 어머니인데, 그런데 전화 주신 분은 누구시죠?"

"의주 담임인 장혜린이라고 합니다. 의주가 오늘 점심시간 이후 마지막 수업 시간에, 수업을 받지 않고 나타나지 않아서 혹시 집으로 갔나 해서요. 전화도 안 되고 해서 직접 어머니께 전화를 드렸어요."

"그래요? 아직 집에는 안 왔는데, 제가 한번 찾아볼게요. 미안합니다. 장혜린 선생님!"

만신은 전화를 끊고, 의주한테 무슨 일이 없기를 간절히 바라면서 안절부절못했다. 의주한테 전화기가 없으니, 전화를 걸어 볼 수도 없고 해서 애만 태우고 있는데, 학교에서 다시 전화가 왔다. 의주가 다쳐서 병원에 실려 갔다고 했다. 만신은 앞이 캄캄해지고 맥이 탁 풀렸다. 준비하던 저녁을 미뤄놓고 병원으로 갔다. 병원 안으로 들어서자, 눈물이 왈칵 쏟아졌다. 영문도 모른 채 병원에 도착하여, 아이가 얼마나 왜 다쳤는지 걱정 때문에 감정이 마구 복받쳐왔다.

만신은 응급실에서 치료를 받는 의주를 확인하고는 바닥에 털썩 주저앉았다. 의주 옆에 서 있던 담임 선생이 일어나 만신을 부축하여 일으켜 세웠다.

"의주 어머니, 진정하시고 여기 좀 앉으세요."

만신은 담임을 보고 인사를 하고는 담임과 의주를 번갈아 봤다.

"선생님, 우리 의주 왜 이래요? 누가 이렇게 만들어놨어요?"

장혜린 담임은 난처한 얼굴로 선뜻 대답을 못했다. 의주는 팔과 다리에 붕대를 감고 얼굴은 큰 반창고를 붙였다. 의주를 내려다본 만신은 눈물을 떨구었다.

"어머니, 울지 마세요. 의주 괜찮아요. 조금 다쳤어요. 며칠 지나면 괜찮아질 거예요."

"괜찮다니. 이렇게 온몸을 칭칭 감아놨는데도 괜찮아? 세상에 누가 우리 귀한 딸을……?"

담임 선생은 만신에게 잠깐 밖으로 나가자고 했다. 만신이 머뭇거리자, 의주가 가보라 했다.

"어머니, 선생님께 가보세요. 어서요."

만신은 의주의 말을 듣고 그제야 밖으로 나왔다. 문밖에서 기다리던 담임 선생이 휴게실로 앞서서 갔다.

"의주 어머니, 이리 앉으세요. 많이 놀라셨을 텐데요. 같은 반 아이와 싸움이 있었나 봐요. 지금까지 학교에서도 모르고 있었는데, 그동안 의주하고 몇 차례 부딪친 모양이에요. 자꾸 서로 갈등하다 보니, 요즘 학교에서 말썽이 된 동아리 학생이 개입해서 의주를 때린 것 같아요. 일단 가해 학생들 부모에게 알렸고요."

"그럼, 여럿이서 우리 아이를 때렸단 말인가요? 그것도 이 지경으로까지요?"

"의주 어머니 미안합니다. 담임인 제가 좀 더 신경을 썼어야 하는데, 아이들이 워낙 교묘하게 왕따를 시키고, 부모한테까지도 이르지 못하게 겁을 주니 애들이 그냥 당하기만 합니다."

"그럼 이번 폭행 사고는 학교에서 어떻게 하시려고요?"

"학교에서 긴급 위원회를 소집했으니, 가해 학생에게 곧 무슨 조처가 내려질 겁니다."

"경찰에는 신고했나요?"

"아직은 안 했습니다. 가해 학생 부모가 온다고 했으니, 학교에서는 부모의 말을 들어보고 신고를 하자고 합니다."

"선생님, 그걸 말씀이라고 하시는 거예요? 우리 아이가 이렇게 몰매를 맞고 누워 있는데도 가해 학생 부모를 불러요? 학교에서 너무 하는 것 아닙니까? 가만있으면 안 되겠어요."

폭행을 당했으면 먼저 경찰에 신고하는 것이 순서인데, 다친 아이는 병원에 누워있는데, 이 무슨 작당들인지 만신은 화가 치밀어 어쩔 줄을 몰라 했다. 만신은 담임에게 다짐했다.

"학교에서는 어떻게 처리해야 하는지는 잘 아실 거 아닙니까? 나는 이 지경으로 폭행을 당한 우리 딸을, 방관만 하는 학교에 더는 맡길 수는 없습니다. 그러니 그렇게 아시고 법대로 처리해 주세요. 그리고 우리 애를 이 지경으로 만들어 놓은 가해 학생 부모들과, 무슨 협상을 어떻게 한다는 지도. 다시 말하는데, 말도 안 되는 짓들 그만하시라 일러주세요. 제가 한 말 꼭 교장한테 전해주세요. 우리 딸아이가 퇴원하기 전에, 그 안에 해결해 주지 않으면 바로 경찰에 신고하겠다고요. 그러니 퇴원 전에 우리 딸을 이 지경으로 폭행한 가해 학생을 꼭 처벌해 주세요. 만일 그렇게 하지 않고 어물쩍 넘어가려 한다면, 그땐 바로 경찰에 신고하고 진단서 첨부하여 고소장 제출하겠습니다. 그렇게 아세요."

만신은 학교의 대처에 따라 경찰에 먼저 신고하겠다고 하고는, 담임을 돌려보냈다. 아이의 붕대를 감은 팔을 보면서 곰곰이 생각을 해봤지만, 이만하기 다행이란 생각에 안도의 한숨을 내쉬었다.

"의주야! 이게 어떻게 된 거야? 엄마에게 걱정하지 말라고 했었을 텐데. 이 지경까지 왜 맞기만 했어? 너도 같이 맞잡고 때려야지. 너 이러는 거 엄만 너무 속상한 거 알아?"

"너무 속상해하지 마셔요. 의주 그렇게 많이 맞지 않았어요. 피하려다 넘어져서 팔과 다리를 좀 긁힌 것뿐이에요."

"그래도 그렇지. 엄만 처음에 팔과 다리에 붕대를 칭칭 감아놨길래 심하게 다친 줄 알았다. 그만하기 다행이다."

입원 3일째 되는 날 오후에, 간호사가 와서 원무과에 가서 학생 퇴원 절차를 밟으라고 하였다. 만신은 의주에게 갈아입을 옷을 챙겨놓고, 원무과에 가서 수납 및 약제과의 약을 타서 병실로 올라왔다. 의주 담임 선생님과 이유림 학생이 함께 와서 의주 어머니를 기다리고 있었다.

"어머니, 안녕하세요?"

"그래, 유림이 왔구나. 이렇게 와줘서 고맙구나. 어서 앉아. 담임 선생님도 오셨군요. 오후에 퇴원하라고 해서 미리 퇴원 절차를 마쳤습니다."

"네, 의주 어머니! 너무 죄송합니다. 일찍 와 봐야 하는데 학교에서 또 다른 사고가 있어서 늦었습니다. 이만하기 다행입니다. 의주 어머니!"

"또 무슨 사고가 났길래? 이번에도 학폭이 몇 반에서 발생한 겁니까?"

"네! 이번에는 4학년 아이들 반에서 일어난 절도사건인데, 이번에도 또 일진 아이들이 저지른 소행이라서요. 의주 사건이 채 가시기도 전에 또 이런 학폭 사건이 발생했으니, 이번에는 그냥 넘어가기가 쉽지 않을 듯합니다."

"아이들 학교는 터가 센지 왜 그렇게 하루도 바람 잘 날 없어요?"

"아무튼 의주가 이만하기 다행입니다. 의주 담임으로서, 어머님께 정말 죄송하다는 말밖에 더 드릴 말씀이 없습니다. 저를 봐서라도 이번만큼은 넘어가 주셨으면 합니다. 이번에 학교에서 자체 조사로 해당 학생은 징계 조처를 내려 6호인 출석정지를 내렸습니다."

옆에서 의주가 어머니를 올려다보면서 그렇게 하라고 미소를 지어

주었다. 만신은 의주의 미소에 답이라도 하듯, 담임에게 대답했다.

"참으로 모진 세상이네요. 어찌 이런 일이 연속으로 일어나다니. 장혜린 담임이 무슨 죄가 있나요? 다 요즘 아이들 가정교육이 덜되어서 그렇지요."

"의주 어머니! 이렇게 받아주시니 고맙고 또 고맙습니다. 아이들을 위해 더 열심히 가르치겠습니다."

"물론 그래 주셔야지요. 여기 이유림 학생이나 저의 딸에 대해 엄하게 잘 지도해주셨으면 합니다. 저의 딸이라고 잘 봐달라거나 부탁 같은 건 하지 않겠습니다. 아이를 학교에 맡긴 이상 아이들의 장래는, 전적으로 선생님들 몫이 아니겠어요? 그러니 올바른 길로 가게 지도해주시는 것을 바라는 것뿐이니까요."

"네, 물론이지요. 의주 어머니! 의주는 병가 처리를 해놨으니, 모레 월요일부터 등교하면 됩니다. 아무튼 조심히 가십시오. 의주야! 월요일 만나자."

"네, 선생님! 이렇게 와주셔서 고맙습니다."

만신은 이유림 학생과 함께 집으로 왔다. 이유림이는 전에 한번 집에 왔을 때 봐서 알게 되었다. 의주가 유림이 친구에 관해서 얘기를 했다.

"이번 학폭 사건도 유림이 아니었으면 크게 번질 수도 있었는데, 유림이가 나서서 그만하자고 말리는 바람에 나만 넘어지게 되었고, 이만하게 끝이 난 거예요. 어머니."

"그랬었구나. 난 처음에 전화 받고 가서 병실에 누워있는 너를 보고 너무 놀라 말이 안 나오고. 그래도 이렇게 가볍게 퇴원했으니 우리 유림이 학생이 정말 고맙구나."

"제가 한 게 뭐 있나요. 의주가 워낙 대처를 잘 해줘서 이쯤에서 끝이 났어요."

"어쨌거나 우리 유림이 학생 앞으로도 잘 지내라. 너만 믿는다."

"네! 염려 마세요. 의주하고는 변치 않기로 했어요. 의주도 똑똑하잖아요. 그렇지? 의주야!"

둘은 이야기하면서 서로 손을 꼭 잡고 킥킥거렸다. 그런 의주를 보면서 만신은 좋은 친구를 뒀구나! 하는 안도의 숨을 깊이 들이마셨다.

4, 여의주의 결심 / 퇴마의식退魔儀式

　의주는 4학년으로 진급을 한 뒤에도, 변함없이 법당에서 공부를 다 하고 나면 꼭 좌정하고, 어머니가 늘 곁에 두고 보는 법문을 보고 외웠다. 한참 동안 외우고 나서는 무슨 생각을 하는지 뒤척이다가, 그 자리에 쓰러져 잠이 들곤 했다. 잠을 자는 중에도 가끔 손을 허공으로 휘젓기도 하고, 무슨 소리인지 중얼거리다 잠에서 깨어나면, 노트에다 무엇인가 열심히 적고 도표까지 그려 넣었다.
　만신은 아침에 학교에서 온 전화를 받고 학교라 해서, 우리 아이한테 또 무슨 좋지 않은 일이 생겼는지 불안하여 가슴이 또 철렁 내려앉았다.
　"여의주 학생 어머니시지요?"
　"네, 제가 여의주 어머니입니다만, 아침부터 전화하신 분은 누구시지요?"
　"의주 학생 담임인 장혜린이예요."
　"아, 담임 선생님! 그런데 우리 의주한테 또 무슨 일이 생겼나요?"

"죄송합니다. 의주 어머니! 그런 건 아니고요. 다름이 아니라 이번에는 의주가 등교를 안 해서요. 혹시 어디 아파서 못 나왔나 해서 전화를 드렸어요, 어디 많이 아프나요?"

"아프다니요? 아침에 책가방 메고 학교 갔다 오겠다며 인사하고 나갔는데요."

"아, 그랬었군요. 의주 전화번호가 없어서 연락할 수도 없고. 혹시 집으로 오면 학교로 연락 좀 해주세요. 걱정되어서요."

"네, 집으로 오면 즉시 알려 드릴게요. 수고스럽지만 선생님께서도 학교에서 좀 찾아봐 주세요."

만신은 전화를 끊고 나서 골똘히 생각에 잠겼다. 분명 아침에 가방을 메고 학교 갔다 오겠다며 집을 나갔는데, 학교엘 오지 않았다니 걱정스러워 가만히 있을 수가 없었다. 만신은 거리로 나왔다. 의주가 등교하고 하교할 때 타고 내리는 버스정류장으로 가서 기다리다 다시 집으로 돌아왔다. 전화기를 싫어하는 아이라 전화기를 사주지 않은 게 후회스러웠다. 이젠 아이가 싫어해도 어쩔 수 없게 되었다. 아이가 오면 당장 맘에 드는 걸로 사주겠다고 다짐했다.

"어머니, 의주 학교 다녀왔습니다."

저녁 무렵에서야 의주가 돌아왔다. 늦게 온 애치고는 아무렇지도 않은 듯싶었다. 그래도 만신은 의주의 위아래를 훑어보고 옆을 돌아보면서 이리저리 살펴봤다. 혹시나 지난번처럼 다친 데는 없는지 확인하려고 했다. 의주는 자신의 이곳저곳을 살펴보는 어머니가 이상해서 눈을 동그랗게 뜨면서 물었다.

"어머니, 왜 그러셔요?"

"의주야, 오늘 왜 이리 늦은 거야? 친구 집에 갔었니?"

"아니에요. 학교에서 보충수업 받았어요."

그런데 담임은 학교에 나오지 않았다고 했는데, 아이는 보충수업 때문에 늦게 왔다고 하니, 누구의 말이 맞는지 어리둥절했다. 아무리 그래도 선생님이야 거짓말을 하지는 않을 테고. 의주가 엄마한테 무엇을 숨기고 있구나! 하는 생각이 들었다. 그렇다고 선생님이 학교에 나오지 않아서 전화 왔다고 할 수도 없었다.

"그래, 알았다. 엄마는 보충수업 받는 줄도 모르고 걱정만 했으니. 어서 저녁 먹자."

의주는 아이들한테 은따를 당하고서부터, 어머니 몰래 이유림이와 둘만 태권도장에 다녔다. 그래서 늦게 오는 날은 학교에서 보충 수업을 받기 때문에 늦는다고 했다.

이유림 친구 아버지는 태권도장을 운영하며, 관장으로 조교사들을 두고 수련생을 가르치고 있었다. 그래서 이유림의 권유로 의주도 도장에 다니게 되었다.

처음에는 유림이가 잘 아는 도장이고 잘 가르친다고 해서 따라갔다. 도장에 들어서니 한창 수련 중이라서 기합 소리가 요란했다. 넓은 수련장 입구의 사무실로 들어가니, 유림이가 직접 관장님한테 같은 반 친구라며 소개했다. 그러자 관장님이 반갑다며 어서 앉으라고 했다. 그리고 유림이에게 음료수를 내오라 하여 직접 병마개를 따서 주면서 마시라고 했다.

"여의주라고 했지? 우리 유림이한테 의주 학생 얘기 많이 들었다. 무척 친하다면서 의주 학생이 참 정직하고 의리가 있는 좋은 친구라고."

의주는 관장님이 우리 유림이라고 할 때 깜짝 놀랐다. 더군다나 유림이가 자기 아버지가 관장님이란 말을 하지 않아서 일반 태권도장에 다니는 줄 알았다. 또한 아버지한테 그런 좋은 말을 했다니, 정말 고마워서 아무 말도 못 하고 그냥 음료수병을 쥔 손만 만지작거렸다.

"어서 마셔. 이왕 태권도를 배우겠다고 왔으니, 무술을 익히기 전에 먼저 태권도가 어떤 무술이며, 어떻게 진행되는지 알아두면 무술 단련에 많은 도움이 된단다."

태권도跆拳道는 손과 발로 공격 또는 방어하는데 발차기의 전통무예 무술로, 1988년 하계 올림픽에서 시범 종목으로, 1994년 9월 4일 프랑스 파리에서 개최된 국제올림픽위원회(IOC) 제103차 총회에서, 태권도가 '2000 시드니 올림픽' 정식종목으로 채택되었다.

1945년 해방을 전후해 무술 도장이 생겼는데, 그중 '5대관'(청도관, 송무관, 무덕관, 지도관, 창무관)이 가장 유명했는데, 그 후 9개 관이 1960년대에 합쳐 현대 태권도의 모체가 되었다.

특히 최초의 청도관은 '이원국'에 의해 설립됐는데, 그는 어렸을 때 서울 안국동에서 택견을 수련했다. 이후 일본으로 유학을 가서 대학에서 근대 가라테의 아버지, '후나코시 기친(1868.11.10.~1957.4.26.-가라테 방식 중 하나인 쇼토칸 가라테의 창시자이며, 현대 가라테의 아버지로 알려져 여러 대학에서 가라테를 가르쳤고, 1949년 설립된 일본 가라테 협회의 명예 회장이 됨)에게 송도관 가라테를 배웠고, 중국에서는 쿵후를 수련했다는 설도 있으나, 도장의 수련 스타일은 가라테였으며, 그는 자신이 한국 태권도 창시자로 지칭하기까지 했었다.

또한 군 장성이었던 '최홍희'는, 청도관 출신이 많던 군대 내 도장 오도관을 창립하고 초대관장이 되었는데, 어려서 택견과, 일본 중앙대학에서 가라테를 배운 뒤, 군에서 군대 격투기로 가라테를 지도하게 되었다.

그는 택견과 비슷한 단어를 찾다가 태권에 도를 합하여 태권도로 명칭하고, 1953년 제29 보병사단장이 되어 태권도 부대라 하고 경례 구호도 태권이라고 했다.

그리고 1959년 처음 대한태권도협회를 창설, 1966년 국제태권도연맹(ITF)을 신설하고 최홍희가 총재로 취임하였다.

"예로부터 천지인天地人의 삼재三才를 이루는 하늘과 땅, 사람을 아울러 일컫는데, 이러한 생활과 연관되어 태권도복의 의미도 이에 뜻을 두고 있으며, 우선 도복 상의는 하늘 천天을 의미하고, 좌·우로 나뉘어 좌측은 양기, 심적인 부분을 뜻하며 우측은 음기, 힘을 의미하여, 하의는 땅 지地를, 상의, 하의 중간 띠를 묶는 것은 자신 인人의 내면과 외면을 졸라매어 바로잡는 것을 의미한단다.

그리고 띠의 삼각 매듭 모양은 완전함, 삼위일체의 의미를 담으며, 도복을 바르게 입고 띠를 단정하게 묶은 모습은 양과 음이 조화되어, 내면과 외면이 바로잡힌 모습을 나타내려 함인데, 태권도복도 변화하고 간소화되어 가지만 그래도 꼭 지켜야 할 것은, 바로 '기본'으로, 기본이 되어있지 않다면, 정도의 기를 연마할 수 없다는 것을 명심해야 한단다. 그리고 태권도장에선 올바른 태권도 복장을 갖추어야 한다는 것을 명심해야 한다."

의주는 고개를 끄덕이며 잘 듣고 있었다. 유림이 아버지는 다시 말을 이어갔다.

"태권도는 띠 순서에 따라 수련 내용이 다르고, 급수가 올라갈수록 더 어려운 훈련이므로, 띠의 색깔이 그것을 증명해 준단다.

급은 무급에서 시작해 1급이 최고 급수이며, 띠의 색상은 오방색(흰

색·노랑·파랑·빨강·검정)의 순서로 높아지지만, 이 과정이 매우 기므로 어린 수련생에게는, 지루함을 최소화하려고 중간 중간에다 다른 색을 추가하는 것이다.

그래서 *9급(흰색) *8급(노랑) *7급(주황) *6급(초록) *5급(파랑) *4급(보라) *3급(밤색) *2~1급(빨강)으로 세분화시켜놓고 승급 심사를 하는데, 급은 자체 태권도장에서 심사하여 내리지만, 품이나 단심사는 국기원의 시험을 통해서 받게 되며, 무급에서 시작하여 9급에서 1급으로 올라가기까지는 보통 1개월에 한 번씩 승급 심사를 받고, 승급에 성공할 경우 띠가 바뀌게 되고 수련 기간은 1년여 정도로 연마해야 한다.

그래서 1장부터 8장까지의 품세를 모두 배워 승급하면, 만 15세 이상은 '유단자'가 되고 만 15세 미만은 '유품자'가 되는데, 다시 말해서 처음에는 급으로 시작해 1급에서 진급을 하는 단계가 1품으로, 만 15세 미만은 '단' 취득이 아닌, '품'을 주어 품띠(검은색 반은 빨간색)를 매게 하고, 만 15세 이후에 승급하면 바로 '단'을 취득하면서 검은 띠를 매게 되는 것이지. 그래서 태권도의 품계는 급·품·단으로 구분한단다. 이해가 되는지 모르겠다."

유심히 듣고 있던 의주는 고개를 끄덕이면서 물었다.

"그러면 저같이 15세 미만은 무급에서 1급까지 따는 데는, 1년 여정도 수련이 필요하고, 1급에서 1품을 따도 단을 받지 못하고, 15세 이후는 단을 딴다는 말씀이지요?"

"그렇단다. 우리 의주 학생은 무급이므로, 9급(흰 띠: 기본동작)부터 배워야 한다. 그리고 다음부터는, 8~7급(노란 띠: 태극1~2장), 6~5급(초록 띠: 태극3~4장), 4~3급(파란 띠: 태극5~6장), 2~1급(빨간 띠: 태극7~8장)이란다.

의주에겐 머나먼 꿈같은 얘기지만, 국기원 심사에 합격해 단증을 받은 유단자의 단계를 살펴보면, 1단(고려), 2단(금강), 3단(태백), 4단(평원), 5단(십진), 6단(지태), 7단(천권), 8단(한수), 9단(일여)까지 연마해야 한단다."

"그럼, 1급으로 승급하는 데는 일 년이 넘게 걸린다고 하셨지요?"

"그렇단다. 조금 전에 묻고 또 묻는 걸 보니까 벌써 겁을 먹었구나?"

"아닙니다. 저 열심히 할 수 있습니다."

"그래, 그래야지. 우리 의주 학생은 특별히 신경 써야겠다. 관장님이 의주의 과거에 대해서 유림이한테 들은 적이 있어서 그래. 열심히 수련하다 보면 기억이 돌아올 수도 있을 거란 예측이 들어서야. 그리고 3학년에 재입학하여 일진 애들한테 학폭도 당했다며? 그러니 다른 생각 말고 나 자신을 지키기 위해서니까, 그냥 열심히 수련에만 집중해라. 무술이란 것은 남을 폭행하려고 배우는 것이 아니라, 나 자신을 지켜내기 위한 것임을 꼭 숙지하여야 한다."

"감사합니다. 유림이 아버지. 아니, 관장님!"

"흐흐흐, 의주가 벌써 아부를 다하네! 그런다고 통할 것 같으냐? 이건 농담이고, 그렇지만, 내가 봐도 의주는 열심히 잘할 것 같아서 기대된다."

의주는 유림이 아버지의 특별 배려로, 조교사에게서 직접 기초 동작부터 꼼꼼하게 지도를 받았다. 의주는 다른 학생보다 좀 빠르게 진도가 나갔다. 열심히 한 덕분이기도 했지만, 조교사님의 엄격한 지도에 흐트러짐 없이, 기본 동작부터 바른 자세가 나올 때까지 반복하여 동작을 익혔다. 관장님은 그런 의주를 보면서 만면에 웃음을 지으며, 조교사 앞에서 칭찬했다.

"김 조교! 의주 학생은 이르면 내년에 1품 심사에 나가서 유품 자가 될 수도 있겠어. 우리 의주는 더욱더 정진해야 한다.”

관장님의 칭찬에 의주는 더욱더 신이 나서 열심히 배웠다. 의주는 저녁을 먹고 나서 어머니한테 사실대로 말씀드렸다.

“어머니! 실은 태권도 품증 심사 준비 때문에 결석했어요. 부득이 학교 수업을 빠져야 해서 학교엘 못 갔습니다. 어머니!”

“그랬었구나. 난 그런 줄도 모르고 걱정을 많이 했지. 그래서 혹시나 해서 버스정류장까지 가서 한참 동안 기다렸다가 왔었고.”

“보충수업 받느라 늦었다고 거짓말해서 정말 죄송해요. 어머니.”

“그렇지? 앞으로는 어떠한 일이 있어도 거짓말은 안 된다. 어떤 일이라도 우리 딸이 해결할 수 없을 때는, 꼭 엄마한테 알려야 해. 그리고 엄마도 우리 딸 도장에 다니는 거 대환영이다. 도장에 다니겠다면 미리 엄마한테도 말하지 그랬니? 더군다나 유림이 아버지가 운영하시는 도장에서 말이다. 또한 특별히 배운다니 얼마나 고마운 일이니. 앞으로 도장에 갈 때는 상관이 없는데, 혹시 다른 곳에 갈 때는 꼭 엄마한테 알려야 한다. 그래야 엄마가 걱정을 안 하지. 그리고 태권도 수련비는 어디서 나서?”

“어머니가 주신 용돈 모아둔 걸로 냈어요.”

“태권도비가 적지 않았을 텐데 용돈을 모아서 냈다는 말이냐? 기특한 것! 앞으로는 용돈 모아놓지 말고 쓰고 싶은데 써라. 필요하다면 더 줄 테니까 아끼지 말고. 그리고 요즘 돈 없는 애들 깔보며 '거지'라고도 한다고 들었다. 그러니 애들 앞에서 절대 기죽지 말고. 엄마는 우리 의주 기 안 죽이고 키울 수 있는 능력은 된단다. 알았지?”

“네, 어머니. 그런 말은 어디서 들으셨어요? 정말 죄송해요. 다시는 거짓말 안 할게요.”

"담임 선생님께서 그러시더라. 그러니 돈 아끼지 말고 기죽지 말고. 그리고 엄마하고 약속했다. 그런데 우리 의주가 전화기가 없으니 이 엄마가 무척 답답해. 저녁 먹고 엄마랑 스마트폰 판매장에 좀 갔다 와야겠는데?"

"의주는 필요하지 않아요. 요즘 애들 스마트폰에 미쳐서 공부도 안 해요."

"으음, 그렇긴 하겠지. 그렇지만 엄마가 불편해서 그래. 우리 딸 보고 싶을 때 목소리라도 들으면 얼마나 좋겠니?"

"그럼 그렇게 하세요. 어머니 생각이 그러시다면 어쩔 수 없지요. 하기야 요즘 스마트폰 안 갖고 다니는 애들 별로 없어요. 스마트폰 없으면 은근히 따돌려요."

"그랬었니? 그런데 의주는 왜 사달란 소릴 안 했니?"

"별로 쓸 데가 없어서요. 그래서 의주는 요즘 은따 당했어요."

"은따라니? 요즘 말하는 학교 아이들 왕따 같은 거 그런 거니?"

"네, 그건 맞는데요. 왕따보다는 좀 약해요. 호호, 은근히 따돌린단 말이에요. 참 우습지요? 어머니!"

"그래서 의주는 아주 속상했겠네. 그래도 웃어넘기는 이유는 뭐지?"

"아니에요. 그냥 무시해 버려요. 그러면 애들이 그러다 말아요. 제풀에 관둬버리거든요. 그럼 됐죠 뭐. 말 만 많고 나대기만 하는데, 그러면서도 지가 무슨 일진이라도 되는 줄 알거든요."

"일진은 또 뭐고? 그럼 저녁 먹고 당장 엄마랑 스마트폰 판매장에 가자."

"요즘 우리 아이들이 쓰는 말인데요, 우리 반에서 싸움을 잘하는 애를 그렇게 불러요. 그리고 제일 잘하는 애는 일짱이고요. 또 이진이라고 하는 애들은 일진의 명령에 따라 잘 움직여요. 그래야만 괴롭힘을 안 당하거든요."

"요즘 애들이 서로 주고받는 말로, '은어'라는 거구나. 그런데 우리 딸은 걔네들한테 시달림 안 받니?"

아이의 말에 다행이기도 하지만, 한 편으로는 마음고생을 했겠구나! 하는 생각이 들었다.

"아니에요. 의주는 유림이랑 잘 대처하고 있어요. 유림이 아버지는 국가 공인 유단자이면서, 올림픽과 국제경기에서 딴 금메달이 여러 개가 있어요. 그래서 애들이 유림이는 잘 안 건드려요."

"그랬었구나. 우리 딸이 유림이 득을 크게 보는구나."

"네, 저도 태권도장에 다닌다는 것을 일진 애들이 알아요. 유림이가 미리 퍼트려놨거든요. 함부로 대하지 말라고요. 그래서 애들도 심하게까지는 안 건드려요. 그냥 가끔 골탕을 먹이려 들기 때문에, 성가신 일을 항상 저지르거든요."

"그래, 열심히 배워서 너를 지켜야 한다. 자신을 지키기 위해서는 그 방법이 제일인 것 같구나!"

스마트폰을 사주지 않으면 무슨 큰일이라도 일어날 것 같았다. 지금까지 그런 것도 모르고 지내왔다는 게, 아이에게 너무 무관심한 것 같아 미안하기까지 했다. 아이가 은근히 따돌린다는 '은따'를 당한 것을 아무렇지도 않은 것처럼 얘기하지만, 그것도 정신적으로 심한 폭력일 수도 있을 텐데, 참고 견뎌내는 아이를 생각하니 도무지 마음이 놓이지 않았다.

'일진'이란 말은 본래 군사들의 한 무리를 뜻하는데, 1980년대 이후부터는 몰려다니며, 사회적·신체적인 위력을 과시하는, 모든 '비행非

行(그릇된 행위. 나쁜 짓을 저지름)'을 하는 청소년만 일진으로 불리며, 위력 과시와 음주, 흡연, 무단결석, 장거리 여행 등 단순한 일탈행동을 저지르더라도, 딱히 폭력이나 협박 등 위력 과시를 하지 않으면, 날라리라고 하고 일진으로 불리지는 않는데, 강한 힘자랑이라도 건전한 생활을 하면, 힘이 세고 관심받기 위한 학생이기 때문에 일진이라고는 하지 않았다.

일진은 서클을 조직화해서 만만한 애들을 골라서, 장난이 아닌 남의 물건을 파손하고 심지어는 옷에다 낙서하고, 의자에 껌을 붙이지 않나, 다른 애들의 물건을 몰래 꺼내어 다른 아이 가방에 넣어 도둑으로 몰고. 별의별 짓을 다 하여 골탕을 먹이는 학폭을 일으켰다.

의주 어머니는 의주가 한 말에 무척 신경이 쓰였다. '그냥 무시해버리면 그러다 말고, 제풀에 관둬버린다.'라는 것도 그냥 하는 소리는 아닌 것 같았다. 앞으로는 좀 더 신경을 써줘야 할 것 같았다. 의주에게 어떤 시련이 닥칠까 봐 여간 걱정이 아니었다. 그래서 스마트폰을 사주고 자주 문자로 확인해야겠다고 다짐했다.

담임 선생님께서 전화 온 것을 비밀로 하고, 의주를 데리고 가서 마음에 드는 단말기를 사주고 와서, 의주 몰래 담임에게 전화를 하였다.

"의주 어머니입니다. 오늘 정말 미안했습니다. 그리고 전화해 주셔서 감사합니다. 우리 의주한테 본인이 좋다고 하는 전화기를 사줬습니다. 그리고 등교를 하지 않은 것은 방과 후 태권도를 배우러 다녔었는데, 내년에 있을 무슨 품이란 심사평가전에 나가기 위해서, 부득이 결석했다고 하더군요. 요즘 아이들도 무술을 배워두는 것도 좋을 것 같아서 괜찮다고 했습니다."

담임 선생님은 전화를 받고 다소 안심이 되었는지, 다행이라면서 전화기를 사주셔서 고맙다고 했다. 담임은 되레 혹시나 안 좋은 일에 연루되어서, 학교를 오지 않았나 해서였는데 천만다행이라고 하면서, 어차피 요즘 험한 세상에 아이들도 운동을 해두는 것도, 잘하는 일이라는 의주 어머님의 말씀에 동감한다며, 그것도 서로 맘이 통하는 아이와 둘이 함께 다닌다니 매우 안심된다고 했다.

의주 어머니도 의주가 스스로 알아서 택한 일이라, 더 대견스럽게 여겼다. 그동안 얼마나 애들한테 시달렸으면, 도장엘 다닐 생각을 했을까? 하면서, 만신은 앞으로 더 신경 써야겠다고 생각했다. 그래서 집에만 있게 해서는 안 될 것 같았다. 굿일이 없거나 마음이 심란할 때면 만신은 의주를 데리고 늘 다니던 사찰로 불공드리러 가곤 했다. 의주는 불공드리러 온 한 여자를 유심히 살피면서 고개를 갸우뚱거렸다. 옆에서 지켜보던 만신은 이상해서 의주에게 물었다.

"의주야! 왜 아는 아줌마니?"

"아닌데요. 어디서 많이 본 얼굴 같아서요. 그런데 아무리 생각해 봐도 기억이 나지 않아요."

"그랬었구나. 기억이 나지 않으면 너무 애써서 생각하지 마라. 머리가 어지러우면 탈이 날 수도 있으니까. 특히 우리 의주는 모든 기억을 잃은 터라, 너무 깊이 집착하면 머리에 통증이 오는 거 알고 있지?"

"네, 어머니! 생각 안 할게요."

만신은 이상한 일도 다 있다는 생각이 들었다. 기억을 잃은 아이가 어떻게 처음 본 아주머니를 보고, 전에 어디서 많이 본 듯하다고 하는지? 하면서 의주를 데리고 집으로 오면서도 내내 의주 생각에만 사로잡혔다. 산길을 내려오는데 차 안에서 의주가 이상하다는 듯이 고개를 갸웃거리다 말했다.

"며칠 전에 학교에서 나오다 어떤 아줌마를 봤는데, 나를 유심히 한참이나 보면서 무슨 깊은 생각을 하는 것 같았어요. 그리고 옆에서 젊은 아저씨가 사모님, 이제 가시지요. 하면서 아줌마를 사모님이라 부르면서 검은 승용차의 문을 열고 타니까 문을 닫고 이내 떠났어요. 젊은 아저씨는 기사 분 같았어요."

"그랬었구나. 그럼 무슨 기억이라도 떠오르는 게 있었던 게로구나."

"아니에요. 어떤 기억이 나는 건 아니었는데, 그런데 이상하게 처음 보는 아줌마 같지 않아서 의주도 이상했었어요. 또 기사 분 같은 아저씨도 그렇고요."

만신은 운전대를 꽉 잡고 운전하면서, 요즘 의주가 더 이상해져 간다고 생각했다. 처음 보는 여자를 전에 본 사람 같다고 하지를 않나, 무엇을 그리 골똘히 생각하는지 어떤 때는 헛소리 같은 말을 지껄이기를 않나, 넋 놓다시피 한 곳만 오래도록 응시하다 깜짝깜짝 놀라기도 하고. 이해가 안 되는 행동에서, 만신은 이상하리만치 역풍이 불어오고 있다는 느낌이 들었다. 이참에 의주가 무엇이든 기억해 낼 수 있기를 간곡히 빌면서, 의주가 낯설지가 않다고 하는 말에, 전생에 무슨 인연이 있었던 건 아닌지? 그 말도 심상치 않게 들려왔다.

의주는 처음 만난 아주머니를 본 후로 더욱 증세가 심해졌다. 어떤 때는 자신도 감당하기 어려운지 법당에 오래도록 머무르면서, 무슨 생각에 골똘해 있는지 미동도 하지 않았다. 그런 아이를 지켜보면서 만신은 오만가지 잡생각이 들었다. 시간이 지나면 저러다 말겠거니 했는데, 날이 갈수록 더 심해지는 것 같았다.

만신은 아무리 생각해도 이 아이를 이대로 내버려둘 수는 없었다. 의주의 장래를 위해서 법당에서 참선하면서 내린 결론은, 의주를 위해 퇴마退魔를 하기로 마음을 굳혔다. 만신은 의주가 학교에 안 가는 날을 택하여 날짜를 잡고 법당으로 의주를 불렀다.

"의주야. 지난번에 어머니가 의식을 치러야 한다고 말했지? 오늘인데 너 괜찮겠지? 좀 견디기가 불편할 텐데도 참아낼 수 있겠니?"

"어머니 뭐가요? 의주 아무렇지도 않아요. 어머니가 하자는 대로 할 거니까 걱정하지 말고 어서 시작하세요."

만신은 아침을 먹고 의주를 욕실에서 깨끗이 씻기고 새 옷으로 갈아입혔다. 그리고 퇴마의식을 치르기 위해 법당에 소도구를 준비하고 의식에 들어갔다.

의주는 모든 걸 체념한 듯 어머니에게 맡기고 붉은 융단보가 깔린 자리에 반듯이 누웠다. 의주는 눈을 감고 숨을 내쉬면서 깊은 생각에 잠겼다. 얼마나 지났을까 천장에는 하얀 나비 떼가 날았다. 멀리서 함박눈 같은 하얀 구름이 무수히 몰려왔다. 바람 소리가 들려왔다. 대나뭇잎이 숲 속에서 바람에 부딪히며 내는 소리처럼 사각거렸다. 의주는 바람 소리를 들으며 마음을 가라앉히고 눈을 감았다. 다시 나비 떼가 날고 구름이 몰려왔다.

꽤 많은 시간이 흘렀는데도 짙은 안개만이 몰려올 뿐이었다. 그 안갯속에서도 가느다란 한 가닥의 빛줄기도 보이지 않고, 이상하리만치 접신의 기운마저 다가오기를 거부했다. 그렇게 한나절이나 신기를 받으려 애를 쓰다 힘까지 소진되었다.

아무리 달래고 구슬려서 그 기를 의주의 몸 밖으로 내보내려고 했으나, 전혀 먹혀들어가지 않았다. 만신은 더는 버텨내지 못할 것 같았다. 더는 집착하다가는 쓰러질 수 있기 때문에 견딜 수 있을 때 멈추어야 했다. 만신은 겨우 마음을 가다듬고 누워있는 의주를 일으켰다.

"의주야, 오늘은 안 되겠다. 너의 기가 도를 넘어 도무지 잦아들지를 않으니 말이다. 이게 너의 잘못은 아니지만, 그래도 자신도 다스려야 하는 터라, 마음 진정이 되면 다음에 다시 해보자."

만신은 의주를 밖으로 내보고 아이의 신기神氣를 짚어봤다. 아무리 봐도 기가 쉽게 꺾일 아이가 아니겠다 싶었다. 만신은 아이 속에 든 귀기鬼氣를 내치려면 자신의 힘으로는 힘들 것 같아서 안타까웠다. 그래서 많은 고심 끝에 '퇴마사退魔師(귀신을 쫓아내는 일을 하는 사람)'를 불러 해결하려고, 무속계에서 용하다고 소문이 나 있는 퇴마사에게 기별을 넣었다.

"법사님! 무고하시지요?"

"만신께서 어인 일로 이렇게 기별을 주시고?"

"네! 다름이 아니라 저의 애가 신기가 있어서 퇴마하려고 하는데, 법사님께서 저를 좀 도와주셔야겠습니다."

"그러시지요. 만신께서 구출하셨다는 그 아이 말이군요. 날짜를 미리 정해주시면 그날 가 보도록 하겠습니다."

만신은 아이가 등교하지 않는 토요일을 택해서 퇴마사에게 연락하고, 아침 일찍 아이를 목욕재계沐浴齋戒하고 새 옷으로 갈아입혔다. 얼마 후에 퇴마사가 도착하여 갖고 온 의식 도구를 챙겨놓고, 퇴마 의식 退魔 儀式으로 들어갔다.

악령의 존재 여부와 그로 말미암은 문제를 파악하고, 기도를 통해 신의 도움을 요청하고 나서 마음을 가다듬었다. 그리고 악령과 대화하여 그 정체와 이유를 파악했지만, 아이의 내면에 잠재해 있는 악령이 요지부동이었다. 퇴마사는 악령에게 떠나라는 명령을 내리지만, 그 명령도 듣지 않았다.

퇴마사는 계속해서 기도를 반복하며 악령을 쫓아내려 했다. 신의 권위를 바탕으로 강력하게 명령하지만, 결국은 악의 세력을 쫓아내지 못하고 말았다.
　아이는 처음에 아무런 반응을 하지 않다가 차츰 잠에 빠져드는 듯했다. 그러나 가끔 몸을 뒤척이면서도 다른 이상한 행동은 일어나지 않았다. 퇴마사는 다른 의식으로 접해봤지만, 역시 아무런 상태가 일어나지 않았다. 얼마의 시간이 지났을까 잠에서 깨어난 아이는, 그냥 누워서 천장만 바라보고 있을 뿐이었다. 여러 방법을 동원해 봤으나, 퇴마사의 의식은 전혀 먹혀들어 가지 않았다. 한나절을 진땀 빼고서도 이루지 못하자, 퇴마사는 더 끌어봤자 소용없다며 만신에게 하소연했다.
　"어찌 이리도 모진지! 전혀 꼼짝을 안 하니. 이 아이는 기가 세도 너무 셉니다. 그러니 도무지 당해낼 재간이 서질 않으니. 내 원 참!"
　만신은 땀을 흘리시는 법사님에게 물수건을 건네면서 물었다.
　"땀까지 흘리시고. 참으로 면목없습니다. 법사님! 그렇담 이 아이를 어찌하면 좋을까요? 법사님!"
　퇴마사는 소도구를 챙겨 들고 자리에서 일어나려다 아이를 내려다보고 눈살을 찌푸리고 끌끌 소리를 내면서 혀를 찼다.
　"이렇게 먹혀들어 가지 않음은 난생처음이우. 어찌 이 아이가 이렇게 되도록 내버려뒀는지 알다가도 모르겠수."
　다시 혀를 내두르면서 만신을 바라봤다. 그리고 덧붙여서 좀 더 심각하다는 투로 인사를 건넸다.
　"만신님! 나는 가오. 아이라고 얕잡아 봤다가 큰 낭패를 겪을 줄이야! 무슨 이유에서인지 도통 빌미를 주지 않으니."

"법사님 벌써 가시게요? 차나 한잔 드시면서 천천히 쉬었다 가세요."
만신은 퇴마의식이 실패로 돌아가자 섭섭해 하는 법사를 앉혀놓고, 아쉬움을 달래려고 차를 함께 마셨다.
"아이가 자꾸 붙들고 안 내보내려 하니 거참 이상도 하단 말이우. 어린 것이 무슨 원귀에 씌었기에 이리 모질담! 목낭청의 혼이 씔 일도 아닌데……."
"법사님! 목낭청의 혼이라면 무엇을 두고 하시는 말씀인지요?"
"이래도 응, 저래도 응하는 처세를 두고서 하는 말이우. 시키는 대로 따라 하는 목낭청에 나오는 인물을 두고 하는 소리인지라, 저 아이한테는 별 방법이 없겠우."
"그렇담, 아이가 원하는 대로 내버려둘 수밖에 없단 말인가요?"
만신은 앞으로 어떻게 해야 할지 머리가 다 어지러웠다. 아이의 경직되고 복잡한 마음을 풀어줄 방법은 무엇이며, 아이의 내면세계를 어떻게 다스려 바로 잡을 수 있을지, 걱정이 이만저만이 아니었다. 만신은 가시는 법사님을 정중히 배웅하였다.
"고생하시었소. 법사님! 살펴 가십시오."
"네, 만신님! 그럼 저는 이만 가우."
법사님을 보내놓고 만신의 마음은 더욱 착잡해졌다. 용하다는 퇴마사님도 해결하지 못하니, 이를 어쩌면 좋을지 속이 더 타들어 가고 입이 바짝바짝 말라갔다.
아이에 대한 많은 번민에 싸여, 법당 안을 왔다 갔다 하면서 별의별 궁리를 다 해봤지만, 이렇다 할 묘안이 떠오르지 않았다. 의주에 대한 번뇌가 깊어지면서 가슴 언저리가 답답했다.
만신은 이렇게 마음 써보기는 난생처음 있는 일이었다. 만신은 할 수 없이 마지막이라 생각하고, 주지 스님을 만나 뵙고 아이의 장래를 위한 조언을 듣기로 했다.

만신은 주지 스님을 알현하기 위해 아침 일찍 서둘러 사찰로 갔다. 주차장에 차를 대놓고 일주문을 들어가 범종각을 지났다. 이른 아침이라, 바람이 스칠 때마다 풍경의 그윽함이 사찰 내의 정기를 깨웠다. 새소리가 요란하게 들리다 끊겼다. 그때 한 스님이 요사채 쪽을 돌아 나오다 만신과 마주쳤다. 스님이 먼저 합장하면서 알은체했다. 스님의 안내를 받아 주지 스님을 알현하고 합장하였다.

"어서 오시지요. 이른 아침에 만신께서 어인 일로?"

"네, 주지 스님을 뵙고 상의드릴 일이 있어서 갑자기 찾아왔습니다."

"어서 안으로 드시지요."

만신은 주지 스님과 마주 앉았다.

"무슨 일로 오셨는지 대강은 짐작이 갑니다만, 여의주란 그 아이 일로 오셨는지요?"

"네! 주지 스님께서 어찌 아시는 지요"

"만신께서 전에 여의주란 아이에 대해 말씀해 주셨지요."

"네, 그랬었지요. 요즘 부쩍 아이 때문에 난감한 일이 많아서요. 그래서 상의 드릴 겸해서 이렇게 일찍 찾아왔습니다."

"짐작은 했습니다만, 그렇게 심각할 줄은 몰랐습니다."

"무서운 일이 일어날 것만 같아 걱정되어 퇴마의식을 치렀는데, 어찌나 아이가 자신의 몸속에서 거부하는지. 이 일을 어찌하면 좋을지 주지 스님께 부탁하려고요."

"그러지요. 그러면 일단 젊은 스님을 한번 보내 봐 드리지요. '정토문淨土門'을 설파할 정도로 수련이 깊은 교무 보현 스님이지요. 길일을 택해 전화를 주시면 일정에 맞춰 가도록 하겠습니다. '나무 관세음보살 南無 觀世音菩薩!'"

"네, 고맙습니다. 주지 스님! 그럼."

주지 스님께 합장하고 내려온 만신은 제날짜에 모든 준비를 마치고 법당으로 아이를 불렀다.

"의주야, 오늘 한 번 더 참아줘야 하겠구나. 견딜 수 있겠지?"

"그러면요. 어머니, 의주 괜찮아요."

이윽고 사찰에서 보현이라는 법명을 가진 젊은 보현 스님이 당도했다. 보현 스님은 절에서 갖고 온 소도구를 꺼내놓고 퇴마의식에 들어갔다. 한참이나 지나서야 아이가 입에 게거품을 물면서 쓰러졌다. 스님은 아이의 몸 위에다 장삼을 씌우고 죽비로 훑어 내려갔다. 아이는 깨어나 다시 쓰러지고 그러기를 수차 반복을 했지만, 깨어나면 도로 더 살기가 번뜩였다. 깨어났다 혼절하면서 아이만 기진맥진하여 갔다.

시간이 많이 지났다. 스님이 한나절을 지체하면서, 빙의를 아이 몸 밖으로 내보내려 했으나 번번이 실패하고 말았다. 한참 시간이 지나자 주지 스님이 내려왔다. 젊은 스님이 올 시간이 넘었는데 오지 않아서 기다리다 내려온 모양이었다.

"주지 스님께서 기다리시다가 직접 오셨군요."

"그러게요. 시간이 꽤 지났는데 안 오기에. 좀 어려운 일에 봉착하지 않았나 싶어 소승이 직접 내려왔습니다."

젊은 스님이 자초지종 아이의 반응에 관해 얘기했다. 다 듣고 난 주지 스님은 고개를 끄덕이면서 마지막 방법을 택해보자고 했다.

"그럼 '구병시식救病施食(병든 사람을 위하여, 귀신에게 음식을 베풀고 법문法門을 알려 주는 의식)'으로 풀어봐야 할 수밖에요. 보현 스님이 정성껏 잘 좀 풀어보구려."

주지 스님은 젊은 보현 스님한테 정성을 다할 것을 강조하고, 법당을 나와 뜰을 거닐면서 아이의 기氣를 점철點綴해봤다. 그러나 맥이 잡히지 않듯이, 그 아이의 주위가 너무 어수선하여 가늠조차 할 수가 없었다.

이윽고 보현 스님이 마지막으로 스님들이 여간해서는 잘 안 한다는 구병시식에 들어갔다. 귀신에게 음식을 주고 법문을 알려주는 구병시식은, 스님들이 하다 법력이 약하면 오히려 자신에게 빙의가 오기 때문에 피하는 의식이었다.

보현 스님은 잔뜩 긴장한 상태에서 벗어나기 위해 눈을 감고 참선에 들어갔다. 한참 동안 좌선으로 마음의 허탈에서 벗어나, 위험을 무릅쓰고 오래도록 법문으로 다스렸지만, 의주의 '빙의憑依(possession: 떠도는 영혼이 다른 사람의 몸에 옮겨붙음)'는 전혀 퇴치될 기미가 보이지 않았다. 그렇게 얼마를 기다렸지만, 역시 아이는 미동도 하지 않고 어디 한 곳이라도 틈을 주려 하지 않는 것 같았다.

오래도록 밖에서 기다리던 주지 스님이 법당으로 들어왔다.

"전혀 움직이려 들지를 않으니. 어찌 해볼 도리가 없습니다. 주지 스님! 곧 깨어날 테니 깨어나는 걸 보고 돌아가겠습니다."

"내 짐작에도 어려울 거란 생각을 했소만, 다를 바가 없구려. 우리 보현 스님마저 구병시식이 먹혀들지 않으면, 이 아이의 빙의를 어찌할꼬!"

아이가 깨어나자 만신이 주지 스님한테 물었다.

"주지 스님께서도 우리 아이의 빙의는 어찌할 수 없다는 말씀인가요?"

주지 스님은 왼손에 든 염주를 굴리며, 누워있는 아이를 지긋이 내려다보면서 만신에게 일렀다.

"허 허. 고얀 것들을 봤나! 좋은 곳으로 보내 달라고 환자의 빙의령이 애원해 올 텐데 거 참으로! 본령들은 다른 령이 좋은 곳으로 가는 것을 볼 수 있을 테고, 환자 자신이 직접 말하지 않으니, 아무리 애를 써봐도 보현 스님도 어쩔 수가 없었을 게지요. 나무 관세음보살!"

"한을 풀어 저승으로 인도케 하여 봐도, 좋게 구슬리고 타일러 스스로 물러가게 해도 불안정한 기운은 마찬가집니다."

보현 스님이 주지 스님께 고충을 털어놨다.

"그러게. 내가 봐도 이 아이는 모진 연을 지니고 태어났으니, 성불로써 다스리고 또 다스려 봐야지요. 이보시게 보현! 애 많이 쓰셨네. 이만 올라가 보시게나."

아이는 잠시 깨어났다가 젊은 보현 스님이 떠나자 다시 잠이 들었다. 만신은 아이를 사이에 두고 마주 앉아, 아이에게서 눈을 떼지 못하는 주지 스님을 바라봤다. 만신은 주지 스님의 고뇌를 보는 것 같아 마음이 심란했다.

"만신께서도 걱정스럽게 여기는 것도 무리는 아닐 테지요. 빙의憑依에 대해서 좀 더 자세히 살펴보면 상당히 오래된 것으로, 그리스에서 기원한 성경에서도 악마나 귀신을 쫓아내는 일을 말하는데, 동양의 경우 무속이나 불교에서 빙의를 인정하고 있지만, 악령이 들어가서 퇴마退魔의식을 치러야 하는 서양과는 다르게, 굿으로 잘 달래서 보내는 것으로, 성경에서도 그 사례를 찾을 수 있지요. 이를 쫓아내는 의식이 바로 '엑소시즘(Exorcism: 구마驅魔-가톨릭교회에서 행하는 종교의식 가운데 하나로, 라틴어로 '밖으로 불러낸다'라는 뜻인데, 일반적으로 악마나 악의 세력으로부터 고통 받는 사람을 구마 사제가 기도와 예식을 통해 구해내는 행위)'으로, 동양에서도 무속이나 불교에서 오래전부터 빙의를 인정하고 있지만, 그 관점觀點은 서양 쪽과는 미묘하게 내지는 아주 다르지요.

 개신교 내부에서는 오순절 및 순복음 교단을 중심으로 종종 보고되는데, 기독교에서 말하는 빙의는 타인의 영혼이 아니라 악령이 들어가는 것이라 하지요. 이를 쫓아내는 엑소시즘을 '구마驅魔' 또는 '축사逐邪'라 하는데, 악한 것을 쫓아내는 데는 기독교에서 어린아이의 영혼이 빙의, 조상님이 빙의라는 것 모두가 악령의 농간으로 보고요. 불교에서도 이름난 고승들에 의해 퇴마의식을 치르는데, 무속에서는 빙의 자체를 부정적으로 보지 않고, 오히려 굿으로 잘 달래서 돌려보내려는 경향이 큽니다. 그래서 '신병'이라는 증상이 빙의 당할 때 초상현상이 발생하지요. 또한 가톨릭에서도 빙의 당한 사람이 이 능력자 비슷하게 변한다는 관념觀念이 있고, 개신교에서도 목소리가 변해 말투가 표독스러워지고, 종교적인 활동이 거칠어져 독심술이나 텔레파시를 동반한다는 것이지요."

 "주지 스님! 너무 심려치 마십시오. 아이를 데려온 사람도 저고, 아이를 키우는 것도 저의 일인데, 아이의 팔자가 그렇다면 제가 거두면서 살아야지요."

 젊은 보현 스님이 아이를 좋은 길로 인도하려면, 스님의 법력이 절대로 필요하므로 주지 스님께도 미안한 마음이 들었다.

 "만신께서 아이의 장래를 위해, 좋은 길로 인도하시겠다니 안심은 됩니다만……."

 주지 스님은 말끝을 잇지 못하고 여운을 남겼다. 만신은 지은 죄가 커서 주지 스님께서, 말씀을 다 하시지 못하고 말끝을 흐린 것이라 여겨졌다.

"주지 스님께서 아이를 지켜보고 계시는데 저는 더욱더 그렇지요. 그리고 저 또한 부모님 말씀을 거역하면서까지 학교생활도 그렇고, 결혼도……."

만신이 과거의 일을 얘기하다 갑자기 복받쳐 오는 감정에, 말을 잇지 못하고 말았다.

"그때는 만신께서 왜 그리하셨는지 지금도 알 수가 없는 터라…."

"주지 스님께서 젊었을 때 어머니를 따라 법당으로 들어가면, 늘 어린 게 기특하다면서 어린 저에게 그렇게 좋은 말씀을 해주셨는데, 제가 왜 성장하면서 그 뜻을 받아들이지 못하였는지도 알 수 없기에 목이 멜 뿐입니다."

"그러게요. 인간만사 새옹지마塞翁之馬라 하거늘! 부모님의 은덕에 보답할 날이 올 터인 즉, 이 아이에게 무슨 인연이 있을 법도 하니까. 나무 관세음보살!"

"저의 불찰로 거두지 못했던 뱃속의 아이를 대신해서, 이 아이를 내려주신 거라 믿고 잘 보살피도록 하겠습니다. 주지 스님!"

"그러게. 아마도 후일 만신께서 뜻하는 바를 이루도록 해야겠지요."

만신의 아픈 과거가 지금 이 아이에게서 묻어나는 듯하여, 주지 스님은 다시 깊은 잠에 빠진 아이를 내려다보면서 말을 이어갔다.

"육체肉體는 사라지고 정신精神만 남으니, 정精은 음陰이 성질의 영靈이 되고, 신神은 양陽의 성질의 혼魂이 되니, 이것이 곧 영혼靈魂이 되는 것인데……."

"영靈은 중생衆生의 업業이고, 혼魂은 본성本性이라고 강원에 들었을 때, 주지 스님께서 말씀하시지 않으셨나요?"

"그렇지요. 살아서는 혼魂은 영靈의 지배를 받지만, 업보業報는 중생衆生이어서 스스로 지은 자기 업業의 과보果報를 받는 것이겠지요."

"그래서 대부분 사람이 죽고 나면 혼魂은 영靈의 지배를 벗어난다고 하셨지요?"

만신이 처음 입문하여 강원에 들어 법문을 배울 때가 생각났다. 주지 스님의 말씀이 이어졌다.

"영靈의 지배를 벗어난 혼魂은 또 혼魂과 백魄으로 나누어지고, 혼魂은 '유식唯識·사상思想(마음 외에는 어느 것도 존재할 수 없고, 마음에 의하여 모든 것이 창조된다는 불교교리)'에서 말하는, 제8식 '아뢰야식阿賴耶識'은, 백魄은 중생들의 본성本性이자 불성佛性이라 하지요."

"그래서 주지 스님께서 죽었는데도, 혼신魂神이 영귀靈鬼의 지배를 벗어나지 못함을 귀신鬼神이라 하셨잖아요?"

"허 허! 만신님도 이젠 불심이 매우 깊어졌구려! 선과 악도 마음에서 발생하는데, '범부凡夫(번뇌에 얽매여 생사를 초월하지 못하는 사람)'의 무지에서 벗어나 지혜로움에 안착하는 것도 마음의 뜻인지라, '안식眼識·이식耳識·비식鼻識·설식舌識·신식身識·의식意識' 등, 여섯 가지의 육식으로 조성되는 업력이라고 봐야지요. 인간의 유전적 요소나 여러 행위의 결과로서의 기억, 그리고 이에 의해 형성된 성격 등이 결합한 '심리적기체心理的基體'인데, '아뢰야식'에 따라서 인식이나 판단이 이루어진다고 되어 있지요."

주지 스님은 고뇌를 벗어난 듯 만면의 웃음을 입가로 흘렸다.

"주지 스님, 무슨 과찬의 말씀을 하셔요? 주지 스님께서 저에게 법문을 주실 때, 언젠가는 가는 길의 척도 의미를 느껴야 한다고 하셨지요. 그리고 행行함에 있어 바른 의도義徒라고 가르쳐 주시지 않았습니까?

아직 공부가 부족하여 듣기 민망하고 송구하옵니다."

"허 허 허. 그렇게 되나요? 혼이 우주공간에 정착해야 하는데, 원한과 무거운 '업장業障(삼장三障으로, 말, 동작 또는 마음으로 지은 악업에 의한 장애를 이름)'에 의해 영이 혼을 잡고 있으니, 혼이 이승에서 오도 가도 못하는 귀신으로 남아서, 저 아이의 정신을 다스리고 있는 게 분명한데, 좀 더 애를 써주시지요. 만신께서 기도로 품으시면 저 아이에게 좋은 날이 오겠지요. 나무 관세음보살!"

"그런데 주지 스님. 조금 전에 하신 말씀 중에, '유식에서 말하는 제8식 '아뢰야식阿賴耶識'이고, 에서 '유식唯識'은 모든 제법의 '심식心識'의 표현으로 실재하는 것은 오직, '식識'뿐이라는 말로 '법상종法相宗'의 근본 교의라고 주지 스님의 법문 중에서 봤는데, 아뢰야식의 뜻은 잘 모르겠습니다."

"그렇지요. 유식은 우주의 온갖 사물은, 오직 인식하고 식별하는 마음의 작용에 존재한다고 보이지만, '아뢰야식'은 모든 법의 종자種子를 갈무리하고, 지각 작용을 가능하게 하는 가장 근원적인 심층의 의식이라 하겠지요."

주지 스님은 '아뢰야식'에 대해서 간단히 설명해서 될 일이 아님을 알지만, 만신 님이 이해하고 넘어가려면, 더욱더 자세한 설명이 필요하겠다 싶어서 차근차근 풀어나갔다.

불교에서 모든 법의 종자種子를 갈무리하고, 지각 작용을 가능하게 하는 가장 근원적인 심층 의식으로, 과거의 인식·경험·행위·학습 등에 의해 형성된 인상이나 잠재력을 말한다고 하였다.

만신은 주지 스님이 아니었으면 어쩔 뻔했을까 하는 안도의 숨을 내쉬었다. 만신은 깊이 잠든 아이를 사이에 두고 주지 스님과 법문에 관하여 이야기를 나누는데, 주지 스님의 고뇌가 크신 것 같이 보였다. 그제야 만신은 주지 스님을 보내드려야 한다고 생각했다.

"주지 스님! 인제 그만 일어나시지요. 그 어려운 '아뢰야식'도 마다치 않으시고서 직접 허락을 내려주셨는데, 정리가 잘되지 않고 있으니 이게 다 제가 전생에 지은 죄가 커서겠지요."

"그게 어디 만신님만 탓할 일이었겠습니까? 저 아이에게도 있는 게 지요."

"제가 처음 입문하여 주지 스님이 젊은 스님으로 계실 때, 이곳 강원에서 많은 가르침을 받게 되었었지요. 그땐 저도 저 아이만큼이나 어려서 들어와 이와 흡사했겠지요."

"그리됐던가요? 처음 어머니를 따라왔을 때 만신님이 앳된 얼굴이었는데, 처음 보는 얼굴인데도 어디가 좀 석연치 않게 보였지요. 그래서 어머니께서 가시고 나서도 영 마음속에서 지워지지 않더군요. 저 아이처럼 기구한 운명을 타고났을지도 모른단 생각이 들어서요. 그땐 소승도 법문에 푹 빠져있었을 때였으니까요."

"주지 스님. 그래서 이 아이만큼은, 저 같은 팔자로 살지 않게 하려고 온갖 정성을 다하지만, 때로는 너무 힘이 들어서요. 저 아이의 기가 너무 세기 때문에 제가 미치지를 못한다는 것은, 저의 업보業報가 아닌가 하는 후회스럽기도 하고요."

얼마 후 아이가 깨어났다. 만신은 이제 주지 스님을 보내드리려고, 자리에서 일어나려다 다시 앉으며 스님을 불렀다.

"주지 스님!"

"왜 그러시오? 만신께서."

"이 아이만은 제 곁에 두려고 하는데 자꾸 멀게만 느껴져서요. 주지 스님!"

"그러게요. 용이 승천하면서 떨어뜨렸다는 여의주를 찾으러 갔다가 구출해 온 아이라지요? 허 허! 이 소승이 보기에도 만신께서 감당하기엔 좀 무리인 거 같소만, 이 아이의 전생이 무척 궁금하오이다. 나무 관세음보살!"

"주지 스님이 보시기에도 그러시다면 무슨 방법이라도 있으시온지요?"

"허 허! 소승이 그걸 알면 왜 이러고 있겠어요. 불심이 아직 미치지를 못하였는데, 이 소승도 이제 나이를 먹어서 그런지 가끔 앞날에 먹구름이 끼기도 하고…. 만신께서 이렇게 딸에게 잃었던 기억까지 찾아주려고 애쓰시는 뜻이며, 아이의 장래를 가로막으려는 빙의마저 퇴치하려 드는데. 조금은 힘들지만, 지극정성 보살핌으로 아이의 본모습을 볼 날이 있겠지요. 더군다나 지성이면 감천이라 좋은 결과를 기대해야 하고요. 나무 관세음보살!"

만신은 주지 스님을 배웅하고 나서, 가시는 주지 스님의 뒷모습을 실눈으로 바라보면서 중얼거렸다.

"주지 스님은 아실 텐데 좋은 결과만 기대하라시며, 여운만 남기시고 가버리시는구나……!"

만신은 혼잣말로 넋두리하면서, 깊은 시름에 빠져 한동안 시선을 하늘에 두었다. 모든 것이 자신의 탓이라 여겨져 혼란만 더해졌다. 만신은 정신을 차리고 아이가 있는 법당으로 왔다. 아이는 깨어나 넋 나간 사람 모양 천장만 응시하며 누워있었다.

"의주야, 정신이 드느냐? 견딜 만하고? 쯧쯧! 가여운 것. 기억이라도 되찾았으면 오죽이나 좋으련만, 왜 이리 잡힐 듯 잡힐 듯 신탁神託마저 가물거리니. 이 엄마는 어쩌라고?"

　빙의는 외부 환경 스트레스 또는 외로움 때문에 마음의 면역 기능이 저하되어, 몸과 영혼이 지배당하게 되어서, 그래서 두려움과 공포로 햇빛과 사람과의 접촉도 피하게 된다고 했다. 그래서 늘 자신의 방에 틀어박혀 마음의 문을 닫고 불안과 초조에서 벗어나지 못한다는 것이다.

　꿈을 꾸면 개, 고양이, 갓난아기 등이 보이기도 하고, 심한 불면증과 가위눌림에 머리가 무거워지는데, 멍청하거나 너무 악질적인 사람한테는 잘 안 나타나는 정신병의 일종이라 하였다.

5, 바람이 불어오는 이유 - I

어떻게 하든 부모를 찾아 떠나보내야 하므로, 더욱더 정진을 게을리 할 수만은 없었다. 만신은 부모님의 뜻을 저버리고 결혼도 실패하고, 뱃속의 아이마저 잃고서야 속죄하려는 마음에서 무당의 길을 들어섰으니, 이제라도 독단獨斷이 아닌 겸선兼善으로 살려고 했다.

어쩌면 이 아이는 만신 자신의 뱃속에서 세상 밖으로 나와보지도 못하고, 사생 된 아이의 넋이 혼으로 씐 듯하여 가끔 정신이 혼탁해질 때가 있었다. 이 아이만큼은 친부모를 찾아 보내야 하므로 소홀히 할 수는 더더욱 없는 노릇이었다. 이 아이의 부모님은 얼마나 고통의 나날을 보내고 계실지, 낳아보지도 못하고 아이를 뱃속에서 잃은 만신은 뼈저리게 느끼고 있었다.

만신은 이 아이 때문에 마음이 불안정하고 심란해서, 사찰로 데리고 가서 불공이나 드리려고 의주를 찾았다. 그런데 법당에 있어야 할 아이가 법당에 없었다. 안채에도 한참을 찾았으나 보이지 않았다. 만신은 아이가 어디 놀러 밖으로 나갔거니 하고, 밖의 이곳저곳을 찾아봐도 보이지 않고, 불러봐도 대답이 없었다.

 만신은 이곳저곳을 다 찾아봐도 아이가 보이지 않아 '어디 멀리 나갔구나' 하면서, 혼자서라도 아이를 위해 치성이나 드려야 할 것 같아 사찰로 향했다. 다리를 건너고 야트막한 능선을 돌아 절에 도착했다. 만신은 일주문을 들어가 대웅전 쪽으로 향했다. 바로 앞에서 젊은 보현 스님이 한 여인을 업고 대웅전을 돌아 요사채로 가고 있었다. 그 뒤에 주지 스님과 의주가 따라가는 뒷모습이 보였다. 만신은 너무 놀라서 큰소리로 의주를 불렀다.

 "의주야. 너 혼자서 어찌 여기를? 무슨 일이냐? 주지 스님 누가 다치셨나요?"

 "어머니 오셨어요. 이 아주머니가 넘어져서 못 일어나시기에……."

 보현 스님이 방으로 들어가 여인을 자리에 눕히고 나서야 주지 스님이 만신을 반갑게 맞았다. 그때 젊은 사람이 숨차게 뛰어와 방으로 급하게 들어와서 누워있는 여인을 향해 소리쳤다.

 "사모님! 이게 어찌 되신 일입니까? 왜 어디 다치셨나요?"

 "뉘신 지는 모르오나, 여기 불자님께서는 일주문을 나서서 내려가시다가 개울로 떨어지셔서 다치신 모양입니다. 불공을 드린 후라 좀 쉬셨다가 내려가시라니까 기사가 오는 중이라면서 무리하게 내려가시다가 이런 봉변이 어디 있는지! 나무 관세음보살!"

 "네, 저는 사모님을 모시러 온 운전기사입니다. 제가 곧 도착한다고 했었는데 그새를 못 기다리시고 내려가시다가 넘어지셨군요. 제 불찰입니다. 제가 빨리 와야 했는데 오늘따라 길이 좀 막혀서 늦었습니다. 스님!"

 "그랬었군요. 기사 양반! 아무튼 이만하기 천만다행입니다. 만신께서 오셨군요. 저희 절에 불공을 드리려 자주 오시는 불자님이신데 발을 헛디뎌서 그만, 이 아이만 아니었으면 큰일 날 뻔했소이다."

사실인즉 의주가 헐레벌떡 뛰어 들어와 여인이 굴러 떨어진 곳을 알려줘서, 젊은 보현 스님이 업고 오게 되었다는 것이다. 만신은 의주와 기도를 올리면서, 의주에 의해 구출된 여인의 무사도 함께 빌고 돌아갔다.

얼마의 시간이 지나서 젊은 스님에게 업혀 온 여인은 정신이 들어 눈을 떴다. 옆에서 주지 스님이 지켜보고 있었다. 주지 스님을 올려다 보던 여인은 어렴풋이 생각이 떠올랐다. 자리에서 일어나려고 몸을 뒤척이자, 주지 스님이 그냥 누워계시라면서 손짓했다. 여인은 편하게 누운 채로 잠시 진정하고 주지 스님에게 물었다.

"주지 스님! 제가 발을 헛디뎌 떨어진 그곳을 어떻게 아시고 오셨어요?"

"불자님! 큰일 날 뻔했습니다. 아까 그 아이 아니었으면, 그 아이가 급히 뛰어와 알려줬기에 망정이지요."

"주지 스님! 그 아이라니요? 그때는 정신을 잃었는데, 누가 소리치는 것 같았어요. 그다음엔 어떤 스님이 오셔서 저를 업으신 것까지 기억하고, 다시 또 정신을 잃은 것 같아요. 그 아이는 누구이며 지금 어디에 있는지요?"

"아이도 아이지만, 어찌 그리 무모하게 걸어서 내려가셨습니까? 기도 후라 좀 어지러우셨을 텐데요."

"기사가 오는 중이라 해서 운동 삼아 내려가다가 갑자기 현기증을 느끼면서 돌부리에 걸려 넘어졌나 봅니다. 딸아이를 잃고부터는 가끔 현기증을 느낄 때가 있어서요."

"사모님! 이제 좀 괜찮으시나요? 죄송합니다. 제가 일찍 도착해야 했는데, 오늘따라 좀……."

"이제 좀 괜찮아졌네. 박 기사. 나를 좀 부축해 주게."

"네, 알겠습니다. 사모님!"

박 기사가 사모님을 일으키자 사모님이 다시 아이에 관해 물었다.

"주지 스님! 그 아이가 떠난 지가 얼마나 됐습니까? 우리 박 기사가 지금 가면 만날 수 있지 않을까 해서요?"

"안 됩니다. 만신께서는 아이를 차에 태워 떠났으니까 지금쯤 벌써 집에 당도했을 겁니다. 그러하오니 다음에 만날 수 있도록 해드리겠으니, 오늘은 좀 더 안정을 취하신 다음에 떠나시지요."

"박 기사, 나를 좀 눕혀주게. 좀 어지러워서 그러네."

"네, 사모님! 천천히 누우세요."

박 기사가 사모님을 눕히고 잠시 물러났다. 주지 스님이 다시 불자님을 내려다보면서 만신에 관해서 얘기했다.

"그러시기 천만다행이지요. 얕은 개울로 넘어지시지 않으셨으면 크게 다치실 뻔했고요. 시내에 사시는 만신께서 가끔 그 아이와 불공을 드리러 오곤 하지요."

"그렇군요. 그럼 그 아이는 어머니와 시내에 사신다고 했지요?"

"네! 불자님. 그 아이는 시내에 사시는 강연주라고 하는 만신님의 딸인데, 저희 사찰에 그 아이를 위해 가끔 불공을 드리려고 오십니다. 오늘도 그 아이를 위해 만신께서 저희 사찰로 오시려고 아이를 찾았는데, 보이지 않아서 만신께서 혼자 오신 모양입니다. 불자님께서 업혀 가시는 뒤에 그 아이가 함께 가는 것을 보게 되었고요. 만신께서는 불공을 드리고 아이와 떠나시면서, 불자님께서 속히 쾌차하시기를 빌어 드렸다면서 합장하고 가셨습니다. 그런데 불자님께서는 기도를 마치시고 차로 가신 줄 알았지요. 어찌 그 가파른 길을 혼자서."

여인은 여자아이가 자기를 발견하여 구하게 되었다는 주지 스님의 말을 듣고 눈시울을 붉혔다.

"주지 스님! 몸을 추스르고 다시 오면 그 아이를 만나게 해주실 수 있으신지요?"

"물론이지요. 그렇게 해드려야지요. 먼저 마음부터 다스려야 할 것 같습니다. 아이를 잃은 충격으로 오는 증상 때문에 상심이 이만저만이 아니실 텐데요. 그러하오니 열심히 기도하시고 마음 다스려 성불하십시오. 나무 관세음보살!"

"주지 스님! 여러모로 감사드립니다. 다시 또 찾아뵙지요. 그리고 만신께서 오시면 꼭 좀 제가 뵙기를 청한다고 전해주시기를 부탁합니다. 아무래도 전생에 무슨 연緣이 닿아서 제게 이런 자비를 주시는지? 전혀 우연偶然이 아닌 것 같아서요."

"불자님, 조심해 가십시오. 언제 오시겠다고 알려주시면 미리 만신 불자님한테 기별을 넣어보겠습니다. 이런 큰 인연을 마다할 수는 없겠지요. 나무 관세음보살!"

절간에 업혀 온 여인은 다행히 큰 외상은 없어서, 보살들의 간호를 받고 자리에서 일어났다. 눈물을 훔치고 나서 합장하고, 기사의 부축을 받아 무사히 차를 타고 집으로 돌아갔다.

만신은 의주와 집으로 와서 의주에게 물었다.

"의주야, 왜 너 혼자서 절에 갔었니? 엄마하고 안 가고?"

"밖에서 놀다 보니 갑자기 어디론가 가고 싶어졌어요. 그래서 가다 보니 절로 가게 되었는데, 올라가는 길에 어떤 아줌마가 쓰러져 있었어요. 그래서 보현 스님께 알렸고요."

"그랬었구나. 나는 어떻게 네가 거기 있었는지 궁금했었지. 참으로 다행인 건 우리 의주가 발견하지 않았으면 큰일 날 뻔했다. 우리 딸 의주 너무 장하다. 그런데 무엇이 어떻게 너를 사찰로 가게 했을까? 알다가도 모르겠으니. 의주는 누가 그리로 가보라고 시키지 않던?"

"실은 그 아줌마가 예전에 학교 앞에서 봤었는데, 유심히 저를 봤어요. 그리고 어머니와 절에 갔을 때도 보게 되었고요. 그래서 나비 떼에 이끌려서…."

"예전에 학교 앞에서 어떤 아줌마가 너를 유심히 보더라고 했던 그 아줌마였으니?"

"네, 맞아요. 이상하게 그 아줌마가 나비를 시켜서 오도록 한 것 같아요."

"거 참으로 이상한 일도 다 있구나. 나비를 시켜서 사찰까지 오도록 했다니! 이는 분명, 너의 운명을 내가 어찌할 수 없기에 지켜볼 수밖에 없을 터! 하늘만이 아는 이 이치를, 부디 이 아이를 굽어살펴 주시옵소서!"

만신은 의주의 신기는 그냥 얻어진 것이 아니란 생각이 들어, 더욱이 아이의 장래를 위해 정진해야겠다면서, 주지 스님께서 알려주신 신념神念을 떠올렸다.

참음忍은, 나오는 화로 원망과 억울함에 눈물을 머금고 참는 것은 속인이 해를 입을까 염려하는 것이고, 화나 원망이 전혀 생기지 않아 억울함이 없음은, 수련의 결과이고, 신념神念은 자비慈悲, 관용寬容, 대도大度(큰 도량)라 했다.

그렇다면, 무엇이 인념人念이란 말인가? 신념이 무엇인지 깨달은 후,

수련과 홍대한 관용, 큰 아량, 그것이 바로 인념을 배척하는 옳은 마음이라 했으며, 또한 악념惡念은, 스스로 자신을 통제 못 하고 타인에게 나타내는 성질이 바로, 마魔를 자초하는 것이 곧 인념이 악념으로 변하였다고 했다. 이런 변화는 수련인에게는 절대로 일어나서는 안 된다고 하였다.

여의주는 미래초등학교 5학년으로 진급했다. 1학기 들어 학교생활도 원만히 이어가다 여름방학을 맞았다. 만신은 방학이라서 가끔 의주를 데리고 사찰로 가서, 의주 씩씩하게 학교생활 잘하게 해달라고 불공을 드리고 왔다. 의주는 어머니와 사찰도 다녀오고 잘 지내다 2학기를 맞아 첫 등교를 했다. 첫 수업 시간에 다른 학교에서 한 학생이 전학을 와, 의주 반인 5학년 1반으로 반 배정을 받았다.

첫 교시에 담임 선생님이 교탁 위에 학생 명부를 올려놓고 출석 부르기 전에, 1반 학생을 둘러보고 나서 법랑 칠판에다 전학 온 학생 이름을 썼다.

- 이 아 연 -

선생님이 '이 아 연'이란 이름을 쓰고 돌아서서 학생들을 둘러보았다. 그리고 이진석 반장에게 손짓했다. 반장이 일어나 선생님께 경례를 외쳤다. 선생님도 고개 숙여 인사를 받고 학생 소개를 했다.

"여러분! 여름방학 잘 지냈지요? 숙제도 빠짐없이들 다 해왔을 테고. 오늘 2학기 첫 수업 시간인데, 소개할 학생이 있다. 심은초등학교에서 오늘부로 우리 반에 전학해 온 이아연 학생을 소개한다. 이아연 학생은 앞으로 나와라."

이아연 학생이 나와서 교단에 올라서서 자세를 바로잡고 서 있자,

선생님께서 이아연을 소개했다.

"오늘부터 우리와 함께 공부하게 될 이아연 친구에게 잘 대해주고, 많은 관심과 좋은 관계로 함께하기를 부탁한다. 우리 학교는 처음이기 때문에 생소할 것이다. 그러니 친절하게 대해주고 많이 도와주기를 바란다. 그럼 이아연 학생은 간단하게 자기소개부터 해 봐."

"나는 심은초등학교에서 전학해 온 이아연이라고 해. 앞으로 잘 부탁해."

이아연 학생이 짧게 자기소개를 하고 나서 꾸벅 인사를 하고 서 있었다. 선생님은 이만 자기 자리에 가서 앉으라 하자, 이진석 반장이 일어나서 이아연 학생에게 물었다.

"이아연! 심은초등학교가 어떤 학교인지 소개 좀 해줘라."

그러자 선생님이 '차차 알게 될 것이니 오늘은 이만 첫 교시 수업을 시작하겠다.'라고 했다. 그러자 반장이 다시 일어나 좀 전처럼 소개할 항목을 말했다.

"출신 지역과 가족, 즐기는 취미, 친한 친구, 잘하는 것, 앞으로의 목표에 관해서도 소개하고 들어가라."

반장이 다시 이아연에게 여러 가지 소개를 해달라 했다. 담임 선생님이 반장의 말을 서둘러 차단하듯이, 바로 이아연을 들여보냈다. 그러자 여기저기서 수군대는 소리가 들려왔다.

"자, 다들 조용히 해라. 이아연 학생은 이사를 오는 바람에 집 가까운 곳으로 전학 오게 된 것이다. 그렇게 알고 더는 묻지 말기를 바란다."

선생님은 조용히 하라면서 수업을 이어갔다. 1교시 수업이 끝나자마자 애들이 이아연의 주위를 애워쌌다.

"얘 너 이아연이라고 했지? 너 공부 잘하니? 그리고 반에서 몇 등을 했었니?"

호기심 많은 한주희가 묻자 김서령이도 엉뚱한 질문을 했다.

"너 쌈 잘하니?"

"반장이 출신, 취미, 가족, 친구 외 몇 가지 소개해달라고 했는데, 왜 그냥 들어갔니? 반장 말이 말 같지 않다 이거니?"

이번에는 김정인이 나서서 이아연에게 따져 물었다. 그러자 또 다른 학생이 나서서 물었다.

"너 취미나 관심사는 뭐니? 목표와 기대는 또 뭐니? 너희 집 잘사니?"

이아연은 그저 귀찮다는 듯이 아무런 대꾸도 하지 않다가, 꼭 답을 들으려는지 애들이 주변을 떠나지 않고 있어서 짧게 한마디 했다.

"난 소개할 게 별로 없고, 공부는 그냥 그렇고. 그리고 싸움도……."

더 이상 말없이 책을 덮고 나서 교실 문을 열고 나가자, 다들 멋쩍게 뒷모습만 바라보다 쌈 잘하느냐고 묻던 김서령이 구시렁거렸다.

"쟤 뭐 하자는 거 임? 우리말을 개무시하자는 거야? 뭐야!"

분위기가 심상치 않자 반장이 일어나 다들 제자리로 돌아가라고 했다. 그러자 또 다른 애가 나섰다.

"야! 반장. 쟤 웃기는 애 아니니? 최소한은 전학해 온 이유는 그렇다 치더라도, 묻는 말엔 성실히 대답해야 하는 건데 말이다. 그리고 울담임도 그렇지. 반장이 질문했으면 대충이라도 답하게 내버려둬야 하는데, 왜 말 못 하게 가로막냐? 우리 담탱이(담임) 쟤 대변인이야 뭐야?"

반장이 언성을 높였다.

"야, 아벌구! 선생님이 차츰 알게 될 거라잖아. 뭐가 그렇게 궁금해서 그러니?"

입만 열면 거짓말을 한다고 해서 '아벌구'라 하는 애한테 반장이 쏘아붙였다. 한참 후에 교실을 박차고 나갔던 이아연이 들어와 제자리에 앉자, 다들 그 애에게 쏠렸다. 그러거나 말거나 이아연은 휴대전화기를 꺼내 만지작거렸다. 그러자 김서령이 나섰다.

"야, 지금 곧 수업 시간인데 폰 사용은 금지란 거 모르냐? 너희 학교에서는 수업 시간에도 폰 사용을 허락했었냐?"

이아연 학생은 대꾸도 하지 않고 연신 폰을 만지작거렸다. 그러자 김서령이 식식거리면서 이아연을 쏘아보면서 반장을 불렀다.

"반장! 내 말은 말 같지 않은 가 본 데, 반장이 우리 학교 규율에 대해서 잘 좀 설명해 줘라."

이때 국어 선생님이 들어왔다. 시끄럽던 실내가 갑자기 조용해지자, 선생님은 주위를 둘러보다 수업 시작을 알렸다. 전체 수업이 끝나고 하굣길에 김서령과 한주희, 김정인이 따로 만나 작당 모의를 했다.

"솔까말해(솔직히 까놓고 말해서), 새로 온 이아연이 걔 보통 애가 아닌 거 같아. 우리 걔 개따(개따돌림 갱기다)시키자. 그리고 비주얼이 장난이 아닌, 담탱이는 왜 걔한테 못 물어보게 하는데?"

"그러게. 나도 쫌 이상 터라. 새로 전학 왔다고 감싸고 도는 게 아닌지도!"

"좀 더 두고 보면 알게 되겠지."

차후에 도모하기로 하고 각자 집으로 향했다.

이아연이 전학 오고 며칠이 지났다. 김서령과 한주희가 김정인을 시켜, 방과 후에 시내버스 차고지 옆에서 기다리고 있을 테니 나오라고 하였다.

한주희가 김서령에게 우리가 먼저 가서 기다리자 하고 김정인과 셋

이 약속 장소로 갔다. 약속 시간이 조금 지나자 이아연이가 나타나더니, 책가방을 담벼락의 튀어나온 곳에 올려놓고, 한주희 앞으로 다가가서 눈을 치켜뜨고 물었다.

"왜 오라고 했냐? 그래 용건이 뭐냐? 빨리 말해. 나 바빠서 가봐야 하니까."

"이아연! 너 전학해 온 지 며칠 되지도 않았는데 벌써 나대냐? 우리가 그렇게 우습게 보여?"

"난 너희를 우습게 본 적이 없는데, 괜히 사람 잡고 생트집 부리지 말았으면 좋겠다."

"아쭈, 너 말 잘했다. 생트지입! 너 오늘 집에는 다 갔다 각오해."

김서령 패들이 작당모의 하는 것을 반장이 얼핏 듣고 나서 이유림에게 알렸다.

"유림아. 나 좀 잠깐 보자."

유림이는 이진석 반장이 불러서 갔다.

"지금쯤 김서령이 애들 데리고 시내버스 차고지 쪽으로 갔으니 빨리 가봐라. 이번에 새로 전학해 온 이아연이를 그곳에서 보자는 것 같더라."

이유림이 여의주와 애들을 대동하고, 급하게 시내버스 차고지로 뛰어갔다. 마침 김서령이 이아연이와 실랑이하고 있었다. 더 지켜볼 수가 없었다. 이유림이 김서령의 앞을 가로막고 섰다. 김서령이 비키라고 고함을 쳤다. 그러자 한주희와 김정인이 나섰다.

이유림이 이아연을 데리고 옆으로 비켜서서 집으로 돌아갈 것을 종용했다. 이아연이 고분고분 말을 듣고 책가방을 들고 그 자리를 떠났다.

김서령이 식식대면서 이유림한테로 왔다.

"이유림, 여긴 어떻게 알고 와서 왜 남의 일에 참견이야?"

"반장이 그러더라. 너희 때문에 골치가 아프다고. 새로 전학해 온 이아연과 여기서 만나자고 한 것 같다고. 우리 반이 제일 시끄럽다고 담임이 너희를 벼른다는 사실 알기나 하고 그러니?"

"쟤 전학해 온 지 얼마나 됐다고 내 말을 말 같지 않게 듣는데, 너라면 가만있겠냐?"

"우리 반이 전교에서 제일 시끄럽다고 언젠가는 단체 교육차 합숙 훈련을 시키겠다잖아. 왜 너희 몇 명 때문에 우리까지 지옥 같은 합숙 훈련에 껴야 하는지 암담하다."

이유림이 따져 묻자 여의주가 옆에서 나섰다.

"전학해 온 애한테 넘하는 거 아냐?"

"야! 넌 또 왜 나서서 네가지(싸가지) 없게 굴어? 남의 일에 쌉치고(입 다물고) 꺼져 좋으면 좋겠다."

이때 이유림이 다가와서 김서령한테 조용히 타이르듯이 말했다.

"네 말대로 남의 일이라 치자. 전교에서 유별나게 우리 반에서만 시끄러운 일이 벌어지잖아."

"그게 어디 나에게만 해당하는 거 아니잖아. 너 여의주하고 작당하는 거 모를 줄 알았니?"

"그게 무슨 말이야? 의주와 작당이라니?"

"너네들 이진을 따로 불러서 우릴 어떻게 하려고 충동질한다며? 꿈들 깨라."

"그래, 고작 그런 일로 작당이니 뭐니 하는 거야? 그런 거야?"

"걔네들 앞세워서 우릴 방해하려 들면, 우리라고 가만히 있을 줄 알았냐? 앞으로 여의주 좀 조심하라고 일러라. 그렇다고 이진이 우릴 어찌해보려고 든다면, 그땐 후회하게 만들어 줄 게. 그러니까 이쯤에서 애들 괴롭히지 마라."

"김서령! 너 웃겨도 보통 웃기는 게 아니야. 이진애들도 너희를 벼르는 애들 많다. 그리고 학부모들도 자기 애들 괴롭힘당하는 꼴 절대로 그냥 놔두지 않고 법적으로 하겠다더라."

"맘대로 하라 그래. 우리 아빠 변호사인데, 법적으로 한 번 해보지 뭐. 이제 됐냐?"

김서령의 그 산만한 말투에서 앞으로 더 심한 학폭이 발생할 것 같았다. 며칠 지나서 김서령이 이아연과 서열을 정하기 위해서, 다시 또 이아연이를 불러내어 만났다.

"이아연, 지난번에는 반장 때문에 들통이 나서 해결을 못 했지만, 오늘은 그냥 헤어지면 안 되겠지?"

그렇게 고자세로 나오던 이아연이 김서령에게 제안했다.

"실은 나 피치 못할 사정이 있어서 너희와 싸울 수가 없다. 그러니까 나한테 이러지 마라. 대신에 너희들 뒤에서 협조할 일이 있으면 도울게."

"너 무슨 꼼수 부리는 거 다 안다. 너 전에 다니던 학교에 애들을 시켜서 너에 대해 알아냈다. 거기서 일짱으로 사고치고, 우리 학교로 전학해 온 거 말이다."

이아연은 얼굴이 노랗게 변하면서 많은 갈등 속에서, 주먹 쥔 손이 파르르 떨리더니 이내 얼굴색이 굳어졌다.

"너 앞으로 우리 하는 일에 적극 협조하겠다니 오늘은 그냥 보낸다. 다음에 보자."

김서령 패들이 떠나고 나서도 이아연은, 자리를 뜨지 못하고 한참을 서서 감정을 추슬렀다. 그도 그럴 것이, 이번에 또 이 학교에서 사고 치면 그때는 퇴학을 당할 수 있기 때문이었다. 그래서 끓어오르는 감정을 추슬러 진정시키고 나서 집으로 돌아갔다.

며칠이 지났다. 김서령이 이아연을 불러내어 만만한 애들한테 삥을 뜯어오라 시켰다. 그러자 이아연이 그렇게는 못 하겠다고 거부했다. 그러자 김서령이 지난번 일을 들먹였다.

"야, 이아연! 너 지난번에 우리한테 협조하겠다고 했잖아. 그리고 도울 일이 있으면 돕겠다고. 너 그 말 진심이 아니었어?"

"도울 수 있는 일이라야 돕지. 노상까는(금품 갈취) 건 너희나 해라. 난 그딴 건 하면 안 되는 거 너희가 더 잘 알고 있을 텐데."

"그래서 어쩌겠다는 거야? 삥을 뜯지 못하겠다면, 대신 우리한테 뭘 해주겠다는 건데?"

"나 지난번에 얘기했잖아. 그런 짓을 하면 위험하다고. 내 말은 말 같지 않아서 그래?"

"너 정말 이렇게 나오겠다는 거지? 애들아 다들 모여서 도망 못 가게 해."

김서령이 애들한테 엄포를 놓자 이아연이 갑자기 김서령의 앞으로 다가섰다. 그리고 손바닥을 두 번 두드리고 나서 두 주먹을 불끈 쥐었다 펴고 나서, 품 안에서 뭔가를 꺼내 네손가락에 끼고 다시 주먹을 움켜쥐었다.

"그래, 난 이제 막다른 골목까지 왔다. 더는 물러설 곳도 잃었다. 네가 그렇게 나온다면 나도 모든 걸 다 포기해야겠다. 오늘 모든 것 끝장내고 퇴학당하련다. 이제 됐냐? 너희도 알다시피 나 전 학교에서 일짱으로 놀다 퇴학 직전 겨우 이 학교로 오게 되었는데, 이젠 더는 갈 곳이 없게 되었다. 너 김서령! 나 이왕 퇴학당할 바에야 너를 살려두고 당하진 않을 거야. 마지막 경곤데 너와 나랑 누가 죽든 끝장내자?"
 이미 학교생활을 포기하려고 하는 의도를 내비치자 김서령도 선뜻 나서지를 못했다. 김서령 옆에 있던 눈치가 빠른 한주희가 재빠르게 나서서 이아연에게 제의했다.
 "그래, 좋다. 너의 기백은 알아줘야겠다. 네가 학교를 포기할 정도로 나오겠다면, 그건 좀 고려해 볼 문제다. 전 학교에서 퇴학당하기 직전에 전학 왔는데, 여기서 퇴학하면 너의 인생 쫑치는 거고. 그건 너무 가혹하니까. 앞으로 좀 더 지켜보고 결정하자. 그렇지만, 우린 촉법소년이기 때문에 퇴학은 안 당한다. 대신에 보호조치는 내린다고 들었다."
 "아니야. 난 이미 결정했어. 너희들 때문에 비참하게 학교생활을 구걸하고 싶지 않다. 누가 나설래?"
 이아연이 잔뜩 독기 품은 눈으로 차례대로 노려봤다. 그러자 다시 한주희가 나섰다.
 "너와 싸우면 둘 중에 누구 한 사람은 병원에 실려 갈 거고. 네가 가해자가 되면 퇴학, 네가 피해자가 되면 그래도 면피는 안 될 텐데……."
 이아연도 꼭 싸워서 이겨봤자 퇴학은 아니지만, 보호조치라 하는 것이 더 무서운 벌인데, 지더라도 학교에서의 면피는 어렵다는 생각이 들었다. 지면 더 비참해질 것 같아 이만 바드득 갈아붙였다. 이아연이 선뜻 대답을 안 하고 노려보기만 했다. 지금 애네들도 이 학교에서 일진으로 많은 이진을 거느리고 학폭을 일삼는데, 더욱이 기선 제압하려고 기를 쓰고 대드는 것들한테, 이겨봤자 보호조치는 피할 수도 없을 뿐더러, 진다고 해도 면피는 어렵다는 한주희의 말을 다시금 되씹으면서 눈을 내리깔았다.

아버지가 그렇게 학교에서 분란을 일으키지 말라 했었는데, 그 말을 어기고 또 학폭을 저질러 가해 학생이 되면 그때는 보호조치 된다고 했다.

이아연은 부모님을 생각하자 눈물이 핑 돌았다. 이번이 마지막 너의 길이라면서 이 학교에 전학시킬 때, 비굴할 정도로 사정하시던 부모의 얼굴이 떠올랐다. 학교폭력에 연루되면 바로 고발 조치하겠다는 각서에 사인했었는데, 이번에 또 학교폭력에 가담할 수는 없었다. 더군다나 외동딸이라면서 겨우 전학시켰기 때문이었다.

이아연이 한참 동안 미동도 하지 않고 서 있었다. 더는 싸울 생각이 없다는 것을 알아챈 김서령이 앞에 나섰다. 자신도 자존심이란 걸로 여태껏 군림했었는데, 같은 처지인데도 선뜻 나서지 못함에 다소 동질의 의미를 느끼게 되었다. 그래서 자존심을 건드리지 않으려고 그냥 돌아가라고 했다.

"그래, 아무리 우리가 일진으로 놀아도 퇴학을 면하고 전학 왔는데, 우리 학교에서 또 학폭으로 퇴학을 당하게 해선 안 되지. 오늘은 그냥 가라. 우리도 양심은 있으니까."

김서령이 나서서 이아연의 자존심을 건드려서 일어난 일이라, 그래도 같은 동질감을 느낀다면서 한마디 던지고는 애들을 데리고 떠났다.

이아연은 처음으로 맛보는 패배자의 심정을 느끼고 돌아가야만 했다. 만약에 싸우면 누구 한 사람은 크게 다칠 것이고, 그 후에 일어날 일은 생각 자체도 하기 싫었다. 어떻게 하든지 퇴학만큼은 당하지 말아야 하기 때문이었다. 또한 전 학교에서 퇴학하려는 것을 부모님께서 겨우 지금의 학교에 각서까지 쓰면서 전학을 왔는데, 여기서 조금이라도 학폭에 연루된다면 피해를 보아도 한주희의 말대로 면피는 어렵기 때문이었다.

이아연은 김서령이란 애를 다시 생각했다. 욱하는 성격이라면 그냥 두지는 않았을 텐데. 이겨도 퇴학, 저도 퇴학을 당할 수 있기 때문에 그래서 피해 줬다는 생각이 들었다. 그 퇴학은 내려질 수 없지만, 바로 학폭으로 고발되면 전에 다니던 학교에서의 기록이 남아있어서, 촉법소년이기 때문에 보호조치가 내려질 수 있기 때문이었다.

이유림은 의주와 앞으로의 일에 대해 의논했다. 이유림은 먼저 김서령을 잘 설득하는 데 집중하고 이진은 여의주가 맡아서 처리하기로 했다.

의주 담임한테서 전화가 걸려 와서 받으니 급히 좀 학교로 오시라고 했다. 의주 어머니는 의주에게 또 무슨 일이 생겨서 오라는 것 같아, 묻지도 않고 서둘러 학교로 갔다. 담임이 교무실 앞까지 나와서 기다리고 있었다.

"의주 어머니 이렇게 오시라 해서 대단히 죄송합니다. 어서 안으로 드시지요."

담임의 안내를 받고 교무실로 들어선 의주 어머니는 교무부장이라는 선생과 마주 앉았다.

"그래 우리 아이에게 또 무슨 일이 생겼습니까?"

"여의주 어머니 되시는군요. 처음 뵙겠습니다. 교무부장 김석규라고 합니다. 바쁘실 텐데 이렇게 급히 오시라 해서 죄송합니다. 먼저 의주 담임이 그간 일어났던 상황을 설명해 드리겠습니다."

교무부장이 장혜린 담임을 바라보자, 담임 선생이 그간에 일어난 학급의 서클 폭력에 관해 설명했다.

"학교에서 어머니를 부르셔서 지금 오고 계시니, 의주는 걱정하지 말고 집에 가 있으라고 조금 전에 보냈습니다. 그리고 바로 의주 어머니께 전화를 드렸습니다. 그런데 이번에는 의주가 애들 두 명을 폭행하여 병원에 실려 가게 된 일이 생긴 것입니다. 그것도 이아연이란 학생이 전학 오고 나서, 김서령 일진 패거리와의 대립으로 벌어진 일입니다."

"그래서 우리 아이가 자기 반에 새로 전학해 온 이아연이라는 애와, 일진 간에 큰 싸움으로 번질 것을 이유림 학생이 들어서서 말렸다고 하더군요. 그런데 이 일을 학교에선 전혀 모르고 있었나요? 어떻게 한 반의 담임께서도 이 지경이 되도록 방만한 태도로 임했을까요? 그것도 하루 이틀에 벌어진 일도 아닐 텐데요."

"네, 의주 어머니. 이아연이는 5학년 때 다른 학교에서 전학해 온 아인데, 전에 있던 학교에서 말썽을 피워 퇴학 일보 직전에 교육청의 타진이 있어서 우리 학교에서 받아들여진 겁니다. 그래서 학생의 전과가 알려지지 않도록 학교에서 조심했는데, 요즘 아이들이 얼마나 영악스러운지 전에 다니던 학교에 가서 다 알아본 모양입니다. 그래서 김서령 학생 일당이 이아연 학생을 끌어들여 함께 작당한 겁니다. 나중에 알게 되었지만, 이아연 학생이 전에 다니던 학교에서 피해 학생 보호를 위해, 7호(학급 교체) 처분을 받았습니다. '학급 교체'란 가해 학생을 다른 반으로 배정을 시켜서 피해 학생과 만날 수 없도록 긴급조치 처분을 내린 것입니다. 그런데 일진들이 이진을 시켜서 알아보게 하고, 7호 조처를 받은 사실을 알아내어, 사전에 제압하려고 협박을 한 겁니다.

　전학해 온 학생은 무척 조심하려고 했었지만, 아직 어린 나이라 참지 못하고 일진과 맞붙으려고 한 모양입니다. 이런 내용을 일진 사건이 터진 뒤에야 그 아이의 소행으로 밝혀졌습니다. 학교 측에서 입이 열 개라도 변명의 여지가 없겠습니다. 다만, 지난번에 일어난 폭력 사건으로, 의주 반 애들이 기가 무척 죽어있어서 학부모님들의 원성도 높아가고 있습니다. 여러모로 학교 측을 대신해서 사과드립니다."

　"우리 아이가 뭘 얼마나 잘 못했기에 집으로 보내게 되었는지도 상세히 말씀 좀 해보세요. 그리고 그 애들의 폭력행위가 드러나면, 법적 책임을 물어서 조치해야 하는 것 아닌가요? 왜 그런 문제아를 끼고 도는지?"

　의주 어머니는 복받치는 감정을 애써 억누르면서, 딸아이가 연루된 싸움 당시를 담임에게 물었다.

　"네, 물론 그래야지요. 그런데 정작 본인은 뒤에서 이진을 시켜서 문제를 일으키기 때문에 근절시키기가 매우 어렵습니다."

　"그럼 해결 방법은 없다는 말씀인가요? 그리고 이대로 그냥 보고만 있을 건가요?"

　"의주 학생이 요즘 학교에서 급우들과 잘 어울리지를 않고 묵묵히 공부만 하였는데, 전부터 괴롭히던 김서령 학생이 그런 의주 학생을 고깝게 보게 되어, 무리가 의주 학생을 왕따 시킬 대상으로 점을 찍었나 봅니다. 방과 후 의주를 밖으로 불러내자, 의주가 운동복으로 갈아입고 나갔고, 다섯 명의 아이가 의주 학생을 에워싸고 그중 한 애가 다가와서, 내 앞에 꿇으면 조용히 보내주겠다며 머리채를 잡으려 하자, 순간 의주 학생이 그 아이의 손목을 잡아 비틀면서 발차기로 제압을 한 모양입니다. 오히려 의주 학생의 머리채를 잡으려던 학생이 비명을 지르면서 나가떨어졌고, 갑자기 당한 일이라 모두 주춤거리자 이때를 놓치지 않고, 의주 학생이 또 달려드는 학생의 목을 잡았다가 놓고 앞발 차기로 일격을 가하자, 그 학생도 비명을 지르면서 나가떨어져, 다시 또 노려보고 있는 앞 학생의 머리채를 잡으려 하자 다들 혼비백산 흩어져 달아나게 되었습니다."

"어제 현장에서 일어난 일을 어떻게 알았나요? 그리고 우리 아이는 그 후에 어떻게 했나요?"

"당시를 지켜보던 몇몇 아이들이 구급차를 부르고는, 의주와 현장을 떠났는데, 그중에 이유림 학생이 저를 찾아와서 얘기를 해주었습니다. 얼마 후에 구급차가 와서 두 아이를 싣고 병원으로 후송되었고. 이유림 학생은 제가 예전에 의주와 같이 태권도 도장에 다닌다고 했었던 학생입니다."

"네, 압니다. 우리 아이와 각별한 사이라는 것도요. 그리고 다섯이 우리 아이 한 명을 상대로 또 폭행하려고 계획적으로 불러냈었군요? 그럼 우리 아이가 먼저 선수를 치지 않았다면, 지난번처럼 몰매를 맞게 됐을 테고요. 그렇다면 정당방위로, 우리 아이의 잘못은 아닌데 왜 저를 오라 가라 하셨습니까?"

"사안이 좀 심각하다 보니 의주 어머니께서 의주를 잘 달래주셨으면 해서요. 이번에도 일진 애가 의주 학생한테 삥(돈이나 금품)을 뜯어 오라고 이진을 시켰는데, 말을 듣지 않자 다른 날 다시 다른 이진애들을 동원하여 보복하려다 되레 의주 학생한테 당한 겁니다."

"지금 저한테 무슨 말씀을 하시는 겁니까? 원인은 학교에 있지 않습니까? 이 지경까지 오도록 아무런 조치 없이, 방만하게 학습지도를 한 학교가 전적으로 책임질 일인데요. 예전 일을 잊으셨습니까? 우리 아이가 뭇매를 맞고 병원에 입원한 사건을 말입니다. 장혜린 담임 선생님은 이대론 안 되겠군요. 우리 아이한테 조금이라도 피해가 가는 결정을 내린다면, 소송도 불사하겠습니다. 이 학교 교장서부터 다들 정신들이 나가도 한참 나갔네요. 교육자의 본분들을 지키세요. 본분을요, 제발!"

의주 어머니는 더는 참고 넘어갈 수 없다면서, 교무부장한테 학교에서의 잘못을 지적하고 그간의 방만한 처사를 비판했다. 담임이 나서서 설득을 해보지만 소용이 없었다.

의주 어머니는 이참에 그간 딸이 봤던 피해에 대해서 따져 물었다. 교무부장은 아무런 말이 없이 천정만 올려다보고 있었다.

"교무부장님! 왜 대답을 안 하시나요? 우리 아이가 이렇게 당하고만 있는데, 학부모를 불러들였으면 어떻게 처리하겠다는 답은 주셔야 하지 않겠어요?"

"죄송합니다. 의주 어머니! 이번 일은 그냥 넘어가지 않을 겁니다. 좀 더 지켜봐 주셨으면 합니다."

"더 두고 보란 말입니까? 지난번 뭇매를 맞고 병원에 입원했을 때도, 지금처럼 똑같은 대답을 하지 않았습니까? 더는 학교의 재량을 믿을 수가 없음은 물론, 교장이 책임지고 물러날 때까지 그냥 두고 보지는 않을 겁니다. 그렇게 아시고 저한테 양해를 구할 생각은 접으셨으면 좋겠습니다."

의주 담임은 의주를 집으로 몰래 돌려보내고, 의주 어머니와 이번 일을 의론 하려 했지만, 워낙 강한 반발 때문에 담임의 자초지종 상황도 들으려 하지 않았다. 지난번에 피해를 본 터라 의주 어머니는 완강히 항의했다.

 피해 학생 부모는 거세게 항의를 한 것도 모자라, 경찰에 신고하여 경찰이 출동하였다. 학교 교장서부터 학부모와 면담이 이루어지고, 담임 선생과 반 학생들도 경찰의 조사에 임했다.

 다음날 의주가 등교하자 교무부장이 의주를 불러서 징계처분으로 마무리를 지으려 했다. 그러나 의주 학생은 곧바로 어머니에게 전화했다. 급하게 온 의주 어머니는 교무부장을 걸어 경찰에 고발했다. 경찰이 다시 오고 학교가 발각 뒤집히다시피 했다.

 경찰 조사가 어느 정도 이루어지면서 교무부장은 감봉 조처가 내려지고, 결국은 의주 학생을 불러내어 폭행하려 했던 아이들에게 징계 조처가 내려졌다. 그래서 그 의견을 토대로 처리하려고 학급 학생들을 불러 사실을 확인했다.

 의주를 위해 묵묵히 뒤에서 일진들 모르게 돕던 이유림 학생이, 그간 일진의 횡포를 견디며 참고 지냈던 아이들을 불러 밖에서 조용히 만났다. 지금이야말로 그간 일어난 일들을 모조리 밝힐 좋은 기회라고 언질을 주었다.

 "너네 내 말 잘 들어. 지금까지 빵셔틀은 물론이고 이진도 이참에 피해자들끼리 합심해라. 그러면 나는 가만히 뒤에서 지켜보고만 있을 테니까. 그리고 도움이 필요하면 언제든지 말해라."

 이유림이 빵셔틀과 이진을 일일이 지목하면서 선동했다. 피해 학생들은 처음에는 난 아니라고 완강하게 부인했지만, 유림은 주동 학생을 지목하면서 그동안의 학폭 가담을 열거하자, 더는 아니라고 나서지를 못했다.

 "이제 그만큼들 시녀 노릇을 했으면 좀 깨어나라. 이 좋은 기회를 놓치면 평생 후회할 테니까."

처음에는 조용히 듣고만 있던 학폭에 시달리던 학생들이 동조하면서, 그동안 억눌려 지내며 갖은 모욕으로 기를 펴지 못하던 빵셔틀까지 합세하였다. 일진의 폭행에 대한 원성의 목소리가 쏟아져, 결국은 터질 것이 터지고야 말았다.

특히 집단 폭행을 당하면서도 그동안 꾹꾹 참고 견디던 애들이 들고 일어났다. "이번 폭행 사건은 전적으로 일진이 일으킨 학폭이며, 다섯이 의주 한 학생에게 폭력을 가했는데, 일진 앞잡이 노릇을 하던 애들이 오히려 의주한테 당했는데, 누가 누구를 가해자로 몰아가는데?"

하면서 이를 보다 못한 학생들이 한꺼번에 내지르는 반항에, 일진도 속수무책으로 밀리기 시작했다. 이 틈을 놓칠세라 여기저기서 나서서 항의했다.

의주가 여러 명의 학생에게 끌려가 몰매를 맞을 뻔했다면서, 급우들이 오히려 학교 측에 거세게 항의했다. 워낙 학생들의 항의가 거세게 나오자 학교에서는, 의주가 사과하는 선에서 매듭을 지으려고 했다. 그러나 의주는 완강히 거부했다.

힘없고 나약한 애들을 노리개 삼아 학폭을 가하고 돈 뜯고, 별의별 심부름은 다 시키고, 심지어는 '빵셔틀'로 갖은 저속한 짓거리로 하등 인간 취급하는데, 일진을 향한 반 학생들의 분노가 폭발한 것은 당연했다.

이대로 가다가는 어느 누가 일진의 밥이 될지는 모를 일이기에, 그간 억눌려 지내왔던 학생들이 집단적인 반발을 일으켰다. 그런 일로 인해 의주의 반은 관찰 대상으로 감시를 받게 되었다.

그 후로 아무런 일이 일어나지 않고 조용한 날이 계속되었는데, 병원에 입원했던 학생이 퇴원하자, 학교에서 출석정지 징계를 내려 두 학생은 등교하지 못했다. 그러자 학부모가 학교로 찾아와 교장실로 찾아가 난동을 부렸다.

"그간 일진이라는 애들이 시켜서 했다는데, 왜 그 애들을 처벌하지 않고 우리 애들한테만 징계를 내리는 겁니까?"

또 다른 어머니가 나서서 언성을 높였다.

"애들 말을 듣지 않으면 학교나 다른 애들 몰래 불러서 보복했다는데, 이렇게 학폭이 만연하도록 학교에서는 뭘 했습니까? 이게 어디 학교라고 할 수 있습니까? 이런 선생을 믿고 어떻게 우리 애들을 맡길 수 있어요? 왜 이게 우리 애들만 잘못이에요? 이 지경으로 만든 학교가 책임을 져야지요. 안 그렇습니까? 학교에서 해야 할 일을 제대로 하지 못해 이런 불상사를 키웁니까? 더 두고 볼 일이 아니네요. 학교장을 상대로 고소도 불사할 터이니 그리들 아세요."

두 학생의 어머니가 거세게 항의하자 교장은 담임을 불렀다. 교무부장과 담임이 급하게 뛰어왔다. 교무부장에게 화를 냈다.

"어떻게 학생들을 지도했기에 학부모까지 학교로 오시게 합니까? 그동안 벌어졌던 내용을 상세히 설명 좀 해보세요."

교장은 교무부장에게 그동안 일어난 일을 주제로 설명하라 했다. 그러자 담임에게 설명을 넘겼다.

"장혜린 담임은 여의주 학생이 저질렀다는 폭행에 대해서, 좀 더 자세히 설명하여 이해가 갈 수 있도록 해주세요."

담임 선생은 여의주 학생이 이진한테 몰매를 맞고 병원에 입원했던 일이며, 이번에도 일진이 여의주 학생한테 삥(돈이나 금품)뜯으려다 말을 듣지 않자, 다른 이진을 동원하여 다섯 명이 보복하려다 되레 의주 학생한테 당하게 된 내용을 설명했다.

"그렇다면 나쁜 일을 시킨 일진이란 못 된 것들이 처벌을 받아야지, 왜 우리 애들을 처벌합니까? 우리 애들이 그렇게 만만합니까?"

이번에는 교무부장이 나서서 징계처분을 받았던 두 학생 어머니를 설득하려고 했다.

"그렇지 않습니다. 이번 학교폭력은 다섯 명의 학생이, 여의주 학생을 폭행하려다 당한 일이라 학교에서도 어쩔 도리가 없었습니다. 또한 요즘 애들이 너무 교묘하게 저지르는 통에 학교에서도 골머리를 앓고 있습니다."

두 학부모는 자기 자식들에게도 일말의 책임은 있다는 생각에 주춤거렸다. 이번에는 담임이 나서서 학부모들에게 일침을 가했다.

"문제는 일진이 나쁜 일을 시켜서 일어난 학폭은 맞습니다. 그렇지만, 일진이 시키는 일이 나쁜 줄 알면서도 폭행에 가담하는 것은, 더 옳지 않습니다. 그래서 이번에 오신 김에 아이들이 다시는 나쁜 일에 관여하지 않도록, 가정에서 좀 더 신경 써주셨으면 합니다."

가만히 듣고만 있던 학부모는 본인 아이들은 가정에서 지도하겠지만, 이번 일로 모든 책임은 학교에서 지어야 한다고 난색을 보였다.

"그러면 일진이란 애들은 학교에서 색출하여 다른 학교로 전학을 시키든가 아니면 퇴학을 시켜야지, 우리 애들이 그런 것들 협박에 못 이겨 나쁜 일에 가담했는데, 우리 애들 징계로만 끝내려 한다면 학교를 걸어 고소하겠습니다."

학교에서 학폭 피해 학생을 선별해 내기 위해 비밀리에 개별 면담을 했다. 면담에서 나온 일진의 명단을 접수한 담임은 일진을 한 명씩 불러 추궁했다. 그러나 모두가 그런 사실이 없다고 딱 잡아뗐다. 그렇다고 누가 그랬다고 할 수도 없었다. 일진으로 지목된 학생들이 면담을 받고 나서 일진과 이진 간에 갈등이 생겼다. 그동안 당하기만 했던 이진들이 대놓고 거세게 일진을 향해 반기를 들자, 또 학폭 사건이 일어났다. 담임이 지목한 일진의 명단에 든 학생은, 누구의 소행일 거란 추측을 하고 방과 후에 길목에서 기다렸다가 폭행을 가했다.

특히 징계를 받았던 두 학생의 주축으로 일진을 향해 대들었다. 이진의 반발로 다시 구타 사건이 일어났다. 학교가 아닌, 하굣길의 모퉁이에서였다. 김서령 패들이 그날 앞에 나서서 학교 측에 거세게 항의한 주동 학생에게 보복한 것이다.

반발한 이진을 길목에서 몰래 지켜 섰다가 앞을 가로막고, 틈도 주지 않고 바로 일격을 가했다. 졸지에 당해 도망갈 틈도 없었다. 쓰러진 애들을 무릎을 꿇리고 으름장을 놓았다.

"누구든 뒤땅(뒤에서 욕하거나 모함 함)치면 그냥 밟아버린다. 그리고 앞으로 한 번만 더 나대면 그때는 죽여버릴 거니까 함부로 나대지 말아. 알았냐? 이 천민 같은 것들아!"

다시 학폭이 고개를 들어 한술 더 떠서 골탕을 먹여 괴롭혔다. 오히려 피해 사실을 진술한 학생들의 신원이 알려지고, 그 학생들은 2차 피해에 시달려야 했다. 그래서 맞은 아이는 다시 또 당할 보복이 무서워 끝내 입을 다물었지만, 교묘한 술법은 계속 이어졌다.

다음에는 의주를 겨냥해서 몹쓸 짓거리를 감행했다. 처음에 의주는 갑자기 닥친 일이라, 속수무책으로 당하기만 했다. 그러나 꼬리가 길면 잡힌다는 속담처럼, 일진에게서도 서서히 전모가 드러나게 되었다. 의주는 같이 태권도장에 다니는 이유림을 도장에서 만나 끝까지 함께하기를 약속했다.

여태 뒤에서 묵묵히 지켜만 보던 이유림 학생이, 더는 더 두고만 볼 수는 없다면서 행동 개시를 했다. 이번에는 유림이 시켜서 앞장섰다가 보복을 당한 이진을 만났다. 이유림의 말을 듣고 나섰다가 보복을 당한 터라, 유림이 해결해 주지 않으면 안 될 일이었다. 애들은 아직도 공포가 가시지 않았는지 무척 두려워하고 있었다.

"애들아. 그렇게 두려워할 필요 없어. 내가 나설 테니까. 앞으로 더는 너희에게 보복성 폭행을 하려 든다면, 내가 가만 안 둘 테니까. 그리고 너희도 알잖아? 여의주도 함께하기로 했다는 거. 여의주도 걔네가 함부로 건드리지 못한다는 거. 전에 너희 패들 다섯이 여의주를 건드리려다 도리어 발차기에 얻어맞고 구급차에 실려 병원으로 간 사건 말이다. 의주와 내가 나서서 너희를 지켜줄 거니까 우리만 믿어라."

이진 애들은 이유림의 실력을 알고는 있었지만, 워낙 교묘하게 보복하는 터라서 선 듯 받아들이기가 쉽지 않았다. 여의주와 함께하기로 했다니까 조금은 안심하면서도, 그러면서도 불안스러움을 감추지 못하고 나서서 유림에게 되물었다.

"김서령 패들이 또 우리를 불러내면 그땐 우린 어떻게 하라고?"

"만약에 또 너희를 괴롭히려 든다면 내가 가만 안 둘 테니까. 내가 바로 서령이를 직접 만나 담판을 지을 작정이야. 그리고 조만간에 이아연을 만나 설득을 할 거고. 이아연이는 앞으로 학폭에 가담하면 보호소로 직행한다. 전에 다니던 학교에서 사고 치고 몰래 우리 학교로 전학 왔다. 그래서 다시 사고 치면 쫑나기 때문에, 서령이 패를 도울 수 없게 되었으니 그렇게 알고들 있어. 너무 떨지 말고. 그리고 어떤 낌새가 있으면 즉시 알려주고. 그럼 또 보자."

이유림은 일찍 학교가 파하는 날을 택해서, 미리 이아연에게 만나자고 연락했다. 유림이 의주와 피해를 본 애들을 데리고 만날 장소로 갔다. 아연은 이진들과 길목에서 유림을 기다리고 있었다. 유림이 기다리고 있는 아연에게 다가갔다.

"내가 좀 늦었지. 너 벌써 와서 기다리고 있었구나. 기다리게 해서 미안하다."

"잡소린 집어치우고 왜 만나자는 지 용건만 간단히 말해. 격친(격렬하게 친함)도 아니면서."

"너 이제 애들 좀 그만 괴롭혀라. 보복한답시고 항의한 애들만 골라서. 이쯤에서 말이다. 전교에서 우리 반이 제일 시끄럽잖아. 그리고 왜 이진을 시켜서 의주를 괴롭히니? 의주가 직접 학폭을 한 애들을 몰라서 당했지, 누군지 알면 그냥 당하고만 있을 애가 아닐 거란 건 네가 더 잘 알 텐데. 의주가 너희한테 그렇게 만만한 상대가 아냐. 쟤 품심사 본지가 꽤 됐거든. 아직 나이 때문에 그렇지 단증이나 마찬가지고, 내년에 2품 따면 2단이 되는 거야."

"너 지금 나하고 빵까자(싸우자)는 거니? 짜져라(보기 싫으니까 사라져)."

"나는 너하고 싸울 생각 없다. 다만 솔까말해서(솔직히 까놓고 말해서) 너를 위해선데, 자꾸 그러다가 퇴학이라도 맞으면 어쩌려고? 나는 네가 진짜 걱정되어 그런다."

"야! 너 쌉쳐라(입 다물어라). 후까시까지 말고(말로 겁주지 말고). 너도 뒤에서 애들을 선동하는 거 나 다 안다."

"'물셔틀(쉬는 시간에 물 떠오는 애들)'을 시키는 것도 모자라서, 이젠 '전따(왕따)'애들한테 이진을 시켜 '노상까도록(금품을 갈취)' 하냐? 지금 학교가 발칵 뒤집혔는데도 남 탓하고만 있으려고? 그리고 한마디만 더 하고 짜져줄게. 의주 어머니가 무당이라고 김서령이 한주희와 김정인을 시켜 다섯이 돈 내놓으라고 협박했다며? 걔 신들린 애야. 그러니 잘 못 건드렸다가 너 빙의 걸리면 너도 무당이 된다. 뭘 좀 알고 나대라. 그리고 넌 전에 다니던 학교에서 전학해 온 것이 아니고, 쫓겨왔었잖아. 안 그래? 우리 학교를 위해서 좀 자중해주길 바란다. 그래서 직접 나서지를 않고 김서령이를 뒤에서 보좌하려고?"

 이유림이 그간 품고 있던 말을 신랄하게 퍼붓자 이아연의 얼굴이 일그러졌다. 그러나 상대가 상대인지라 어쩌지 못하고 눈만 부릅뜨고 바라봤다. 이유림도 이 정도면 알아들었을 거란 생각으로 이쯤에서 물러났다.

 "이아연! 잘 생각해 봐라. 난 너를 생각해서 한 말이니까. 너무 고깝게 듣지 말고. 너 자꾸 분란 일으키면 퇴학의 지름길이란 거 잘 알 텐데. 여기서 끝내라. 지난번에 서령이와 한판 붙으려다 끝난 거 말이다. 더는 일진과 어울리지 마라. 너 일짱이었던 과거가 부끄럽지도 않냐? 인생 쫑치지 말고. 그럼 난 간다."

 이아연은 이유림 애들이 돌아가는 뒷모습을 지켜보면서, 여의주가 이상하게 낯이 익어 보였다. 어디서 본 듯하다는 생각이 들었는데, 그런데 워낙 체격이 좋아서 아니지 하면서 뒷모습을 지켜보다 바로 그 자리를 떠났다.

 이유림은 평소에 말이 없고 공부도 잘해서 담임이 무척 좋아했고, 아버지가 태권도 도장을 하시는 관장이면서, 각종 국제대회에서 많은 금메달을 획득했다. 그래서 일진이 잘 건드리지 않고 오히려 가끔 불러내어 서클로 들어오라고 했다. 그러나 유림은 일진을 좋아하지 않지만, 그렇게 배타적이지도 않았다. 그런 연유로 일진은 유림을 경계는 하면서도, 선뜻 나서서 물리적 충돌은 피하려 들었다. 그래서 틈만 나면 가까이 두려 했다. 학교생활도 모범에다 공부도 잘하고 담임이 아끼는 터라서였다.

유림은 가끔 의주에게 서클의 행동거지를 알려주곤 했다. 그러면 의주는 카톡을 확인하고는 이내 지워버리고 그들을 자세히 살폈다.

오후 체육 시간에 모두가 체육복으로 갈아입고 운동장으로 집합했다. 한 팀이 4명의 선수로 다섯 팀이 구성되어, 800m를 나눠 달리는 계주를 했다. 의주와 유림이는 같은 팀으로, 다른 셋 팀은 상대가 되지 않았는데, 김서령과 이아연이 같은 팀으로 구성되어 첫 주자부터 내내 앞서나갔다. 세 번째 유림이 거지반 따라잡아 주어 마지막 배턴을 이어받은 의주가 기를 쓰고 뛰어 뒤처진 거리를 좁혔다. 그리고 반 바퀴 남겨두고 추월했다. 결국은 1등으로 골인을 했다. 김서령 팀은 아깝게도 2등으로 들어왔다. 그 후로 더욱더 숨김없이 그대로 괴롭히려 들었다.

의주는 더는 참을 수 없다면서 담임 선생한테 김서령의 사물함을 뒤져보라 했다. 담임 선생은 체육 선생에게 사실을 말하고 모두 운동장으로 내보낸 후 김서령의 사물함을 열었다. 안에는 스마트폰은 물론 한 달 전에 어떤 애가 분실한 MP4까지 나왔다. 의주가 이진들의 만행을 알 수 있게 돕는 유림의 덕이었기에, 김서령과 이아연의 일거수일투족을 파악할 수 있었다.

그 후에도 학교에서는 끊임없이 도난 및 구타 사건이 일어났다. 하지만 이아연도 교무실에 불려 가서 혼이 난 후로는, 아예 김서령 패들과 만남을 끊었다. 학교에서도 담임 선생도 문제의 아이를 가려내지 못하자, 의주는 김서령과 한패인 아이들을 지목해 줬다.

하수인 노릇을 하는 아이들은 위험 학생으로 지적을 받고, 의주는 아이들 사이에서 경계 대상의 표적이 되었다. 그런 의주를 가만히 놔둘 김서령이 아니었다.

　빈정거리면서 협박하거나 자기의 물건을 의주의 가방에 넣고는 담임에게 누가 훔쳐 갔다 한다. 그러나 의주는 유림의 도움으로 미리 알아채고, 물건을 교무실에 갖다 주고 모르는 체했다. 이런 시소게임이 날마다 벌어지지만, 의주는 전혀 개의치 않고 난관을 슬기롭게 넘어갔다. 아이들 사이에서 신들린 아이라고 소문이 나면서, 오히려 골탕을 먹이려 들던 김서령 패들이 의주를 멀리했다.

　하루는 왕따를 당한 한 학생이 사라지자, 의주는 H 아파트 옥상으로 갔으니 빨리 가보라 했다. 그곳에 갔을 때는 벌써 아이는 투신하여 병원에 실려 갔다. 이렇게 의주는 신들린 아이로 자리매김하게 되었다.

　만신은 이 사실을 알고 접신을 하여 신기를 풀어주려 무척 애를 쓰지만, 그럴수록 의주는 더욱더 신기에 접신하여 앞날을 꿰뚫듯 예언을 서슴지 않았다.

　H 아파트에서 투신해 병원으로 실려 간 학생은, '빵셔틀'로 인해 심한 스트레스를 받고 극단의 행동을 했었다.

　의주는 겨울방학을 끝내고 이듬해에 6학년으로 올라가면서 키가 훌쩍 커버렸다. 몸집도 커졌지만, 그 곱던 얼굴도 살이 올라 찐빵같이 통통하였다. 어릴 때의 갸름하게 마른 얼굴은 찾아볼 수가 없게 변하였다. 그래서 뒤에서 보면 처녀티가 나기도 했다.

　의주는 하는 행동도 전보다 더 어른스러웠다. 학교를 갔다 오면 먼저 법당에 들어가 공부가 끝나면, 꽤 오랫동안 법문을 외고 나와 뜰을 거닐면서, 무슨 말인지 중얼거리면서 한참을 서성거렸다.

　강연주 만신은 그런 의주를 보면서 자꾸만 이상한 생각이 머리를 스쳐 지나갔다. 그럴 때마다 '내가 괜한 생각을 하는구나!' 하면서 머리를 저었다. 만신이 염려한 그런 일들은 벌어지지 않아서 천만다행이란 생각을 했지만, 더욱더 자신의 수행에 소홀해지지 않으려고, 수행자들이 갖추어야 할 기본 5근根의 선법善法으로 번뇌에서 벗어나려 했다.

신근信根인 믿음과 확신, 정진근精進根의 정진, 노력, 염근念根의 염, 집중, 정근定根의 정, 명상, 혜근慧根의 지혜로 번뇌를 다스려 깨달음을 얻고자 했다.

수행을 방해하는 여러 가지 옳지 못한 생각이 가로막을 때는, 생각하지 말아야지 하면서도, 잡념에 사로잡힌 것 같아서 마음이 심란해졌다. 선법을 잃는다면 저 아이의 장래는 누가 지켜줄 것인지도 답답했다.

다섯 가지의 힘을 받게 하는 오력五根을 위해 만신은 눈을 감고 참선에 들었다. 무루無漏(번뇌에서 벗어나거나 번뇌가 없음)의 번뇌 없는 순수한 세계를 펼치는데, 지혜 또한 능히 번뇌를 끊을 힘의 근원이라 했다.

의주가 아무 탈 없이 잘 자라주어 만신은 멀리 굿일을 떠날 때도 안심이 되어, 무사히 잘 마치고 돌아오게 되었다.

어느덧 꽃이 피는 춘삼월이 지나고, 햇볕이 강렬하게 내리쬐는 여름으로 접어들었다. 이름 모를 산새들까지 잎이 무성한 나무숲으로 몰려와 목청을 높여 지저귀다 포로롱 하고 날개를 치면서 날아갔다.

의주는 한 학기를 마치고 여름방학을 맞았다. 방학이 되자 더욱더 법당 출입이 잦아졌다. 공부도 법당에서 하고 가끔 그곳에서 잠도 잤다. 강연주 만신은 그런 아이 주위에서 원인 모를 바람이 인다는 것을 느꼈다. 때로는 더욱더 강한 살기마저 느껴졌다. 그렇지만 딱히 꼬집어서 이렇다 할 행동은 하지 않았다. 만신은 늘 의주에 대한 경계심을 늦추지 않았다.

　무덥던 여름이 한풀 꺾이면서 선선한 바람이 불어왔다. 그 바람은 자꾸 높아만 가는 하늘을 가득 채우며 잠자리 떼를 몰고 다녔다.

　방학이 끝났다. 그간 방학 동안의 과제물을 챙겨 매고 학교로 가는 의주를 보면서 만신은 만면의 미소를 띠었다.

　아이가 오이 자라듯 커감에 따른 뿌듯함이 가득해서였다. 어린 것이 머리에 피를 흘리고 쓰러져 있어서 데려온 게 엊그제 같았는데, 벌써 6학년이 되어 13살쯤의 소녀티가 역력했다.

　아이를 발견했을 당시에는 아이가 지난 일들을 기억해 내지 못했다. 그래서 만신은 아이의 신체와 입은 옷을 보고서, 나이를 어림잡아 초등학교 3~4학년쯤으로 생각했고, 시내 미래초등학교로 찾아가 상담 후 3학년으로 입학을 시키게 되었었다. 또한 바위에서 발견한 날인 4월 20일을 생일로 삼았고, 10살 정도로 추정했는데, 지금은 다른 아이들보다 더 성장이 빠른 편이었다. 의주라는 이름도 용이 오르면서 여의주를 떨어뜨린 곳에서 찾았기 때문에 여의주로 지었다.

　만신은 일이 없으면 사찰로 가서, 부디 이 아이가 기억을 되찾게 해달라고 불공을 드리고 왔다. 의주가 고학년으로 올라가면서 사찰에 데리고 갈 수가 없었다. 방과 후에는 다른 아이들처럼 과외 수업도 시켜야 했다. 성적이 떨어져 다른 아이들한테 뒤처지면 소외되어, 그것 또한 요즘 학교 폭력의 발단이 되기도 한다고 하였다.

6, 바람이 불어오는 이유 - Ⅱ

학교에서는 이번 6학년 1반 여의주 학생 학교폭력 사건과 4학년 3반에서 일어난 학폭 사건으로 학교장의 주도 아래 전체 회의를 진행했다. 먼저 학교폭력이 시작된 6학년과 4학년 담임의 경과보고로 시작하여 학교폭력에 대한 의견이 제시되었고, 4학년 담임의 학교폭력에 대한 주제로써 요지를 설명했다.

"저의 4학년 3반에서 일어난 학교폭력 사건은 서클의 학교폭력에 의한 짓으로, 학교폭력을 일삼은 학생에게는 징계처분을 내렸습니다. 그리고 이번 일로 인해 반원 전체를 대상으로, 다시는 이런 일 일어나지 않도록 서클의 명단과 그동안 학교폭력을 당했거나 목격, 동조했던 이진을 파악하여 관리할 수 있도록 할 것입니다.

그래서 개별 면담한 내용을 토대로 일진과 비일진을 구별하여 관리할 수 있도록 학생 개별학습 기록부를 만들어 놓은 상태입니다."

그런데 학교폭력을 예방하는 것이 우선시되어야 하지만, 문제가 발생했을 때의 수습 또한 가해 학생의 경우, 학교폭력위원회부터 처벌까지 다양한 처벌을 내릴 수 있지만, 대부분 피해 학생과 격리하기 위해 강제 전학은 가능하지만, 의무교육이라 퇴학 조치는 어렵다고 유권해석을 내렸다.

학생을 보호차원에서 선처성 조처를 한다고는 하지만, 요즘 아이들의 촉법소년이라 형사처벌을 받지 않는다고 마구 이상한 짓거리를 서슴지 않으니 이 또한 난감하지 않을 수 없었다. 요즘 가정형편이 어려운 애들을, '개거(개근 거지/개근하면 놀림당함)'라면서 업신여겨 이것 또한 골칫거리였다.

요즘 사는 형편에 따라, 빈부격차에 대해 숨김없이 그대로 나대는 애들이 많아졌다. 잘사는 애들은 체험학습을 신청하고, 일정 범위 내에서 학교장의 허가가 있으면 체험학습으로 결석할 수 있었다. 그래서 이 기간을 이용하여 체험학습으로, 괌이나 하와이. 또는 싱가포르나 그 외의 나라를 여행하고 돌아와서 자랑삼아 떠들어 대니, 형편이 어려워 체험학습을 못 가고 학교에 빠짐없이 출석한 애들은 소외되기 마련이었다. 체험학습으로 외국 여행을 갔다 온 애들은, 개근한 애들을 그냥 놔두지 않았다.

성실하게 학교에 나와 개근한 애들을 비하하여 '개거'라고 놀렸다. 과거에는 성실히 공부에 임하는 학생에게 '개근상'을 수여하였는데, 최근에는 부정적인 분위기를 조성하고 있었다. 학기 중 체험학습이 가능하다는 안내문을 배포했지만, 가정형편 때문에 체험학습을 신청하지 못하고 학교에 빠짐없이 출석하면, '너희 집은 왜 못 놀러 가? 거지야?'라면서 '개거'라고 비하하고 조롱하면서, 어디 갔다 왔다고 말할 때 진짜 쪽팔려서 나서지를 못한다고 하였다.

문제는 이뿐만이 아니었다. 가난하여 저렴한 한국토지주택공사의 임대 아파트에 사는 아이들은 '휴거(휴먼시아+거지)', '기생수(기초생활수급자 가정의 학생)'로 부르면서, 부모의 재산 능력에 따라 사는 아이들이 남들보다 우월해 보이기 위해, 군림하려 들면서 거지로 분류하여 주거(주공아파트 거지), 휴거(휴먼시아 거지), 엘사거(LH 사는 거지), 빌거(빌라 거지), 반거(반지하 거지), 월거(월세 거지), 전거(전세 거지)라 했다.

2010년대에 일부 학생들이 사용하면서 온라인 커뮤니티를 통해 퍼졌고, 임대주택에 대한 논란이 일 때마다 언론 및 온라인 커뮤니티 등을 통해 다시금 확산하였다.

이는 먼저 학교폭력 이전에 남을 깔보는 그 태도에서 정신적인 괴롭힘을 보이기 때문에, 학교에서 특별 지도를 해야 했다.

최근 유명 연예인이나 인기 있는 운동선수들의 과거 학교폭력 문제가 대두하면서, 단지 당시에만 조처한다고 해서, 영구적으로 지워지지 않고 있음을 간과하지 말아야 하는데, 요즘 학교폭력에 관한 관심이 높은 것은 사실이나, 이러한 사회적 관심과 여러 가지 제도적 대응에도 불구하고, 학교폭력은 점차 증가하는 추세라 했다.

학교폭력에 대한 사전 방지나 이후의 대처방안에 대한 성찰이 필요하겠지만, 무엇보다도 원인과 그에 맞는 법 조항을 살펴봐야 할 것이라 했다.

"또한 학교폭력의 최초 발생 연령대가 점점 낮아지고 있는 현실로 안타깝기 짝이 없습니다. '형사미성년자刑事未成年者'는 만 14세 미만이어서 범죄를 저지른 경우에도 책임이 조각되어, 대한민국에서 그 어떠한 범법 행위를 저지른다고 하더라도, 형법상 범죄가 성립하지 않고 있다는 것이 문제입니다.

그래서 형사미성년자일지라도 만 10세 이상이라면 소년법상 촉법소년으로 보호처분을 받는데, 다만 보호처분은 최대 처분은 2년 이하의 소년원 송치고 보안처분이기 때문입니다. 그래서 전과는 남지 않아 요즘 미성년자 아이들이 촉법소년을 내세워 대들면서, 강도질도 마다하지 않고 대범하게 저지르는 이유이겠습니다. 어린 학생들이 어떻게 이런 끔찍한 행동을 할 수 있을까 하는 의구심만 들게 합니다."

그런데 학폭의 유형을 보면, '언어 폭력(41.7%)'이 제일 심하고. '집단따돌림(14.5%)'과 '신체 폭력(12.4%)', '사이버 폭력(9.8%)'으로 나타났으며, 학교폭력의 발단은 처음에는 '그냥 장난삼아 괴롭힘(35.7%)'이라 하고, '상대방이 먼저 괴롭혀서(20.5%)'이며, '오해와 갈등(10.5%)', '화풀이 및 스트레스 때문(10.3%)'이다 라고 했지만, 이보다 더 심각한 것은 폭력에 대해 신고하지 못하고 있다는 데 있다고 했다.

이유는 '별일이 아니란 생각(29.4%)'과, '스스로 해결하려고(21.9%)'와, '이야기해도 소용이 없을 것 같아(17.4%)'서이고, '더 괴롭힘을 당할 것 같아서(14.4%)'라는 생각 때문인데, 겁먹고 서클에 대항하지 못하여 만만히 보고 계속 괴롭힌다고 했다.

또한 학폭을 저지르는 가해 학생의 심리를 파악한, '데이비드 필립 패링턴(David Philip Farrington: 영국의 범죄학자이자 법의학 심리학자이자 케임브리지 대학의 심리 범죄학 명예 교수)'의, 청소년 비행 요인을 몇 가지로 분류하여 제시했는데, '개인적 요인(낮은 자아존중감, 충동적 성향, 아동기 학대 및 상처 경험)', '가족 요인(불안정한 가족 구조, 낮은 가계 소득, 강압적 양육 태도, 부모의 방임)', '또래와 학교 요인(비행 친구와 사귐, 학교폭력의 경험)', '사회환경요인(비행환경, 부정적인 SNS 환경 노출, 긍정적 모형화의 결핍)' 등으로 분석했다.

청소년기는 이차 성장과 더불어 아동기에서 성인기로 넘어가는 과도기의 발달단계로, 자아 정체감 형성. 혼란과 여러 가지 변화를 경험하는 시기라고 봤다. 그러므로 청소년기의 학폭이나 비행과 같은 문제는, 특정한 요인 즉, 원인으로 보기는 매우 어렵다고 볼 수밖에 없다는 것이다.

"가해 학생의 지도와 피해 학생의 2차 피해를 막기 위해서는, 안전한 환경을 조성하여야 합니다. 학교 내에서의 감독과 감시 체계를 강화하여 학폭으로 인해 피해를 본 학생들을 보호하고, 심리적인 치유와 지원을 제공해야 합니다."

학교는 학폭에 대한 교육 프로그램을 개발하여, 학폭의 심각성과 영향을 이해할 수 있게 해야 한다고 했다.

"또한 학교와 교사 외에 학부모들도 동참시켜서, 가정에서 인성교육을 소홀히 해서는 안 된다는 취지의 설명서를 작성하여 배포한다면, 큰 효과가 있을 거란 생각입니다. 그래서 아래의 방안을 살펴봐 주셨으면 합니다."

다만, 가정의 빈곤, 경제적 수준이 낮은 지역, 범죄 위험이 있는 이웃과 인접해 있는 가정, 부모의 실업 등도 학교폭력 발생과 관련이 있다는 것이다. 그래서 '학교폭력을 근절하려는 방안들'이란 주제를 선정하기까지 이르렀다.

"먼저 예방 교육 및 활동을 통해 적절한 대처 방법과 소통 스킬(원활한 의사소통)을 가르치는 프로그램을 도입, 교사들에게 강화된 학교폭력을 미리 감지하여, 학교폭력에 대응할 수 있는 능력을 갖추어야 합니다.

또한 학부모들과의 교육 프로그램을 개설하여, 학부모와 학교 간의 열린 소통과 상담을 유도하는 것입니다. 그리고 강화된 감시와 신속한 대응은, 학교 내 CCTV 등을 통해, 학교폭력에 대한 발생 요인을 정밀 분석하여 신속하게 대응하는 것입니다."

다만 가해 학생에 대해 학교 규정과 정책에 따라 교육, 제재, 상담 등의 조처와, 가해 학생을 고발했을 때는 즉시 학교에서 가해 학생을 격리해 제보자의 신상을 보호하여, 제2의 피해사례가 발생하지 않도록 치안에 힘써야 한다는 것이다.

이상 4학년 3반 나영채 담임의 일진과 비일진을 구별하여 관리할 수 있도록, 학생 개별학습 기록부를 만들어 관리하려는 의도를 발의하였다.

학교폭력을 일으키는 서클의 의도와 피해 학생의 대처를 위해서는, 학교폭력으로 피해를 줬을 때는, 가해 학생에 대한 엄중한 처벌로 재발 방지에 힘써야 할 것이다. 또한 가해 학생을 위해 행동 및 언어순화 교육의 강화를 위한, 4학년 3반 나영채 담임의 발제에 이어서, 다음은 6학년 1반 담임 장혜린 선생의 소신 발언所信 發言이 이어졌다.

"나영채 담임 선생님은 주로 학교폭력의 예방 교육 및 처벌에 대한 주제를 다뤘습니다만, 저는 학교폭력의 발생 원인과 학교폭력에 대한 개념으로, 학교폭력의 진행 과정이나 가해 학생과 피해 학생과의 관계 및 아동·청소년에 대해서 살펴봤습니다."

학교폭력에는, 피해자, 가해자, 폭력 발생 장소, 폭력행위의 네 가지 구성요소가 내포된 개념으로, 청소년폭력예방재단에서는 학교폭력이란, 학교 안팎에서 학생이 중심이 되어 개인이나 집단으로 발생하는, '신체적으로 금품갈취와, '정신적으로는 욕설, 협박, 집단 따돌림 등'이고, '성적으로 성희롱, 성폭행, 강간 등'이며, '언어로는 괴롭힘, 금품갈취와 같은 모든 유형, 무형의 행위'라고 규정하고 있다.

학교폭력에 일차적 책임을 지게 되는 조직은 학교지만, 학교폭력은 근본적으로 범죄며, 학교 조직은 자체 및 경찰의 치안권 아래에 있으며, 학교폭력이 발생할 때 경찰, 검찰 등의 치안 기관에서 적극 개입하는 것이 당연한 이치로, 공기관, 회사에서 범죄 사건이 벌어져도 경찰이 수사하는데, 학교라고 다를 바는 없는 것이다.

그러나 학교폭력을 그저 학생 간 사소한 갈등으로 인식하는, 경찰의 대처가 큰 문제다. 그 예로, 과거에 일어났던 부산 여중생 집단 폭행 사건, 강릉 여고생 폭행에서 보듯이, '애들이 해 봐야 얼마나 하겠느냐?', '친구들끼리는 싸우면서 크는 거야.'라는 등의, 근거 없는 믿음에서 온 경우다.

실제로는 강간죄, 강도죄, 살인죄, 성적 수탈 등 온갖 강력범죄의 온상임에도 경찰은 매우 소극적 자세를 보임으로써, 학교전담경찰관 제도가 있으나 마나인 것은, 경찰 조직이 가정폭력과 같은 가정 문제, 학교폭력과 같은 학생문제는 개입하는 것을 꺼리기 때문이다. 여중, 여고생 폭행 사건을 다루면 실적은 크지 않고 잘못 개입하면 원성만 살 뿐이라 했다.

그리고 일진이 그 지역성인 조직 폭력배와 연결되거나, 조직 폭력배 중에는 정치권 등과도 유착되어 있어 경찰이 함부로 못 건드리는 요소일 수도 있다는 것이다.

이른바 촉법소년. 현행법에서는 형사미성년자 기준이 만 14세이나, 미성년자 범죄의 심각성 때문에, 이를 만 13세로 낮추는 법 개정을 대한민국 법무부에서 추진하는 중이라 했다.

어려서 몰라서 그렇다 하더라도, 자기 행동의 결과를 모르고 범하므로 인해, 오히려 어른보다 더 큰 사고를 칠 수도 있기 때문인데, 특히 초등학생들은 더더욱 촉법소년만 믿고 나대는 게 더 큰 문제라고 했다.

어떤 면에서는 초등학생 학교폭력이 고등학생 학교폭력보다 더욱 위험하고 심각할 수가 있음은, 실제로 신체적 폭력을 가한 학생의 상당수가 촉법소년이라는 것이다.

"요즘 진상 부모를 보면, '우리 애는 착해요, 그럴 리가 없어요.' '친구를 잘못 만났어요.' 등으로 자식을 오냐 오냐 키우는 경우 가해자로 만들 수 있으며, 아이에게 나쁜 행동을 해서는 안 된다면서도, 자기 자식이니 마냥 예쁘다면서, 잘못을 인정하려 들지 않는 진상 부모들 때문에, 결국은 이기적이고 그릇된 생각으로 가해자가 될 수 있음을 간과해서는 안 됩니다."

아직 어려서 철이 없어서 하는 행동이라 치부해 버리는데, 오히려 지능적이고 악랄한 수법으로 여럿이서 한 명을 '다구리(몰매)' 하는 학폭이 만연한 것은, 진상 부모들은 피해 학생 부모를 얕잡아보고 정중한 대화를 꺼리고, 가해자가 여럿일 경우에도 대화로 해결이 어렵다고 했다.

"사실 '다구리'는 30여 년 전에 유행했던, '블리자드 엔터테인먼트(Blizzard Ent - ertainment: 미국의 게임 개발/판매사로, 액티비전 블리자드의 자회사)는, '포트리스(Fort - ress)'라는 1992년 작 게임으로, 탱크를 한 대씩 골라서 포탄을 쏘아서 상대 탱크를 맞추는데, 최대 8명이 한 번에 하며 개인전임에도 '죽어가는 유저(User: 사용자)', '고수 유저', '비신사적 유저', '비호감 유저'를 사멸시키기 위해, 나머지 7명의 유저가 1명의 유저를 공격하여 순식간에 7:1 상황인 이를, '다구리'치다 라는 말을 인터넷 공간에서 사용하게 되었는데, 패싸움이라는 의미가 아닌 뭇매나 몰매.

즉 여러 명이 적은 사람을 괴롭힐 때 주로 쓰이는 '스타크래프트(StarCraft)'로, '블리자드 엔터테인먼트'에서 제작한 실시간 전략 게임인데, 1998년 3월 31일 북미와 중국, 4월 9일 대한민국에 발매한 게임 배경은, '26세기 초반 미래의 우주로, 지구 집정 연합에 버림받은 범죄자들의 테란(Terran)과 집단의식으로, 다른 종족을 자신들의 것으로 만드는 저그(Zerg)와, 초능력 과학이 고도로 발달한 외계 종족인 프로토스(Protoss)로', 한 놈만 '일 점 사―點射'하는 단발 사격으로 '한 명이 한 점을 계속해서 정확히 맞힘보다는, '여러 명이 한 놈을 집중 다굴 친다.' 라는 의미로, 포탄 전쟁 게임을 청소년이 사용하면서 퍼진 것입니다."

요즘 중학생의 피해 학생 부모가 가해 학생에게 혼을 내도, 사는 형편에 따라 만만하게 여겨 비웃고 대들기까지 한다. 그러니 부모 배경으로 피해자 집안에 불이익을 주는 인간말종인 가해자가 설치는 세상이 되었다.

"또한 피해 학생이 가해 학생과 정당하게 맞서 싸워도 해결이 쉽지 않은 이유는, 교사들의 안이한 태도 때문에 학교폭력의 문제를 좀 더 적극 대처하지 않고 있다는 것인데, 문제는 진상 부모의 위협적인 태도가 데미지(Damage: 물리적인 손상이나 파괴, 정신, 감정적 고통, 손해, 손실, 피해 등)를 줄 수 있기 때문에, 그래서 학생들이 교사를 만만한 상대로 얕잡아보고 막 나가고 있다고 했습니다.

그래서 사고가 나면 제일 먼저 책임소재의 대상이 되고, 학교 이미지나 진학률 등을 이유로, 학교 조직이나 학부모의 압력을 받는 이런 여러 가지의 불이익을 감수해야 하므로, 미온적인 모습을 보이는 것이 현 교육 현장의 실태라고 했습니다."

장혜린 담임의 '학교폭력이란' 문제에 대한, 자기 자식이니 마냥 예쁘다면서, 잘못을 인정하려 들지 않는 진상 부모들 때문에, 적지 않은 교사가 사건 해결에 미온적인 모습을 보이는 것이 현 교육 현장의 실태라고 지적했다. 다시 학교폭력에 대한 '학교폭력대책심의위원회'의 역할과, '학교폭력예방 및 대책에 관한 법률'에 대해 설명했다.

"그런데 학교폭력 목격자들도 엄청난 스트레스를 받는 이유는, 학생 개인이 정의감을 가지고 있든 그렇지 않든 '다음 표적이 내가 되면 어떻게 할까?'라는 인식 때문이며, 학생 대부분이 보복이 두려워서 가해자 편을 들지 않으면, 아예 모르는 척하면서 개입하지 않으려 하므로, 노출이 쉽지 않아 학교폭력은 계속 이어지는 것입니다.

각급 학교에 설치된 '학교폭력대책자치위원회'는 2020년 3월 1일부로 법률 개정으로 폐지되고 말았습니다. 그래서 각 교육지원청 단위에 설치되는 '학교폭력대책심의위원회'가 해당 업무를 대신하게 되었는데, 피해 학생과 그 보호자가 교육지원청 심의위 회부를 원하지 않는 가벼운 사안은 학교장 재량으로 자체 해결할 수 있게 되었습니다.

그러므로 '학교폭력대책심의위원회'에 부칠지, 학교장 자체 해결로 종결할지는 각급 학교에 설치되는, '학교폭력전담기구'에서 절차를 거쳐서 진행하게 되었습니다.

일단 학교폭력 사안이 접수되면 해당 교육지원청 담당에서 발생한 모든 학교폭력 사안을, '학교폭력대책심의위원회'에서 사건을 조사한 후 심의를 통해 피해 학생과 가해 학생에게 보호조치와 적절한 징계 조처를 내립니다.

'학교폭력대책심의위원회'는 학교폭력을 조사하고, 학교장과 담당 경찰서장에게 관련 자료도 요청하게 됩니다. 또한 '학교폭력대책심의위원회'에서 학교폭력 사실이 인정되어 징계 조치를 받더라도, 이 외에도 형사법, 민법에 따른 형사고소와 치료비 등의 손해배상 청구도 가능합니다. 그러므로 학교폭력 징계 조치 후에도, 가해자와 피해자와 분쟁이 생길 때 이를 중재하게 됩니다."

'학교폭력전담기구'는 학교폭력에 관한 실태조사와, 예방 프로그램을 구성하여 실시하며, 학교장과 심의위원회의 요구에는, 학교폭력에 관련된 조사 결과 등 활동 결과를 보고(학교폭력예방 및 대책에 관한 법률 제14조 제5항)하여야 하며, 예방과 대책 업무에 관여하여 알게 된 가해, 피해 학생·신고, 고발자에 대한 자료 누설금지(학교폭력예방 및 대책에 관한 법률 제21조 제1항), 학교폭력예방 및 대책에 관한 법률 시행령 제33조 제1호 및 제3호 자치위원회는, 가해 학생에 대한 조치를 결정할 때 다음의 사항을 고려한다(학교폭력예방 및 대책에 관한 법률 제17조 제1항)와, 학교폭력예방 및 대책에 관한 법률 시행령 제19조는, 심각성·지속성·고의성과, 반성, 해당 조처로 가해 학생의 선도 가능성, 가해, 피해 쌍방 보호자 간의 화해를 위함이었고, 또한 피해 학생이 장애인이라면, 더 심각해질 수 있다.

"폭력자는 당시에는 처벌 대상이 아니라 해도 후에 불이익을 받게 되는데, 연예인 데뷔의 경우도 마찬가지입니다. 삭제된 학폭위 기록은 어쩔 수 없지만, 주변인, 특히 피해자가 언론에 제보하면 막을 방법은 없습니다. 학폭 기록삭제는 학폭위 기록만 언급할 뿐, 행정소송이나 민사소송 기록, 주변인의 평판까지도 삭제되는 것이 아닙니다. 그래서 훗날 사회진출 시 과거 폭력 전과가 진로에 악영향을 미치게 되는데, 특히 폭력은 아동, 청소년 아동 시절에 많이 발생한 학교폭력으로, 맞춤형 보호·지원 모델 구성안을 마련해 봤습니다.

먼저 앞에서도 언급했지만, 학교폭력의 징후가 발견되거나 신고 되면 바로 접수하고, 교사의 관찰·상담, 교내외 순찰, 피해, 가해 학생 즉시 분리하고, 담임·전문상담교사의 심리 안정을 위한 조치. 피해 학생 긴급보호조치(상담 · 보호, 피·가해 학생 분리, 가해 학생 출석정지)에 의한, '학교폭력대책심의위원회'의 심의·의결로 신속한 피해 학생 보호조치(심리 상담, 보호 · 치료, 학급 교체 등)가 이뤄져야 합니다.

학급 담임교사 의견서, 가해 학생 특별교육 · 심리치료 이수 확인서 등을 토대로, 가해 학생의 학생부 기재 제도 개선을 하며, '전학 조치 및 졸업 시 중간 삭제 폐지하고 졸업 후 2년간 보존'해야 합니다.

신체, 언어, 성폭력, 금품 갈취, 강요에서 요즘은, 사이버, SNS를 이용한 악성 댓글이나 언어로, 집단 따돌림이 신체 폭력보다 더 무서운 시대가 되었습니다."

학교폭력을 일삼는 서클들이 사용하는 방법 및 학교폭력의 유형으로는, 매우 다양했다. 어떤 특정한 이유를 들어서 그들만의 십계명+誡命 같은, 지키기로 되어 있는 규칙 같은 규정(Rule)을 정해놓고 그 범주 안에서 움직였다. 말 그대로 그들의 요구에 응하지 않거나 반기를 들면, 그들이 정해 놓은 율법에 따라 억압을 가하여 하인을 다루듯이 행동했다.

"먼저 '강요'로, 특정한 문제 해결을 위해 강제로 시키며, '협박'은, 거부나 반항하면 가만두지 않겠다고 엄포를 놓고, '선동'으로는, 직접 상대 안 하고 특혜를 줘서 해결하며, '괴롭힘'은, 재미를 느끼려고 만만한 애들을 괴롭히고, '소문 유포'는 만만한 애들을 재미 삼아 헛소문을 내어 명예훼손으로 골탕을 먹이며, '차별'을 두어 맘에 들지 않으면, 비하하고 조롱하면서 만족을 느낍니다."

'속임수'는 거짓 정보를 이용하여, 속이려 드는 학교폭력으로 재미를 느끼는데, 다음은 '갈취'로 한창 배우면서 자라야 할 청소년이 해서는 안 될 범죄행위로, 만만한 애들에게 금전이나 필요한 물건을 상납받아 욕구를 채운다. 그리고 '인터넷 사이트'의 개인정보를 이용하거나, SNS상에서 모욕을 주거나 악성 댓글로 괴롭히면서 세를 과시하여 지배자로 군림하는 것인데, 이는 집단 우두머리로 항상 우상화하면서 군림하려고 했다.

또한 조리돌림(지속적이고 반복적인 괴롭힘)을 하거나, 일진, 즉 서클의 조직을 이용하여 갖은 욕구를 해결하면서, 골치를 썩이려 드는 애들은 가차 없이 그 세력이나, 기세를 꺾어 휘하에 두기 위해 폭력으로 제압하고 다스리기 때문에, 표면화되기가 매우 어려웠다.

그래서 피해 학생은 보복이 두려워서 신고를 꺼리기 때문에, 안심하고 신고할 수 있도록 하여 피해 학생의 면담에 즉시 비상대책위원회를 소집, 가해 학생의 진상 파악으로, 재발 시에는 가차 없이 피해 학생 보호차원에서 법적으로 대처해야 하는데, 가해 학생 부모가 학교까지 찾아와 자식 편을 들면서 난동을 부려도, 학교에서 강하게 처벌을 못 내리니 피해 학생은 오히려 위축되게 되어, 학교폭력이 끊이지 않고 보복으로 이어지게 된다. '싸움 중재 규칙'이란 것을 거론했지만, 이는 모호하기 짝이 없다. '폭력, 모욕 금지', '쌍방의 말을 끝까지 듣기', '중립 지키기', '신뢰 유지', '기밀 유지' 이것도 구호에만 그치는 실정이었다.

그래서 실태를 조사한 결과는, '이유 없음이 13%', '오해와 갈등이 16%', '장난이 27%', '상대방 잘못이 23%', '기타가 21%'로 나왔다.

그러나 가해 학생이 하지 말아야 할 항목을 정하여 엄격한 지도 교육이 필요하지만, 현실은 그렇지가 못하고, 조사 내용은 그저 조사일 뿐이라 하였다.

장혜린 담임은 학교폭력에서 자주 이용되는 심리적 지배방법인, '가스라이팅'에 대해 언급했다.

"'가스라이팅(Gaslighting: 심리적 지배)'이라는 미묘한 계략으로 트라우마를 조장하여 저지르는 학폭의 일종인데, Gaslighting(Effect)의 '가스등 효과(Gas등燈 효과效果)'로, 상대방의 자주성自主性을 교묘히 무너뜨리는 언행과 '상대방에 대한 간섭', '상황적 연출과 조작', 타인의 행동을 설명할 때 흔히 범하는 심리적 오류인 '귀인 오류(attribution error)' 등의 행위를 벌여 피 행위자의 판단력을 흐리게 하는데, 자기 판단력을 의심하게 유도하여 다른 사람에게 의존 판단하도록 하는 것입니다.

유래는 '패트릭 해밀턴'이 연출한 1938년 연극 - '가스등(Gaslight)'으로, 잭은 보석을 훔치기 위해 윗집의 부인을 살해합니다. 보석을 찾기 위해서는 윗집에 가스등을 켜야 했습니다. 건물은 가스를 나눠 쓰기 때문에 윗집의 가스등을 켜면 다른 집의 가스등이 어두워지기 때문이었습니다.

밤마다 가스등이 어두워지고 윗집에서 소음이 들리자, 불안한 아내 '벨라'는 집에 돌아온 남편 잭에게 말하지만, '잭'은 '벨라'를 과민반응으로 몰아갑니다.

처음엔 반신반의하던 '벨라'도 이게 지속하자 자기 자신에게 의구심을 갖게 되고, 점점 무기력과 공허에 빠지게 되어서 결국 남편 '잭'만을 의지하게 됩니다. 하지만 경찰인 브라이언의 등장으로 결국 '잭'의 범죄가 발각된다는 내용입니다."

여기서 남편인 '잭'의 행위가 바로 '가스라이팅(연극은 뒤에 더 내용이 이

어지며, 남편의 범죄는 발각됨)'이며, 가까운 사이에서 오히려 많이 발생하는 '가스라이팅'은, 상대방의 심리와 감정을 교묘하게 조작하여, 자신을 의지하게끔 하는 일종의 세뇌로, 현실감과 판단력을 잃게 하고 지배력을 행사하는 것으로, 정신적 학대의 일종으로 가정, 학교, 군대, 직장 등 일상생활 공간에서 주로 발생했다.

피해자의 약점이나 트라우마 불안심리 등을 이용하여, 가해자의 말이 무조건 옳고 피해자는 어리석음을 인식하게끔 했다. 그리고 가해자에게만 득이 되는 궤변, 선동, 사기를 쳐서, 피해자 자신의 기억은 틀리고, 감정은 잘못됐고, 선택은 실수했다고 생각하게 했다.

자기 영향력으로 상대방을 자유자재로 다루어서, 피해자가 가진 재산 등을 탈취하게 된다. 그러나 반면 흥미로운 점은 가해자가 어떤 이득도 바라지 않고, 심리적으로 지배하는 때도 제법 많다는 것이다.

'잭'이 '벨라'의 판단력이 비정상적이라고 몰아가고, 이에 '벨라'가 수긍하는 행태에서 본떠 '가스라이팅'이라는 용어가 만들어졌다.

"이러한 불안 심리를 이용하는 것은 '가스라이팅' 수법 중에서도 효과가 좋은 편으로, 당장 불안 심리를 조장하는 건 사기 수법의 주요 방법의 하나로, 고의로 상대방을 조종하기 위해 이용하는 것뿐만 아니라, 실제로는 일상에서는 가해자 자신도 자신의 행동이 '가스라이팅'이라는 것을 인식하지 못하고, 무의식적으로 '가스라이팅'을 행하는 경우가 훨씬 많기 때문입니다."

가해자가 잠재적인 우월의식을 갖고 상대를 평가하거나, 나쁜 행동을 했다고 인지하거나 후회하지 않기 때문에, 피해자로서는 더욱 골치 아픈 경우가 될 수 있다.

"심리적 지배는, 피해자의 사고방식과 행동이 변화될 때까지 '네가 잘못됐어. 너 그렇게 하면 안 돼'라고 지속해서 반복하는 것입니다.
　위에서 언급한 간섭, 충고, 잔소리 등과 함께 설득이나 이해를 구하는 것과 같이, 인간관계 속해서 발생할 수 있는 정상적인 갈등들이, 모두 '가스라이팅'으로 확대해서 해석되는 경우도 많습니다."
　여의주 학생 학교폭력 사건에 이어 4학년에서 또 학교폭력 사건이 발생하여, 학교장의 주도 아래 이뤄진 전체 회의는 두 담임 선생의 발언을 듣고, 소신에 대한 자료를 정리하여 학급마다 배포하도록 하였다. 학교폭력 재발 방지를 위해 도덕 시간에 사용토록 하고 회의를 마쳤다.
　6학년 1반과 4학년 3반에서 일어난 학교폭력 사건으로 개최한, 교직원 전체 회의가 끝나고 각 학급 담임들은 초비상상태로 대기했다.
　6학년 1반 장혜린 담임은 교무부장실로 갔다. 잔뜩 화가 나 있던 교무부장이 갑자기 찾아온 장혜린 담임과 마주 앉았다.
　"그렇지 않아도 장 선생을 부르려던 참이었습니다."
　장혜린 담임 선생은 난처한 표정으로 교무부장과 마주 앉아 하소연했다.
　"교무부장님이 이러시는 거 모르는 바는 아닙니다. 그렇지만, 저도 이제 담임으로서 한계를 느낍니다."
　교무부장은 6학년 1반 담임을 불러서, 이번에 일어난 학교폭력에 대해 심하게 문책하려고 했는데, 오히려 장혜린 선생의 하소연을 들어야 해서 매우 난감했다.
　"장 선생은 3학년서부터 지금까지 계속 담임을 맡아 하셨잖아요. 여의주 학생이 3학년 2학기 때 전입하여 그 학생에 대해서도 잘 아실 테고요. 그런데 인제 와서 그 무슨 무책임한 말을 하는 거예요. 한계라니요?"

"무책임이 아니라, 현실을 두고 하는 말입니다. 왜 저라고 노력을 안 했겠습니까? 하지만, 확실한 근거 없이 추궁하다가는 도리어 아이들한테, 조롱만 당할 테니 말입니다. 그리고 요즘 애들이 워낙 영악해서 좀처럼 흔적을 안 남깁니다. 또한 일을 벌이는 방법도 지능화되어 담임도 눈치채지 못하게 은밀하게 벌입니다. 그리고 이진을 시켜 사전에 겁을 주어 함부로 나서지 못하게 합니다. 그러니 이 지경까지 오게 된 것이고, 6학년 아이들은 이미 사춘기를 넘어서 청소년들의 흉내까지 내니 말입니다."

"그럼, 이 학교폭력 문제는 이대로 내버려두려고요? 무슨 방도를 내놓고 어떻게 처리하겠다는 것인지? 이번에 나영채 담임과 장혜린 담임이 발표한 소신 발언의 내용을 교육 자료로 정리하고 있으니, 끝나면 도덕 시간에 학교폭력 근절에 대한 주입식 교육을 하도록 하세요."

"인제 와서 더 무엇을 어떻게 해야 할지는 교무부장님이 더 잘 아실 거잖아요?"

"그렇다고 지금 학교 전체가 불가마가 되어 들끓는데, 그냥 물러나겠다는 게 말이나 됩니까? 교장 선생님께서 흔쾌히 받아들이실 것 같아요? 이쯤에서 다른 해결책을 마련해야 하니까 좀 더 현실적인 방도를 찾아보세요."

"조금 전에도 말씀드렸듯이 정말 한계에 와 있습니다. 애들을 시켜 협박해서 삥을 뜯지 않나, 맘에 안 든다고 서로 이간질을 해서 쌈박질하게 하지를 않나, 약해 보이는 애들을 협박해서 물건을 빼앗지를 않나, 심지어는 메이커 있는 옷을 입고 오면 빼앗아 입고 돌려주지를 않습니다. 자신들에게 필요하거나 이익이 될 만한 것이라면, 물불을 안 가리고 나쁜 짓거리를 해서 성취하고 보는, 아주 흡혈귀 같은 애들입니다. 이런 애들을 교육한다는 것은, 살얼음판을 걷는 것보다 더 위태롭습니다. 조금만 비위에 거슬리면 대들기까지 하니, 어디 정상적인 교육을 할 수가 있겠습니까?"

장혜린 담임의 말을 듣고 있던 교무부장도, 눈을 지그시 감고 깊은 숨을 몰아쉬었다. 담임의 얘기가 끝날 때까지 꼿꼿이 앉아서 들었다. 장혜린 담임이 털어놓는 고충을 들으면서 어찌해야 할지 암담하기까지 했다.

"장 선생님! 나도 그런 내막을 모르는 바는 아니지만, 그렇다고 서클 애들을 그냥 강 건너 불 보듯 보고만 있을 수는 없지 않습니까? 물론 담임의 고충은 충분히 이해가 갑니다만, 무슨 대책이 있어야지 이대론 안 되겠습니다. 4학년 3반의 분실물도 그렇고요. 이번에 일어난 문제들은 좀 더 깊이 생각해 봐야 할 것 같습니다. 아무튼 잘 알았으니까 조금만 더 노력하고 기다려 보세요.

이번에 교육지원청의 '학교폭력대책심의위원회'에 제가 발제자로 참석하게 됩니다. 그 자리에서 두 담임 선생님께서 내놓은, 발제 내용을 정리하여 발표할 겁니다. 이는 두 담임 선생님도 아시겠지만, 우리 학교에서 일어난 아주 중요한 학교폭력 사건으로, 다른 학교에서도 일어나지 말라는 법은 없는 것입니다. 그래서 더욱더 학교폭력을 다스리는데 귀한 자료가 될 것입니다. 그리고 회의 참석 후 다시 교직원 대책회의를 마련하여, 이 문제를 다루도록 할 터이니 그렇게 아시고 돌아가세요."

교무부장도 담임에게만 책임을 전가할 수는 없는 실정이었다. 요즘 들어 학교폭력을 저지르는 일진 아이들은 점점 더 고질화하여 가고 있으니, 각 반 담임들의 고 심은 더 커져만 갔다. 그러니 돈 몇 푼 더 받으려 담임을 자처할까 하는 의구심마저 드는데, 아니나 다를까. 다른 학교에서도 고학년의 담임을 포기하는 교사들이 늘어가고 있었다. 교무부장도 이 세태를 모르는 바는 아니었다. 내색하지 않고 있었을 뿐이었다. 그래서 내놓은 대책으로 교육부에서 담임 기피 현상을 막기 위한, 승진 가산점을 부여하는 제도를 내놓았다.

교육부는 담임을 맡은 교사에게 11만 원의 수당과, 교감 승진 시 가산점을 주는 등 노력을 기울이고 있지만, 담임의 과중한 업무와 책임을 상쇄할 만한 충분한 인센티브가 되지 못한다는 반응이었다. 특히 6학년의 담임을 피하는 이유 중의 하나는, 애들이 쌍욕을 하면서 난동을 부리고 책상을 부수는 일까지 벌어지는데, 담임교사라고 욕하며 훈육하려 들면, 욕하고 바로 경찰에 신고하거나 집에다 전화하여 학부모가 득달같이 달려와, 악을 써대며 달려드니 그냥 내버려둘 수밖에 없다는 것이다.

"문제 아이도 그렇지만, 학부모의 '갑질'을 막기 위해서는, 교직원 인권 침해 행위 금지와 교원의 정당한 지도를 존중하고, 적극 협력 등의 의무 조항도 넣어야 합니다. 그리고 민원에 대한 대응팀을 별도 운영하여, 전에는 교권 침해가 발생하면 교사를 휴가 보냈지만, 앞으로는 학생을 분리하여 교권 침해 피해 교사에는 치료비·분쟁 조정·소송비 등의 보장 범위를 확대하는 '교원배상책임보험' 표준모델을 오는 2024년부터 적용한다고 합니다."

장혜린 담임이 6학년 담임을 맡지 않겠다는 이유는 충분히 이해가 갈 만했다.

"최근 설문조사 집계에 의하면, 교직 만족도가 최저 수준이라는 결과가 나오고 있습니다. 그것은 바로 위험을 무릅쓰고 아이들을 훈육하지 않겠다는 의견입니다. 훈육차 몇 마디 하면 아동학대라고 대들면서 법적 운운 하니, 참으로 기가 막힐 노릇 아니겠습니까? 교무부장님!"

"그러게요. 장 선생님의 지적은 하나도 틀린 건 아니지만, 요즘 세태가 그런 걸 어찌합니까? 법이 바뀌지 않는 한은…."

"5월 14일 최근에 일어난 사건을 보셔서 아시겠지만, 저학년 학생도 이 지경이니 더 말해서 무엇하겠습니까 만은, 전북 전주의 한 초등학교에서 학생이 교감의 뺨을 때리는 영상이 공개되었습니다.

전북교사노동조합에 따르면 전주의 한 초등학교에서 일어난 일입니다. 수업을 마치기 전 학교를 빠져나가려는 3학년 남학생을 교감이 제지했습니다. 그러자 교감에게 "개××"라고 욕을 하며, 여러 차례 뺨을 때리고 교감의 팔뚝을 물고 침을 뱉기도 했습니다. 하지만 교감은 뒷짐을 진 채, 아무런 대응도 하지 않고 당하고만 있는 영상을 교사 측이 공개했습니다.

그러나 학생은 끝내 학교를 무단으로 이탈했고, 뒤이어 학생 어머니가 학교로 찾아와 사과 없이 오히려 담임교사를 폭행했는데, 학생은 다른 학교에서도 소란을 피워 지난달 14일 이 학교로 강제 전학을 와서 또 문제를 일으켰고, 이를 말리는 담임교사를 여러 차례 폭행했습니다. 학생 측은 이때마다 부당 지도와 아동학대 등을 주장하며 담임교사를 경찰에 신고한 것입니다.

학교에서는 학생 어머니와 여러 차례 면담했지만, 오히려 학교 측의 관리 책임으로 몰아가서 학생의 가정 지도를 요청했지만, 아이가 달라지지 않는다면서 '아동방임으로 볼 수 있는 상황으로, 지자체가 적극 개입해야 할 문제다.'라고 했습니다. 또한 학생에게 상담과 심리 치료

등을 지원하려고 했지만, 부모는 거절하면서 오히려 학교에다 아동학대로 신고하겠다고 했습니다.

그러나 학생의 교원 폭행과 학부모의 교원 폭행은, 엄연히 심각한 범죄임에도 학부모가 아동학대로 신고한다는 것은, 진상 부모를 떠나서 학교에서 학부모를 고발하여 엄중한 처벌을 받도록 해야 한다고 했습니다."

일진이 다른 애를 괴롭히며 쌍욕을, 책상을 뒤집으며 온 교실을 뛰어다니며 소리치면, 선생은 '이제 그만하자.'라고 한마디로 일축만 할 뿐이었다. 만약 지도한답시고 목소리를 높이거나 반성문을 쓰게 하면, '아동기분상해죄(정서적 아동학대)'로 고소당해 경찰서 가야하고, 심지어 인권을 내세워 투쟁하면 직업도 잃을 수 있다는데, 전교조와 학생인권조례 진보 교육감 등이 교권을 송두리째 앗아가서, 훈육할 권리조차 박탈당해 교사가 무슨 힘이 있겠느냐는 것이다. 너무도 답답하고 안타까운 심정에 SNS에 현실을 고백하면, 바로 수많은 댓글이 올라온다고 했다.

"그 부모에 그 자식이라, 저 애들을 그냥 대안학교나 좋은 사립으로 보내라 해라."

"진상은 반에 몇 명씩은 있다. 그런데 애들이 진상이면 부모 역시 진상일 확률이 높다. 그래서 이것이 문제다."

"과연 저런 행동이 아이의 미래에 도움이 될까? 그냥 딱 부모가 잘못 키운 애들이네!"

이런 글들이 올라와 답답한 현실을 그대로 보여주고 있다고 하였는데, 그래 봐야 해결할 방법은 법의 실효성 문제라 하였다. 실제 초등학교에서는 생활지도의 어려움과 최근 학업성취도 평가 부담 등으로,

6학년을 맡지 않으려는 교사들이 늘어나고 있는데, 아예 6학년생들은 교사를 대등한 관계로 보고 말을 듣지 않으려 하는 것은 고사하고, 속이기까지 한다는 것이다. 그래서 이런 가운데 학업성취도 평가까지 겹쳐 6학년을 맡지 않으려 했다. 같은 교사들도 눈치를 보게 되어, 결국은 전입해 오거나 젊은 교사들에게 맡기는 실정이라 했다.

그러니까 개학 첫날 오리엔테이션에서 내놓은 담임의 학급 경영관인데도, 하나의 구호로밖에 인식되지 않았다.

'협동, 단결, 공생공사共生共死, 교칙 준수, 예의, 도리, 교칙, 거짓말, 책임감, 소속감, 교실, 학급 경영' 등으로 결속을 다지려 했고, '교실은 제2의 집, 무결석, 무 조퇴, 무지각, 자기 주도적인 사람이 되자, 파 나누기 없기, 따돌리기 없기. 도난, 왕따 같은 것 발생시키지 않기'로, 6학년 1반 담임은 첫 수업 시간부터 학교폭력에 대한 경각심을 주려고 주의를 시켰지만, 반응은 그리 좋지 않았다. 그래서 경고 비슷하게 학교폭력에 가담하면 학교생활 접을 수도 있으니, 잘 판단하고 처신하길 바라며, 내가 하기 싫은 일은 남도 하기 싫은 것은 당연하니, 서로 도우며 즐겁게 학교생활을 이어가자며 담임이 절실하게 당부하는 말이 당연히 이치에 맞는 강령이지만, 준수해야 할 학교 규칙인데도 반응은 별로였다. 착한 애들은 전적으로 따르고 실천하려 했지만, 일명 노는 애들은 관심 밖이었다. 그렇지 않아도 심심풀이들이 마구 제 세상 만난 것처럼 앞뒤에서 알짱거리는데, 머리꼭지가 돌 지경이라 엉뚱하게 애매한 이진만 갖고 화풀이를 해댔다.

"아! 핵노잼(정말 심각하게 재미없다). 뭐 잼난 거 쫌 만들어 갖고 와 봐라."

그러면 이진도 눈치 보느라 어물쩍 기는 시늉만 내고 있었다. 학교의 강력한 방침으로 선뜻 나서지를 못하고 애만 태우는 꼴을 했다.

"이것들이? 찌질이, 너부터 갖고 와 봐라."

예전 같았으면, 먼저 머리끄덩이를 잡아 돌렸겠지만, 그냥 말로 엄포만 놨을 뿐이었다. 그렇게 눈치만 보면서 시키면 군말 없이 하던 애들은, 들은 대척도 없이 공부에만 열중이었다. 심심하고 답답하여 꼭지가 도는 건 서클이었다. 그들의 권위가 먹혀들어 가지 않자 다시 교내는 싸늘한 기운만 돌았다.

학교는 학교대로. 교육청은 교육청대로, 교육감·교사 간담회개최, 교육감 중심 공약, 학교와 교육청 간 협력 소통을 위해, 학교 정책과장이 지속으로 현장 교사들과 만났다.

'학교폭력예방 및 대책에 관한 법률 제1조(목적), 이 법은 학교폭력의 예방과 대책에 필요한 사항을 규정함으로써 피해 학생의 보호, 가해 학생의 선도·교육 및 피해 학생과 가해 학생 간의 분쟁조정을 통하여, 학생의 인권을 보호하고 학생을 건전한 사회구성원으로 육성함을 목적으로 한다.'라는 '목적'을 실행하기 위해 알아본 결과, 초등학교, 고등학교 때 당한 학교폭력이 중학교 때가 더 높음으로 조사되었다. 그 중 가율도, 초등학교의 1배, 고등학교의 2배 수준으로 나타났다. 그런데 이상하게도 학교폭력으로 자살한 중학생과, 가해 학생은 한때 좋은 친구 사이였음이 충격적이었다. 이는 피해 학생이 다시 폭력을 당하지 않으려 다른 학생을 폭행하는 악순환 때문인데, 무서운 애들이 시키면 들어야 하는 연결고리인 셈이었다. 그러니까 피해와 가해를 모두 경험한 결과로 나타났다.

그런데, 단순한 폭력이 아닌 빵셔틀은 46%, 사이버 폭력은 34.9%, 성적 모독도 20.7%나 되었다.

학교폭력의 빈도는 폭행을 당했다. 다음이 욕설이나 모욕적인 말을 들었다. 그리고 말로 협박이나 위협을 가한 것으로 나타났는데, 이에 인식 및 대응이 너무 미비하여 지속으로 일어나, '아예 학교폭력을 사소한 장난으로 인식하거나 위장'으로 치부해 버리기 때문이었다.

학교폭력을 당하고 신고해도 해결되지 않아서, 오히려 보복이 두려워 신고를 꺼리고 폭력을 목격하고도 방관할 수밖에 없는데, 단순한 폭력이 아닌 빵셔틀은 46%나 된다고 했다.

그런데 이 '빵셔틀'의 '셔틀'은 PC게임 '스타크래프트(StarCraft)'로, '블리자드(Blizzard) 엔터테인먼트'에서 개발한 공상과학 전략 시뮬레이션 게임이었는데, '스타크래프트 시리즈'의 첫 번째 게임은, 1998년 3월에 발매되었다. 개인용 컴퓨터 게임 중, 전 세계적으로 가장 많이 판매된 게임 중의 하나였다. 이 게임은 서로 다른 세 종족인 테란 · 프로토스 · 저그를 선택하여, 특정 지역을 점령하는 방식으로 진행되었다.

그리고 셔틀은 '유닛(게임상의 병력)'을 실어 나르는 비행물체인데, 힘없는 학생을 '운반선'으로 이용하였다. '운반선'은 '일진'에게 매점에서 빵을 사다 주는 것은 물론, 돈까지 갖다 바쳐가면서 온갖 심부름을 다 했다. 그래서 학교폭력을 당하는 애들을 은어로 '빵셔틀'이라고 불리며, 괴롭힘을 받는 애들은 본인 자신을 '천민'이라 비관하면서, 극단적인 선택까지도 고심해 본 적이 있다고 했다.

"좀 논다 하는 애들이 빵 사오라고 시키면 해야 하는데, 만일에 하기 싫다거나 잘못 사 오면, 방과 후에 외딴곳으로 끌려가서 마구 얻어맞고, 협박까지 당해야 하는 터라서 시키는 대로 해야 덜 시달림을 받기 때문입니다.

만약 자진해서 빵을 바치면 같은 등급으로 인정해 주는 척 보호해

준다. 그러면 득세하여 무슨 개선장군처럼 설치고 다녀도 묵인해주는데, 만약 다른 애들이 찜쩍거리면, '야! 개 건드리지 마.'하면서 단번에 엄포를 놓고 보호해 주는 척하지만, 빵을 갖다 바치지 않고 엇나가거나 허튼수작을 부리는 기미가 보이면, 바로 이진들을 시켜 끌고 가서 사정없이 마구 패버려서, 그 후로는 점심도 혼자 먹어야 하고, 다른 애들과 가까이 못 하도록 철저히 감시해서 외톨이로 지내게 하는데, 항상 공포감을 느끼면서 이탈을 할 수 없도록 왕따들을 관리하기 때문에, 왕따를 당하는 애들은 늘 불안과 초조 속에서 소외감을 느끼게 됩니다."

이들은 일진의 눈치를 보며 행동하기 때문에 찌질이 수준 이하의 처지를 비관하여, 설문조사에서 자퇴·자살까지 느껴본 적이 있다고 했다.

교육과학기술부가 경찰청과 '학교폭력 예방 및 대책 5개년 계획'에 '빵셔틀' 대책을 포함해 발표했는데, '빵셔틀'로 인해 피해 학생이 늘어남은 물론, 신종 학폭으로 확산하기 쉽다고 했다. 그래서 앞으로는 '빵셔틀'에 연루되면, 피해 학생에게 사과와 접촉 금지, 전학·퇴학 등의 징계처분을 하게 했다.

이와 함께 전국 180개 지역교육청에는 학교폭력 신고·상담센터(1588-7179)가 운영돼, 전문 상담원을 배치, 신고 접수 및 상담을 하게 했지만, 학교폭력을 저지르는 수법이 교묘하게 날로 지능화되어 거칠어졌고, 심지어는 일진 속에서 부류들을 삼 계급으로 나누기까지 했는데, 1번은 귀족이고, 2번은 공부 잘하고 돈 많은 양민이고, 3번은 공부도 못 하면서 소심해 괴롭힘을 당하는 천민이라 칭했다.

그런데 천민은 귀족·양민의 매점·빵심부름을 도맡아서 하여, '빵셔틀'이라 불리면서 종속 · 복종을 강요받았는데, 이런 '빵셔틀'들은 정신적인 피해망상에 시달리면서 정신장애까지 일으킬 수 있다는 것이다.

만만하게 여겨지는 아이들에게, 빵이나 담배 등을 사오라고 시키는 상습적인 강요는, 집단 괴롭힘인데도 당하는 학생은 신고할 엄두도 못 낸다는 것은, 후에 보복이 두렵기 때문인데, 심지어 몇천 원짜리 물건을 주문해 놓고 천 원도 안 되는 돈을 주고는 사오라 하는, 마치 군대의 악질 선임처럼 행세하는 애들도 있고, 혹은 일진 그룹에 끼고 싶어서 친한 척하는 빵셔틀도 있는데, 일진은 그냥 받아주기는 하지만, 결국은 빵셔틀로 생각하면서 은근히 이용만 할 뿐이었다.

지도교사는 힘없는 학생에게 빵 심부름을 시킨 힘센 학생에게 물었다.

"너희는 왜서 친구한테 그런 일을 시키느냐?"

"돈을 주고 시키는데 뭐가 어떻습니까?"

학생은 대수롭지 않게 생각하면서 빈정대기까지 했는데, 심지어는 피해 학생에게 뒤집어씌웠다.

"쟤는 원래 심부름을 시키면 무척 좋아하거든요."

힘없는 학생들은 체육복을 가져오지 않은 힘센 학생에게, 자기 체육복을 내놓으며 각종 심부름까지 하며 시달렸다.

그런데 이와는 달리 학폭이 아닌, 학부모의 월권행위가 기승을 부려 많은 교사가 피해를 보고 있었다.

'온라인 커뮤니티(Online Community: 구성원이 주로 인터넷을 통해 상호 작용을 하는 가상 공동체로, 많은 사람에게 '보이지 않는 친구의 가족'으로 구성된 집처럼 느껴질 수 있는 곳)에 요즘 학교 실태를 올린 교사의, '교권 하락에 관심을 두세요'라는 글을 보면 '그 자식에 그 부모'라는 말이 떠오르게 하는데, 해당 학부모의 전화가 가관이 아니다.

"내 자식이 지각해도 남게 하지 마세요. 내 자식 혼자 청소하는 건 싫습니다."

학교에서 지각하는 학생에게는 정한 규칙이 있는데, 그 아이는 매주 2~3회, 1~5분 정도 지각을 했다. 반에서는 지각하면 지각한 시간만큼 남아서 청소 봉사를 하는 규칙이 있고, 교사는 지각한 학생에게 화를 내거나 혼낸 적도 없으며, 청소도 매번 5분 이내로 했고 규칙대로 지각한 것에 대한 정당한 벌을 준 것일 뿐이었다. 그런데 어떻게 교사한테 주말에 전화하는지 기가 다 찬다고 했다.

제대로 된 부모라면, '내 자식 지각 안 하게 앞으로 조심해야지. 5분만이라도 빨리 등교시키자'라는 마음일 텐데 하면서 억울해했다.

그런데 교사한테 전화해서 지각해도 남겨서 청소시키지 말아 달라고 하니, 무슨 학교가 자기 사업장인지 착각하고 있지나 않나 싶기도 했다. 20~30분을 넘긴 것도 아니고 학원 차가 오는 시간이라 늦으면 안 된다고 해서, 바로 보내고 했는데도 교사를 직원 부리듯이 한다고 하소연했다. 만약 '지각한 걸 그냥 넘기면 아이들이 너나 할 거 없이 다 지각하고, 수업이 제대로 이루어지겠느냐?'라며 한탄했다.

이어서 장혜린 담임은 스크랩하여 가지고 온 요즘 신문에 난 기사를 언급했다.

"2년 전 한 초등학교 2학년 담임교사는, 수업 중 페트병으로 소리를 내며 노는 학생에게 주의를 시켰으나 말을 듣지 않자, 칠판 '레드카드'에 이름표를 붙이고 학급 규칙에 따라 방과 후 14분간 교실 바닥을 빗자루로 청소하게 했는데, 이를 알게 된 부모가 교감을 찾아가 아동학대라며 담임교사를 교체해 달라고 요구하며, 다음 날부터 3일간 자녀를 학교에 보내지 않고 계속 담임 교체만 주장했습니다.

그 일로 담임은 스트레스로 병원에 입원까지 해야 했는데도 아랑곳하지 않고, 다시 열흘에 걸쳐 자녀를 학교에 보내지 않고 교육청 등에 민원을 넣었습니다. 그래서 담임은 학교에 교육활동 침해 신고를 하게 되었고, 학교장은 '교권보호위원회'를 열고 '교육활동 침해 행위를 중단하도록 권고'하는 조처를 했지만, 학부모는 되려 이 조처를 취소하라며 소송을 낸 것입니다.

그러나 1심(전주지방법원)은 교권 보호 조처가 합당하다는 판결을 내렸지만, 2심(광주고등법원 전주 1행정부, 부장 백강진)에서는 이를 뒤집었습니다. 애초에 담임교사의 '레드카드제'가 문제였다고 본 것이었는데, 아동의 권리에 관한 유엔의 협약을 재판부가 인용하여, '해당 학생의 이름을 공개하여 여러 학생에게 창피를 줌으로써 따돌림을 받을 수 있는 빌미를 제공, 강제로 청소까지 시킨 것은 아동의 인간적 존엄성에 대한 침해다.'라고 판결했지만, 대법원은 그렇게 보지 않았습니다. '레드카드 벌점제' 뿐만이 아니라 담임교사의 직무수행 전체라면서, 아이를 결석시키면서까지 지속해서 담임 교체를 요구한다는 것은 지극히 부당한 간섭이라 했습니다.

또한 대법원은, '부모는 자녀의 교육에 관해 학교에 의견을 제시할 수 있고 학교는 이러한 의견을 존중해야 하지만, 교원의 전문성과 교권을 존중하는 방식으로 이뤄져야 한다.'라고 했으며, 또한 '학기 중 담임에서 배제되는 것은 해당 교사의 명예 실추는 물론, 인사상으로도 불이익한 처분인데, 학교장에게는 인사를 다시 하는 부담이 발생하고, 학생들에게는 혼란이 발생할 수 있다.'라는 점을 고려해 신중히 해야 한다고 했습니다. 2년 전의 소송 건이었는데 햇수로 3년 만에 판결이 난 것입니다."

듣고 있던 교무부장도 수긍하면서도 현 체제에 불만을 표시했다.

"그러게요. 장혜린 담임도 애로사항이 많은 줄은 알고 있지만, 현 체제를 변화시키지 않는 한은, 체벌이란 것은 학교 규칙을 어긴 학생에게 내리는 벌인데, 지각한 학생 부모가 체벌하지 말라면 그 학생만 면제권을 줘야 하는지, 이건 도무지 이해가 가지 않습니다. 교사도 자식을 키우는 학부모인데 말입니다.

교육부는 2023년 6월 20일 학교장이나 교사가 학업이나 진로, 인성·대인관계 분야에서 학생을 훈계할 수 있도록 한 내용을 담은, '초·중등교육법 시행령' 개정안이 국무회의에서 의결되어, 6월 29일부터 교사에게 학생생활지도 권한이 명시적으로 부여되었다고 발표했습니다만, 실효성이 크지 않다는 것이 문젭니다."

교육부에서 발표한 내용은, '교사에게 학생생활지도 권한이 부여되었음은 환영할 만하다. 그러나 교권은 꼭 교육부에서 내린 시행령으로만이 능사가 아니었다.' 학교 자체 내에서도 합리적이지 못 한 일들이 벌어지고 있는 데 대해서는, 실태조사 없이 임기응변으로 처리하고 있기 때문에 도무지 이해가 안 된다고 한 말에, 장혜린 담임이 지난 23년도에 일어난 교직원 사망사건에 대해 언급했다.

"서이초등학교 박인혜 선생님은 24세로 서울교대 미술교육과를 나와 재직 중에, 지난 2023년 7월 18일 교내 교육 자료와 보조 도구를 준비하고 보관하는, 교보재敎補材 준비실에서 스스로 목숨을 끊었는데, 국어 시간에 뒤에 앉은 학생이 앞의 학생 가방을 연필로 두드리자, 서로 연필을 잡고 실랑이하다가 앞의 학생 이마에 상처가 납니다. 그런데 사소한 다툼을 해결하는 과정에서 가해 학생 측의 경찰청 본청 소속 현직 경찰관이, 박인혜 선생에게 교직을 그만두게 하겠다는 협박에 못 이겨 결국 극단적인 선택을 했고, 이 후에도 연달아 학부모들의 악성 민원의 교권침해로 교사들이 사망하는 사건이 발생했으며, 2023년부터 대전용산초등학교에 재직해 온 40대 교사 A씨가 악성 민원에 시달리다, 결국 자택에서 자살을 시도하고 병원에 이송되어 이틀 뒤 9월 7일 끝내 숨을 거두고, 상명대학교사범대학부속초등학교(상명대부속초)의 오채림 기간제 교사는, 과도한 업무와 학부모의 갑질에 힘들어 2023년 1월 15일 극단적 선택을 했습니다.

거센 항의, 민원, 협박에 심한 우울증에 이르게 되었던 오채림 선생님은, 사립초등학교가 첫 직장으로 사회초년생에게 학부모의 끊임없는 요구는 주말, 야간 새벽까지 이어집니다. 누구보다도 열정적이고 도전적이었던 교사는 기본적인 교권이 보장되지 않은 근무 환경으로 인해, 우울증에 시달리다가 2022년 6월 2일 스스로 목숨을 끊게 된 것입니다.

죽음의 사유는 지나친 학부모의 간섭과 과도한 업무량 때문에 이루어지지만, 또 한편으로는 학교라는 기관 자체가 교사를 제대로 보호하지 않고, 개인의 탓으로 책임을 돌리는 안이한 교육제도에 있음을 간과할 수는 없는 것입니다."

딸아이의 학급일지에 쓴 기록의 '다 엉망인 것 같아요.' '아이들 생활지도하는 것이 매우 힘들다.' '포기하지 마.' '넌 유능한 초등교사다.' '공동체가 아닌 각자도생이다.'라는 일지를 보고, 도예가인 아버지는 실의에 빠져 가마에 불을 피우지 못하다, 15개월이 지나서야 다시 도자기를 굽게 되었다고 했다.

"그래서 요즘 교직에 있다는 건 지뢰밭에 서 있는 느낌이라고 했습니다. 더욱이 20~30대 교사들은 언제 이곳을 탈출해야 하는지, 이런 이야기를 하는 실정이라고 했습니다. 학생을 가르치는 교사가 학생의 실수나 잘못을 수정해 주는 과정을, 이런 교육적인 지도를 왜곡시켜 간섭하고 항의해버리면, 교사 스스로는 무기력해져 버리는 것 아니겠습니까?"

이로 인해 서이초 사건 이후 교권 침해가 계속 발생했는데, 그 후에도 진상 부모들의 극성에 못 이겨 많은 교사가 스스로 생을 마감했다.

"그 예로, 교사가 내 준 숙제를 아이가 잘 풀지 못한다고 소리를 지르며 부부 싸움으로 번지자, 엉뚱하게 교사를 가정파괴범으로 몰아가는 몰상식한 진상 부모의 갑질로 인해, 아무 잘못이 없는 교사가 극단적 선택의 희생양이 되었으며, 서이초 박인혜 교사 추모제 - 2024년 7월 18일과 오채림 교사 2024년 8월 7일에서야 근로복지공단에서 순직을 인정받게 되었으며, 지난 5월 교육의 달을 맞아 한국교원단체총연합회(교총)가 전국 교원 1만 1,320명을 대상으로 한 설문조사에서, '변화를 못 느낀다'가 67.5%. '다시 태어나면 교직을 선택하겠다'가 역대 최저치인 19.7%로 과거보다 선호도가 저하되고 있음을 보여주고 있습니다."

경력 교사들도 이를 피하려 들자 저 경력 교사나 전입 교사들이 맡기도 하며, 기간제 교사가 맡는 경우도 많다. 학폭과 같이 전문성을 가져야 할 영역이 오히려 기피되고 있다. 그만큼 업무나 스트레스가 과중하고, 가장 두려운 것은 처리 상황이나 결과에 만족하지 못하는 학부모로부터 법적 소송을 당하는 것이기 때문이었다.

또한 교원의 정당한 생활지도에 불응해 의도적으로 교육활동을 방해하는 것은, 교육활동 침해 행위로 분류해 생활지도를 할 수 있다고 했으며, 교육부는 교육활동 보호 설명서 개정안을 2학기, 각급 학교에 배포하고, 무분별한 아동학대 신고로 교육활동이 위축되지 않도록 노력하겠다고 밝혔다.

 시행령 개정안은 2022년 12월 초·중등교육법이 개정되었으며, 학교 교원의 학생생활지도에 관한 근거가 마련되었다. 이에 따라 구체적인 학생 생활 지도 범위를 규정했다.

 장혜린 담임은 교무 부장실을 나오면서도 마음이 그리 홀가분해지지는 않았다. 6학년 담임을 맡지 않으려고 갔었는데 아무런 성과도 없이 푸념만 늘어놓고 나온 꼴이 되었다.

7, 학교폭력의 현주소

어머니는 굿일을 가셔서 의주는 방과 후 집에 와서 혼자서 지내야 했다. 의주는 법당에 들어가 내일의 숙제를 마치고 참선에 들어갔다. 의주는 자신의 주위가 너무나 조용해서, 소름이 돋을 정도로 을씨년스러웠다. 얼마나 지났을까? 의주의 주변에는 너울성 파도가 일기 시작했다. 무서울 속도로 밀려오던 파도가 잠잠해지면서, 맑은 햇살이 의주의 주변으로 내비치기 시작했다.

의주는 가볍게 몸을 일으키고 법당을 나왔다. 집주변이 매우 조용했다. 가만히 생각에 골똘했다. 앞으로 심상치 않을 일들이 일어나리란 추측을 하면서 집주변을 거닐었다. 어디서 날아왔는지 예쁜 새들이 나뭇가지로 요리조리 옮겨 다니면서 재잘거렸다. 의주에게 무슨 말을 건네는 것만 같았다. 의주는 그런 새들을 멀찌감치 바라보면서, 내일 해야 할 일을 떠올리다가, 겁을 주기 위한 묘수를 생각해 내고 바로 유림에게 전화를 걸었다.

"응, 유림이니? 내일 내가 방과 후에 이진을 불러내서 설득해야 하는데, 만일 애들이 내 말을 안 들을 때는 경찰에 신고한다고 할까? 아니면 고소장 제출한다고 할까? 하는데 넌 어떻게 생각하니?"

"그래 내 생각도 그렇게 하는 게 좋겠어. 애들이 호락호락 말을 듣지 않을 거야. 그러니까 이번에 피해를 본 애들이 집단으로 경찰에 고소한다고 해 봐. 아마 그러면 무척 불안해할 거야. 이참에 아주 매듭을 지어야겠어."

"그래! 네 생각이 그렇다면 더 망설일 필요 없겠다 그지?"

"응, 걔들도 더는 일진에 엮이는 거 좋아할 리는 없을 테니까."

"알았다. 그럼 끊는다. 내일 봐. 안뇽!"

유림이 친구에게 전화 통화를 하고 난 의주는 뜻하지 않은 엷은 미소까지 지었다. 그렇게 정원을 노닐고 있었는데, 어머니의 차가 들어오고 있었다. 의주는 주차장으로 뛰어가 차에서 내리는 어머니를 맞았다. 보살님들과 징재비도 함께 차에서 내렸다. 만신은 의주를 껴안으면서 등을 토닥였다.

"우리 딸, 내가 없어도 씩씩하게 잘 지냈구나! 그래 숙제는 다 해놨고? 어서 들어가자. 엄마가 맛있는 것 많이 장만해 왔으니까 방에 들어가서 맛있게 먹자."

의주는 보살님들 손을 잡고 방으로 들어갔다.

의주는 이튿날 등교를 했다. 피해 학생들은 별의별 방법을 다 동원해서 괴롭혔지만, 의주는 너무도 태연했다. 이미 얼굴이 알려져 직접 나서지 않고 만만한 애들을 시켜 남의 물건을 가방에 넣게 하지를 않나, 아예 책을 못 쓰게 하는 등 유치한 행동을 일삼았다. 의주는 그런 와중에 주의 깊게 한 사람 한 사람 점을 찍어놓고, 주동자와 공범자

간에 서로 갈등으로 싸우게 하고, 이에 따라 그들의 조직을 와해시키려고 하였다. 그래서 의주는 유림이 하고 일진과 이진 간의 와해를 분담하기로 했다. 먼저 이아연이는 이유림이가 맡아서 처리하고, 이진은 여의주가 나서서 처리하기로 했다.

  의주는 방과 후에 세 사람씩 조용한 곳으로 불러내었다. 이진 애들은 의주가 보자고 한 장소에 모여 서로 마주 보면서 의아해했다.

  "미진이, 주희 너희도?"

  "응 그래. 너도?"

  서로 번갈아 가면서 놀란 표정을 지으면서 무슨 일인지 물었다.

  "의주 저 무당이 왜 우릴 갑자기 보자고 불러냈을까?"

  "그러게. 나는 나 혼자만 불러낸 줄 알고 와봤더니, 너희도 나타나서 좀 혼란스럽네."

  그때 마침 의주가 나타나 이진을 보고 가까이 다가왔다.

  "주희, 미진이, 가은이 너희도 나와줘서 고맙다."

  "왜 우릴 보자고 했는지 용건이나 어서 말해."

  "다름이 아니고, 너희가 앞으로 김서령이 말 듣고 자꾸 나 괴롭히려 들지 마라. 우린 같은 반 친구잖아. 자꾸 나를 괴롭히려 들면, 나도 더는 못 참는다. 그리고 왜 너희가 못된 짓을 대리로 하고 있니?"

  "그런 말로 우릴 제압하려면 그만둬라. 우린 네 말을 들어야 할 이유가 없으니 말이다. 우리가 무슨 짓을 하든 참견하지 마. 이 말 하려고 우릴 불렀냐?"

  셋은 아니꼽다는 듯이 눈을 흘기면서 비아냥 조로 대거리를 했다.

  "에잇! 재수 없게 신동 앞에서 우리가 이 무슨 꼴이니? 쟤 말 더 들을 필요 없다. 우리 이만 가자. 너 다신 우릴 불러내지마. 쳇!"

의주는 기분 나쁘다며 돌아서려는 이진에게 단호한 어조로 물었다.
"그래. 가는 건 너희 맘대로지만, 갈 땐 가더라도 내 말끝까지 듣고 가라. 너희가 벌인 학폭으로 피해 본 애들과 집단으로 경찰서에 가서 신고해도 되겠니? 허락만 해준다면 바로 고소장 제출할 테니까. 잘 생각해서 알려줘. 늦지 않게. 그럼 가도 좋다. 나도 너희 때문에 뒷쫌 알아보러 가야 할 곳이 있어서. 그럼, 이만 가 볼 게."

의주가 협박 아닌 고소장 제출하겠다 하고 떠나자, 셋은 가려다 말고 할 말을 잃고 서서, 의주의 뒷모습만 한참 동안 바라보다 서로 돌아봤다. 먼저 전미진이가 말했다.

"얘들아. 쟤 말하는 거 그냥 엄포를 놓는 거 아닌 거 같아. 난 좀 무서워. 너희 생각은 어떠니?"

"우리는 주동자가 아니고 시키는 대로 했잖아. 그런데 뭐가 무섭니? 경찰에 신고하면 우리는 시켜서 했다고 하면 되잖아. 그럼 우리도 피해잔데."

"너 그걸 말이라고 하니? 우리한테 당한 애들이 집단으로 우릴 고소하겠다잖아. 아무리 일진이 시켜도 폭력은 우리가 저지른 거야. 난 이쯤에서 물러나야겠다. 의주 걔는 신들린 만신이어서 한다면 하는 애잖아."

전미진은 그냥 엄포를 놓는 것이 아닌 것 같다면서 무섭다고 하자, 남주희는 주동자가 아니니까 일진이 시켜서 했다고 하겠다고 했다, 그러나 김가은이 시킨 일진보다도 학폭을 한 이진 우리가 가해자라며, 이쯤에서 물러나야겠다며 주희에게 소리쳤다.

"야! 주희! 너 그걸 말이라고 하냐? 시킨다고 애들을 막 때려도 돼? 가은이 말이 맞잖아. 우리가 가해자라고."

의주는 다음날은 또 다른 이진 애들을 불러서 같은 방법으로 설득했다. 그리고 다음에도 또 같은 방법으로 설득하고, 마지막에는 전에 의주에게 폭행하려다 되레 얻어맞고, 병원에 실려 갔던 두 애도 불렀다. 처음에는 의주를 대하는 태도가 멋쩍어했는데, 의주의 설득에 찬성하고 동조하겠다고 했다.

한동안은 좀 시끄러웠다. 같은 애들끼리 서로 의견이 분분한지 가끔 다투는 애들이 생겨났다. 의주가 그들을 만나서 한 말이 효력이 있었다. 일진 애들은 몇 명 안 되지만, 이진 애들의 수는 많았다. 이진은 일진의 말을 잘 들어 그들의 보호를 받고, 심지어는 일진들과 어울려 다니면서 세를 과시하기도 했다.

그러나 상황이 심상치 않게 돌아가자 서로들 눈치 보기에 바빴다. 그러면서 한편으로는, 계속 일진에게 의지하면 안 된다는 의견이 모아졌다. 그래서 서로 단합하여 앞으로 학폭에 가담하지 말자고 했다. 의주는 그냥 모르는 체하면서 다음에 있을 일을 생각하였다.

유림이가 의주에게 카톡으로 알려왔다.

"요즘 일진과 이진들이 서로 의견 충돌로 시끄러워. 네가 의도한 대로 갈등의 틈이 생기기 시작했으니 말이다. 이번에 아예 싹을 잘라버리자. 좀 더 두고 보고 다음 행동 개시다. ^^*."

의주는 이진 애들한테 처음에는 사정하듯이 설득했으나, 고깝게 여겨서 무척 애를 먹게 되자 반협박 조로 윽박지르자 먹혀들어 갔다. 그 틈을 타서 의주는 그들을 향해 거칠게 나갔다. 한 번만 더 만만한 애들에게 학폭을 가한다면, 고소장을 제출하겠다고 으름장을 놓은 게 효과가 있었다.

다시는 일진이 시키는 일에 앞장서서 나대지 않도록 일침을 가했다.

일진의 꼬봉 노릇을 못 하게 하자 이진들이 이상하게 변해갔다. 의주는 너무도 태연하게 그들을 지켜봤다. 이제 마음의 안정을 되찾고 나니, 전에 어디서 많이 맞았던 기억이 떠올랐다. 자꾸만 과거에 당했던 일들이 어렴풋이 떠올라, 의주는 집으로 돌아와 법당 안에 앉아서 참선에 들어갔다.

무서울 정도로 주의가 산만해지면서 의주의 가슴에 불길이 솟았다. 의주는 손은 벌려 하늘에서 내려오는 집채만 한 불덩어리를 힘껏 잡았다. 그러고는 그 자리에 쓰러졌다.

만신은 의주가 오래도록 보이지 않아 이곳저곳을 둘러보면서 마지막 법당의 문을 열었다. 의주가 바닥에 쓰러져 끙끙 소리를 내면서 앓고 있었다. 의주를 황급히 일으켰으나, 중심을 가누지 못하고 제자리에 쓰러졌다. 의주의 몸은 불덩어리였다. 만신은 의주를 둘러업고 안채로 가서 눕히고 냉찜질했다. 열이 내리자 이내 깊은 잠에 빠져들었다. 온종일 잠에서 깨어나지 못하다가, 다음 날 오후가 되어서야 겨우 눈을 떴다. 계속 옆에서 지켜보던 만신은 의주에게 물었다.

"이제 좀 정신이 드느냐? 종일 잠만 자기에 병원에도 못 가보고. 이제 깨어났으니 천만다행이구나! 그래 무슨 생각을 하다가 그리 깊이 잠이 들었느냐?"

의주는 눈을 깜박이면서 고개만 끄덕였다.

"우리 의주가 무슨 생각을 그렇게 했기에, 꿈속에서 사경을 헤매게 되었는지 모를 일이구나. 앞으로는 너무 과거에 매달리지 마라. 그런다고 기억이 금방 돌아오는 것도 아닐 텐데, 괜히 머리만 아파지니 속상해하지도 말고. 그러다 병이라도 나면 어쩌려고?"

의주는 몸을 추스르고 나서 별일 없었다는 듯이 행동했다. 그리고 더 어른스러운 행동을 하기 시작했다. 만신은 그런 아이의 모습에서, 섬뜩한 징조를 느끼면서 앞날이 더욱더 걱정되었다. 이 아이에게 정녕 신기가 서려 있는 것일까 하는 의구심에서 걱정이 앞섰다.

궂은 날씨가 연이어 이어졌다. 잦은 풍랑으로 어촌에서는 잦은 배 사고가 났다. 만신은 잡신들을 물리치려고 푸닥거리했지만, 사고는 그치지 않았다. 어촌 사람들은 물론이지만, 만신은 큰 무당이라는 명성에 걸맞게, 잡신에 의한 사고를 물리치지 못함에서 시름에 빠졌.
그런 어머니를 옆에서 지켜보던 의주가 다음번 갈 때는 의주를 좀 데리고 가달라고 했다. 그러나 어머니는 밝지 않은 표정으로 대답하지 않았다. 옆에서 어머니의 표정을 살피던 의주가 넌지시 물었다.
"어머니. 왜 대답이 없어요? 제가 가면 안 되는 곳인가요? 혹시 굿일에 방해될까 봐서요?"
"그러니까 우리 예쁜 의주는 엄마의 대를 물려받지 말았으면 해서고. 그리고 공부 열심히 해서 의사가 됐으면 해서야."
"어머니가 못다 한 일을 제가 꼭 이루도록 할게요. 왜 그땐 할머니 말씀을 안 듣고 무당이 되어서인지 의주는 잘 모르겠어요. 그러나 의주는 어머니가 하지 말라면 절대로 안 할 거거든요. 그러니 이번 한 번만 저 좀 데려가 주세요."
만신은 더 심기가 혼란해졌다. 어떻게 엄마가 부모의 말을 듣지 않았던, 할아버지 할머니가 바랐던 것을 하겠다니. 기특하다고 해야 할지 도무지 판단이 서지 않았다. 이 아이의 신기를 막기 위해서라도 굿일에는 데리고 다니면 안 될 터인데, 그래도 아이의 간곡한 부탁인데 거절할 수가 없어서 승낙하고 말았다.

7. 학교폭력의 현주소 **215**

며칠 후 마지막으로 다시 용신굿을 하기 위해 나서자 의주가 따라나섰다. 만신은 그런 의주에게서 강한 신기를 느끼고 함께 떠났다.

지난번에 굿을 하던 그곳에서 다시 자리를 잡는데, 의주가 요령을 잡고 한참을 걸어가더니, 한곳에 낮게 잔 바위들이 깔린 곳에 멈춰 섰다. 그러고는 그곳에서 사방을 둘러보다 물가의 평평한 곳으로 가서 그곳에 멈춰 섰다. 그리고 돌아서서 먼발치에 서 계시는 어머니를 불렀다. 어머니와 보살들이 다가오자 의주는 이곳에다 굿터를 잡으라고 했다. 만신은 의주에게 다가가다 중심을 잃고 휘청거렸다. 함께 가던 보살들이 만신을 부축했다. 겨우 진정한 만신은 의주에게 물었다.

"의주야! 네가 서 있는 그 자리가 무슨 자리인 줄 알고 그 자리에다 굿터를 잡았니?"

의주는 어머니의 물음에 대답하지 않고, 넋 나간 사람처럼 그냥 서 있었다. 보살들이 만신을 부축하여 바닥에 앉혔다.

"만신님! 아무래도 이 자리가 따님의 마음에 들었나 봅니다. 그러니 따님의 말대로 이곳에다 굿상을 차려봅시다."

만신은 아무 말도 하지 못하고 그냥 앉은 자리에서, 먼 바다 끝자락을 멍하니 보면서 미동도 하지 않았다. 보살들은 분주하게 도구를 옮겨놓기 시작했다. 한참이나 먼 바다를 바라보던 만신은, 겨우 정신을 차리고 보살들을 도와 함께 제상을 차리고, 모든 기구를 준비해 놓도록 일렀다.

만신은 자신의 무복을 어루만져 모양새를 가다듬으면서 연신 중얼거렸다. '어떻게 이럴 수가! 이곳은 다름이 아닌, 의주가 피를 흘리고 쓰러져 있던 곳이 아니던가!' 만신은 가슴이 철렁 내려앉아 다시 또 휘청거렸다. 옆에서 지켜보던 보살이 만신을 부축하면서 물었다.

"만신님! 정신 차리세요. 아직 굿 머리도 시작하지 않았는데, 어쩌자고 자꾸 중심을 잃고? 무슨 일 있으신지요? 이제 준비는 거의 끝나가니 앉아서 좀 쉬세요. 그리고 아직 제주祭主와 참사자參祀者들이 다 오지 않아서 좀 더 기다려야 할 것 같습니다."

"그러세. 참으로 희한한 일도 다 있구나. 일단 별신제를 무사히 마치고 집에 가서 얘기하세."

의주는 뒤에서 무슨 생각을 하는지 미동도 하지 않고, 두 손을 모아 합장을 하고 연신 뭐라고 중얼거렸다.

별신굿은 무당이 제사하는 큰 규모의 마을굿이다. 별신굿은 동해안 일대 어촌에서 행하는 굿 중 하나로, 거리굿 중 하나인 용왕굿 물을 관장하는 용왕신을 모시는 굿거리다. 또한, 마을에서 열리는 제사로, 풍성한 수확과 마을의 안녕을 빌며, 주민은 정성을 다해서 동신洞神에게 제사를 지낸다. 이처럼 마을 수호신守護神에게 매년 올리는 제사를 동제洞祭, 당제堂祭라 불렀다.

이는 마을을 지켜주는 신의 힘도 일정한 시간이 흐르면 영험이 줄어들게 되고, 이렇게 되면 마을에 여러 가지 좋지 않은 일들이 일어나게 된다고 믿기 때문이었다. 그렇지만, 따라서 별신굿은 무당巫堂에 의해 굿을 하거나 또는 마을 주민이 중심이 되어 큰굿을 하므로, 용신제와 별신굿은 모두 지역사회에서 열렸다.

용신제는 용궁(용의 궁전)에서 열리고 하회별신굿탈놀이에서는 다양한 춤이 있는데, 대표적으로는 '별신무', '광무', '광산무', '광장무' 등이 있고, 하회별신굿탈놀이에서는 선조의 유산을 계승하여 전통을 이어가고 있었다. 그래서 이를 통해 지역사회의 단결과 문화유산의 보존에 더욱 이바지하고 있었다.

만신은 의주의 도움으로 별신굿을 무사히 마치고, 보살들과 조무 그리고 악사들과 함께 집으로 돌아와 저녁을 먹고 나서, 의주를 법당으로 내보내고 딸아이를 그곳에서 구출한 얘기를 들려줬다. 모두 만신님이 공덕이 크셔서 하늘에서 내린 은덕이라 치하했다.

"사고를 당했다기에 그런 줄로만 알고 있었는데, 그래서 따님이 기억을 찾지 못하고 있었군요. 속히 기억이 돌아와야 할 텐데…."

그 후 어촌에서는 작은 사고도 없어서, 무탈하게 지내게 되어 여간 다행히 아니었다. 그렇지만, 굿터를 잡던 일에서부터, 가끔 중얼거리는 말에서 신기를 느끼게 하는 데는, 만신도 어떻게 해볼 도리가 없었다. 의주만은 절대로 신밥을 먹게 해서는 안 된다고 거듭 다짐을 했다.

다시 학교에서는 학교폭력이 고개를 들었다. 의주는 집단으로 괴롭히는 일진에 맞서서 대적했다. 이진들이 한풀 꺾여 들자 일진이 직접 나서서 이진 중에 만만한 애들을 골라 그들을 집단 괴롭히는 사건이 터졌다.

일명 일본 애들이 저질렀던 '이지메(いじめ)'로, 집단따돌림의 의미인 왕따 이외, 은근히 따돌리는 '은따', 영원히 따돌리는 '영따', 전교 왕따를 줄인 '전따' 또한 반에서 따돌리는 '반따'외 '왕따(Bullying)'를 찐따로 같이 불렀다.

그러나 더 심각한 문제는 따로 있었다. 학업 성취도가 낮거나 괴롭힘을 당하지 않으려고 방관자(傍觀者)가 되거나, 아웃사이더(Outsider: 사회의 기성 틀에서 벗어나 독자적인 사상을 지니고 행동하는 사람)로 지내는 방조자이기 때문이라 했다.

방관자는 옆에서 보고만 있는 사람을 일컫는데, 주로 학교폭력을 포함한 범죄 등에서 누군가가 위험에 처하거나 잘못된 길을 향하고 있을 때, 도움이 필요해 보임에도 관여하려 하지 않고 지켜만 보고 신고의 의무를 어긴 경우다.

이전에는 집단주의의 영향으로 방관자를 비판하거나, 그 행위를 개개인의 인격적 결함에서만 원인을 찾는 경우였는데, 현재는 사회의 개인주의화 탓에 인식이 바뀌어, 가해자 편을 들지 않으면 법적으로는 문제가 되지 않는다고 했다.

그런데 타인의 범죄를 방조함으로써 성립하는 방조자는, 폭력행위를 적극 지지하거나 가담함으로써, 가해행위를 쉽게 하거나 부추긴 상황에 해당하며, 이에 따라 가해자와 유사한 처벌을 받을 수 있다고 했다. 정범의 범죄 실행 결의를 강화하는 실행행위 이외의 원조행위를 말했다.

하지만 방관자는 법적인 책임이 없다고는 해도 사회적, 도의적으로 방관자에 대한 시선이 결코 곱다고는 할 수 없으며, 일부 악질인 인간들은 단순히 방관으로 끝나지 않고, 가해자를 감싸면서 피해자 탓으로 돌리기도 했다. 동시에 방관 자체 때문에 미친 여러 가지 사회적 문제들을 생각하면, 법적 문제가 없다고 가볍게 취급하기도 어렵다고 했다.

그러나 전에 학교폭력에 가담했었다면, 학교를 졸업했다고 끝나는 게 아니었다. 대학 진학 후에도 피해자가 형사책임을 물으면 전과자가 될 수 있고, 직장에 다녀도 추후 범법자로 처벌을 받을 수도 있었다.

의주는 학교에서 폭력서클 아이들을 응징하면서 학교를 시끄럽게 했다. 그 무서운 아이들을 신기神氣로 제압하면서 의주는 심판대에 올랐다. 그래서 이진이 동조하지 않는 상황에서 일진의 행동거지가 미약할 수밖에 없었다. 그래서 유림과 합세해서 의주는 신기를 빌어 상황을 미리 점지하고 대처했다. 의주는 학교에서 신동으로 불릴 만큼 성숙해졌다.

담임이 가정 방문차 들렀다면서 의주 어머니를 찾아왔다. 만신은 의주 담임을 반갑게 맞이하여 안채로 들였다.

"의주 어머니, 그간 강녕하셨습니까? 오랜만에 이렇게 불쑥 찾아와서 누를 끼치는 게 아닌지요?"

"어서 오세요. 장혜린 선생님! 어쩐 일로 이렇게 먼 곳까지 발걸음 하셨는지요?"

담임 선생님은 의주 어머니가 내온 차를 마시면서, 그간 학교에서 일어났던 사건들을 설명했다.

"요즘 학교에서 다시 시끄러운 일이 생기네요. 아마 의주가 주도해서 벌이는 일명, 상·하간의 대립을 조성하여 갈등을 조장하는 요즘 정치 속의 계파 간의 충돌 같은 것들을 말입니다."

"그럼 우리 의주가 앞에 나서서 갈등을 부추긴다는 말인지요?"

"네! 부모도 못 당하는 일진과 맞서서 이진을 끌어들인 것입니다. 그들 간에 불신을 갖게 하여, 현재 대립 상태여서 학교에서는 지켜보고 있습니다. 의주가 최고봉과 대립하면서 자신의 의지를 굳히려 하는 것까지는 좋으나, 자칫 잘못하다가는 큰 싸움으로 번질까 걱정이 되어서 이렇게 불쑥 찾아왔습니다."

"그럼 우리 의주의 주동으로 일진과 이진 간이 서로 대립 상태로, 충돌 일보 직전이란 말씀인가요?"

"그래서 더는 집단 충돌은 막아야 하겠기에, 의주가 여기서 이만 멈추기를 어머니께서 의주를 잘 설득해 주십사 해서입니다."

"아이들의 집단행동이나 서로 간의 갈등에 대해서는 잘 모르겠습니다만, 저는 애들을 가르치는 교사가 아니라서 말씀드리기가 좀 난처합니다. 그렇지만, 반 내에서 일진이나 이진으로 나뉘어 서로 대립 상태라면, 오히려 제가 봐서는 한번 부딪치게 되면, 속히 주동자 처벌로 갈등의 골을 종식하는 게 낫지 않을까 하는 생각이 듭니다. 꼭 우리 아이만 해결 선상에 올려놓고 멈추기를 바란다는 것은, 어불성설語不成說에 가깝다고 보입니다."

"좀 더 가깝게 들여다보면, 서로 간의 충돌로 극과 극을 치닫게 되어, 많은 불상사를 초래하게 될 거란 우려 때문입니다. 부디 노여움 푸시고 이쯤에서 접는다면, 큰 화는 막을 수 있기에 이렇게 부탁합니다."

"참으로 기가 찰 노릇입니다. 어떻게 우리 아이만으로 이 일을 해결하려 듭니까? 학교에서 일진과 이진의 주동자를 불러서 더는 대립을 멈추라고 하셔야죠. 그래도 말을 안 들으면 법적인 조처를 해야죠. 주동자들 부모를 불러서 더는 분란을 일으킨다면, 몽땅 다른 학교로 전학을 시키겠다고 말입니다. 이런 애들이 선생님 학교에 남아있는 이상, 볼썽사나운 기득권 대립은 여전할 테니까요."

"……."

"심히 불쾌하네요. 그동안 우리 아이가 몰매를 맞고, 패거리에게 온갖 시달림을 받는데 인제 와서 뭘 멈추라고요? 어디 끝장을 볼 때까지 저는 지켜볼 겁니다. 사필귀정事必歸正이라고, 우리 아이가 더는 다치는 꼴은 보고 싶지 않네요. 이쯤에서 돌아가세요. 남 자식이 귀하면 우리 자식도 귀하답니다. 시답잖은 말씀 더는 듣고 싶지 않습니다."

의주 어머니는 담임이 다녀가고 나서 다음 날 의주가 학교에서 돌아오자, 의주를 법당으로 불렀다.

"어제 담임 선생님께서 다녀가셨다. 그런데 우리 의주가 학교에서 벌이는 일들을 나는 대충 짐작이 간다마는, 우리 의주가 제법 잘 대처하고 있다고 생각한다. 아무튼, 끝까지 잘 이겨냈으면 좋겠다. 그동안 얼마나 애들한테 시달렸으면, 그렇게까지 할까마는, 유림이랑 같이 뜻을 모았다니 여간 다행히 아니구나! 아무튼, 좀 더 지켜보자."

"네, 어머니가 응원해 주셔서 의주가 더 든든하거든요."

"그래, 엄마는 언제든지 우리 의주 편이니까. 우리 딸 너무 장해. 그리고 어느 정도 진전이 있게 되면, 적당한 선에서 못 이기는 척 뒤로 빠져주는 것도 고려해 봐라. 왜냐하면 '과유불급過猶不及'이라는 고사성어가 있는데, 그 내용을 보면, 정도를 지나침은 미치지 못한 것과 같다는 뜻으로, 중용中庸(어느 쪽으로나 치우침이 없이 올바르며 변함이 없는 상태나 정도)이 중요한 것인데, 너무 지나치면 화를 불러올 수도 있지 않겠니? 그러니 엄마가 하는 말 잘 생각해 봐."

그렇지 않아도 스스로 안정을 되찾은 의주는, 이쯤에서 접고 공부에만 전념하려고 했다. 그러나 일진과 이진의 학부모 간에도 대립의 양상이어서 학교 측에서 의주를 설득하려고 불렀다. 학교 측의 설득에는 동조하려 했지만, 쌍방 학부모 간의 대립은 의주에게 무척 부담을 주었다.

의주는 며칠간 법당에서 참선하면서 마지막 결단을 내리게 되었다. 그래서 종무실장님께 전화하였다. 주지 스님을 뵙고 드릴 말씀이 있어서 토요일 오전 중으로 가겠다고 하였다. 주지 스님은 전화기를 잘 사용하지 않아서, 종무실장님과 통화를 해야 했다.

의주는 토요일 아침에 어머니와 가끔 다녔던 사찰로 주지 스님을 찾아갔다. 일주문을 들어서자 주지 스님께서 기다리고 계셨다.

"의주야! 어서 오너라. 아주 힘들었지? 그간 참고 견디느라 어린 너의 고뇌가 이만저만이 아닐 텐데. 가여운지고! 나무 관세음보살!"

 의주는 주지 스님 주위로 칠색 무지개의 찬란한 빛이 발하여, 갑자기 구름을 타고 내려오신 듯하였다. 주위에 일어나는 파문에 주지 스님의 얼굴을 볼 수가 없었다. 이는 분명 의주를 또 다른 세계로 들어가기 위한 징검다리인 듯싶어, 의주는 고개를 숙여 합장했다.

 "주지 스님! 제가 찾아온 뜻을 알고 계셨군요. 저는 이제 자유의 몸이 되어 하늘을 날아다니고 있는 것만 같아요."

 "허 허! 그러게. 우리 의주 학생도 이제 의젓한 불자가 되어 오셨구려! 나무 관세음보살!"

 의주는 주지 스님을 따라 요사채로 들어가 스님께서 거처하시는 방으로 들어갔다. 주지 스님 앞에 정좌하고 앉았다. 그런 의주를 보면서 주지 스님이 넌지시 일러주셨다.

 "이제는 의주 학생이 애타게 찾던 소원 성취가 눈앞에 어른거리기까지 하니, 더는 무슨 뜻을 헤아릴 지고! 나무 관세음보살!"

 주지 스님은 의주를 보면서, 더 이상의 번뇌는 없을 거란 회심의 기세를 보였다.

 "그래 이 소승을 찾아온 까닭이 무엇이지 어서 말해보구려. 의주 학생!"

 "주지 스님께 긴히 드릴 말씀이 있긴 한데요, 저희 어머니께는 아직 말씀드리지 말아 주셨으면 해서요."

 "그러지요. 우리 착하신 의주 학생이 함구해달라면 어쩔 수 없는 일이지요. 그래 그 연유가 무엇인지 들어나 봅시다."

 "실은 제가 기억이 어렴풋이 돌아오는 것 같아서요. 지난번에 제가 혼자서 여기를 오게 된 것은, 집에서 어떤 아줌마가 저를 부르는 소리를 들었어요. 꿈속 같기는 한데, 나비가 떼 지어 날아갔어요. 그래서 나비 떼를 쫓아가는데, 나비 떼가 개울가 바위에 앉아 날개만 팔랑거렸어요. 그래서 그곳에서 개울로 추락한 아줌마를 보게 되었고, 아무리 아줌마를 불러도 대답이 없었어요. 그래서 급히 뛰어가 어느 보살님께 말씀드렸더니 보현 스님께 알려서 알게 되었어요."

"허 허, 이런 인연이 다 있나. 우리 착한 의주 학생에게 하늘도 감탄했군요. 이런 예삿일이 아님은 분명, 그때 다치신 불자님께서 우리 착하신 의주 학생을 꼭 좀 만나게 해달라셨습니다. 이제 차츰 한 걸음씩 다가오는 느낌이 드는 게, 좋은 징조라서 인연이 닿을 듯싶소만……."

주지 스님은 의주의 말을 듣고 의미심장한 말씀을 하셨다.

"주지 스님! 그리고 제가 오래전에 바닷가 바위에 쓰러져, 의식을 잃었을 때가 간혹 생각이 나면서 머리가 혼란스러울 때가 있습니다. 학교에 돌아가면 애 중에 5학년 때 전학해 온 애가 이상하게 낯이 익습니다."

"늘 어머니께서도 그 아이 때문에 딸이 마음고생을 많이 한다고 했었지요. 여기 온 걸 어머니께서 아실까요?"

"제가 요즘 학교에서 큰일을 벌려놔서 잠시 피해 있으려고, 어머니께 말씀 안 드리고 혼자 왔습니다. 며칠만 묵게 해주세요. 주지 스님!"

"허 허 이것 참! 잠시 묵는 거야 어렵지는 않지만, 그래도 어머니께서는 아셔야지요. 안 그럼 의주 학생이 갑자기 안 보여서 어머니께서는 사방팔방 찾을 테지요."

의주는 주지 스님마저 걱정하시기에 어머니에게 전화하였다.

"어머니 저 의주인데요. 지금 주지 스님 보러 왔어요. 그렇게 아시고 당분간 저 찾지 말아 주세요."

"의주야. 찾지 말라니? 무슨 일이 있는 거야? 내가 갈 테니 엄마한테 다 털어놔. 알았지? 그만하기 천만다행이구나. 엄마는 학교에서 온 전화를 받고 별의별 생각이 다 들었다. 전화도 꺼놓고. 이게 무슨 일인가 싶어 유림이 학생한테 전화하니 그 애도 모르겠다더라. 왜 엄마한테도 말 안 하고 혼자서 갔니? 엄마가 곧 가마."

"허 허 허. 만신께서 얼마나 속이 타셨을까. 의주 학생이 이번 일은 많이 잘못하였네! 그렇지만, 어린 나이에 이런 결심을 한다는 게 여간 어려운 게 아닌데…!"

"주지 스님! 죄송해요. 제가 지금까지 어머니 말씀을 거역해 본 적이 없었는데, 이번에 어머니께 큰 잘못을 저질렀어요. 어머니께 요즘 학교 문제에 대해 미리 말씀드려야 했었는데. 걱정하실까 봐서……."

"늦게라도 연락을 드렸으니 이만하면 만신께서도 짐작은 하실 테지. 나무 관세음보살!"

한참이 지나서 도착한 만신이 밖에서 기척을 했다. 의주가 일어나 문을 열고 밖으로 나갔다. 만신이 의주가 내민 손을 잡고 방 안으로 들어왔다.

"주지 스님! 우리 아이의 무례함을 용서해 주세요. 어머니께 고하지도 않고 멋대로 행동한 이 아이를요. 그래도 이쯤에서 전화를 받았기 망정이지. 어떻게 전화기도 꺼놓고 여기에 올 생각을 했었는지!"

"그렇지 않아도 만신께서 걱정이 이만저만이 아닐 터인데. 우리 착한 따님이 그래도 소승의 말은 잘 듣습디다. 허 허!"

"어머니 제가 요즘 기억이 좀 나다가도 막히고 해서 급하게 오다 보니. 죄송해요. 어머니!"

"그럼 기억이 돌아온다는 거니?"

"네! 지난번에 발을 헛디뎌 넘어져서 제가 보현 스님께 알려 무사하신, 여기 가끔 오신다는 아줌마를 본 후로 기억이 가물거려요."

"만신님! 그뿐만이 아니라 딸아이가 오래전에 바위에서 떨어져 다친 게 어떤 아이의 소행 같다고 했는데, 지금 다니고 있는 반의 아이 같다는 군요. 그 아이가 따님이 입학하고 다 다음 해에 다른 학교에서 전학 왔었다는군요."

"5학년 때 다른 학교에서 전학해 온 학생이 있다는 소린 담임한테 들었습니다만, 그 얘기는 오늘 주지 스님께 처음 듣습니다. 기억이 돌아온다면 오죽이나 좋겠습니까마는 주지 스님! 그리고 오래전입니다만, 발을 헛디뎌 넘어지셨다는 여인을 만났습니다. 아이를 잃고 우울증을 앓고 있다는 심은동 사모님이란 여인 말입니다. 이곳에서 마주치게 되었는데, 그 여인이 먼저 저에게 합장하고 나서 의주를 한동안 바라보더니, 몇 년 전에 어느 초등학교에 다니지 않았느냐고 묻더군요. 우리 딸아이는 전혀 모른다고 했습니다. 몇 년 사이 훌쩍 커버린 우리 딸아이한테서, 어릴 적의 애티가 남아 여인의 마음을 혼란스럽게 한 모양입니다."

"사찰에 불공드리고 내려가다 다쳤을 때 아이의 도움을 받아 무사했던 불자님은, 아이를 잃고 나서부터 자주 사찰을 찾았지요. 그러다 만신과 아이를 만난 후로 심한 우울증으로 몸져누울 때가 많았다고 들었습니다. 몇 년 전에 어린 딸이 집을 나가, 아직도 소식이 없어서 부처님께 불공을 드리러 자주 오시는데, 옆에서 지켜보기가 딱할 정도로 수심이 깊었습니다.

졸지에 아이를 잃어버리고 생사도 모른 체 저렇게 불공으로 나날을 보내니, 그 애타는 마음 오죽하겠습니까? 그것도 그 어린 딸아이가 하곳길에 감쪽같이 사라져 버렸으니. 경찰에서의 탐문수사도 헛수고였고, 사방팔방 찾았지만, 끝내는 지금까지도 살아있는지조차도 알 수가 없다는군요. 그러면서도 아이는 꼭 어딘가 살아있을 거란 믿음으로 지금까지 불공을 드리러 온다고 했습니다."

만신은 전에도 주지 스님으로부터 불자님이라는 여인에 관한 얘기를 들었었는데, 그 여인이 바로 전에 사찰에서 다쳐서 보현 스님한테 업혀 갔던 여인이었다. 심한 우울증을 앓고 있는 그 여인은, 어린 딸이 몇 년 전에 집을 나가 아직도 소식이 없다고 했다. 그래서 부처님께 불공을 드리러 자주 온다고 했다. 만신은 무슨 연유에서 그런지, 그 여인을 떠올리고 나면 꼭 현기증을 느끼게 되었다.

"그렇군요. 저도 이상하게 생각되는 것은, 오래전에 이곳을 다녀가다 다시 마주치면서 보게 됐는데, 그 아주머니가 우리 의주를 유심히 보더니 무슨 말을 하려다 말았습니다. 나중에 집에 와서 우리 애가 어디서 본듯하다는군요. 참으로 이상한 생각도 나고요."

"좀 더 지켜보면 알 수 있을 것 같습니다만, 전에 다친 날 정신을 차리고 따님에 관해서 묻더군요. 그래서 그 아이 아니었으면 불자님께서 큰일 날 뻔하셨다고 하니, 언제 그 아이를 꼭 좀 만나게 해달라 해서 만신님과 의논하여 만나게 해드리겠다고 했습니다."

"네, 주지 스님! 우리 아이도 가끔 불자님에 대해서 낯이 설지 않다느니, 어디서 보았는데 기억이 나지 않다고 했었습니다. 그래서 저도 이상해서 언젠가는 한 번 만나야겠다고 생각은 했습니다만, 주지 스님께서 우리 의주를 위해 이렇게 애써주시니 좋은 결과가 있을 것 같은 예감이 듭니다."

"그러니까 만신께서 여의주 따님을 발견한 그 당시에 대해서 알고 싶소만, 기억해 낼 수 있으시면 자초지종 당시를 얘기해 보시구려."

"네! 제가 해마다 봄이 되면 동해 바닷가에 가서 풍어제를 지냈습니다. 아이를 구출하던 날 풍어제를 지내고 와, 피로가 몰려와서 법당에서 깜박 잠이 들었었습니다. 그런데 꿈에 흑룡이 나타나서 여의주를 떨어트리고 하늘로 올라가더군요. 그래서 서둘러 여의주를 찾으러 그곳으로 갔었습니다. 그런데 여의주가 떨어진 그곳에서, 쓰러져 피를 흘리며 신음하고 있는 아이를 발견하게 되었습니다.

그래서 햇수로 4년 전 바위에서 발견한 날인 3월 9일을 생일로 삼았고, 10살 정도로 추정했는데, 지금은 다른 아이들보다 더 성숙한 편이라 그 이상으로 볼 수도 있겠지만, 당시에는 3~4학년의 10살 정도인 또래 아이들과 비슷한 체구였습니다. 여의주라는 이름도 흑룡이 오르면서 여의주를 떨어트린 곳에서 구출하였기에 여의주로 지었습니다."

"당시의 상황을 자세히 듣고 보니, 여의주 저 아이는 분명한 데가 있구려. 나무 관세음보살!"

"주지 스님! 분명한 데가 있다고 하시는 말씀은 무슨 뜻이 온 지요?"

"만신께서 여의주를 품에 안으셨으니 이 또한 하늘의 뜻이겠지요. 만신님과 심은동 사모님 두 불자님께서 하나의 운명을 서로 나누어 가지셨기에……."

"두 불자님이 하나의 운명을 나누어 가진 것이라 하심도요?"

"허 허, 차차 알게 되겠지요."

만신은 알다가도 모를 말씀하시는 것 같았지만, 더는 물어도 여운만 남기실 것 같았다. 그래서 이만 돌아가겠다고 했다.

"그러지요. 소승이 꼭 좋은 소식 전하도록 노력할 터이니, 기다려 보시지요. 나무 관세음보살!"

"주지 스님! 저희는 이만 가보겠습니다. 기별을 주시면 다시 찾아뵙겠습니다. 건강 조심하시고 불자님과의 연락이 잘 되면 그때 알려주십시오. 그럼 안녕히 계십시오. 주지 스님!"

"오늘 애쓰셨소. 만신님! 멀리 안 나가니 살펴 가십시오."

주지 스님은 젊은 보현 스님을 불러 잘 내려가시게 해드리고 오라 했다. 만신은 주지 스님의 물음에 여의주를 구출하던 당시를 소상히 말씀드리고 나서, 딸아이와 집으로 돌아갔다.

만신은 의주를 데리고 집으로 오면서 꿈속인 듯 환청이 들리는 듯했다. 주지 스님께서 분명히 차차 알게 될 것이라며 기다려 보라는 뜻은, 분명히 매듭지어진 실마리를 푸시겠다는 뜻일 것도 같았기 때문이었다.

다음날 주지 스님이 보현 스님을 찾았다.

"이보게 보현! 심은동 불자님한테 전화를 넣어 요즘 건강 상태는 좀 어떠신지 여쭤보시게. 그리고 당분간은 무리하지 마시고, 몸조리 잘하시면서 차차 좋아지시면 그때 뵙자고 하시게. 아니면 보현께서 직접 찾아뵙는다고도 전해주는 게 어떠할까?"

주지 스님은 '불자님 건강이 좋아지시면 기별을 주신다고 했으니 기다려 봐야지요.' 하면서 속히 쾌차하시기를 빌어 드린다고 하였다.

"네 그리하겠습니다. 주지 스님께서도 감기 때문에 아주 편찮으신데, 이 일은 며칠 더 지난 후에 추진하심이 좋을 것 같습니다. 불자님도 좀 지나면 건강이 좋아지실 테니, 그때 추진하셔도 늦지 않을 것 같아서 드리는 말씀입니다."

주지 스님은 보현 스님을 통해 불자님께 전화로, '만신님이 언제 뵙자고 하니 몸을 추스르게 되면 기별을 주시고 오시거나, 여의치가 못

하시면 직접 찾아뵙겠다고 하라 일렀다.
　불자님은 불공을 드리고 나서 사찰을 내려오다 넘어져, 개울로 굴러 떨어진 자기를 구해준 아이에 대해 어렴풋이 스치는 어떤 인연을 느끼게 되었다. 겨우 몸을 추스르고 나서 집으로 돌아온 불자님은, 불공드리러 온 아이를 만나고 나서 병이 나서 눕게 되었지만, 누워서도 이게 꿈이 아니기를, 이게 생시이기를 간곡히 염원했다. 어린아이에게서 행방불명이 되었을 당시의 앳된 모습이, 언뜻 느껴지기까지 해서 더욱더 마음이 조급해져 왔다.
　불자님은 몸이 회복되면 사찰을 찾아가려 했지만, 개울로 굴러떨어지면서 심한 충격을 받은 탓에, 그 후유증이 좀처럼 가시지를 않았다. 회복되면 사찰로 간다고 하면서도 그렇게 쉽게 회복되지 않아 애만 태우고, 항상 그 아이만을 생각했다.

8. 임경 주지住持 스님의 입적入寂

주지 스님은 며칠 전서부터 감기 기운이 있다고 마스크를 쓰고 계셨다. 보현 스님은 주지 스님의 건강이 안 좋으실 텐데 좀 더 계시다가 기별을 넣는 것이 좋겠다 했다. 그러나 주지 스님께서는 견딜만하니 괜찮다고 했다.

"그러시다면 소승이 한번 다녀오겠습니다. 그러하오니 오늘은 좀 쉬십시오. 주지 스님께서 매우 안색이 안 좋아 보입니다."

"그래 보이면 보현 뜻대로 해야지. 그럼 난 이만 처소로 가보겠네."

다음날 주지 스님께서 보살님을 시켜 부르시기에, 잠시 출타 중이라 내일 뵙겠다고 전해달라 했다. 보살님이 그대로 전해 올리자 주지 스님은 가는 기침을 하면서 말했다.

"허 허 허 거 참! 알았네. 수고했어요."

보현 스님이 주지 스님의 감기 기운이 예사롭지 않다며 이 일을 미루자고 했을 때, 그리하자 했지만 보현이 일부러 출타 중이라고 했음을 직감했다. 주지 스님은 기침이 자주 나와서 보살님을 어서 가보라고 했다. 다음날 주지 스님께서 다시 보현 스님을 찾았다. 보현 스님은 보살님을 불러 아직 오지 않았다고 전해달라 했다. 보살이 주지 스님께 고해 올리자 주지 스님은 그냥 알았네. 라고만 하고 보살을 보냈다. 다음날도 보살이 와서 전했다. 보현 스님은 오늘까지 미루면 주지 스님께서 불편한 심기를 내비칠 것 같아서 조심스럽게 알았다고 했다.

보현 스님이 주지 스님을 알현하니 불자님께 연락을 해보라고 했다.

"오늘은 견딜 만하니 어서 기별을 넣어 보시게. 그리고 건강이 웬만하시면 사찰로 오시고 그렇지 않으시면 보현께서 직접 찾아뵙겠다고 전하시게."

보현 스님은 불자님하고 한참 동안 통화를 하고 나서, 주지 스님께 통화 내용을 설명했다.

"불자님께서 건강이 많이 회복되었지만, 사찰에 오시기는 아직 무리라서 직접 찾아뵙는다고 하니까 그래 주시면 고맙다고 하여, 내일 찾아뵙겠다고 하고 시간에 맞춰 차를 보내주시겠다고 하셨습니다."

"잘하셨소. 그럼, 내일 보현께서 직접 뵙고 이 편지를 전해주시게. 그리고 전에 행방불명이 된 아이 때문에 불자님의 수심이 매우 깊어 보여서, 소승이 물은 적이 있었네. 당시에 어떤 일이 있었느냐 물으며, 혹시 아이에 대한 어떤 단서라도 없나 해서였네. 그런데 뜻밖에도 아무런 단서 하나 없다면서, 아이의 행방불명을 실은 신문을 지금까지 보관하고 있다시더군. 그런데 그 말씀을 듣는 순간 정신이 번쩍 들었네. 무슨 단서라도 찾을 수 있을 것 같은 예감 때문이었네. 그래서 언제 오실 때 갖고 오시라 일렀는데, 지난번에 내려가시다가 다치신 후 지금까지 불공드리러 오시지 못하셨네. 그러니 이번에는 신문을 달라고 해서 꼭 받아 오시게. 혹시 신문 주시는 것을 잊어버릴 수도 있으니까. 조심히 잘 챙겨오시게."

"네, 주지 스님! 그럼, 내일 오후에 다녀오겠습니다."

주지 스님은 보현 스님을 보내놓고, 한참을 먼 산에 시선을 두고 미동도 하지 않았다. 내일 보현이 받아 올 4년 전의 신문에 난 기사가 맞아떨어진다면, 하는 기대감 때문에 심호흡했다. 여전히 가는 기침이 나왔지만, 내일을 생각하니 참고 견딜 만했다.

이튿날 오후가 되어 보현 스님이 주지 스님을 찾았다.

"불자님을 찾아가서 주지 스님께서 주신 편지를, 잘 전해드리고 신문도 받아왔습니다."

"보현! 애쓰셨네. 불자님께서는 좀 어떠시던가?"

보현 스님이 내민 오래된 신문을 받아 들고 주지 스님은 불자님 건강부터 물었다.

"네! 아주 좋아지셔서 가까운 곳은 가끔 산책하러 다니신다고 하셨습니다. 그리고 이렇게 애써주시는 주지 스님께 늘 고맙다고 하시면서 주지 스님께서도 건강 잘 챙기시길 바라신다고 하셨습니다."

"허 허. 그래요? 반짝 내비친 햇살에, 저 언덕으로 쌍무지개가 뜰 것인즉슨 기대해도 좋을성싶소!"

신문을 잠시 읽어보고 난 주지 스님이 쌍무지개가 뜰 것이란 말에, 보현 스님은, 쌍무지개가 뜬다는 말씀이 무슨 뜻인지 감이 잡히지 않았다.

"주지 스님! 갑자기 쌍무지개가 뜬다는 말씀은 무슨 뜻이 온 지요?"

"허 허! 두 불자님께서 서광瑞光의 빛을 볼 상서祥瑞로운 일이 일어날 거란 말일세."

"혹시 그럼 만신님과 불자님 두 분을 말씀하시는 겁니까?"

"그렇다네. 내일이면 확실한 이유를 알 수가 있을 걸세. 그리고 내일은 어디 가지 마시고 종무실장님과 내 처소로 좀 오시게. 보살님한테 기별을 넣을 걸세. 수고했으니 그만 가보시게."

주지 스님은 거처로 와서 보현 스님이 받아 온, 2021년 4월 21일 자 조간신문을 펼쳤다. 주지 스님은 한 장 한 장 넘기면서 자세히 살폈다. 사회면의 한쪽에 '심은초등학교 3학년 1반 여학생 행방불명'이란 기사가 보였다. 주지 스님은 돋보기를 찾아 쓰고 찬찬히 읽었다. '심은초등학교 3학년 1반 남미려 여학생이, 4월 20일 방과 후 집으로 가는 도중 행방불명되어, 부모가 갈만한 곳과 주위 곳곳을 찾아봤으나, 전혀 알 길이 없어서 경찰에 실종신고를 냈다. 실종신고를 접수한 경찰은 바로 탐문수사에 들어갔다'는 기사였다.

주지 스님은 신문 발행날짜의 4월 21일 옆에 작은 글씨로, 음력으로 3월 10일로 찍혀있어서, 그렇다면 아이가 행방불명된 날짜는 4월 20일이고, 음력으로는 3월 9일이라 아이가 행방불명된 날과, 아이를 구출한 날이 정확하게 일치해서, 주지 스님의 얼굴이 갑자기 붉게 달아올라 연방 기침을 했다.

주지 스님은 더는 알아보고 할 필요가 없었다. 만신께서 아이를 구출한 날짜가 풍어제를 지냈던 날이고, 또한 음력으로 기억한 날이 바로 아이가 행방불명되었던 날이 정확했기 때문이었다. 그런데 어떻게 용신의 계시가 만신님께 내려졌을까 하는 생각을 하였다. 그래서 침소로 들었으나 잠이 쉽게 오지를 않았다. 이리 뒤척 저리 뒤척 하다가 잠이 들었다. 다음 날 아침 공양을 하고 나서 주지 스님은 종무실장과 보현 스님을 불렀다.

"다들 이렇게 오시라 한 것은 어제 보현께 미리 언질을 줬듯이, 다들 아시다시피, 여의주라는 아이에 대한 일로 뵙자 한 것입니다."

주지 스님은 보현 스님이 불자님으로부터 받아온 신문을 펼쳐놓고 손으로 짚어가면서 다음 말을 이어갔다.

"어제 보현께서 불자님을 찾아가 받아 온 신문입니다. 여기에 분명히 2021년 4월 20일 학생이 방과 후에 집으로 가던 중, 행방불명되었다고 4월 21일 자 조간신문에 난 기사입니다. 그리고 만신께서 이 아이를 구출한 날짜가, 음력으로 3월 9일이 바로 4월 20일과 일치합니다. 그동안 아이를 잃은 불자님께서는, 아이가 어딘가에 살아있다는 신념으로 불공드리며 힘들어하셨고, 또한 아이를 구출하신 만신께서도, 제발 아이가 기억을 찾아 부모 곁으로 가게 해달라고 매달리다시피 기도하였으니, 이제 그 뜻을 하늘이 받아 주신 겁니다."

종무실장과 보현 스님이 합장하면서 말했다.

"이게 다 부처님 은덕이 아니겠습니까?"

"주지 스님께서 그렇게 나서서 힘써주셨으니, 부처님께서도 자비를 베풀어 주셨습니다."

"이 모든 것이 종무실장님과 보현께서 애쓰신 덕분으로, 이제 저 아이의 방황이 끝이 보이는구려!"

"주지 스님! 주지 스님께서의 공덕이 매우 크십니다. 이제 거친 비바람이 그치고, 저 언덕으로 쌍무지개가 떠오를 것입니다."

"보현께서 어찌 그걸 아시었소? 햇살이 비치니 저 언덕으로 쌍무지개가 뜨는 것을? 허 허!"

"어제 불자님한테 받아 온 신문을 받으시고 저에게 '반짝 내비친 햇살에 쌍무지개가 뜨려는구려!'라고 말씀하시지 않으셨습니까?"

"보현께서 그걸 깨달으셨다니!"

"그럼 앞으로 어떻게 하시어, 서로가 상봉할 수 있도록 주선하려 하시는지요?"

종무실장이 앞으로 어떻게 진행하실지 물었다.

"일단 불자님께서 건강이 원만해지시면 사찰로 모시고, 정식으로 상봉을 주선해야겠지요. 종무실장님 생각은 어떠신지요? 보현도 말씀해 보시구려."

"네, 그렇게 하시는 것이 좋겠습니다. 주지 스님!"

"그럼 보현께서는 불자님께 문안 여쭙고, 만신님과 아이를 만날 수 있도록 서둘러 주선하시게."

"네, 알겠습니다. 주지 스님! 다시 또 불자님께 기별을 넣어보겠습니다. 그리고 만신님께도 알려 드려서 준비하시라고 해야 하겠습니다."

주지 스님은 감기 때문에 계속 마스크를 쓰고 계시고, 오늘은 갑자기 몸이 좀 좋지 않다고 일찍 처소에 들었다. 다음날 이튿날도 주지 스님께서 병세가 심각해져 병원으로 모시려 했지만, 아직 할 일이 많아서 사찰을 떠날 수가 없다며 극구 반대했다. 병석病席에서도 온갖 걱정으로 편히 누워있지를 않았다. 보현을 불러 종무실장을 오시게 했다.

"종무실장님! 소승이 종무회의를 개최해야 하는데 이렇게 누워만 있으니. 실장께서 주관하여 주시고, 그리고 괜히 여러 사람한테 근심 걱정을 끼쳐 드리지 않도록, 보현께서는 두 불자님한테 소승의 상태를 알리지 말고 진행해 주시게."

"주지 스님! 모든 일은 종무실장님과 소승이 잘 처리하겠습니다. 괜한 걱정 버리시고 속히 쾌차하셔서 불자님들을 기쁘게 맞아주셨으면 합니다."

"그러게요. 시일이 지나면 차차 좋아지겠지요. 내 걱정은 마시고 어서 기별을 넣어주세요."

마음의 평안과 건강이 중요한 지금인데, 주지 스님은 보현 스님에게 빨리 진행해달라고 일렀다. 갑자기 이렇게 서두르는 이유를 보현 스님은 알 수가 없었지만, 종무실장님은 석연치 않음을 직감하고 물러났다.

주지 스님은 종교 이외의 철학과 현세에 이르는 속계(俗界)에 대해 깊이 있는 통찰력으로, 도덕·윤리·삶의 의미에 관련된 토론이나 연구를 촉진하는 데 중요한 역할을 했으며, 또한 기획에서부터 관청과의 협조, 사찰 홍보, 절 체험 및 수련회 진행, 문화재 관리 등으로, 일반 업무도 사찰에서 일상처럼 주제로 열었다.

주지 스님의 병환이 점점 더 깊어져, 본인의 의사와는 상관없이 병원에 이송되었다. 스님들은 병환이 깊을 때 자신의 내면을 탐구하고, 깊은 고요와 명상의 세계에서 지혜를 얻으려는데, 이는 불교 수행의 길을 가면서 자신과 세상을 깊이 이해하고 치유하려 하는 것이기 때문이었다.

병원에서 전화가 왔다. 보현 스님이 받으니 주지 스님이었다.

"이보시게. 보현! 지금 병원으로 와서 나를 내일쯤 퇴원할 수 있도록 절차를 밟아주시게."

"병원에서 퇴원하셔도 좋다고 하셨는지요? 병원에서는 퇴원하시라는 연락이 오지 않았는데요."

"이제 좀 괜찮은 것 같으니 말일세."

"네, 주지 스님! 지금 곧 가겠습니다."

보현 스님이 병원에 도착하여 주지 스님이 입원해 계시는 입원실로 갔다. 핼쑥한 얼굴로 누워계시는 주지 스님께서는, 보현 스님을 보자 몸을 일으키고 바로 원무과에 가서 절차를 밟으라 했다.
"주지 스님! 안색이 안 좋으신데 퇴원해도 괜찮으신지요?"
"너무 걱정하지 말고 어서 내려가 보게."
보현 스님은 퇴원 절차를 밟고, 주지 스님께 내일 오전 중으로 오겠다 하고 사찰로 돌아갔다.
임경 주지住持 스님은 병원에서 퇴원하였다. 전에 다하지 못했던 두 불자님과 여의주 학생의 상봉을 주선하면서 병세가 더 악화하여, 며칠을 못 넘기시고 노환으로 입적入寂(열반에 드는 것으로 승려의 죽음을 높게 이름. 입멸)하셨다. 입적하시기 전에, 종무실장과 보현 스님한테 서둘러 상봉하도록 하라는 마지막 말씀을 남기셨다. 주지 스님이 생을 다하면 불교식의 다비식茶毘式(다비茶毘는 불교에서 승려가 사망하면 거행하는 화장의식)으로 하지 말고, 일반적으로 치러달라고 했다. 불교에서 치르는 다비는 일부를 제외하고는, 현대적 도구를 쓰지 않고 화장하기 때문에, 많은 나무와 숯, 운구에 사용한 도구까지 불태워 없애므로, 비용은 물론 환경오염에 영향을 주기 때문이었다.
또한 무소유를 가르치는 불교에서의 다비식은 너무 거창하게 치르는 경향이 있으므로, 이는 많은 이들로부터 지적을 받아 온 터라서, 주지 스님께서는 평소에도 늘 염두에 두고 계셨었다. 그래서 일반에서 행하는 화로를 사용하여 화장해달라고 했다.
화장은 고려 시대에 불교의 영향을 받았으나, 조선 시대의 '성리학性理學(공자·맹자를 도통道統으로 삼아, 도교·불교가 실질 없는 공허한 교설虛無寂滅之敎를 주장한다고 하여 이단으로 배척)'에서 매장을 했지만, 현세에 다시 화장하게 되었다. 석가모니 부처님도 화장火葬을 하여, 불가佛家에서는 다비식茶毘式을 행하게 되었다.

　이는 인도에서 중국을 거쳐 한반도로 들어온 것으로, 본래의 자리로 돌아간다는 뜻이며, 죽음이란 생生・노老・병病・사死로 이승에 자신의 흔적을 남길 필요가 없어 태워 없앤다는 뜻을 내포하지만, 인간이 죽어도 그 업에 따라 육도의 세상에서 생사를 거듭한다는 불교(힌두교)의 여섯 가지 교리로, 세상은 가장 고통이 심한 지옥, 굶주림의 고통이 심한 아귀, 짐승과 새・고시・벌레・뱀들이 사는 축생, 노여움이 가득한 아수라, 인간이 사는 인도, 행복이 두루 갖추어진 천도 등의 윤회輪廻이기 때문에, 죽음마저 하나의 과정으로 여겼다.

　주지 스님의 갑작스러운 입적에 불자들은 큰 충격에 빠졌다. 엄숙하게 치러지는 영결식에 참석한 불자들 대부분이 합장하면서 눈시울을 적셨다.

　한 생이 끝나 영혼이 영원한 평안을 얻고 입적하셨다면서도, 안타까운 마음으로 합장하면서 주지 스님의 자애로운 말씀으로 늘 우리 불자들에게 가르침을 주시고, 육신은 가셨어도 열반송(스님이 입적에 앞서 깨달음을 후인들에게 전하기 위해 남기는 말이나 글)에서, '깨달은 사람만이 남의 고통을 자신의 고통으로 여긴다.' 하신 말씀을 되새기면서 대성통곡을 하는 불자도 보였다. 비록 작은 사찰이지만, 주지 스님의 명성은 큰 사찰의 스님에 못지않게 알려졌다.

　임경 주지住持 스님은 일찍이 출가하여 첫 번째 단계 복응服膺・시봉侍奉・건병巾缾 등의, '사미계沙彌戒(출가하여 사미가 되려면 지켜야 하는 10가지 계율의 십계十戒)'를 받고, 이어서 '구족계具足戒(출가하여 정식 승려가 될 때 받는 계율. 비구・비구니가 지켜야 할 계율로, 비구 250계, 비구니 348계)'를 받기 위해서는, '수계작법受戒作法'을 필요로 하는데, 신자가 정식으로 계를 받는 이 의식을 통해, 불교의 교리와 윤리를 따르겠다는 서약으로, '삼귀의(부처님, 법, 승에 대한 귀의를 표명)', '오계(불살생, 불투도, 불사음, 불망어, 불음주의 다섯 가지 계율)', '연비(팔뚝에 향을 피워 맹세와 약속을 상징)', '수계의식受戒義式(부처님의 가르침을 실천하겠다는 맹세)'을 통하여 불교 교단에 들어가, 정식 승려가 되어 많은 업적을 남기신 주지 스님의 영결식은 조용히 치러졌다.

주지 스님께서는 여의주 아이에게 '쌍무지개가 뜨는 언덕'을 보여주지 못하고, 입적하는 바람에 종무실장님과 보현 스님은 몹시 안타까워했다.

"이보게 보현!"

"네 말씀하시지요, 종무실장님!"

"살아생전 주지 스님께서 보고 싶어 하시던, 그 언덕에 쌍무지개가 뜨도록 어서 서두르시게나."

"네, 그렇지 않아도 전화를 드렸더니 주지 스님의 건강은 좀 어떠시느냐고 해서, 괜찮다고는 했습니다만, 불자님께서는 건강이 아주 좋아지셨다고 하시면서, 일주일 후면 거동을 하실 것 같다고 하셨습니다. 그리고 만신께서는 아이가 등교하지 않는 토, 일요일을 택해서 날짜를 잡아주십사 했습니다."

"그래 주시게. 나도 이젠 예전 같지 않아서. 기력이 떨어져서 그런지 거동이 좀 부자연스럽소만, 그래서 보현께 의탁할 수밖에 없구려. 애 좀 써주시게나."

종무실장은 연세가 드셔서 예전 같지 않다고 했다. 주지 스님이 갑자기 입적하시니까 충격이 크신 모양이었다. 가끔 일찍 자리에 눕기도 했다. 그래서 어려운 일은 보현 스님한테 맡기곤 했다.

주지 스님의 다비식을 무사히 치른 후, 종무실장은 보현 스님과 마주 앉았다.

"생전에 주지 스님이 바라던 일을 서둘러 실행해야 하겠기에 보현 스님을 보자 하였소."

"네! 불자님께서 사찰로 오시겠다는 것을, 제가 며칠 내로 직접 불자님을 찾아뵈러 가겠다고 말씀드렸습니다. 아직 몸도 성치 않으실 것 같아서 며칠을 더 기다렸다 다녀올까 합니다."

"많이 쾌차해지셨다니 여간 다행히 아닙니다. 그럼 잘 다녀오시게."

보현 스님은 며칠 후 불자님께 기별을 넣고 오후에 차를 보내와 불자님 댁으로 갔다. 불자님이 남편과 함께 나와서 기다리고 있었다.

"이렇게 먼 걸음 하시고, 번거롭게 오시느라 고생 많으셨습니다. 주지 스님께서도 잘 계시고요? 제가 아직 몸이 온전치가 못해 직접 찾아뵈어야 하는데 그러질 못해서 안타깝습니다. 보현 스님!"

불자님의 인사가 끝나고 이번에는 남편이 합장하면서 인사를 했다.

"어서 오십시오. 보현 스님께서 이렇게 직접 와 주셔서 정말 감사드립니다. 우리 아이를 위해 늘 애써 주시고. 정말 고맙습니다. 보현 스님! 저의 집사람이 주지 스님께 큰 은혜를 입은 것입니다. 어서 안으로 드시지요."

넓은 앞마당에 잔디가 곱게 자라고 있었다. 보현 스님은 두 분께 합장하고 따라 들어가 소파에 안내되었다. 넓은 거실의 바로 보이는 벽면에 아이의 사진이 걸려있었다. 지난번에 왔을 때는 정황이 없어서 자세히 보지 못했는데, 이번에 자세히 살펴보니 지금의 의주하고는 판이하였다. 그래서 옆에서 보면서도 알아보지 못했음이 짐작되었다.

"벽에 걸린 저 사진은 딸의 사진인데, 지난번에 왔을 때는 미처 보지 못한 것 같습니다. 몇 년 전의 사진인지 무척 어려 보입니다."
 "네, 우리 아이가 초등학교 1학년 입학하고 찍었던 사진입니다. 오늘은 어쩐 일로 먼 걸음 하시게 되었는지요?"
 "네, 이번에 주지 스님께서 갑자기 입적하셔서, 영결식을 치르느라 늦게 찾아뵈었습니다."
 불자님은 주지 스님의 영결식을 치렀다는 보현 스님의 말을 듣더니 갑자기 소파에서 쓰러졌다. 남편이 일으키자 겨우 어깨에 몸을 기대고 한참 동안 말을 못 했다. 불자님이 정신이 들어 보현 스님을 바라보고 겨우 말했다.
 "보현 스님! 정정하시던 주지 스님께서, 어떻게 갑자기 돌아가시게 되었나요? 지난번에 주지 스님께서 보내주신 편지도 잘 받았는데, 그런데 이렇게 갑자기 가실 줄은 몰랐습니다. 제가 아프지만 않았어도 주지 스님을 알현했을 텐데. 뵙지도 못하고 그렇게 가시다니! 너무 가슴이 아픕니다."
 불자님은 흐르는 눈물을 손수건으로 닦으면서 가슴을 두드렸다.
 "왜 다비식을 치를 때 안 알려주셨나요? 영결식에서라도 주지 스님의 마지막 영정사진이라도 뵈어야 했었는데…."
 보현 스님은 주지 스님께서 남기신 말씀을 전했다.
 "네, 그렇게라도 해드렸으면 좋았을 텐데, 주지 스님께서 늘 하신 말씀을 따라야 해서 다비식 때 알리지 말라 하심은, 불교의 다비식을 치르려면 비용은 물론 환경에 해를 끼치고, 또한 무소유를 가르치는 불교에서 너무 거창하게 치른다고, 많은 이들로부터 지적을 받게 된 현실을 직시하시고, 주지 스님께서는 평소에도 늘 염두에 두고 계셨지요. 그래서 일반에서 행하는 화로를 사용하여 화장해달라고 하시면서,

불자님과 만신님께는 알리지 말아달라셔서 그리했습니다. 걱정을 끼쳐 드리고 싶지 않으셨기에 가시는 길 조용히 흔적 없이 가시려 했던 것입니다."

"주지 스님의 그 큰 뜻은 잘 알겠습니다만, 너무 야속하십니다."

"여보. 이제 그만합시다. 주지 스님께서 당신과 만신님께서 너무 슬퍼하실까 봐서였을 텐데. 더군다나 우리 딸을 위해서 많은 공덕을 주시고 가셨는데. 보현 스님! 참으로 안타깝기에 보현 스님께 하소연하는 것입니다."

보현 스님은 주지 스님께서 남기신 말씀을 심은동 사모님께 전했다.

"네, 불자님께서 그동안 얼마나 힘들어하셨는지 소승도 잘 알고 있지요. 주지 스님께서 딱히 여기시고 늘 불자님의 소원을 이루시도록 부처님께 빌었지요. 그러하오니 너무 슬퍼 마십시오. 그동안 불자님의 소원을 이루도록 애써주신, 주지 스님의 노력이 이제야 결실을 보게 되었습니다.

주지 스님께서 불자님 따님에 대해서 결국 확실한 증거를 찾아내게 되었기에 알려 드리려고 소승이 직접 찾아왔습니다. 그래서 딸아이와의 상봉을 위해 몇 말씀 드리고 진행하려고 합니다.

먼저 주지 스님께서 만신님이 햇수로 4년 전에 아이를 구출했을 당시를 정리한 내용을 갖고 왔습니다. 소승이 자세하게 말씀드리겠습니다."

보현 스님은 불자님이 주셨던 4년 전의 신문과 만신님이 주지 스님께 남긴 당시의 내용을 꺼내놓고 설명했다.

"만신님께서 4년 전 용신제를 지내고 돌아와 피곤하여 법당에서 잠깐 눈을 붙였는데, 꿈에 흑룡이 나타나 용신제를 지내던 곳에 여의주를 떨어트리고 하늘로 올라갔습니다. 꿈에서 깬 만신께서는 급히 여의주를 찾으러 갔었습니다.

흑룡이 하늘로 올라가면서 여의주를 떨어트린 바로 그 장소에 갔었는데, 피를 흘리고 쓰러져 신음하고 있던 아이를 보게 되었지요. 바로 피를 흘리는 아이의 머리를 감싸고 119에 전화하여 병원으로 이송하게 되었습니다. 당시 아이가 쓰러지면서 얼굴을 좀 다쳐서 성형하느라 고생하신 걸로 압니다. 그렇게 애를 쓰신 덕분에 성형수술이 잘되어 지금까지 애지중지 키우게 되었습니다.

그런데 아이가 기억상실증으로 전혀 지난 과거를 기억하지 못하기에, 만신께서는 자주 사찰로 아이를 데리고 가서 불공을 드렸습니다. 아이의 기억이 돌아오게 해달라고 말입니다. 정말로 지극정성으로 아이의 장래를 위해서도, 애타게 찾으시는 부모님을 위해서도 늘 염원이 기억을 되찾게 해달라셨습니다. 그래서 이렇게 좋은 날을 맞이하게 된 것입니다."

보현 스님의 말을 들으면서도, 불자님은 복받치는 감정을 어찌 추스르지 못하고 연신 통곡을 하였다. 보현 스님은 다음 말을 이어갔다.

"만신께서는 용신제를 지냈던 그곳 바위에서 아이를 발견한 날이, 음력 3월 9일이어서 그날을 생일로 삼았고, 초등학교 3~4학년 정도로 추정하고 10살로 해서, 시내 미래초등학교에 입학시켰습니다. 입학시킬 당시 어려움이 많았다고 들었습니다. 먼저 아이의 주민등록번호, 전에 다닌 학교도 모르고 부모님과 주소 모든 것이 필요한데, 아이는 아무것도 기억하지 못하기 때문이었다.

이름은 흑룡이 오르면서 여의주를 떨어트린 곳에서 구출하였다 해서, 여의주로 지어주고 친딸로 키우면서 장래를 많이 걱정했습니다.

딸을 잃은 부모님의 심정은 말할 수 없었을 것이라 했습니다. 저희 사찰에 자주 아이를 데리고 와서 친부모를 찾아주려고 불공을 드리고 가셨습니다."

불자님은 그동안 행방불명이 된 아이만을 생각하고, 어딘가에 살아있을 거란 믿음을 버리지 않았다. 그래서 사찰로 가서 오직 아이만을 살려달라고 기도에만 매달리다시피 한, 4년이란 세월이 몇십 년이나 된 것처럼 까마득하게 밀려왔다.

남편이 옆에서 흐르는 눈물을 닦아주면서 끝내는 같이 소리 내 울었다. 그동안 애타게 찾아 헤맸던 일들이 한꺼번에 복받쳐 올라왔다. 보현 스님 앞이 아니라면 대성통곡을 해도 시원찮았겠지만, 손바닥으로 입을 막아가면서 더 오열하는지도 몰랐다. 불자님이 한참 동안 오열하고 나서 조금 안정된 모습을 보였다. 보현 스님은 두 분께서 마음이 가라앉기를 기다리고 있다가 다음 말을 이어갔다.

"불자님께서 갖고 계셨던 4월 21일 자 조간신문에 난 기사와, 만신께서 이 아이를 구출한 날짜가 바로 4월 20일과 일치했습니다. 그동안 아이를 잃은 불자님께서는, 몇 년 동안이나 아이가 어딘가에 살아있다는 신념으로 불공드리며 힘들어하셨고, 또한 아이를 구출하신 만신께서도, 제발 아이가 기억을 찾아 부모 곁으로 가게 해달라고 늘 기도하셨습니다. 주지 스님이 입적하시기 얼마 전에 이런 말씀을 하셨습니다. '두 불자님이 하나의 운명을 나누어 가진 것이니라'라고 하시더군요."

불자님은 울음을 참으면서 보현 스님을 보고 의주란 아이와 만신님에 관해서 물었다.

"주지 스님께서 너무 큰일을 해주셨습니다. 저희 딸애가 부모를 이렇게 만날 수 있도록 해주심에 너무 감사합니다."

"주지 스님께서는 만신께서 아이를 구출했을 때의 상황을 듣기 이전에 이미 짐작하셨나 봅니다. 그래서 당시의 신문을 구해달라 하셨고요. 한 번은 소승한테 '이제 저 아이의 방황 끝이 멀지 않았소이다.' 하시면서 '반짝 내비친 햇살에 저 언덕으로 쌍무지개가 뜨려는구려' 하시기에, 소승이 '저 언덕에 쌍무지개가 뜬다는 말씀이 무슨 뜻인지 감이 잡히지 않습니다.' 하니까 '두 불자님께서 서광瑞光의 빛을 볼, 상서祥瑞로운 일이 일어날 거란 말일세.' 하시더군요. 쌍무지개는 두 불자님을 지칭하신 거라 여겨집니다. 그 후에 병환으로 누워계시면서도, 두 불자님한테 병환으로 누워있음을 알리지 말고 진행하라 하셨습니다."

"주지 스님께서도 어떻게 이러실 수가 있는지요? 찾아뵙지도 못하게 하시고 돌아가시다니요? 그동안 우리 아이를 위해 얼마나 큰 공덕을 내리셨는데……."

불자님은 연신 울음을 그치지 못하면서 서운한 감정을 내비쳤다.

"소승도 불자님께서 이렇게 섭섭해하시는 뜻을 모르는 바는 아닙니다. 그간 얼마나 주지 스님을 의지하고 계셨는데. 그래서 이렇게 좋은 날을 보게 되었습니다."

"물론 보현 스님께서 다 아시리라 믿고 드리는 말씀입니다. 제가 어찌 주지 스님께 감히 억하심정으로 원망하겠습니까? 주지 스님! 부디 극락왕생極樂往生 하시옵소서."

보현 스님도 함께 합장하였다.

"그럼 우리 아이와 정식으로 만나게 될 날짜는 언제쯤으로 하실 생각인지요?"

"그래서 전에 주지 스님께서 그 문제까지 말씀해 주셨습니다. 처음에는 저희 사찰에서 만남을 주선하려 했었는데, 그래도 아이가 지금까지 잘 지내던 만신님의 집에서 만나는 것이 좋을 거라 하셨습니다. 갑자기 환경이 바뀌면 아이도 정신적으로 산만해져, 혼란을 겪을 수가 있기 때문이라 하셨습니다. 더군다나 기억이 완전히 돌아오지 않은 상태에서 말입니다. 아이가 학교에 가지 않는 토, 일요일을 택해서 만나 볼 수 있게 하겠습니다."

"네, 그렇게 해주시면 더욱더 감사하겠습니다. 우리 아이가 부담 갖지 않도록 주지 스님께서 배려해 주셨는데, 당연히 지금까지 잘 지내 온 만신님의 댁에서 만나는 것이 좋겠지요. 저도 주지 스님께서 결정해 주시는 대로 따르겠습니다."

"네. 만신님과 상의해서 날짜를 잡아 알려 드리겠습니다. 그러하오니 좋은 날을 기대하셔도 좋을 듯싶습니다. 따님이 아주 건강하고 예쁘게 잘 자라서 무척 귀여웠습니다. 하는 행동도 얼마나 바른지 기르는 어머니 역시도 무척 정성이었습니다. 이제 만나 보시면 아시겠지만, 예의가 바른 게 어찌나 기특한지도. 그리고 아주 중요한 문제가 남아있는데, 만약에 따님이 중간에서 얼마나 난처해질지도 걱정입니다. 그래서 구출해서 간호해 준 엄마와 낳아 준 엄마 사이에서 말입니다. 어떻게 풀어나가야 할지 걱정이 태산이라면서 이 문제에 대해서 주지 스님께서 말씀해 주셨는데, 따님과 상봉도 현재 사는 집을 택해 만나게 하라하셨고, 따님의 거처 문제는 일단 본명과 불자님의 딸이란 것을 확신시켜주고, 당분간 만신님 집에서 지내게 하면서, 불자님 댁에서도 며칠 지내게 하고 차츰 나머지 기억을 되찾게 하는 것이 좋겠다 하셨습니다.

그래야 아이의 기억이 돌아오는데 무리가 오지 않을 거라시면서, 그리고 혹시 모를 아이의 의사를 절대로 간과하시지 마시고, 아이가 바라고 원하는 것을 될 수 있는 대로 받아들이도록 하셔야 하며, 뭐든 결정해야 할 일은 꼭 아이에게 물어서 하시라고 하셨습니다."

고개를 끄덕이면서 듣던 불자님이 다시 묻겠다고 했다.

"한 가지만 더 묻겠습니다. 아이가 어떤 어머니를 택하려 한다면 아이의 뜻에 따라야 하는지요?"

"좋은 질문을 해주셨습니다. 주지 스님께서도 그 문제를 한동안 고민 끝에 내려 주시더군요. 그 아이는 분명 기억이 돌아오게 되면 친어머니한테로 갈 것인즉슨, 두 분께서 아이를 만나고 나서부터는 사찰에서 개입하면 안 된다고 하셨습니다. 주지 스님께서 상봉만 주선했지 더는 하지 마시라고 하셨습니다.

그리고 애타게 찾으시는 부모님 품으로 돌아가도록, 만신님께서 속히 아이가 기억을 찾게 해달라고 부처님께 기도했는데, 만약에 만신님을 어머니로 생각하고 남겠다 해도, 반드시 부모님 품으로 가도록 만신님께서 아이를 설득할 것입니다.

그렇게 아시고 여의주 따님을 만나면 아니 남미려라고 하셨지요? 더는 나쁜 일은 없을 것이오니 따님과 행복하게 지내라 하시면서 마지막으로, 전에 다니던 학교로 전학을 시키면 기억이 돌아오는 데 도움이 될 것이라 하셨습니다. 그렇게 아시고 속히 기쁜 날 맞이하시도록 진행하겠습니다. 49재에는 불자님하고 만신님과 같이 따님을 데리고, 주지 스님의 49재 때 사찰에서 만날 수 있도록 기도하겠습니다. 그럼 더 하실 말씀이 없으시다면 이만 가보겠습니다. 불자님 건강 잘 챙기시고 기다려 주십시오."

불자님은 보현 스님께서 합장하면서 가신다기에 기사를 시켜 보내드렸다. 떠나는 차를 안 보일 때까지 바라보면서 기쁨과 그간의 슬픔이 뒤엉켜 서럽게 흐느꼈다. 한참을 옆에서 지켜서 보던 남편이 어깨를 감싸 안았다.

"여보! 인제 그만 해요. 이렇게 좋은 날 그동안의 슬펐던 일 다 날려 보내고, 우리 미려를 만나는 날만 기다렸다가 우리 미려 만나면 같이 행복하게 살아야지요."

남편이 말은 그렇게 하면서도, 흐르는 눈물을 주체하지 못하고 손등으로 닦아내면서 흐느꼈다.

9. 여의주의 기개氣槪 / 친부모님과 상봉相逢

　만신은 보현 스님의 전화를 받았다. 그렇지 않아도 만신은 오늘쯤엔 의주가 방과 후에 집에 도착하면 바로 사찰로 가려던 참이었다.
　오후가 되어 의주가 팔딱팔딱 뛰면서 집으로 왔다. 만신은 보현 스님께 전화하여 딸과 같이 출발하겠다고 하였다. 의주와 일주문을 들어서니 마침 보현 스님이 나와 기다리고 있었다. 만신과 마주치고 보현 스님이 합장하였다. 만신도 같이 합장하고 보현 스님을 따라갔다. 요사채의 주지 스님 처소로 들어갔다. 방으로 들어가서 보현 스님과 마주 앉았다. 만신은 이상하리만치 텅 빈 방 안이 허전하게 느껴졌다. 전에는 방안 곳곳에 주지 스님께서 쓰시던 물건들이 놓여 있었는데, 다 어디로 가고 방안이 텅 비어 있었다. 그중에서도 스님께서 늘 옆에 두고 쓰시던 것들이었다. 불상도 안 보이고, 경전, 의자, 침구도 어디로 치웠는지 보이지 않았다. 다만, 주지 스님의 사진만 덩그러니 걸려있었다.

만신은 뭔가가 이상한 생각이 들어서 보현 스님께 물었다.

"보현 스님! 주지 스님은 어디 가셨나요? 저희가 왔는데도 안 보이시고. 또 전에 쓰시던 물품들이 하나도 안 보이고 왜 사진만 걸려있을까요?"

한참을 합장한 채로 침묵하던 보현 스님이 만신께 말을 꺼냈다.

"이렇게 오시라 해서 너무 죄송스럽습니다. 실은 주지 스님께서 며칠 전에 입적하셨습니다. 그래서 만신님을 오시라 했습니다."

만신은 갑자기 아무 말을 못 하고 그냥 넋 놓고 있다가 정신을 잃고 의주의 무릎으로 쓰러졌다. 의주가 어머니를 부르면서 마구 흔들었다. 그러자 만신이 겨우 정신이 드는지 의주의 손을 잡고 일어났다. 겨우 정신을 차린 만신이 보현 스님을 바라보고 물었다.

"보현 스님! 정말 우리 주지 스님께서 입적하셨단 말씀입니까? 저는 도무지 믿어지지 않습니다. 어떻게 이러실 수가 있는지요? 저한테는 알려주셨어야죠. 너무 안타깝습니다. 보현 스님! 아버지 같으신 분이었는데, 어떻게 갑자기?"

앉아 있던 의주가 눈물을 흘리는 어머니 보고 물었다.

"어머니. 왜 우셔요? 그리고 입적이 뭐예요?"

의주가 묻는 말에 보현 스님이 자세하게 설명했다.

"의주 학생! 주지 스님께서 병환으로 얼마 전에 돌아가셨어요. 그래서 불교에서는 스님이 돌아가시면 입적이라고 합니다. 만신님은 인제 그만 슬퍼하시고 소승의 말씀을 들어보십시오. 주지 스님께서 그리하시라 이르신 것도 다 심은동 불자님과, 만신님께 배려차원에서 내리신 말씀입니다. 주지 스님께서 고민을 한참 하시다가 그리하시라 하셨습니다. 모름지기 두 분 불자님께 조금이라도 부담을 드리지 않기 위해 내리신 결정인 것 같습니다. 주지 스님께서 근래에 와서 많이 쇠약해지시고 나서 더욱더 두 불자님을 생각하셨습니다. 어서 진정하시고 소승의 말씀을 들어주십시오."

보현 스님은 만신님을 진정시키고 나서, 심은동 불자님을 찾아가서 함께 나눴던 얘기를 전했다. 다 듣고 난 만신은 의주를 덥석 껴안으면서 눈물을 흘렸다.

"주지 스님께서 그동안 저희에게 내려주신 은덕은 하해와 같은데, 다비식에도 못 오게 하시다니요? 주지 스님! 며칠간 굿일이 많아서 사찰에 오지 못해 주지 스님께서 입적하신 줄도 모르고 그만, 영결식도 참석을 못 하고 말았습니다."

한참 의주를 부둥켜안고 흐느끼던 만신이 손수건을 꺼내 눈물을 닦았다. 의주가 보현 스님께서 한 말들에 대해 어머니께 물었다.

"의주도 가끔 그 아줌마가 이상했어요. 저에게 어느 학교 다니지 않았느냐 하고, 혹시 네 이름이 남미려였지 않았냐 하고요. 의주는 아니라고는 했지만, 의주에 대해서 뭔가 알고서 묻는 것 같았어요. 어떤 때는 생각이 날 듯하다가 말았어요. 그럴 땐 머리가 무척 아팠어요. 그 아줌마가 의주 엄마라고요? 아직도 엄마라는 생각이 안 들어서요."

"그렇단다. 의주야! 주지 스님께서 우리 의주 친부모님을 만나게 해 주시고 그냥 허무하게 가셨구나. 어렵게 성사해 주시고. 친부모님 상봉을 직접 보시지도 못하고. 어찌 그렇게 가시다니요? 주지 스님! 부디 잘 가세요."

만신은 다시 또 눈물을 쏟았다. 한참을 울고 나서 보현 스님에게 물었다.

"우리 의주 보내는 건 어렵지 않으나, 의주가 바로 따라나서려고 하려는지도 의문스러워서요."

"그렇긴 합니다만, 먼저 의주 따님에게 확신을 심어주고 만나는 것이? 만신님께서 직접 묻기가 어려우시면 소승이 한번 물어보겠습니다."

만신은 뭐라고 한마디 하려다 고개만 끄덕이고 그만두었다.

"우리 의주 학생! 소승과 얘기 좀 했으면 해서요?"

"네, 말씀해 보셔요. 보현 스님!"

"그동안 어머니가 그렇게 애타게 찾으시다 주지 스님 덕분으로, 우리 의주 학생 친부모님을 결국은 찾게 되었지요. 어렵게 찾은 의주 학생 친부모님께서 이번 주 토요일 아침에, 따님을 데리러 이곳으로 오실 텐데 괜찮겠어요?"

의주는 갑자기 어머니를 바라보면서 무언가 어머니한테 말하려는 듯했다. 그런 낌새를 차린 보현 스님이 넌지시 물었다.

"의주 학생! 어머니라고 의주 따님이 떠나는데 섭섭하지 않을 수는 없겠지요? 피를 흘리고 쓰러져 신음하던 의주를 구출하여 지금까지 애지중지 키워왔는데. 학교도 보내주고 함께 사찰로 와서 주지 스님도 만나 뵙고. 의주가 너무 아파하니까 종무실장님과 의주를 위해 퇴마식도 시키시고. 이런저런 모든 것이 어머니에서부터 주지 스님, 그리고 종무실장님까지 의주를 위해 애써 주셨지요. 애쓰신 덕에 이렇게 친부모님을 곧 만나게 될 텐데. 우리 의주 학생의 생각이 어떨까 해서? 친부모님을 따라가야 하는 것은 맞는데, 앞으로 홀로 계실 어머니 때문에 소승의 마음도 편치 않아서요……."

보현 스님의 말을 들으면서도 의주는, 눈을 감았다가 떴다를 반복하다 얼굴을 손으로 감쌌다. 그런 의주를 바라보던 어머니가 의주에게 말하려 하자, 보현 스님이 검지를 입에 갖다 대었다. 즉시 알아차린 만신은 입을 꾹 다물고 지켜보았다. 한참을 생각에 잠겼던 의주가 얼굴을 들어 어머니와 보현 스님을 번갈아 보면서 말했다.

"어머니. 보현 스님. 저는 갑자기 물어보시니 어떻게 해야 좋을지 모르겠어요. 어머니가 하라는 대로 하겠어요……."

더는 말을 못 하는 의주에게 보현 스님이 다시 물었다.

"그렇다면 의주 학생이 길러주신 어머니와 낳아주신 어머니를 꼭 택해야 한다면, 어떻게 하겠어요?"

보현 스님의 말에 대답하지 않고 있다가, 갑자기 의주가 어머니를 껴안고 울음을 터뜨렸다. 아이의 등을 토닥이다 어머니도 같이 울었다. 한참을 울던 어머니가 의주를 토닥이면서 말했다.

"의주야! 인제 그만 울고 엄마가 하는 말 잘 들어. 엄마는 괜찮다. 그동안 딸을 잃고 사방팔방 찾아다니면서, 마음고생이 얼마나 컸으면 병까지 나시고. 친엄마의 고통은 오죽했겠니? 그러니 엄마는 우리 의주를 찾아서 친부모님 곁으로 보내는 걸로, 이 엄마는 소임을 다해서 이것으로 만족하고 매우 기쁘단다. 그러니 딴 맘 먹지 말고 친부모님 오시면 함께 가거라. 알았지? 우리 착한 의주!"

말은 그렇게 하지만 만신의 목소리는 온전치가 않았다. 말하면서 떨릴 때는 잠시 말을 중단했다가 마음을 가다듬고, 억지로 울음을 참으면서 다시 이어갔다.

"우리 의주! 전에 엄마하고 약속한 말 잊지 않았겠지? 열심히 공부해서 의사가 되겠다고. 이 엄마가 못 했던 의사가 되어 엄마나 친부모님 병들면 치료해 드리겠다고 한 말을?"

울음을 그치고 듣던 의주가 더 서럽게 울었다. 어머니는 다시 등을 토닥이면서 이젠 그만 울라고 하자, 보현 스님이 다시 말렸다.

"만신님! 더 울도록 놔두세요. 스스로 울다 멈추게요. 따님이 막상 떠나야 한다고 생각하게 되니, 그동안 정들었던 어머니와 헤어지는 것이 가슴 아파서도 더 슬프겠지요."

"그렇긴 합니다만, 이 아이가 무슨 죄가 있다고. 아무리 이 세상이 모질다 해도, 어찌 이 아이에게 이렇게 가혹하게 하시는지! 저도 가슴이 미어집니다. 이제 집으로 돌아가겠습니다. 친부모님이 오실 텐데 맞을 채비도 해야 하고요. 그동안 많은 고생을 해주신 주지 스님과, 종무실장님. 보현 스님께 깊이 감사의 인사를 올립니다."

의주를 데리고 돌아가는 만신님을 일주문까지 배웅하고 나서, 요사채로 돌아온 보현 스님은 종무실장님을 만나러 갔다.

"어떻게 잘 다독여서 보냈습니까? 쉽지는 않았을 텐데요."

"네, 종무실장님! 길러주신 어머니와 낳아주신 어머니를 꼭 택해야 한다면, 어떻게 하겠어요? 하고 물으니 어머니를 껴안고 울음을 터뜨리자 만신님도 같이 흐느껴서 울음바다가 되었습니다."

"참으로 이렇게 난감한 일을……!"

"소승도 너무 가슴이 아파서 돌아서서 속으로 불경만 외웠습니다. 도저히 눈으로 볼 수 없는 터라서 지금도 가슴이 먹먹해져 옵니다."

"그러시겠습니다. 만신님께서도 그 배 속의 아이를 잃고 용신님의 계시로 얻은 아이를. 그동안 불공을 드리면서 지극정성으로 보살피면서 건강하게 키웠는데, 어찌 헤어지기가 그리 쉽겠어요? 보현!"

"참으로 사람의 운명이란 이렇게 모진지를, 주지 스님께서 늘 하시던 말씀이 생각나게 합니다. '새옹지마塞翁之馬'의 이치 말입니다."

"아무튼 애쓰셨어요. 보현! 만신과 따님, 친부모님의 상서로움을 빌어 드려야지요."

"네, 그럼 소승 이만 가보겠습니다."

보현 스님은 종무실장님께 인사를 드리고 처소로 돌아갔다.

의주는 집에 오자 사찰에서 보현 스님과 엄마가 나눈 대화에 관해서 물었다.

"그렇지 않아도 우리 의주에게 말하려던 참이었는데, 지금부터 엄마 말 잘 들어."

어머니는 의주를 구출하던 당시를 얘기하자, 의주는 무슨 생각이 떠오르는지 갑자기 눈을 깜박거렸다. 그러고는 깊은 생각에 빠진 듯이 눈을 감고 미동을 하지 않았다. 얼마 동안 눈을 감은 채로 듣다가 갑자기 눈을 뜨고 어머니를 바라보면서 물었다.

"어머니. 전에 별신굿 하러 갔을 때 그곳에서 저를 발견했었다고 하셨지요? 지금 기억이 어렴풋이 나는 것 같아요. 그날 방과 후 일진들이 보자 해서 따라갔다가 그곳으로 끌려가서 돈 다 빼앗기고, 거기서 세 명의 애들한테 그 넓은 바위 위에서 집단 폭행을 당하고 쓰러졌어요. 그리고 한참 지나서 어머니가 오셔서 저를 구출하신 거예요. 그때 의주를 많이 괴롭힌 애가 지금 생각하니 바로 이아연이였어요. 5학년 2학기 때 우리 학교로 전학해 온 애 말이에요."

"그렇구나. 지난번에 우리 의주가 학교에서 소란을 피웠다면서, 담임이 의주를 집으로 보내고 이 엄마를 학교로 불렀을 때 그 아이에 대해서 알려주더구나. 전에 있던 학교에서 말썽을 피워서 '학급교체'를 했는데, 그것도 견디지 못하고 지금 학교로 전학을 의뢰해서, 미래초등학교에서 받아줬단다. 그러면서 아이들이 알면 또 나쁜 일이 일어날 건 뻔한 노릇 아니겠니? 그래서 그 아이를 불러서 일절 나서지 말라 했었는데, 일진 애들이 그것을 이용하려 했던 것이라고 하더구나."

"네, 저도 이아연이가 전학 오던 날 반장이 전에 다니던 학교에 관해 물었는데, 선생님께서 그냥 들여보냈습니다. 그래서 애들이 이상하다고 수군거렸고요. 저도 뭔가 좀 석연치가 않다는 것을 느꼈습니다. 며칠 지나서 좀 논다는 애들과 몇 번 싸우려고 한 것을 이유림이가 나서서 앞으로 다시는 학폭에 가담하면 정학은 물론 인생 쫑난다 하면서 이제 그 무리에서 빠지라 했어요."

"그래서 담임도 그 아이에 대해서 신경을 많이 쓰더구나. 그리고 우리 의주 전에 다니던 학교에 대해서 기억이 나? 이아연이란 학생이 여기 오기 전에 다녔던 학교 말이야. 심은초등학교라고 하는 거 같던데."

"네, 지난번에 전학 와서 소개하라고 하니까, 심은초등학교에서 전학 왔다고 했어요. 그런데 아직은 그 학교에 대해서 기억나는 게 별로 없어요."

"그렇구나. 그런데 우리 의주는 전에 어느 학교에 다녔을까? 그래 의주 친엄마께서도 심은초등학교라고 했었지 아마! 그럼 우리 의주가 그 학교에 다닌 것이구나. 그리고 본명이 남미려라고 했으니 앞으로는 남미려라고 불러야겠구나."

의주는 아무런 말도 없이 어머니의 표정만 살폈다. 어머니가 갑자기 다른 이름을 말하니까, 잊었던 무슨 생각이 떠오르는지 한참을 바라만 보고 있었다.

"의주야! 무슨 생각을 그렇게 하니? 그래 무엇이 생각나는지 어디 말해보려무나."

"네, 어머니! 이아연이랑 같이 합세했던 아이가 김선희와 전은미였어요. 게네들도 이아연이랑 단짝이었어요. 매일 같이 붙어 다니다시피 했어요. 아주 불량하기 짝이 없는 애들이었고요. 지금 같았으면 가만두지 않았을 텐데. 그땐 왜 당하기만 했었는지 잘 모르겠어요."

"그랬었구나. 우리 딸 엄청나게 힘들었겠구나! 이젠 걱정 안 해도 되겠지. 우리 의주 친부모님도 찾았고, 또한 무술도 익혔고. 그렇지만, 폭력은 안 된다. 그냥 좋게 지내라."

"네, 어머니! 그렇지만, 이제는 옛날같이 의주한테 집적거리지는 못할 거예요."

의주 어머니는 그런 딸이 대견스러워 보이면서도 한편으로는 마음이 아팠다. 왜 아이를 강하게 키웠어야 하는데 아주 곱게 키워서. 당시에는 아이 마음이 너무 여려서 애들한테 학폭을 당했다고 생각하니, 또 눈시울이 뜨겁게 달아올라 의주를 보면서 눈물을 주르륵 흘렸다.

의주 어머니는 의주와 이른 아침을 먹고 나서, 의주를 깨끗이 씻기고 평소에 좋아하던 옷으로 갈아입혔다. 친부모를 맞이하는 아침인데도, 의주의 표정은 그렇게 밝지 않아 보였다. 그저 덤덤한 표정으로 밖으로 시선을 돌리고 서 있었다. 의주 어머니는 그런 의주를 바라보면서 물었다.

"우리 딸 무슨 생각을 그렇게 오래 하니? 뭐가 또 떠오르는 게 있는 거니?"

어머니가 물어도 아무런 대답을 하지 않고 계속 밖으로만 보고 있었다. 의주 어머니는 대충 짐작하면서도 그냥 모르는 척하면서 말했다.

"어디 보자 우리 의주, 오늘 아침에는 더 예쁘네! 친부모님께서 무척 좋아하시겠다. 어디 좀 가까이에서 보자꾸나. 고개를 엄마한테 돌려보고. 어서."

그러나 좀처럼 어머니 쪽으로 고개를 돌리려고 하지 않았다. 그런 아이를 바라보는 만신의 마음은 만감이 교차하였다.

지난날 뱃속의 아이를 잃고 헤매던 때가 생각나서, 갑자기 의주를 끌어안고 눈물을 흘렸다. 멍하니 어머니 품에 안겨 있던 의주도 울음을 터트렸다. 모녀는 끌어안은 채로 한없이 울었다. 한참 동안 의주를 끌어안고 눈물을 흘리던 어머니는 의주를 끌어안았던 손을 풀고 의주에게 말했다.

"우리 의주! 이제 우리 그만 울자 응? 이 좋은 아침부터 눈물을 보인다는 것은, 어서 몸단장하고 기다리자."

그러나 의주는 아무런 대답을 하지 않고 연신 눈물만 흘리고 있었다. 한동안 바라보던 어머니는 안 되겠다 싶은지 다시 의주를 끌어안고 등을 토닥이면서 나직이 말했다.

"우리 의주는 이제 받아들일 것은 받아들여야 하지 않겠니? 엄마는 오늘같이 기쁜 날이 없는데. 우리 의주는 왜 이렇게 엄마 말을 안 들을까? 이제 울음을 그치고 엄마 좀 보렴."

그때 전화가 왔다. 한 20분 후면 도착한다고 기사에게서 온 전화였다.

"의주야 한 20분 후면 도착할 거라니까 어서 서두르자. 어서."

그제야 의주는 화장실로 들어가고, 의주 어머니도 안방에 들어가 경대鏡臺 앞에서, 흘린 눈물 자국을 지우고 다듬었다. 그리고 나와 의주의 옷맵시를 다시 고쳐주고 함께 현관문을 나섰다. 얼마 후 검은 승용차 한 대가 오더니 앞에 멈췄다. 이내 의주 친부모님께서 차에서 내렸다. 의주 어머니가 인사를 했다.

"어서 오세요. 이렇게 먼 곳까지 오시느라 고생이 많으셨습니다."

"아닙니다. 이렇게까지 나와 기다리고 계셨으니 우리가 더 고맙지요. 아무튼 정말 고마워서 어쩌지요? 의주 어머니!"

의주 친어머니는 의주 어머니의 손을 잡고 이내 눈물을 흘렸다. 부친께서도 연신 고개를 숙여 인사를 했다.

의주 어머니의 손을 잡고 그냥 서 있는 의주를 보고, 의주 어머니는 어서 친어머니한테 가보라고 했다. 의주가 다가가자 친엄마가 의주를 덥석 껴안고 얼굴을 비비면서 더욱 슬프게 흐느꼈다. 의주 아버지도 의주를 안고 말했다.

"어디 좀 안아보자 우리 딸! 그동안 몰라보게 잘 자라줬구나! 이제라도 우리 예쁜 딸을 만났으니 이 아빠는 너무 행복하단다. 이제 학교생활은 괜찮고?"

아버지에게 처음 안겨 본 의주는 좀 어색한지 아버지가 볼에다 입맞춤하자 수줍어서 고개를 돌렸다. 의주 어머니가 어서 방으로 들어가자고 안내하고 방으로 들어왔다.

"누추합니다만, 제가 의주와 함께 살던 안채입니다. 어서들 앉으십시오. 기사님도 어서 앉으세요."

"의주 어머니! 지난 일들은 주지 스님과 종무실장님, 그리고 보현 스님께서 말씀해 주셔서 다 알게 되었습니다. 그리고 이렇게 아이와의 상봉을 주선해 주셔서 여기까지 오게 되었군요. 아무튼, 이런 기막힌 인연으로 의주 어머니를 만나게 되어 기쁨은 이루 말할 수가 없습니다. 그동안 다친 어린애를 구출하여 키우시느라 고생이 여간하지 않았을 텐데……."

의주 친어머니는 말을 잇지 못하고 다시 울음을 터트리고 말았다.

"의주 친어머니! 인제 그만 우십시오. 의주도 다 하늘이 내려주신

은덕으로 저에게 온 것이 아닙니까? 저는 의주를 키우면서 얼마나 행복했는지 모릅니다. 제가 결혼에 실패하고 뱃속의 아이를 잃고 얻은 의주라서, 더 많은 의지를 하게 되었었는지도 모르겠습니다.

사찰에 가서 기도했습니다. 우리 의주 빨리 기억을 되찾아서, 부모님 곁으로 가게 해달라고요. 이제 이렇게 제 소원을 이루게 되었는데 고생이라니요? 그동안 의주한테 의지하여 모든 시름 잊고 지내게 되어, 제가 더 고맙다고 말씀드려야 합니다."

의주 친어머니가 눈물을 닦고 나서 의주 어머니의 손을 잡았다.

"그렇게 애지중지 키워오신 덕분에 우리 딸아이가 아무 탈 없이 잘 자라서 여한이 없습니다. 더군다나 의주 어머니께서 아이의 생명을 구해주신 은인임은 물론, 의주로 인해 개울에 빠진 나를 구해준 게 우리 의주였는데, 인제 와서 의주 어머니 앞에서 무슨 부모라고 나설 수 있겠습니까? 그래서 의주 아빠하고 상의했습니다.

저희는 외아들이 한 명 있습니다. 그런데 외국에 친척이 살아서 그리로 유학을 보낸 터라, 같이 오지 못했습니다. 저는 아들이 있지만, 의주 어머니께서는 오직 의주 하나 키우면서 살아오지 않았습니까? 과거에 입은 상처를 딛으시고서 말입니다. 그러하오니, 우리는 그냥 의주가 이렇게 무사히 살아 있는 것만으로도, 매우 흡족하고 안심이라서 걱정 없이 그냥 가겠습니다.

좋은 어머니 만나 행복하게 사는 아이를 보고 나니, 참으로 너무도 홀가분하고 맘이 놓여서 기쁩니다. 그동안 우리 딸이, 잘 못되지 않고 어디에서라도 살아만 있기를 사찰에 가서 빌고 또 빌었습니다. 그런데 이렇게 훌륭하신 어머니한테 구출되어 예쁘게 자란 의주를 보니, 이 세상을 다 얻은 기분이 들어 눈물만 날 뿐입니다."

의주 친어머니는 흐르는 눈물을 주체하지 못하고 마냥 흘리면서 말을 이어갔다.

"아닙니다. 저는 오직 의주가 기억이 돌아올 때까지만 같이 살려고 했었습니다. 의주의 장래를 위해서도 그렇고, 또 그간 딸을 찾느라 병까지 나신 어머니의 그 고통은 평생 잊히지 않을 겁니다. 그러하오니 그 말씀은 거둬주세요. 오늘 하신 말씀은 안 들은 걸로 하겠습니다."

만신이 손사래를 치면서 거둬달라 하자, 미려 친어머니는 눈물을 닦고 나서 다시 만신의 손을 꼭 잡았다.

"아닙니다. 이렇게 결정하기까지는 오기 전에 이웃들도 만났었고, 친척들과도. 심지어는 의주 오빠까지 의견을 물어 결정한 것이라 뒤집을 수는 없습니다. 그동안 우리 의주가 누구의 품에서라도, 살아 있기만을 빌었었습니다. 그렇게 아시고 우리 의주 잘 키워주세요."

의주 친어머니는 말하면서도 흔적을 보이지 않으려고 지운다고 했을 텐데, 딸아이도 역시 아직도 눈물 자국이 보였다. 아마도 딸을 친어머니가 오시면 따라가라 했을 테고, 딸아이도 구출하여 그동안 키워주신 어머니와 이별한다니까 서러웠을 거란 추측에 더욱 가슴이 메어왔다.

그래서 아이와 상봉하러 오기 전에 상의하여 결정한 일이, 정말 잘한 일이라 안도하게 되었다. 친어머니의 말씀을 듣던 의주 어머니는 흐르는 눈물을 닦으면서, 말문이 막혀서 아니라고 손사래만 쳤다. 친어머니의 손을 잡고 있던 의주가 일어나 어머니한테 와서 눈물을 닦아주면서 말했다.

"어머니! 그렇게 하세요. 저도 친부모님 뜻에 따르겠어요. 그리고 어머니는 제가 죽을 수도 있었을 때 찾아와서, 저를 구해서 키워주셨잖아요."

　의주 친어머니는 의주의 말에 한층 더 의주 어머니가 고맙게 느껴졌다. 이렇게 심성이 곱게 자란 아이라 생각하면서 결국은 다시 눈물을 쏟고 말았다.

　"그래. 우리 의주 그간 똑똑하고 올곧게 잘 자랐네. 훌륭한 어머니 곁에서 반듯하게 잘 커 줘서 우리 의주 고맙고, 자랑스럽. 이젠 이 엄마도 우리 딸 의주에 대해서는 걱정을 안 해도 되겠다. 좋은 어머니와 함께 사니까……."

　한참 동안 눈물을 흘리던 의주 어머니는 눈물을 닦고 고개를 들었다. 이제부터는 의주가 아닌 진짜 이름을 불러야겠다고 생각했다. 엄연히 본 이름이 있는데 앞으로는 의주라는 이름을 불러서는 안 될 것 같았다.

　"참으로 이렇게 고귀하신 부모님을 대하고 보니 미려의 친부모님을 찾으려 노력한 보람이 있습니다. 그동안 우리 미려가 학교생활을 하면서 애들한테 시달림도 많이 받았고, 집단 패거리들을 맞서서 제압하기도 한 아이였습니다. 한 번은 결석하였다고 담임의 전화를 받았는데, 앞이 캄캄했었습니다.

　기억도 없는 아이가 또 무슨 일을 당하기라도 하였는지. 나중에 안 일이지만, 태권도 품이란 심사 때문이었다고 했을 때 얼마나 대견스러웠던지 붙잡고 그냥 울 뻔한 적도 있었습니다. 얼마나 시달림을 받았으면 저렇게까지 해야 했을까 하면서 말입니다. 저 아이가 집에 와서는 다른 말을 다 해도, 아이들이 무당이라고 놀리면서 돈 뜯어내려고 갖은 협박을 한 것에 대해서는 일절 내색 하나 하지 않아 몰랐었는데, 나중에 학교폭력 때문에 불려갔을 때 담임한테 듣게 되었습니다.

태권도 2품인가 따고 나서는 애들이 함부로 하지 못하자, 학교폭력을 저지르는 애들을 설득하여 못 하도록 하기도 하여 여간 기특하지 않은 아이였는데….”

눈물을 흘리면서 듣고 있던 친어머니가 고개를 끄덕였다.

"그러셨군요. 정말 저 아이 때문에 맘고생 많이 하셨네요. 우리가 너무 아이를 가둬놓고 나약하게 키우는 바람에, 갖은 시달림을 받았다고 생각하니 억장이 다 무너지는 것 같습니다. 그래도 이렇게 좋은 어머니를 만나 늦게라도 강한 아이가 되었으니, 염치없지만 저희 부모가 다시 감사의 인사를 드립니다. 그러하오니 우리 뜻을 받아주시고 의주를 위한 일이라면 언제든지 말씀해 주십시오. 우리가 나서서 돕겠습니다. 의주의 장래 문제에 대해서도 기탄없이 말씀해 주십시오. 그리고 의주 어머니 직업에 대해서 누가 뭐라 해도 인간을 이롭게 축원해 드리는 직업인데, 아이들까지 못된 짓을 하면서! 그 애들 부모는 어찌 애들이 망가지는 것을 그대로 방치만 한답디까? 우리 의주 어머니께서는 좋은 직업을 가지셨는데, 못된 아이들이 뭘 알겠습니까? 부디 잘 끌어나가십시오. 저도 가끔 용한 만신을 찾아가서 신점을 봅니다.

딸아이를 잃고 한참 우울증으로 고생할 때 한번은 신점을 보았습니다. 그런데 우리 딸이 어딘가에서 잘 지내고 있다면서, 아이를 키우는 어머니는 보통 분이 아니시라 했습니다. 그래서 어딘가에 살아있다는 확신을 두고, 자주 사찰로 가서 불공을 드렸던 것입니다. 불공을 드리면서도, 어딘가에서 살아서 좋은 분 만나 무탈하게 잘 지내준다면, 더는 소원은 없겠다고 했습니다. 아무튼, 의주 어머니께서는 만신이 되셨기에 의주를 구하게 되셨고요. 저는 의주 어머니의 직업을 존중합니다. 그러하오니 더욱더 정진하시기를 바랍니다.”

의주 어머니는 더는 고집을 부릴 수가 없었다. 그래서 겸허히 받아들여야 해서 의주에 관해서 물었다.

"참으로 어려운 결정을 내려주셨는데, 끝까지 마다할 수도 없습니다. 먼저 미려의 본명을 사용하고 의주라는 이름은 부르지 말아 주십시오. 미려도 이제 기억도 어느 정도 돌아오고 친부모님을 찾았으니, 전에 다니던 학교로 전학을 시켜 주세요. 여기서 조금은 멀어서 제가 학교에 알아보니 통학버스가 이 근처까지 오더군요. 그리고 저의 집에서 좀 지내다 심은동 부모님 집에 가서 지내면서 정이 들면 그때는 미려가 가끔 저의 집에 놀러 오는 걸로 그때까지만 제가 데리고 있겠습니다."

"아닙니다. 의주 이름도 좋을 것 같습니다."

"제가 미리 알아봤습니다만, 개명하려면 가정법원의 허가를 받아야 하는데, 개명 신고서와 개명 허가 등본 및 가족관계증명서와 도장을 갖고 관할 관청에서 개명신고를 하면 되지만, 번거롭게 그러실 필요가 없을 것 같습니다. 그러니 본명을 쓰시기 바랍니다. 그렇지? 미려야!"

미려는 아무 말도 못 하고 그냥 무표정을 하고 있었다.

"그렇게 하겠습니다. 의주가 아니 미려가 우리 집에 놀러 가고 싶다면, 미려 어머니와 함께 오십시오. 그렇지만 다만 미려를 심은동으로 가라고는 하지 마시고, 가고 싶다고 했을 때 가자고 하셨으면 합니다. 그리고 주지 스님께서 보현 스님을 통해 보내온 편지를 잘 읽었습니다. 주지 스님께서 보내온 편지 내용은, 미려가 행방불명 당시의 내용이었는데, 저는 편지를 읽으면서 눈이 통통 붓도록 얼마나 울었는지 모릅니다. 어떻게 그런 일이 있었단 말인지. 그런 줄도 모르고 찾아 헤맸었으니 말입니다. 용신께서도 미려 어머니의 정성에 감탄하여 좋은 계시를 내려 주셨으니, 미려를 구출하시게 되었네요. 그동안 얼마나 힘드셨겠어요? 기억을 잃은 아이의 다친 얼굴을 성형까지 하면서, 더군다나 친부모를 찾아 주려고 미려와 함께 불공을 드리러 다니셨다니……."

미려 친어머니는 더 말을 잇지 못하고 복받치는 눈물을 참으려고 억지로 헛기침했지만, 결국은 소리 내 오열하고 말았다.

"네, 이 내용은 주지 스님께서 입적하시기 전에 부르시더군요. 그래서 미려와 같이 주지 스님을 뵈러 사찰로 가니, 구출 당시를 기억하면 자세히 얘기해 달라셔서, 당시에 있었던 일들을 알려 드렸습니다. 그러고 나서 며칠 안 있어서 주지 스님께서 입적하시고, 영결식을 치르고 난 후, 보현 스님께서 사찰로 오라는 전갈을 받았습니다. 그래서 가서 미려 상봉에 관한 얘기를 듣고 와서 미려가 이아연에 관해서 얘기하더군요. 그래서 알았습니다만, 그 아이들 처리 문제만 남았군요. 저는 샤머니즘의 신을 믿는 만신으로서, 또한 불자님이셨던 심은동 사모님께서도 저와 같은 마음이란 생각이라 여겨집니다만, 주지 스님께서는 그 아이들을 용서하시고, 그 아이들의 부모님과 좋은 관계를 맺어달라 하셨습니다. 부모의 옳지 못한 훈육으로 아이들이 망가졌는데, 그 아이들이 무슨 죄가 있겠느냐고 하시면서 아마도 입적하시기 전부터 죽음을 예견이라도 하신 모양이라고, 보현 스님께서 말씀하시더군요. 그래서 입원 중에도 미리 퇴원하시어 상봉을 위해 급하게 추진하신 거라 했습니다."

울면서 듣던 미려 친어머니가 잠시 진정하고 나서 말했다.

"네, 하늘이 내려 준 인연인데 미려 어머니께서도 저와 같은 생각이라시니까 더 마음이 가벼워집니다. 그리고 가슴 아픈 얘기를 해서 대단히 죄송합니다만, 주지 스님께서 만신님께 잘 해드리시라 이르시더군요. 물론, 여부가 있겠습니까마는, 그 아픈 과거를 딛고 이렇게 열심히 살아오신 미려 어머니께 경의를 표합니다. 그래서 더욱더 미려를 애지중지 키워오신 데 대해서도 감사할 따름이고요. 부디 몸 건강히 잘 계시고 우리 자주 만나도록 하셔야겠습니다.

'두 불자님께서 하나의 운명을 서로 나누어 가지셨다.'라고 하신, 주지 스님의 말씀대로 함께해야 할 운명이기에 말입니다. 미려야 우리는 돌아갈 테니 엄마하고 즐겁게 잘 지내거라. 아프지 말고. 엄마나 미려한테 무슨 일이 있으면 바로 연락하고. 그리고 갖고 싶은 것도. 또한, 미려 어머니께서도 어려운 일이 생기면 즉시 알려주세요. 그리고 학교에 가서 심은초등학교로 전학을 가겠다고 미리 알려주시면, 우리 박 기사가 미래초등학교에 가서 재학증명서를 발급받아 올 겁니다. 그럼 새 주소지 주민등록등본과 전학신청서를 작성하여 교육청에 보내겠습니다. 그리고 전학 절차를 마치면 미려 어머니께 전화하여 모시러 오겠습니다."

미려는 어머니와 같이 친부모님께 작별의 인사를 하고 마구 손을 흔들었다. 차 안에서도 친부모님이 흔드는 손이 안 보일 때까지 서서 흔들었다.

방으로 들어온 미려 어머니는 또 눈물을 흘렸다. 이번에는 친부모님께서 베푸신 따뜻한 배려에 그만 가슴이 메었다. 옆에서 미려가 손수건을 가져와 눈물을 닦아주면서 등을 두드렸다.

"어머니! 이젠 울지 마셔요. 의주는 아니 미려는 아무 데도 안 가요. 저를 구해주신 어머니인데 제가 어디를 가요? 어머니 배신 안 때려요. 미려 어머니 마니마니 사랑해요."

만신은 미려의 말에 더 서럽게 울었다. 미려의 친부모님께서 헤아려 주신 마음과, 어머니를 생각해 주는 미려의 마음씨에 감격하여, 더욱 더 감격하여 눈물을 쏟고 말았다.

미려 어머니는 미래초등학교를 찾아가 의주 담임을 만났다. 담임은 갑자기 학교로 온 의주 어머니를 보고 어쩐 일이냐며 의아해했다.

"의주 어머니! 갑자기 연락도 없이 의주한테 무슨 일이 있으신가요? 의주 지금 수업 중인데요. 조금만 앉아 계시면 수업 끝나는 대로 데리고 올게요."

"아닙니다. 우리 미려 전학 좀 시키려고요."

"네! 미려를 전학시킨다고요? 미려가 누군데요? 갑자기 무슨 일로 전학까지?"

"우리 아이가 친부모님을 찾아서 원대로 복귀시키려고요. 그리고 남미려라는 본명이 따로 있었더군요. 그래서 전에 다녔던 학교로 다시 가려고요."

"아! 그러셨군요. 천만다행입니다. 그럼, 의주 학생이 기억이 돌아와 친부모님을 찾게 되었었단 말이지요?"

"네, 그동안 사찰의 임경 주지 스님께서 애 써주신 덕분에 친부모님을 만나게 되었습니다. 그래서 아이가 행방불명되기 전에 다녔던, 심은초등학교로 가려고 이렇게 불쑥 찾아왔습니다."

"네, 주지 스님께서 큰일을 하셨습니다. 의주 학생의 기억이 돌아와 친부모님을 찾을 수 있도록 하셨다니, 참으로 잘 됐습니다. 재학증명서는 바로 발급하여 드릴 수 있습니다. 언제쯤 전학시키려 하시는지요?"

"의주의 이름은 제가 아이를 구출하고 나서 지었었습니다. 수일 내로 기사님이 올 거라 했습니다. 그때 발급하여 주세요. 그럼 전 이만 돌아가 보겠습니다."

"좀 더 계시다가 따님을 보고 가시지요?"

"아닙니다. 선생님도 바쁘실 텐데. 다음에 또 뵙겠습니다."

"네 안녕히 가십시오. 의주 어머니!"

만신은 이아연 학생에 대해서 과거 얘기를 꺼내려다가 그만두었다. 이제 모든 것이 정리되어 가고 우리 미려도 친부모를 찾았으니, 전에 다니던 학교로 되돌아갈 수 있어 천만다행인데, 그 아이의 일을 들춰내어 봐야 아이만 상처를 입을 거라 그만두기로 했다.

오후에 학교가 끝나자 미려가 바로 집으로 왔다.

"우리 미려 벌써 학교 갔다 바로 집으로 왔구나. 오늘 학교에 가서 담임 선생님을 만나서, 미려 전에 다니던 학교로 전학 가려고 한다고 했다. 우리 미려가 기억이 돌아와서 친부모님을 만나게 되어, 다시 전에 다니던 학교로 전학 가게 되었다니까 선생님도 다행이라면서 무척 기뻐하셨다."

"그래서 담임 선생님께서 엄마가 왔다 가셨다고 했군요. 저는 전학 문제로 오셨다 가셨을 거로 생각했지요. 저는 다른 애들보다 유림이랑 헤어지는 것이 제일 싫어요. 그렇지만, 태권도장에서 만나면 되고요."

"그래. 우리 미려는 태권도장에서 만나면 되겠구나. 아무튼, 다시 학교로 가면 3학년 때 반 친구들 기억할 수 있겠니?"

"다는 아니라도 차츰 기억이 돌아오기 때문에, 가서 친구들 만나서 얘기하다 보면 기억할 수 있을 것 같아요."

"그래. 잘 됐구나. 우리 미려는 똑똑해서 빨리 기억이 돌아올 거야. 거기 가서도 싸우지 말고 잘 지내야 한다."

"네! 개내들은 다 착해요. 몇 명 애들만 빼놓고."

"그러니? 우리 딸 그때를 생각하니 눈물이 나오려고 하네. 사경을 헤매던 우리 딸이 이젠 이렇게 예쁜 딸로 컸으니. 주지 스님께서 늘 하셨던 말씀처럼, '인간만사 새옹지마人間萬事 塞翁之馬'라 이렇게 좋은 결과를 주실 줄 누가 알았겠니…."

만신은 눈시울이 뜨겁게 달아올라 떨어지는 눈물방울을, 옷소매로 찍으면서 행복의 미소를 지었다. 옆에서 미려가 물었다.

"어머니! 제가 어머니 곁에 있는데 왜 또 우셔요? 울지 마세요. 네, 어머니!"

"그래, 울지 않으마. 우리 딸이 엄마 옆에 있는데 내가 왜 울겠니. 정말 고맙고 행복해서 그러지."

만신은 흐르는 눈물을 주체하지 못하고 소리 내 울자, 미려가 손수건을 가져다 닦아 주면서 등을 도닥였다.

"어머니! 어머니는 진짜 울보예요. 그렇지? 그치 어머니!"

"그래, 엄마는 이제 울보가 다 됐구나. 이젠 좋아도 울음이 나오니 엄마는 진짜로 울보인가 봐. 우리 귀여운 딸!"

"귀여운 딸 앞에서는 우는 게 아니랬는데. 호 호 호! 어머니, 그리고 인간만 새옷인가 뭐라 하셨는데 그게 뭐예요?"

미려 어머니는 잠시 눈물을 닦고 나서 설명했다.

"응, 그것은 인간만 새옷이 아니고, '인간만사 새옹지마人間萬事 塞翁之馬'라고 옛날 고사성어에 나오는 말이란다. '고사성어'라는 단어는 옛날에 주로 중국의 역사적인 사건에서 유래된 한자어로, 대부분 4글자로 되어 있어 '사자성어'라고도 하는데, 옛사람들이 만들어낸 한자어 활용 방식 중 하나란다. 그리고 그 뜻은, '모든 것은 변화가 많아서 인생의

'길흉화복吉凶禍福'이라고, '좋은 일과 나쁜 일, 재앙과 복을 모두 이름'으로 예측할 수 없다는 뜻이란다. 그리고 '인간만사'는 인생의 모든 일에는, 좋은 일이 있으면 그 뒤에는 반드시 나쁜 일이 있을 수 있다는 뜻이고, 그리고 '새옹지마'는 중국의 한나라의 고황제高皇帝인 '유방'의 손자인 회남왕淮南王 유안劉安이, 많은 빈객과 방술가方術家로 하여금 한 나라의 사상을 집대성하여 다양한 사상과 문화, 학문을 종합수용하여 지은 철학서인 '회남자淮南子'에서 나왔단다. 우리 딸은 아직 어려서 이해하기는 어렵겠지만 그래도 들어보렴.

　옛날 중국의 북장 요새 부근에 살던 노인이 키우던 말을 잃어버렸다는구나. 그러니 얼마나 슬펐겠니. 그래서 이웃에 사는 사람들이 노인을 위로해 주었지만, 노인의 속마음은 어떤지는 모르나 겉으로는 덤덤하게, '그 일이 복인지 화인지 아무도 모른다.'라고 말했단다. 그러고 나서 몇 달이 지나 어느 날, 그 말이 다른 오랑캐 땅에 가서 좋은 준마와 함께 돌아왔단다. 그래서 사람들은 노인에게 잘됐다고 치하하자, 노인은 또 '그것이 화가 될지 아무도 모른다'라고 덤덤하게 말하였는데, 공교롭게도 노인의 아들이 그 준마를 타다가 떨어져 다리가 부러져 불행하게 되었지. 그런데 마침 나라에 전쟁이 발생하게 되었단다. 그래서 모든 젊은이가 전쟁터에 나가서 다쳐서 오거나 전사했으나, 노인의 아들은 다리가 부러져, 전장에 나가지 않게 되어 그 준마 덕분에 살아남게 되었단다. 그러기에 세상 모든 일은 다 좋은 것도, 나쁜 것도 아니라, 좋은 일이 나빠질 수도, 나쁜 일이 좋게도 될 수 있다는 말인데, 어떤 일이든 겸허하게 받아들여야 할 것 같구나!"

　"그러시면 우리 어머니께서는 복 된 삶을 누리시옵소서. 호호호."

　만신이 눈을 흘기니까 미려는 날름 혀를 내밀어 좌우로 흔들면서 재롱을 피웠다. 만신은 그런 미려를 덥석 껴안으면서 또 눈물을 글썽거렸다. 미려가 어머니 손을 빼내면서 빠져나와 또다시 혀를 날름거리면서 밖으로 뛰쳐나갔다.

열흘쯤 지나서 기사님한테서 전화가 왔다. 낼 월요일 8시쯤 미려와 어머님을 모시러 간다고 했다. 아마 심은초등학교에 전학 절차가 완료되었나 싶었다.

만신은 이른 아침을 들고 미려를 깨끗이 씻기고 예쁜 옷으로 갈아입혔다. 미려도 조금은 들뜬 기분인지 머리를 빗으려 하자 바짝 다가와 앉았다. 빗질하는 결을 따라 열심히 거울을 보고 있었다.

"우리 미려 머리 어떻게 해줄까? 양 갈래로 딸지 아니면 묶을까? 아니면, 그냥 긴 머리에 진주 머리핀을 꽂을지 아니면 똑딱 핀이 어떨지? 방울 달린 머리끈으로 묶을까?"

어머니가 머리 스타일로 고민하자 갑자기 미려가 똥머리로 따 달라고 했다.

"어머니! 똥머리 딸 줄 아시면 똥머리로 따주세요."

"하필이면 똥머리는 또 뭐냐? 똥머리는 어떻게 따는지 난 모르겠다. 설명 좀 해보렴."

"네, 머리카락을 하나로 모아서 똥처럼 꼬아 묶는 헤어스타일인데, 배구공 머리라고도 해요. 이 머리는 비행기 승무원 언니들이 많이 하는 올림머리 스타일인데, 어머니는 설명해도 잘 모르실 거예요. 그냥 평소에 어머니께서 해주시던 양 갈래로 따아서 리본으로 묶었거나 양 갈래로 갈라서 해주세요."

"그래, 그러자."

만신은 미려의 긴 머리를 잔머리가 삐져나오지 않게 머리카락을 빗어 내린 다음, 귀 옆에서 단정하게 양 갈래로 묶어주고 헤어 망이 달린 핀으로 정리하였다. 열심히 거울을 들여다보던 미려가 만족한 듯 웃음을 지었다.

"어때 괜찮니? 미려야!"

"네, 어머니! 아주 쪼아 쪼아. 호호호!"

"좋다면 됐다. 이제 차가 오면 타고 가면 되겠지. 짐은 챙길 것 없이 심은동 어머니께서 다 챙겨놓았을 테니까 우린 몸만 가면 된단다. 자 이제 올 시간이 되었으니 밖으로 나가자."

한참 후에 검은 승용차가 야트막한 언덕으로 올라와 집 앞에 서자, 차 문이 열리고 기사님이 내려 인사를 하고 나서 미려의 손을 잡고 차 문을 열었다. 미려를 먼저 태우고 미려 어머니가 타자 문을 닫고 출발했다.

학교에 도착하자 심은동에서 오신 부모님께서 차 문을 열고 맞이했다.

"어서 오세요. 미려 어머니! 우리 미려 매우 예쁘게 하고 왔구나."

미려 아버지가 반갑게 맞아주셨다. 심은동에서 오신 어머니도 미려 손을 잡고 미려 머리를 만졌다.

"미려야! 머리는 엄마가 해주신 거니? 엄청나게 예쁘게도 해주셨구나. 헤어 망이 너무 앙증맞아 누가 초등생이라 하겠니? 중학생이라 해도 속아 넘어가겠다. 우리 미려 헤어스타일이 바뀌니까 어여쁜 공주네! 어서 교장 선생님께 가보자."

햇수로 4년 만에 다시 찾은 심은초등학교 교장 선생님은 친분이 있었다. 미려가 행방불명되었을 때도 교장 선생님께서 많이 힘들어하였다. 모든 것이 교장인 내 책임이라면서 미려 아버지께 사죄하겠다고 집에까지 찾아왔었다.

　미려 아버지가 교장실로 들어오자마자 교장 선생님은 자리에서 일어나 반갑게 악수를 청했다.

　"남성일 사장님! 무척 오랜만에 뵙습니다. 심은동 사모님께서도 오셔서 무척 반갑습니다. 우리 미려 학생! 얼마 만이냐? 몰라보게 예뻐져 거리에서 만나면 몰라보겠는걸! 아무튼, 따님을 찾아서 저도 무척 기쁩니다. 어서 앉으시죠. 아! 그리고 이분은?"

　"네. 강연주 되시는, 우리 딸을 구출하여 지금까지 애지중지 키워주신, 미려의 진정한 어머니십니다. 미려 어머니 인사하세요. 미려 교장 선생님이십니다."

　"네 처음 뵙겠습니다. 강연주라고 합니다. 이렇게 환대해 주셔서 감사합니다."

　"네 교장 임진호입니다. 만나 뵙게 되어 영광입니다. 어서 앉으시죠."

　서로 인사를 나누고 있는데, 바로 교무부장과 미려 3학년 때 담임인 성민숙 선생님이 들어왔다. 성민숙 담임이 앉아 있는 미려를 보자 갑자기 와락 껴안으면서 눈물을 쏟았다.

　"미려야! 나 알아보겠어? 미려 3학년 1반 때 담임인 성민숙 선생님을? 너 잃어버리고 선생님이 얼마나 슬퍼했는지 알아?"

　성민숙 선생님은 눈물을 훔치고 나서 미처 인사를 못 드린 미려 아버지와 어머니께 인사를 드렸다.

　"미려 아버지, 어머니 오랜만에 뵙습니다. 그리고 너무 죄송합니다. 담임이 제대로 아이들을 단속하지 못해서. 미려 학생이 아직 저를 못 알아보는 게 너무 속상합니다. 좀 있으면 첫 교시가 시작됩니다. 그때

미려를 소개하려 했는데, 미려 어머니께서 함께 가주셔야 하므로 2~3교시로 늦추겠습니다."

"그렇게 해요. 우리 미려 학생도 여기서 담임 선생님과 함께 있다가 어머니와 같이 가도록 하고요."

교장 선생님이 담임에게 그렇게 하도록 하였다. 그리고 미려가 이렇게 무사히 돌아오게 된 일을 교무부장한테 들려달라 했다.

"심은동 사모님께서는 미려를 구출하였을 당시에 대해서, 우리 교무부장한테 설명을 좀 해주셨으면 합니다. 같은 반이었던 아이들도 무척 궁금해 할 거고, 또한 어떠한 일이 벌어져 그런 상황이 일어났는지도, 해당 교육청에다 보고해야 하고 또 경찰서에도 알려야 합니다. 왜냐면 아직도 처리 안 된 사건으로 남아 있기 때문에 종결 처리를 해야 해서입니다.

우리 미려 학생이 행불되었을 때 아무런 원인도, 어떤 단서 하나 찾아내지 못하였으니 얼마나 답답했었습니까? 당시의 그 참담했던 상황을 다시는 떠올리고 싶지 않습니다. 경찰에서 학교에서도 많은 수고를 했지만 허사였습니다. 그래도 이렇게 우리 미려 학생이 건강하게 돌아왔으니, 부모님과 미려 어머니께 진심으로 감사드립니다."

"그렇게 생각해 주시니 감사할 따름입니다. 교장 선생님! 그리고 저보다도 당시에 미려를 구출하신 우리 미려 어머님께서, 직접 말씀해 주시는 것이 좋겠습니다. 미려 어머니께서 직접 교무부장님께 설명해 주셨으면 합니다. 미려 어머니!"

심은동 사모님은 교장 선생님이 부탁하자, 미려를 구출했던 당사자인 미려 어머니께 말씀드려 주시기를 부탁했다.

"네, 심은동 사모님! 제가 말씀드리겠습니다."

미려 어머니는 당시 미려를 구출하게 된 동기서부터 미려를 시내 미래초등학교에 전학시킨 상황과, 지금까지의 지나온 일에 대해서 소상히 얘기하면서, 이 모든 것은 사찰의 주지 스님께서 나서서 해결해 주신 덕분이라 했다. 성민숙 담임 선생님은 미려의 손을 꼭 잡고 앉아서 들으면서 고개를 숙였다.

옆에서 듣고 있던 심은동 사모님께서는 소리죽여 흐느꼈다. 아버지도 목이 메는지 가는 기침을 해댔다. 듣고 있던 교장 선생님도 심호흡하면서 가끔 한숨을 내쉬고, 교무부장은 하나도 빠짐없이 속기록을 하고 있었다. 다 듣고 난 교장 선생님은 상기된 얼굴로 큰 숨을 내뱉고는 교무부장에게 물었다.

"김성환 교무부장은 이 문제를 어떻게 생각하시오? 어떻게 이럴 수가 있단 말이오? 교무부장! 이게 말이나 되는 얘깁니까? 학생 세 명이 한 학생을 바닷가로 끌고 가 집단 폭행하여 버리고 그냥 온다는 게 말이오. 아무리 그래도 피를 흘려 쓰러진 애를 병원으로 데려와야지. 김 선생은 그 당시 담임하고 대처를 어떻게 했길래 주동자 하나 잡아내지를 못했단 말이오? 이 일로 인해 책임질 사람은 책임을 져야지요. 담임서부터 교무부장까지도 말이오."

교장은 언성을 높여 노발대발했다. 교무부장은 노트를 접고는 아무 말도 못 하고 그냥 고개만 숙이고 있었다.

"교무부장은 오늘 들은 내용을 정리하여 갖고 오세요. 당시 일짱으로 학교를 시끄럽게 했던 그 애가 미려 학생에게 그렇게 못된 짓을 했단 말이오? 그때는 몰라서 단순히 학폭을 주도했다는 명목으로, 주의를 시키게 되지 않았습니까? 그 후로 또다시 학교를 시끄럽게 하여 학교폭력대책심의위원회를 개최하고 내려진 조처로 알고 있었는데 그게 아니었습니까? 초, 중생은 의무교육이라 퇴학 조치는 내릴 수가 없어서 7호(반 교체)를 내렸는데, 어떻게 교장인 나도 모르게 다른 학교로 전학을 간단 말입니까? 교무부장!"

"네, 당시에는 7호 처분이 내려지고 학교를 잘 다니는가 싶더니, 또 학교를 시끄럽게 해서 수차례나 학부모를 불러 자제해달라고 요구했었는데, 나중에 당사자 부모님께서 교육감을 통해서, 전학을 요구해 왔습니다. 이것은 저의 짧은 소견입니다만, 교장 선생님께까지 불편하게 해드리면 안 될 것 같아서 그리 처리했습니다. 그 아이가 이런 엄청난 일을 저질렀을 줄은 전혀 생각지도 못했습니다. 당시에 그 일을 알았더라면, 전학이 아니라 다른 조처를 내렸을 텐데…. 죄송합니다. 심려를 끼쳐 드려서."

"그렇다면 그 아이 부모가 월권행위를 하여 다른 학교로 전학을 시켰단 말입니까? 부당한 방법으로 아이를 보호하려 든다면, 그 아이는 뭘 보고 배우겠습니까? 어린 나이에 올바르게 선도해도 모자랄 판에, 어른들이 아이들의 인성교육에 먹칠까지 한다면, 커서 제대로 사회생활을 할 수 있겠습니까? 어른이 되어서도 그 못 된 방법으로 사회생활을 하려 들겠지요.

그것도 고려하여 학급교체인 7호를 내렸었는데, 주동했던 일짱 애를 다른 학교로 전학을 시켰단 말이 믿어지지가 않소. 다른 학교에서 받아줄 때는 전과기록을 확인했을 텐데. 이 문제가 교육청으로 넘어가게 되면, 교육감도 일말의 책임은 있기 때문에 그 아이는 보호처분은 당연합니다. 그래도 두 명의 아이도 함께 학폭에 가담한 전모가 드러났으니, 후속 조치는 면치 못할 것이오. 아무리 촉법소년이라 해도 보호처분은 받을 것이니 말입니다.

학폭위 처분은 경징계인, '서면 사과(1호)'부터 가장 중한 징계인 '퇴학(9호)'까지 9개 조치가 있는 것으로 아는데? 그렇게 아시고 속기록 정리가 되는 데로 교장 주재로 긴급회의를 소집할 터이니 담임과 같이 추진하세요."

교무부장이 나서서 성민숙 담임에게 미려 학생을 소개하고 오라 했다.

"그렇습니다. 교장 선생님의 말씀이 백번 옳습니다만, 그 당시에 알았다면, 제9호(16~20점: 10세 이상)로, 단기 소년원 송치 6개월 이내 조처가 내려졌을지도 모릅니다. 그 진상 부모들은 갖은 방법으로 자식들을 보호하려 들어서 여간 골치가 아닙니다. 그리고 성민숙 담임 선생님은 교장 선생님 말씀대로, 심은동 사모님을 모시고 미려를 데리고 가서 소개 인사를 하고 오세요."

"네, 심은동 사모님 어서 가시죠."

"아닙니다. 담임 선생님! 미려 어머니가 가셔야 합니다. 저는 여기 남아있겠습니다."

미려 어머니가 손사래를 쳤다. 그러자 담임이 나섰다.

"네, 심은동 사모님! 우리 반 아이들은 심은동 사모님을 알고 있기 때문에, 가셔서 한 말씀 하시고 오시는 게 좋을 것 같습니다. 그렇지 미려야?"

미려는 고개를 끄덕였다. 6학년 1반 반장이 찾아와서 문밖에서 담임 선생님을 찾았다. 담임은 기다리라 하고, 미려와 심은동 사모님과 함께 교장실을 나와 교실로 갔다.

담임 선생님이 먼저 교실 문을 열고 들어가니, 소란스럽던 교실 안이 갑자기 조용해졌다. 아이들이 숨을 죽이고 조용하게 앉아 있었다.

담임은 남미려 학생을 소개하겠다고 하고, 문 앞에서 기다리고 계시는 심은동 사모님과 미려를 들어오시라 했다. 그러자 다들 손뼉을 치면서 남미려를 외쳤다. 담임 선생님이 반장을 불러 조용히 해달라 하자 반장이 일어나서 '조용히 하자'고 했다. 담임 선생님은 남미려와 어머니를 단상에 올라오시게 하고 학생들을 둘러보고 나서 소개했다.

"여러분! 4년 전 3학년 때 우리와 헤어져 행방불명이 되었던, 여러분의 친구인 남미려 학생이 이렇게 건강하게 자라 우리 곁으로 돌아왔습니다. 우리 남미려 학생의 말을 듣기 전에 먼저 남미려 어머니를 모셔서 말씀을 듣겠습니다."

교실이 떠나갈 듯이 손뼉을 치면서 아이들이 남미려 이름을 외쳐댔다. 담임 선생님은 한참 동안 기다렸다가 조용해지자 심은동 사모님께 말씀하시라 했다.

"우리 학생 여러분! 나는 남미려 어머니예요. 우리 미려가 사라져 서로 찾을 당시에 보고 몇 년 만에 또 보게 되네요. 그동안 우리 미려 찾아주려고 애를 많이 썼어요. 그래서 여러 학생 덕분으로 우리 미려가 이렇게 무사히 친구들 곁으로 돌아오게 되었네요. 너무너무 우리 미려 친구들이 고마워요. 그리고 우리 딸 미려가 아직도 후유증으로 기억을 잘 못하고 있어요. 그래서 우리 미려 친구인 여러분이 좀 도와주어야 합니다. 우리 미려한테 친하게 대해주고 가깝게 지내줬으면 해요. 아직은 기억이 온전치 못하니 너무 많은 질문은 하지 말고 같이 재미있는 이야기랑 재미있는 놀이로 함께 친하게들 지내줬으면 고맙겠어요. 그렇게 하면 여러분의 친구 미려가 기억을 되찾는 데 많은 힘이 되어줄 거예요. 다들 알았지요?"

요란한 대답이 교실 전체를 울렸다.

"우리 미려의 행방불명이 되었을 당시의 일은 우리 담임 선생님께서 차차 얘기해주실 거예요. 그러니 얘기 듣고 너무 놀라지들 말고 우리 딸 미려 잘 좀 부탁해요. 우리 딸 미려 친구들 그렇게 할 수 있지요?"

아이들이 '네' 하면서 손뼉을 쳤다. 미려 어머니의 눈에서 눈물이 글썽였다. 이어서 담임 선생님이 미려를 단상에 올려 인사를 시켰다.

"얘들아! 나 남미려. 다들 알지? 내가 다시 돌아왔어. 전에 미래초등학교 다니다 부모님을 만나서 다시 우리 학교로 오게 되었다. 참으로 오래간만에 반갑다. 친구들아! 그런데 너희는 나를 잘 알겠지만, 나는 너희를 잘 모르겠어. 몇 명만 빼고는. 지예야! 너 얼마나 보고 싶었는지 몰라. 너희와 매일 지내다 보면 기억이 돌아온다고 했어. 너희 언제 우리 떡볶이 먹으러 가자, 우리 어머니가 오늘 전학해 온 기념으로 쏜다고 했다."

애들이 떡볶이 산다고 하니까 교실이 떠나가도록 손뼉을 쳤다. 그리고 반장이 일어나 미려한테 물었다.

"미려야! 우리가 모두 너를 얼마나 찾았는지 아니? 하물며 너를 찾으러 산에도 올라가 봤다. 네가 이렇게 건강하게 돌아와서 우리는 아주 기쁘다. 아무튼, 우리 이제부터 즐겁게 지내자. 이제부터는 네가 사라지지 않도록 잘 감시할 거야. 그렇게 알고 우리와 함께 지내. 알았지? 미려야!"

반장의 말이 끝나기 무섭게 아이들이 또 남미려를 외쳤다. 이번에는 교실이 아니라 학교가 떠나갈 듯했다. 담임 선생님이 앞으로 미려와 재미있게 지내자고 했다.

"여러분! 우리 이제부터 미려 친구랑 재미있게 공부하면서 즐겁게 지냅시다."

모두가 '네'하고 크게 외쳤다.

"이번 교시에는 국어 선생님이 오셔서 수업에 들어갈 테니 학생들은 공부 열심히 하고, 미려는 내일서부터 친구들과 같이 수업을 받을 테니 그렇게 알아요. 그럼, 선생님은 미려 어머니와 밖에 잠깐 나갔다 올 테니까 미려와 잠시 얘기를 나눠요."

담임은 미려 어머니와 교실을 나와 잠시 기다리다 교실로 들어갔다.

"우리 미려 친구들 미려와 인사들 나눴지요? 미려를 내보낼 테니 내일 봐요."

아이들이 일제히 외쳤다.

"미려야! 내일 봐. 그리고 또 우리 몰래 사라지면 안 돼!"

담임 선생님은 미려와 같이 어머니를 모시고 다시 교장실로 왔다.

"교장 선생님! 미려 어머니께서 아이들한테 미려 학생과 친하게 잘 지내라고 당부의 말씀을 하셨습니다. 아이들이 얼마나 미려 어머니 말씀에 환호하는지 대단했습니다. 다 같이 미려 학생 이름을 외치지를 않나, 미려 어머니 말씀에 손뼉을 치지를 않나, 아이들이 미려에 많은 관심을 두었습니다. 정상 수업은 내일서부터 하기로 하고 미려를 데리고 왔습니다."

"심은동 사모님께서 애 많이 쓰셨습니다. 성민숙 담임 선생님도 수고했어요. 이제 점심시간이 되었는데, 같이 식사하러 가십시다. 우리 학교 구내식당 메뉴가 훌륭합니다. 가서 한 번 드셔 보시지요."

담임 선생님이 먼저 식당으로 가서 7명 테이블을 따로 준비해달라 하고 와서 모시고 갔다. 교장 선생님을 비롯하여 남성일 사장님, 심은동 사모님, 미려 어머니, 미려 학생, 교무부장, 그리고 성민숙 담임과 함께 점심을 먹고, 다시 교장 선생님 집무실로 가서 차를 마시고 학교를 나왔다. 담임과 교무부장이 주차장까지 나와 배웅했다.

 박 기사는 심은동 사모님 자택 앞에 차를 세우고 나와서 차 문을 열고 사장님과 사모님, 미려 어머니를 내려 드렸다.

 "어서 들어가시지요. 미려 어머니!"

 차에서 내린 심은동 사모님이 만신과 미려의 손을 잡고, 정문으로 들어섰다. 넓은 잔디밭에는 잔디가 곱게 자라있었다. 잔디밭 길을 걸어 현관문을 열고 넓은 거실로 들어갔다. 소파에 앉기를 권하고 집사가 다가오자, 차를 준비하라 일렀다.

 미려가 치던 피아노는 덮개를 씌워 놓은 채로 그대로 놓여 있고, 그 위에는 사진이 하나 걸려 있었다. 미려 어머니가 한참 보고 있는데, 사모님이 보고는 사진에 대하여 설명했다.

 "미려 어머니! 저 앞의 사진이 우리 미려 초등학교에 입학하고 찍은 사진입니다."

 설명하다 말고 울음 섞인 목소리가 나오자 이내 말을 멈추고 돌아섰다. 남편이 티슈를 뽑아들고 다가가서 건네주었다.

 "여보! 미려 앞에서 또 이러면 어떡해요? 이 좋은 날에. 이제 우리가 그렇게 애타게 찾았던 우리 딸이 돌아왔는데, 더는 뭐가 그리 속상해서 그럽니까? 기뻐서 마구 웃어도 시원찮을 텐데도."

 "그러게요. 옛날 우리 딸 사진을 보고 있으니 저절로 눈물이 나네요. 그리고 우리 딸을 구해준 생명의 은인인 미려 어머니가 이렇게 오셔서 보고 계시니, 더 주체할 수 없이 눈물이······."

 "저게 제가 초등학교에 들어갔을 때 찍은 사진이에요? 그땐 귀엽네요. 어머니! 울지 마세요. 미려 여기 자주 놀러 올게요. 맛있는 거 많이 만들어 주세요."

눈물을 훔치고 난 미려 친어머니는 미려를 덥석 안고 얼굴을 비볐다.

"그래, 미려야! 정말 고맙구나. 이제부터 우리 미려 앞에서는 다시는 안 울 게."

그러자 미려가 손바닥을 펴들었다. 미려 어머니도 손바닥을 펴서 하이파이브하고 나서 미려에게 물었다.

"점심 맛있게 먹었지! 오늘 전학해 온 소감 어땠어? 전에 공부하던 교실이 낯이 익어? 아이들이 잘 대해 주고?"

"아직은 잘 모르겠어요. 애들이 서로 몰라보게 컸다면서 머리 만져 보고 손 만져보고 하면서, 너 어디 갔다 왔느냐면서 너무도 반갑다고들 했어요."

"그랬었구나!"

"제가 기억나는 친구는 미려라면서 김지예가 저를 보고 막 울었어요. 우리 반에서 제일 친했었는데요. 너를 잃고 너무 속상했다면서요."

"그래. 차차 나아지겠지!"

"지예와 반장과 몇몇은 알겠는데 다른 애들은 좀 더 봐야 기억을 할 수 있을 것 같아요."

"그래, 미려야! 생각은 차차 하면 떠오를 거야. 너무 한꺼번에 많이 하면 지난번처럼 또 쓰러진다. 주지 스님께서 그리셨어. 생각을 한꺼번에 너무 깊게 하면 머리가 어지러워져서 혼란에 빠진다고."

"그래 미려야! 엄마 말씀대로 너무 깊이 생각하지 마라. 아직은 한창 성장할 나이니 좀 지나면 괜찮아질 거야."

차를 마시면서 미려 친어머니가 거들었다. 한참 얘기하면서 차를 다 마신 만신이 이만 가보겠다고 했다. 미려 친어머니가 기사를 오라 해서 그간 미려를 위해 사둔 옷과 미려에게 필요한 물품들, 학교에서 준 교과서와 학교에서 쓸 용품과 사물함의 키서부터 다 챙겨놓은 상자를 차에 실으라 했다.

　미려 친어머니는 미려 아버지와 정문 앞에 나와서 떠나는 차를 향해 보이지 않을 때까지 손을 흔들었다.

　미려의 집으로 온 박 기사는 차 문을 열어 미려와 어머니를 내려 드리고 짐을 트렁크에서 꺼냈다. 거실까지 옮겨놓고 인사를 했다.

　"미려 어머니! 잘 지내시고, 심은동 사모님 댁에 오시고 싶으시면 언제든지 연락해 주세요. 제가 모시러 오겠습니다. 그럼, 이만 가보겠습니다."

　미려가 기사님보고 인사를 했다.

　"박 기사 아저씨 잘 가세요. 그리고 또 오세요."

　"그래, 미려 아가씨도 안녕! 미려 어머니 또 뵙겠습니다. 안녕히 계십시오."

10. 학교폭력전담기구 소집召集

　심은초등학교에서 '학교폭력전담기구'를 열어, 이번 남미려 학생의 지난 3학년 1반 때의 학교폭력에 대한 기조 설명을 김성환 교무부장이 맡아 했다.
　"먼저 여러분이 아끼고 사랑했던 제자가 아무 탈 없이 건강하게 돌아온 데 대해서, 교장 선생님을 비롯하여 교직원과 함께 축하를 드립니다. 그래서 이번 회의는 그냥 회의가 아니라, 비상대책회의의 의미를 부여해서 앞으로 해야 할 문제를 다루도록 하겠습니다.
　3학년 1반 남미려 학생이 갑자기 행방불명되어, 우리 교직원이 애타게 찾아 나섰던 때가 엊그제 같은데, 벌써 햇수로 4년이란 세월이 흘렀습니다.
　그 후로 우리 학교에서 갖은 학폭이 만연하여, 결국은 주동자인 이아연 학생을 7호(학급 교체)를 적용하여 다른 반으로 배정했었는데, 또다시 말썽을 피워 여러 차례 학부모님께 자제를 요청했었지만, 그때뿐이라 얼마 지나지 않아 다른 학교로 전학을 가고 말았습니다. 그런데 합법적으로 이뤄졌으면 지금 이 일로 회의를 열진 않았을 겁니다. 당시에는 가벼운 학교폭력이라 해서, '학교폭력전담기구'를 열어 전담 교사를 통해 사안을 조사했습니다. 그리고 학폭위 상정 여부를 결정하여 관할 교육지원청으로 사안을 넘겼는데, 7호 처분이 내려져 교장 선생님의 승인을 받아 처리하게 되었습니다.

당시에 교감 선생님께서도 '문제를 일으키는 아이들은, 자숙의 시간을 갖도록 하는 것이 당사자나 부모에겐 좋을 것입니다. 그러니 7호 처분은 단지 반을 옮겨 가는 것이지, 우리 학교를 떠나는 것이 아니라며 그렇게 하는 것이 좋겠습니다.'라고 하셨는데 백번 지당하신 말씀이었습니다. 그래서 다른 반으로 옮겼을 뿐인데, 그것도 불복하고 다른 학교로 전학을 한 것입니다. 4년 전 행방불명 된 학생과 연관이 있었음을 알았다면, 7호 처분이 아니라 보호처분이 내려졌을 것입니다.

그런데 학교에서 그렇게 좋은 방법을 택하여 배려했는데, 유치한 방법을 쓴다는 것은 학부모로서 옳지 못함은 물론, 당사자에게도 올바른 교육이 못 된다고 할 수가 있습니다. 아무리 학부모라 해도 고개를 숙일 때는 숙여야 하는데, 해당 학생을 봐서라도 말입니다. 당시 교육감의 지시로 학교에서 어쩔 수 없이, 그 학교에서 받아주기로 했다고 해서 전학 승인을 하고 보냈던 것입니다. 교장 선생님께 부담을 드리지 않으려고 하였는데, 이번에 큰일이 터지는 바람에 아서서 제가 꾸중을 듣게 되었습니다.

남미려 학생이 행방불명되어 지금까지 경위를 몰랐는데, 남미려 학생을 구출하여 지금까지 곱게 키워주신 분을 찾게 되었습니다. 찾게 된 것은 사찰의 주지 스님께서 애써주신 덕분이라 했습니다. 그렇게 해서 남미려 학생이 부모님과 상봉하게 되었지만, 그러나 안타깝게도 주지 스님께서 친부모님과의 상봉을 주선하고, 4년 만의 만남을 보지 못하고 입적하셨다고 했습니다.

이 얼마나 안타까운 일입니까? 기적으로 남미려 학생을 구출한 그분께서 지극정성으로 돌봐오셨기에, 우리 남미려 학생이 그 당시를 기억해 낼 수 있어서, '학교폭력전담기구'를 발동하게 된 것입니다. 그러하오니 여기서 나온 안건을 취합하여, 세 명의 학생에게 어떠한 조처를 내려야 하는지, 6학년 1반 담임인 성민숙 선생님의 설명을 잘 들으시고 판단을 내려주셨으면 합니다.

구출할 당시에는 지난 과거를 전혀 기억하지 못했는데 친부모님을 만나고 나서부터 기억이 돌아와서 행방불명의 원인을 이제 알게 되었던 것이지요. 참으로 있어서는 안 될 당시의 사건이라서 자세한 내용 잘 들으시기를 바랍니다. 설명 부탁합니다."

"네, 6학년 1반 담임 성민숙입니다. 4년 전의 일은 다 아시지요? 우리 교직원이 얼마나 우리 학생 찾으려고 애를 쓰셨는지를. 그런데 4년이 지난 지금 남미려 학생이 기적처럼 살아 돌아왔습니다.

남미려 학생이 실종된 날이 바로 햇수로 4년 전 4월 20일이었는데, 구출한 날도 4월 20일이었습니다. 우리 학생을 그날 구출하게 된 것은, 마침 해마다 동해안에서는 고기를 많이 잡고 무탈하게 해달라고 용왕신에게 제를 지내는 풍어제를 엽니다. 그 풍어제를 주관하시는 강연주 만신萬神(성무의식을 치르시고 정식으로 만신이 되신 여자 무당)께서 풍어제를 지내고 와서 피곤하여 잠들었는데, 용왕신의 계시를 받고 바로 그곳에 가서 피를 흘리면서 신음하던 학생을 구출하게 되었지만, 기억을 잃은 상태였습니다.

만신님과 남미려 어머니께서도 불자님이시라 사찰에 불공드리러 다니면서 주지 스님이 두 불자님의 사연을 아시고 남미려 학생의 친부모님과 상봉을 하게 된 것입니다. 그런데 친부모님을 찾고부터 기억이 떠올라서 그날의 일을 알게 되었습니다. 일짱인 이아연과 이진 두 명이 남미려 학생을 바닷가로 끌고 가서, 돈 뺏고 폭행하여 피를 흘리고 쓰러진 남미려 학생을 그대로 두고 가버렸다고 했습니다. 만일에 그날 강연주 만신님이 아니었으면 남미려 학생이 이렇게 살아 돌아왔을까요? 그것도 바닷가의 돌무더기 위에다 내팽개치고서. 이런 끔찍한 일을 생각하기조차 두렵습니다.

어떻게 초등학교 3학년 학생이 같은 반 친구를 죽게 내버려두고 와서, 지금까지 꼭꼭 숨기고 지냈다는 데 대해 경악을 금치 못하겠습니다. 당시에 구급차를 부르든가 아니면 학교에다 알리기만 했었어도, 그동안 학생을 찾는 수고는 없었을 테고, 부모님께서 딸을 찾느라 얼마나 고통스러운 나날을 보내셨겠습니까? 병까지 얻어 병원에 입원까지 하시고. 참으로 소름까지 돋게 합니다. 만약에 학생이 잘 못 되기라도 했으면, 어쩔 뻔했습니까? 어떻게 3학년 어린 애들이 이렇게까지 모진지 말입니다. 그러나 여기서 끝이 아닙니다.

나중에 밝혀진 일이지만, 피를 흘리고 쓰러진 친구를 버리고 집에 갔다가, 어떻게 되었는지 확인 차 다시 그 장소로 갔었는데, 남미려 학생이 보이지 않아서 그냥 돌아와 여태껏 숨겨왔던 것입니다.

제보한 아이가 있었기에 밝혀진 것입니다. 범인들은 어떤 사건을 저지르고 나면 확인 차 꼭 그 현장을 다시 가본다고 했는데, 그 말이 맞는 말이었습니다.

그러니까 남미려 학생을 폭행하고 버리고 돌아왔을 때가 오후 한 네~다섯 시쯤이었을 거고, 미려를 구출하신 어머니께서는, 그 시간대에 용신이 내려와 알려주었기에 급하게 차를 몰고 가서 남미려 학생을 구출하게 된 것입니다."

성민숙 담임의 말에 회의장이 조용했다. 아무런 말도 없이 갑자기 사라져 그런 끔찍한 일을 당했으리라 누가 상상이나 했을까 하는 분위기였다. 담임은 다시 설명했다.

"엊그제 남미려 학생의 전학 소감을 발표했습니다. 아침 3교시에 남미려 어머니께서 직접 오셔서 6학년 1반 학생들에게 함께 잘 지내달라는 부탁을 하셨습니다. 이어 아직 기억을 잃어서 그러니 너무 많이 물어보지 말고 또한 말을 많이 시키지 말았으면 한다고 했습니다. 그러자 아이들이 큰소리로 '네'하고 대답했습니다. 이어서 남미려 학생이 전학해 온 소감을 전하자 아이들이 대 환호했습니다. 그리고 전학해 온 기념으로 어머니께서 떡볶이를 사준다고 하자, 아이들이 무척 좋아했습니다."

성민숙 선생님의 미려 학생 구출서부터 지금까지의 모든 상황을 듣고 나서 질문을 받았으나, 모두가 한목소리로 그대로 둘 수는 없다는 의견들이었다. 이것은 살인 미수로 봐야 한다면서 8호 처분 이상을 내려야 한다고 했다. 묵묵히 듣고 있던 교감 선생님께서, 앞으로 어떻게 처리하려는지 합의점을 찾아 실행하라고 지시하고 먼저 자리에서 일어났다.

'학교폭력전담기구'에서는 당연히 세 명의 학생을 '학교폭력대책심의위원회'에 넘겨 형사 고발당해야 한다고 웅성거렸다. 그러면서 아무리 촉법소년이라 해도 보호처분은 받을 것이니, 그것이라도 받고 다시는 그런 못 된 짓거리는 그만하게 해야 한다며 성토했다. 한편에서는 너무 끔찍하여 말이 안 나온다고 하였다.

가만히 듣고만 있던 김성환 교무부장도 어떻게 3학년 아이들이, 그런 흉악한 짓거리를 하고서도 학교에 나와 또 못 된 짓거리를 일삼았는지, 경악을 금치 못하겠다고 했다.

'학교폭력전담기구'에서 만장일치로 고발 조치하여야 한다는 의견을 피력하고, 의결 사항을 교감 선생님께 제출하기로 했다.

다음날 학교에서 의결한 사항을 미려 어머니와 심은동 아버지께 보냈다. 먼저 송달 물을 받은 심은동 사모님은 기사를 불러 급하게 남편의 회사로 갔다. 남성일 사장은 갑자기 회사로 찾아와서 놀라면서 무슨 일이냐 했다. 그러자 송달 우편물을 보여주면서 물었다.

"여보! 우리는 이렇게 하지 않기로 미려 어머니와 합의를 봤잖아요? 그런데 학교에서는 강경하게 처리하려고 하는데, 당신이 어떻게 좀 해보세요. 우리 미려가 그 애들 때문에 죽다 살아났지만, 미려 어머니는 불교를 믿는 불자이시고, 저 또한 불자인데 어떻게 한 인생들을 가혹하게 할 수 있을지요? 물론 지난 일을 생각해 보면 퇴학을 당해도 분이 풀리지 않겠지만, 우리 딸이 미려 어머니 때문에 건강하게 돌아왔기에 우리 딸의 장래를 생각해서라도, 세 아이의 장래를 망쳐놓고 싶지는 않아요."

"그래, 나도 당신 생각하고 같아서 지난번에 우리 고발하지 말고 그냥 놔두자고 했었고. 교장 선생님은 내가 불러서 해결할 터이니 당신은 미려 어머니를 오시라 해서 얘기를 해보구려. 지금 바로 기사를 보내겠다고 하세요. 그리고 당신은 회사 차로 먼저 집으로 가서 기다려요."

"네, 그래야겠어요."

심은동 사모님은 회사 차를 타고 집으로 갔다. 한참 후에 미려 어머니가 도착하여 기사와 함께 들어왔다. 거실에서 기다리던 사모님은 소파에서 일어나 반갑게 맞았다.

"어서 오세요. 미려 어머니! 바쁘신데 먼 길 오시라 해서 미안합니다. 너무 급한 사안이라서 이렇게 급히 오시라 했습니다."

"갑자기 급한 사안이라니요?"

"실은 학교에서 '학교폭력전담기구'를 열어 가해 학생들을, '학교폭력대책심의위원회'에 넘겨 더 엄격한 처벌을 받도록 한답니다. 그래서 학교의 정책과 상황에 따라 적절한 처벌은 보호조치밖에 없음을 시사했습니다.

회의에서 미려 담임이 미려를 구출하고 지금까지의 모든 상황을 설명해 드렸나 봅니다. 그런데 참석자 전원이 고발 조치하여, 최고의 높은 조처도 불사하겠다고 하니 어쩌면 좋을까 해서요. 미려가 죽다 살아온 걸 생각하면 그냥 놔둘 수는 없는데, 그래도 미려 어머니 때문에 살아 돌아왔는데, 우리 아이를 봐서라도. 또한, 애들의 장래를 생각하면. 그것도 세 명이 다 촉법소년이라 형을 살리지는 못하더라도 보호처분은 받을 것이라 했습니다."

"형사고발 하게 되면 세 학생이 보호처분을 받을 수 있다는 말씀이군요."

"그래서 아침에 송달된 우편물을 갖고 남편 회사에 갔었습니다. 남편한테 보이니 읽어보고 미려 어머니께 기사를 보내 모시고 심은동으로 오시라 해서, 나는 회사 차로 먼저 집으로 와서 미려 어머니를 기다리고 있었습니다. 그리고 남편이 교육청과 경찰 수사기관에 알리기 전에 세 명의 아이의 장래를 생각해서라도, 교장 선생님을 만나서 형사고발만큼은 하지 말아 달라고 했으니 기다려 봅시다."

"네, 그렇게 하셨으니 좋게 해결이 되겠지요? 아무튼 애쓰셨습니다."
"이왕 오셨으니 점심이나 같이하시지요? 그리고 차나 드시면서 말씀 나누시다 미려 오면 같이 가시고요. 아까 회사에서 미려한테 카톡을 보냈습니다. 어머니께서 심은동 집에 와 계시니까, 학교 끝나면 데리러 갈 터이니 기다리라 했습니다."
"그리셨다니 그렇게 하겠습니다. 이아연이란 애가 전학 간 그 학교에서도 학폭에 가담했던 모양입니다. 그래서 미려와 같이 태권도장에 다니던 이유림이란 친구가 나서서 더는 못하게 막아서, 그 애가 일진들 노는 곳에서 빠지고 조심히 처신하고 있다고 들었습니다.
그 학교에서도 얼마나 애들이 극성인지. 다행히도 미려가 태권도장엘 다니게 되어 곧 2품인가 하는 품사를 받게 되었다고 했습니다. 더군다나 이유림 학생 아버지가 운영하는 도장이라, 특별히 조교사에게서 직접 기초 동작부터 꼼꼼하게 지도를 받았기에, '품' 심사가 다른 애들보다 빠르다고 했습니다. 그래서 일진 애들이 우리 미려는 건드리지 않게 되었지요. 한번은 다섯 명이 우리 미려를 불러놓고 폭행하려던 것을 우리 미려의 태권도 발차기에 보기 좋게 나가떨어지고 또 한 애가 달려드는 것도 앞발 차기로 넘어뜨렸는데, 학교에서 징계처분하려 한 것을, 제가 경찰에 고발하여 오히려 두 학생에게 징계처분을 내리는 일도 있었습니다."
"참 잘하셨습니다. 미려 어머니! 요즘 영악한 애들 때문에 피해 보는 학생들이 얼마나 많습니까? 아주 잘하신 겁니다. 미려도 다른 애들이 괴롭히지 못하니까 얼마나 좋습니까? 오늘도 미려 어머니가 정말 장해 보이십니다. 미려 어머니! 우리 오늘 기분 좋은데 술이나 한잔합시다. 하실 줄 아시지요?"

"네, 각종 신굿을 치르고 나면, 탁주 정도는 입가심으로 한 잔씩 하지요. 사모님은 좀 하시나 봅니다."

"많이는 못 마셔도 기분은 좋지 않습니까? 집사보고 좋은 탁주를 사오라 하겠습니다. 점심 드시면서 반주로 한 잔씩 합시다. 혹시 어떤 술을 좋아하십니까?"

"그냥 일반 막걸리라면 다 무난합니다. 왜냐면 가는 곳마다 지방 술이 달라서 행사를 치르고 나면, 그 지방의 술을 받아와서 함께 굿일을 했던 분들과 집에서 한 잔씩 하고 헤어집니다."

미려 어머니는 사모님과 점심을 먹으면서 막걸리를 마시면서 화기애애하게 대화를 나눴다. 상을 물리고 나서 후식을 먹고 있는데 미려가 왔다.

"심은동 어머니, 저 미려 왔어요. 어, 어머니도 오셨네!"

"어서 오너라. 미려야! 그래 학교생활은 좀 어떠하냐? 처음이라 좀 서먹서먹하지 않았니? 애들은 잘 대해주고."

네, 심은동 어머니! 애들이 얼마나 같이 놀아주려고 안달인지 귀찮아 죽을 뻔했어요. 그래도 좋아요. 서로 미려하고 더 친하게 지내려고 경쟁하니까요. 이게 다 첫날 어머니께서 우리 미려하고 친하게 잘 지내라고 하셨기 때문이에요. 어머니, 고맙습니다. 그리고 떡볶이도요."

"그랬었구나. 아무튼, 우리 미려는 모나지 않아서 좋구나. 이젠 우리 미려 걱정은 안 해도 되겠구나. 미려도 미려지만, 곁에 훌륭한 엄마가 미려를 잘 키워주고 계시니 더욱더 안심이고, 우리 미려 어머니께 항상 고맙게 생각하고 있단다. 우리 미려, 엄마 말씀 잘 듣고 공부 열심히 하고. 아참! 아까 엄마한테 좋은 소식 들었다. 태권도장에 다닌다며? 그것도 2품이나 하는 품사도 받았고. 나는 잘은 모르지만 2품은

2단과 맞먹는 기술이라며? 우리 미려 대단해. 어떻게 도장에 다닐 생각을 했을까?"

"친구를 잘 둬서 그랬어요. 제일 친한 친구가 먼저 도장엘 다녀서 논다는 애들이 잘 건드리질 못했어요. 그럴 때 친구가 함께 다니자 했어요. 그래서 가봤더니 친구 아버지가 운영하시는 도장이었어요. 친구가 또 엄청나게 치켜세워줘서 친구 아버지가 감동하셨다고 하면서, 특별히 조교사의 지도를 받아서 다른 애들보다 빨리 품 심사를 받고 품증을 땄어요."

"그랬었구나. 우리 미려 정말 기특해! 어제 피아노랑 사진을 미려의 방으로 옮겨 놨으니 들어가서 책상 위에 차려 놓은 주스와 과일을 먹으면서 놀다가 저녁 먹고 가렴."

"네, 알겠습니다."

미려는 옛날에 쓰던 자기 방으로 들어가고 미려 어머니는 사모님과 많은 얘기를 나눴다. 박 기사한테서 전화가 왔다. 받으니 사장님께서 곧 도착하신다고 했다. 잠시 후 사장님이 들어왔다. 만신이 인사를 했다.

"안녕하세요? 미려 아버지."

미려도 어머니가 인사하는 소리를 듣고 미려도 방에서 나와 인사를 했다.

"아버지, 오셨어요. 미려 방에서 놀고 있었어요."

"네, 미려 어머니 오셨군요. 그래 우리 딸! 미려도 왔구나. 어서 앉으세요."

"회사에서 와서 천천히 점심 드시고 얘기 나누고 있었어요. 그리고 교장 선생님과의 일은 잘되었어요?"

"임진호 교장이 난색을 보입디다. 같은 반의 학생을 끌고 가서 집단으로 폭행하고 쓰러진 친구를, 그냥 두고 온다는 게 말이나 되는 거냐면서 그냥 놔두면 안 된다고 합디다. 더군다나 행방불명 당시에라도 사실대로 말했으면 이런 상황까지는 오지 않았을 텐데. 당신이나 나나 얼마나 우리 딸을 찾으러 다녔소? 학교는 학교대로 경찰은 경찰대로. 당신 아이 때문에 구급차에 실려 가서 며칠을 입원했을 때는 정말 난감했었오."

"그래서 당신은 뭐라고 말씀드렸습니까?"

"교장의 말을 들으니까, 우리 딸의 얼굴이 떠올라서 순간적으로 화가 치밀어 오르더군! 말이 안 나와 한참을 있으니까 나중에 연락드리겠다 해서 알았다고 하고 끊었어요. 당신은 늘 사찰로 가서 우리 미려가 살아 있기만 하여 달라고 간절히 기도하지 않았소? 미려 어머니가 당신의 소원을 들어주신 거요. 곧 연락한다고 했으니 그때 학교로 가서 의논해야지요. 일단은 기다려 봅시다."

"네, 그래야지요. 우리는 기분이 좋아서 술 한잔하고 있습니다."

"어쩐지 당신 얼굴이 붉게 보인다고 했지. 미려 어머니도 좀 드리세요. 혼자만 마시지 말고."

"저도 마시고 있습니다. 미려 아버지!"

"아무튼 편히 천천히 계시다 가십시오. 저는 미려한테 좀 가보겠습니다."

미려 친어머니는 미려 어머니와 많은 얘기를 나누면서 저녁 식사를 마치고, 기사를 불러 미려와 함께 집으로 보내드렸다.

미려는 밀린 숙제를 법당에서 마치고, 오후에는 학원에 갔다가 유림이를 만나고 오겠다고 하고 나갔다. 만신은 어제 미려의 아버지가 교장 선생님과의 전화에서, 갑자기 화가 치밀어 올랐다고 했을 때 다소 당혹스러웠다. 이러다 애들이 다치지나 않을까 하는 생각에 내심 조심스러웠다. 만약에 학교에서 강력하게 밀고 나간다면, 애들이 고발당해서 보호처분을 받을 것은 뻔한데, 그것도 세 명의 학생이 한꺼번에 어찌하느냐고 하면서 걱정했다. 주지 스님께서 신신당부하셨는데 처벌을 받게 된다면 요즘 아이들 말대로, 인생 쫑칠 수밖에 없는데 만신은 기다려 볼 수밖에 없어서 애만 태웠다.

남성일 사장 역시 미려의 일 때문에 깊은 생각에 빠져있는데, 비서가 노크하고 들어왔다.

"사장님! 방금 심은초등학교에서 연락이 왔습니다. 심은초등학교 임진호 교장 선생님께서 뵙자고 하시는데, 언제쯤 오실 수 있으신지 기다리시겠다고 하십니다. 오늘 일정은 마무리되었고, 내일 임원 회의가 오후에 잡혀있습니다. 지금 차를 대기시킬까요?"

"그래, 교장 선생님 바꿔달라 해서 지금 출발하겠다고 전하고 바로 차 대기 시켜요."

남성일 사장은 학교로 가서 교장실로 갔다.

"남 사장님! 어서 오십시오. 바쁘실 텐데 이렇게 시간을 내주셔서 고맙습니다."

교무부장하고 미려 담임도 교장실에 와 있었다. 먼저 교무부장이 남 사장님께 이번에 '학교폭력전담기구'의 의견에 대해 설명했다.

"이번에 '학교폭력전담기구'에서 만장일치로 고발 조치하여야 한다는 문서를 받으셔서 아시겠지만, 사장님께서 다시 고려해 주시기를 바라신다고 하여, 교장 선생님께서 특별히 신경을 쓰셨습니다. 그렇지 않아도 전 교직원의 의견이 만만치 않은 상태에서, 다시 전담 기구에서 이 문제를 다룬다는 부담이 있습니다. 그렇지만 사장님께서 죄는 밉지만, 아이들을 미워해서는 안 된다시는 말씀에, 교직원들도 많은 감동을 하게 되었습니다. 더군다나 학생을 가르치는 교사로서 아이들이 다치는 일은 없어야겠기에, 다시 전담기구에서 학폭 가해 학생 부모님을 모시고 이 문제를 매듭지으려고 오시라 했습니다."

"물론 학폭을 저지른 가해 학생을 그냥 두면, 자기 잘못을 뉘우치려 하지 않을 수도 있습니다. 그렇지만 미려 어머니나 우리 집사람이, 고발 조치는 하지 말아 달라고 부탁했습니다. 우리 아이를 찾을 수 있도록 힘써주신 분이 사찰의 주지 스님이었습니다. 마지막으로 아이를 찾은 것으로 끝내고, 가해 학생은 될 수 있는 대로 그대로 놔두시라고 부탁하시고 입적하셨습니다. 그래서 미려 어머니나 저의 집사람이 간절히 바라는 바입니다.

이 문제는 다시 '학교폭력전담기구'에서 재심사하여, 피해 학생의 의견을 참작해 주십사 부탁하는 것입니다. 전담 기구의 구성원은, 가해자와 피해자 양측에서 참석하는 조항이 있는 것으로 알고 있습니다만, 가해 학생 부모님께서 참석하시면 함께 만났으면 합니다."

"물론입니다. 가해 학생을 용서하시고 아무런 처벌도 원치 않으신다는데, 어느 부모가 마다하겠습니까? 아무튼, 사장님 뜻에 따라 진행하도록 하겠습니다. 그러나 피해자 측에서 고소를 원치 않으면 고소 전에 종결할 수가 있습니다만, 이번 사건은 반인륜적으로 살인 미수까지 겹치는 폭력이라서, 우리 학교 자체에서 종결해도 상부에서 묵인할 수 있을지가 부담스럽습니다. 다만, 가해 학생 부모가 와서 피해 학생 부모님께 정식으로 사죄를 청하여 잘못을 인정한다면 종결로 가기 쉬운데, 전담기구의 결정에 잘 따라 주실지도 의문입니다."

"무슨 말씀인지는 잘 알겠습니다만, 학교폭력에 관한 법을 잘 모르는 터라서 좀 더 자세한 설명을 듣고 싶습니다."

"네, 학교폭력예방 및 대책에 관한 법률 제14조 제3항을 보면, 일차로 '학교폭력전담기구'에서 피해자에 대한 보호조치와 함께 사안을 조사하고, 관련 학생 보호자 면담을 거쳐 '학교폭력전담기구'에서 처리하게 되는데, 사안이 가볍고 관련 학생과 보호자 간 합의가 이루어진다면, 학교장과 '학교폭력대책자치위원회'에 보고하고 종결하게 됩니다만, 그러나 이번 학폭사항은 가벼운 사안은 아니기 때문에 남 사장님의 요구에 따라, 다시 한 번 '학교폭력전담기구'에서 결정해야 합니다."

"그래 주시면 더욱더 좋겠습니다. '학교폭력전담기구'에서 재심사를 한다면, 기꺼이 참석하겠습니다."

교무부장이 전담기구를 발동해서 일정을 알려 드리겠다고 해서 집으로 향했다. 집에 당도하니 집사람이 기다리고 있었다.

"가신 일은 어떻게 되었어요? 교장께서 뭐라 하시던가요?"

"가벼운 사안은 아니기 때문에 다시 '학교폭력전담기구'에서 다뤄야 한다면서, 연락을 주시겠다고 했으니 기다려 봅시다."

며칠이 지나 학교운영위원회에서 세 분을 추천하였으니 꼭 참석해 달라는 연락이 왔다. 남성일 사장은 회사 일로 참석을 못 하고 미려 어머니와 미려 친어머니가 참석했다.

학교폭력예방법 제14조(전문상담교사 배치 및 전담기구 구성)의 구성원은, 교감, 전문상담교사, 보건교사 및 책임교사(학교폭력문제 담당)와 각 위원과 학부모 등으로 구성되는데, 이때 전담기구의 학부모 수는 구성원의 1/3 이상으로 하고, 학교운영위원회에서 추천한 사람 중에서 학교의 장이 위촉하게 되어 있었다.

먼저 학교폭력 문제를 담당하는 책임교사의 서두 발언으로 회의가 시작되었다.

"학교폭력 문제를 담당하는 책임교사 김일서입니다. 지난번에 이어 두 번째로 열리는 '전담기구' 회의에 참석해 주셔서 감사합니다. 이번 회의에 새로 참석하신 학부모님을 위해 다시 말씀드립니다. 학교폭력 사건 사안 조사 내용과 심의에 필요한 수집 자료는 이미 마친 상태입니다. 그럼, 본론으로 들어가겠습니다."

책임교사는 심은 초등학교 3학년 1반 남미려 학생의 행방불명에서부터, 구출, 기억상실, 친부모를 만나서 기억을 되찾고 학폭의 사건 전모를 설명했다. 설명을 듣고 있던 이아연 가해 학생의 아버지가 나섰다.

"지나간 4년 전에 우리 아이가 그 애를 폭행하고 버렸다는 증거가 있습니까? 있으면 대보세요. 어떻게 말도 안 되는 소리로 우리 애를 심판하려 듭니까? 책임교사면 좀 더 확실한 증거를 갖고 회의를 해야죠. 그리고 우리 아이가 7호 처분으로 학급교체를 받은 것도 억울한데, 거기다가 교체 받은 반 애들이 너무 못살게 굴어서 다른 학교로 가게 되었는데, 문제아들이 들끓는 소굴에다 우리 아이 반 배정을 해놓은 학교가 엉터리지, 왜 우리 애만 갖고 닦달합니까? 전학은 그 학교에서 받아주었기 때문에 간 것인데, 학급교체와 전학과 무슨 상관이 있다고 정당성 운운합니까? 가만있으니까 안 되겠네요. 끝까지 가겠다면 어디 한번 해봅시다."

김선희와 전은미의 어머는 아무 말 없이 듣기만 했다. 그도 그럴 것이 이아연 학생은 반 배정을 받고 나서도 계속 학폭을 저질렀다. 그래서 학교에서는 학부모에게 자제를 요청하기까지 했다. 그러나 학부모는 오히려 학교에서 부당한 조처로 아이가 피해를 본 것이라 억지를 썼다. 그러다 학생이 진급하고 2학기에 윗선에 줄을 대어 다른 학교로 전학을 시켰기 때문이었다. 그러나 김선희와 전은미 두 학생은, 예전처럼 학폭에 가담하지 않고 조용히 잘 지내고 있어서 학부모가 나설 이유가 없었다. 그러므로 이아연 학생만 학교에서 문제로 삼은 것이다. 이번에는 전문상담교사가 나서서 이아연 아버지한테 질문했다.

"그럼 좋습니다. 지금부터 이아연 학생이 7호 학급교체를 받은 이유에서부터 말씀드리겠습니다. 먼저 심의위원회가 하는 일은 이렇습니다.

학교폭력예방법 제12조에는 심의위원회의 역할을 명시하고 있습니다. 우선, '학교폭력의 예방 및 대책', '피해 학생의 보호', '가해 학생에 대한 교육 및 선도 징계', '피해 학생과 가해 학생 간의 분쟁 조정', '그 밖에 대통령령으로 정하는 사항'을 다룹니다. 그래서 학교의 '학교폭력전담기구'는, 학교폭력 사건의 사안 조사 내용과 심의에 필요한 수집 자료를 심의위원회에 제출하기 때문에, 그 자료를 바탕으로 해서 사안을 심의하게 되고, 피해자에 대한 보호조치와 함께 사안을 조사하고 관련 학생 보호자 면담을 거쳐서, '학교폭력예방 및 대책에 관한 법률 제14조 제3항'에 따라, '학교폭력대책자치위원회'에 사건을 보고하는데, 즉 사건을 넘기는 것입니다.

이 과정에서 사안이 가볍고 관련 학생과 보호자 간 원만한 합의가 이루어질 때만, 담임교사 종결 사안 등으로 학교장과 '학교폭력대책자치위원회'에 보고하고 사안을 종결하게 됩니다. 그렇지만, 원만한 합의가 이뤄지지 않아 '학교폭력전담기구'에서 종결되지 않으면, '학교폭력대책자치위원회'에서 학교폭력 사안을 처리하는 과정으로 진행됩니다.

그래서 징계처분까지 가는데, 그 징계처분은 점수를 매겨서 1~10까지로 구분합니다. 그럼 1~10호까지를 한번 살펴보겠습니다.

◎제1호(1~3점)= 서면 사과. 가해 학생이 피해 학생에게 서면 사과하게 하는 처분.

◎제2호= 피해 학생 접촉, 협박, 보복 금지. 가해 학생 피해 학생 신고, 고발하고 피해 학생에게 접근을 막아 폭력이나 협박, 보복 행위를 더는 할 수 없도록 함.

◎제3호(4~6점)= 교내봉사 처분, 청소, 교사업무보조. 교내서 일정 간 봉사 반성.

◎제4호(7~9점)= 사회봉사. 학교와 다른 곳의 봉사 처분. 지역 교통안내, 요양기관 봉사. 지역 청소. 교외에서 일정 시간 봉사 조치로 학교폭력을 멈추게 합니다.

◎제5호 처분= 특별교육 이수. 심리치료. 교내 전문상담교사 교외의 학교폭력 관련 전문가의, 특별교육을 이수하게 하거나 심리치료를 받도록 하는 조치.

◎제6호(10~12점)= 출석정지(정학). 일시적으로 학교 불출석하여 반성 조치. 각 학년 과정 수료 또는 졸업하려면 연간 수업일수의 3분의 2 이상을 출석. 학교폭력으로 인한 출석정지 기간 연간 수업일수의 3분의 1을 넘으면 유급.

◎제7호(13~15점: 10세 이상)= 소년의료보호시설(의료소년원) 위탁 6개월 (+6개월) 학급교체. 피해 학생 가해 학생과 같은 반에 있는 경우, 내려지는 조치(피해 학생을 보호하려고 가해 학생을 다른 반으로 교체).

◎제8호(16~20점: 10세 이상)= 1개월 이내의 소년원 송치. 1개월 이내 가해 학생 다른 학교로 강제 전학 조치. 상급학교 진학 시, 피해

학생과 가해 학생은 반드시 다른 학교로 각각 배정되게 되어 있음.

◎제9호(16~20점: 10세 이상)= 단기 소년원 송치 6개월 이내 퇴학. 퇴학은 피해 학생 보호, 가해 학생에게 전혀 선도 교육이 불가능하다고 판단이 되면, 내리는 최후 처분. 퇴학은 초, 중학교는 의무교육이라 적용이 안 되지만, 퇴학은 학교폭력 재발, 성범죄 등 중범죄 발생 시 예외적 처분.

◎10호(12세 이상)= 장기 소년원 송치 2년 이내의 학교폭력 징계처분. 이상 10호까지의 징계처분에 대해 설명해 드렸습니다만, 문제는, 요즘 소년원에 들어간 촉법소년 비율이 많이 증가했다는 언론 보도가 나왔는데, 이는 최근 청소년들의 범행이 잔혹해진 탓도 있지만, 소년범에 대한 엄벌을 요구하는 여론이 반영된 결과라고 합니다. 그러나 중학생 이하의 청소년은 소년원에 보내지지 않으리라고 생각하는 경우가 많지만, 10세 이상의 청소년이라면 소년원 송치도 가능하기 때문에 간과해서는 안 되는데, 다만, 초등학교, 중학교는 의무교육이기에 퇴학인 9호 처분은 내려지지 않는다 해도, 가장 무거운 조치인 8호 처분이 내려진다면, 어떤 결과를 맞이할지 생각은 해보셨는지 묻고 싶습니다.

이렇게 분류하여 내린 징계처분의 7호에서, 그래도 학교를 떠나지 않고도 급우와 함께할 수 있도록 조치한 것인데, 다른 학교로 전학하고도 인제 와서 이아연 부친께서 그렇게 학교에서 터무니없이 엉터리 운운하신다면, 그 당시에 이아연 학생이 주동자로 김선희, 전은미 학생과 합세하여, 남미려 학생을 집단 폭행하여 죽음 직전까지 가게 한 것도 인정할 수 없다는 말입니까?

그러나 기적으로 구출되어 살아났기에 그 전모가 밝혀지게 되었는데, 무슨 증거를 대라 하시는지 참으로 안타깝습니다. 아무리 어린 학생이지만, 죽음 문턱에서 고마우신 분한테 구출되어 구사일생으로 살아났습니다. 그것도 기억상실에다 사경을 헤매는 아이를 지극정성으로 살려낸, 그 어머님의 말씀도 거짓으로 몰아가시렵니까? 너무 몰염치하십니다. 아이가 행방불명되어 우리 전 교직원이, 목이 터지라 외치면서 찾았는지 알고서 하시는 말씀인지요? 그런 말도 안 되는 억지 주장은 이제 그만하십시오. 심의위원회에 참석하신 여러분께서 잘 판단하시리라 믿겠습니다."

"그럼 우리 아이가 그곳에 끌고 가 집단 폭행했다는 증거를 보여주면 될 것 아닙니까? 만약 증거를 대지 못한다면 책임교사와 전문상담교사를 무고죄로 고소하겠습니다."

갑자기 증거를 대라면서 억지를 부리며 목청을 높이는 학부모 때문에, 한동안 찬물을 끼얹은 듯이 회의장이 조용해졌다. 이때 심은동 사모님이 손을 들었다. 책임교사가 말씀해 보시라 했다.

"저는 4년 전에 행방불명이 되었다가 이번에 기적적으로 살아 돌아온 남미려 학생 친어머니입니다. 우리 아이가 사라졌을 때 전 직원을 동원하여 몇 날 며칠을 찾아봤지만, 어떠한 단서 하나 찾지 못하고 결국은 제가 119에 실려 가 병원에 입원했었습니다. 병원에서 퇴원하여 용하다는 만신을 찾아가 점을 보게 되었습니다. 그런데 아이가 살아있다고 했습니다. 그래서 그 후부터 사찰을 찾아 불공을 드렸습니다. 누가 키우던 오직 살아있기만을 바라면서, 사찰을 찾아가 열심히 불공드리면서 우리 아이의 생존만을 빌었습니다.

그런데 지금 제 옆에 계시는 이분이 바로 우리 아이를 구출하신 분입니다. 현재 만신으로 계시며 미려를 데리고 사시는 미려 어머니께서도, 같은 사찰에 다니면서 주지 스님의 가르침을 받게 되었습니다. 아이를 구출한 어머님께서도, 아이가 기억이 돌아오면 친부모를 찾아주시겠다면서 정성껏 보살폈습니다. 그래서 주지 스님이 우리 사정을 들으시고 딱히 여겨 여러 방면으로 찾은 결과, 아이가 행방불명이 된 날과 구출한 날이 일치하고 해서, 사찰의 주지 스님께서 주선하여 서로 상봉하게 되었고, 아이가 기억을 되찾게 되었습니다.

그런데 아이가 행방불명되던 날 끌려가서 돈을 빼앗기고 집단 폭행 당해, 피를 흘리고 쓰러졌는데 어느 아줌마한테 구출되어 살아났다고 했습니다. 그것도 얼굴을 심하게 다쳐서, 몇 번의 성형수술을 하여 다행히도 지금의 본얼굴로 되살아난 것인데, 그런데도 아이의 말도 거짓말이란 말입니까?

우리는 상봉 전에 주지 스님께서 부탁하신 말씀을 따르려고, 이 자리에 참석했습니다. 그런데도 가해자 부친께서는 너무도 당당하시네요. 설마 어린 학생들을 가르치시는 선생님들까지 의심하시고 고소하시겠다니, 너무 앞서 나가시는 것이 아닌지 걱정스럽습니다. 세 명한테 폭행당하고 버려진 피해 학생이 직접 얘기했는데, 그것도 믿을 수가 없다니 참으로 답답합니다. 서로 합의해서 좋게 처리할 일인데도 오히려 가해 측에서 피해 학생에게 상처만 주고 있습니다. 그렇게 억지 주장을 하신다고 있는 죄가 없어지지는 않을 텐데 말입니다. 제가 좀 더 지켜보고 결단을 내리겠습니다. 이상입니다."

미려 친어머니의 말에 다시 또 이아연 아버지가 나섰다.

"우리 아이만 탓할 게 아니라 확실한 증거를 갖고 얘기해야지, 그냥 기억이 돌아와서 한 말을 어찌 믿으란 말인가요? 우리 아이만 죄인으로 몰아붙인다고 해결되는 건 아니잖습니까? 그러니까 더 긴말 마시고 증거만 갖고 오세요."

이어서 책임교사가 가해자 부친한테 질문했다.

"1차에 이어 2차로 열린 '학교폭력전담기구'는 무조건 처벌을 위해 회의를 하는 기구가 아닙니다. 가해 학생과 피해 학생 간에 합의점을 찾고, 처벌을 최소화하려고 하는데, 가해 학생 측에서 좀 더 자숙하는 태도를 피해 학생 측에 보여주어야, 합의점을 찾을 수 있는 것입니다. 이어 피해자가 선처를 요청하지 않으면 학교장은 학폭위 심의에 넘길 수밖에 없고, 사회적으로 학폭에 민감해서, 학교 관계자들도 설명서대로 처리할 수밖에 없는 것입니다. 또한, 학폭위 자체가 처벌이라고 생각하는 것인데요. 엄밀히 따지자면 학폭위는 사법기구도, 수사기관도 아니기에 처벌을 내리는 것이 아닙니다. 다만 가해 학생과 피해 학생에 대해 교육기관으로서 합당한 조처를 내리는 것뿐입니다.

그런데 사과는커녕 오히려 피해 학생의 말을 거짓으로 몰아붙이는 것은 옳지 않다고 생각합니다. 이 회의를 열게 된 이유는 피해 학생 측에서 더 이상, 가해 학생에 대한 처벌을 원치 않으시겠다고 했습니다. 아이들의 장래를 위해서 피해 학생의 부모님과, 피해 학생을 구출한 어머니께서 서로 합의한 내용입니다. 그런데도 증거가 필요하신지 알고 싶습니다. 말씀해 주십시오."

피해 학생 어머니는 피해 학생의 말을 인정하려 들지 않고 거짓으로 몰아가자, 사과한다면 더 이상의 처벌은 원치 않겠다고 했는데, 자꾸 가해자 측의 아버지가 증거를 대라 하니까, 책임교사도 더는 안 되겠다며 다시 한 번 확인 차 의견을 물었다.

"증거를 갖고 오라는데 왜 사람 말이 말 같지 않아서 그럽니까? 그럼, 제가 먼저 고소할까요? 아무런 증거도 없이 억지 주장으로 우리 아이에게 벌을 내리려 한다고요. 그리고 기억을 잃고서 지내다 얼핏 찾은 기억에서 한 말을 어떻게 믿습니까?"
 책임교사는 더 이상의 회의 진행은 어렵다고 판단하고, 피해자의 어머니한테 물었다.
 "피해 학생 어머니께서는 아이를 구출하여 키우시는 어머니 중에, 누가 증거를 대주실 수 있으신지요?"
 그러자 미려 친어머니가 답을 했다.
 "네, 그럴 필요까지는 없게 되었습니다. 앞에서 지켜보고 결정하겠다고 한 말은, 그래도 아이를 죽게 내버려뒀던 가해 학생의 처벌을 원치 않으니, 죄를 뉘우친다면 해서였는데, 이젠 더 이상 못 기다리겠습니다. 그래서 우리 미려를 죽음으로부터 구하여 키우시는 어머니께서, 병원 진료기록부를 떼어 온 것을 제가 만약을 대비해서 갖고 계시라고 했습니다. 그렇지만 여기서 제출하지는 않겠습니다. 저와 현재 미려와 같이 지내고 계시는 어머니와 사찰의 주지 스님께서 입적하시기 전에, 간곡히 부탁하신 말씀을 따르려고 하는 마음은 지금까지도 변함이 없습니다. 그러하오니 한 번만 더 기회를 드렸으면 합니다."
 이번에는 다시 또 책임교사가 가해 학생 부모에게 질문했다.
 "가해 학생 부모님께서는 지금도 '병원 진료기록부'를 보시겠다고 고집을 부리시렵니까? 아니면 깨끗이 인정하시고 아이의 장래를 위해 후속 조치에 따르시렵니까? 결정을 내려주십시오. 가해자 측의 결정에 따라 '학교폭력대책심의위원회(교사, 법률가, 전문가 등으로 구성, 위원장은 관할 교육감이 지명. 위원회는 학교폭력 사건이 발생한 후 21일 이내에 개최, 피해 학생 보호, 가해 학생 징계 등 필요한 조치를 결정한다.)'에 넘기겠습니다."
 가해자 학생 부모님은 아무런 말을 하지 않고 그냥 조용히 있었다. 책임교사는 가해 학생 부모가 인정도 부정도 하지 않는 것을 보고는,

아직도 병원 진료기록부를 확인하고 싶어서일 거라는 생각이 들었다. 그래서 더 묻지를 않고 제9호(10세 이상)와 10호(12세 이상)의 조처가 내려질지도 모르는 상황이라면서, '학교폭력대책심의위원회'에서 내려질 조치를 주제로 설명했다.

"오늘 '학교폭력전담기구'에서 의결한 내용을 '학교폭력대책심의위원회'에 넘기면, 사실관계를 조사하고, 조사된 바를 토대로 심의 의결이 진행되며, 교육장이 가해 학생에 대한 조치를 결정합니다.

그런데 학교폭력 사건이 발생하고 사안 조사를 했는데 학교폭력이 확인되었습니다. 그러면 전담기구에서는 학교장 자체 해결이 가능한지 보고, 가능하지 않다면 '학교폭력대책심의위원회(줄여서 심의위원회)'를 신청하게 됩니다. 심의위원회의에서는 위의 이야기처럼 가해 학생에게 징계를 주게 됩니다.

이렇게 심의위원회는 학교폭력 사건을 어떻게 마무리 지을 것인지 최종적으로 결정하는 위원회입니다. 이번에는 자치위원회와 심의위원회에 대해서 어떻게 구성되고 역할이 무엇인지 설명해 드리겠습니다.

2019년까지는 각 학교의 '학교폭력대책자치위원회(줄여서 자치위원회)'에서 심의했는데, 학교마다 있어서 빠르게 사건을 협의하고 조치할 수 있었으나, 그 학교의 선생님과 학부모가 구성원이 되다 보니 피해와 가해 간의 처리가 객관적이지 못하여서, 2020년부터는 교육지원청으로 자치위원회의 역할이 넘어가게 되어, 만들어진 위원회가 바로 '학교폭력대책심의위원회'입니다."

교육지원청 단위로는 10~50명으로 위원을 구성하고, 3분의 1 이상을 그 교육지원청 내 학부모를 선정하게 법률로 명시했다. 이외에도 전담 경찰관, 변호사, 교육지원청의 학교폭력 담당 국장 또는 과장, 청소년보호 업무 담당 국장 또는 과장 등의, 전문적으로 학교폭력 사건을 처리할 역량이 있는 위원들로 구성되어 있었다.

"그런데 소년보호처분의 내용은, 소년원에 송치되는 소년보호처분 8호, 9호 및 10호는 12세 이상의 소년에 대하여 소년원에 수용하여, 보호 및 교육을 받도록 하는 시설 내 처분입니다. 특히 1개월 이상 소년원에 송치되는 9호 및 10호 처분은, 이전에 비전(비행 전력)이 있으면 내려지는 경우가 많습니다.

비전 경력이 없더라도 비행 성향이 심화하여 장기간의 수용 및 보호가 필요한 경우, 보호자의 보호 능력이 부족하여 이를 개선할 수 없는 경우와, 비행 내용이 중대한 경우 등에는 9~10호 처분이 내려질 수 있습니다.

소년원에 장기간 수용되는 10호 처분의 경우는 중고교생 이상의 청소년의 살인, 강간, 방화 등 중범죄에 대해서만 내려진다고 알고 있는 경우가 많습니다. 하지만 실제 사례를 살펴보면 그렇지 않습니다.

8~10호 처분이 내려질 수 있는 중대한 비행을 저질렀다면, 소년분류심사원에 위탁될 가능성이 매우 높습니다. 소년분류심사원에서는 청소년의 가정환경 및 학교생활, 생활 태도, 보호자 상담 내용 등을 종합하여 법원에 의견을 보내는데, 이 의견이 재판에 큰 영향을 미치게 되며, 예전엔 정학이라 불리다 현재는 출석정지로, 학교폭력 징계, 학급교체, 전학, 퇴학 처분으로 이어집니다.

더 이상 학교 폭력으로 힘들어하는 친구들이 없었으면 하는 바람입니다. 그래서 피해자가 고소하지 않아도 기소할 수는 있지만, 피해자가 가해자의 처벌을 원하지 않으면 기소를 할 수 없는, '반의사불벌죄(피해자의 의사에 반하여 처벌할 수 없는 범죄)'로 잘 해결이 되었으면 하는 것이, 피해 학생의 부모님과 우리 학교의 교직원이 바라는 바입니다. 이상입니다."

끝내 가해자 측에서 사과 한마다 없이 자꾸만 증거를 대라 해서 회의는 끝을 내게 되었다. 피해자 측에서는 당시 119에 전화하여 병원으로 이송된 상황과, 병원에서 응급치료하고 여러 차례 성형수술까지 받은 의료 기록도 그대로 남아있기 때문에, 증거로 제시하지 않은 이유는, 그래도 가해자 측에서 인정하고 피해자의 선처를 받아주기를 원했기 때문에 제출하지 않았을 뿐이었다. 이는 아이를 찾게 해주신 사찰의 주지 스님께서 부탁하신 말씀을 지켜 드리기 위해서였다. 그런데도 가해자 측에서는 사과할 의사가 없으므로, 책임교사는 다시 한 번 기회를 드리기 위해 물었다.

"그럼, '학교폭력대책심의위원회'에 넘기기 전에 다시 한 번 가해 학생 부모님께 묻겠습니다. 이대로 종결처리 해도 무방하겠습니까? 아무리 촉법소년이라 할지라도 현재 다니고 있는 학교에서 자퇴를 종용할지도 모를 일입니다. 딸의 장래를 위해 잘 숙지하시기를 바랍니다. 아무 말씀이 없으신 것을 보니 이의가 없으신 것으로 생각되어 이것으로 '학교폭력전담기구'의 회의를 마칩니다. 그리고 피해 학생 어머니께서는 가시지 마시고, 따로 뵙고 드릴 말씀이 있습니다. 저와 함께 교무실로 가주셨으면 합니다."

11. 쌍무지개 뜨는 언덕

"미려 어머님 두 분께 따로 뵙자고 한 것은 지금 김선희, 전은미 학생 어머님께서, 따로 미려 어머니께 할 말이 있다고 해서 남으시라 했습니다. 아마 지금쯤 두 학생 어머님께서 교장실로 가서 기다리고 계실 것입니다. 그러하오니 수고스럽지만, 저와 함께 가주셨으면 합니다. 그리고 아마 회의장에서는 차마 고개를 숙이지 못한 이유는, 이아연 부친이 너무 막 나가는 것 같아서 따로 뵙자고 하는 것 같았습니다. 그렇게 아시고 대처하시는 것이 좋을 듯합니다."

"그런가요? 그래서 아무 말씀도 안 하시고 이아연 부친만 언성을 높였군요."

"네, 그런 것 같습니다. 어서 가시지요."

책임교사에게 안내되어 교장실로 들어가니 교장 선생님께서 자리를 권했다.

"어서 오십시오. 미려 어머님! 두 분을 따로 뵙자 한 것은 우리 책임교사한테 들으셨겠지만, 여기 앉아 계시는 분들께서 좀 뵙자 하셔서요. 서로 인사하시지요. 김선희, 전은미 학생 어머님! 지금 오신 분의 오른 쪽 분이 남미려 어머니 되시고, 왼쪽 분이 남미려 학생을 구출하여 지금까지 키워주신 어머니십니다."

"처음 뵙겠습니다. 김선희 학생 어머니입니다."

"저도 처음 뵙겠습니다. 전은미 학생 어머니입니다."

"네, 저는 남미려 어머니이고 제 옆은 남미려 학생을 구출하여 키워주시는 진정한 어머니십니다. 회의장에선 한 말씀도 없으시기에 좀 궁금했었습니다. 그래 따로 뵙자 하시는 이유라도 있으신지요?"

남미려 친어머니가 가해 학생 측의 어머니께 미려 어머니를 소개하고 묻자, 김선희 학생 어머니가 나서서 전은미 학생 어머니의 몫까지 사과드리겠다고 했다.

"제가 전은미 어머니까지 대신해서 사죄를 드립니다. 무슨 말씀을 하셔도 할 말이 없습니다. 모든 것은 전적으로 우리 아이들의 잘못된 행동 때문에 일어난 학폭 사건이므로 모든 대가를 달게 받겠습니다. 너그러이 용서를 바랍니다. 회의장에서 차마 말씀을 드리지 못해서 더욱더 죄송스럽습니다. 우리 애들 때문에 행방불명이 된 것도 모르고 그냥 지냈다는 것도, 제 아이를 제대로 단속하지 못한 부모로서 거듭 죄송하게 생각합니다. 그동안 아이를 잃고 얼마나 많은 고통 속에 사셨습니까? 이제라도 지난 과거의 잘못을 뉘우치고, 착한 아이로 올바르게 성장할 수 있도록 온 힘을 다하겠습니다."

가해 학생 어머니의 사죄 말을 들으면서 남미려 친어머니가 흐느끼기 시작했다. 지난 과거가 너무도 가슴 깊이 저렸기 때문이고 또한, 가해 학생 어머니의 진정한 사죄의 말이 머릿속을 콕콕 찔러왔기 때문이었다. 남미려 어머니가 손수건을 꺼내어 드리고 같이 눈물을 흘렸

11. 쌍무지개 뜨는 언덕

다. 한참 동안 눈물을 흘리던 남미려 어머니가 친어머니의 등을 두드리면서, 이만 진정하시라고 하였다. 친어머니는 흐르는 눈물을 닦고 나서 가해 학생 부모를 바라봤다.

"정말 이 말을 들으려고 그렇게 아픈 마음을 달래면서 지금까지 견뎌왔었는데, 너무 목이 메어서……."

친어머니가 더는 말을 잇지 못하고 다시 흐느끼자, 한참 만에 교장 선생님께서 말을 꺼냈다.

"저는 교단생활을 오래 해왔지만, 지금까지 이런 감동을 하게 된 자리는 처음입니다. 이런 것이 진정한 인간애이자 남을 배려할 줄 아는 모습입니다.

두 분께서 인정할 것은 인정하시고 진심 어린 마음으로 용서를 구하셨기 때문에, 피해 학생의 두 분 어머니께서 그간에 맺힌 한이 복받쳐 올라 눈물을 흘리신 것입니다. 그것도 너무도 많은 고통 속에서 나날을 지내 오셨기에. 참으로 이런 감동을 주는 일이 어디 있겠습니까? 진정한 용서가 진정한 사죄의 마음으로 돌아서게 한 것입니다. 남미려 친어머니 되시는 심은동 사모님! 그리고 남미려 어머니! 이제 탁 트인 세상에서 좋은 날과 함께하시기를 빕니다.

사찰의 주지 스님께서 오늘을 예측하시고 '오늘 두 불자님의 앞날에 쌍무지개가 저 언덕으로 밝게 뜰 것입니다.'라고 하신 말씀이 현실이 되었습니다. 이제 가해 학생 어머니들께서는 두 분의 손을 잡으시고 남미려 학생을 위해 축복의 말씀을 전해주셨으면 합니다."

교장 선생님의 말씀을 들은 김선희, 전은미 학생 어머니가, 사모님과 미려 어머니께 정중히 고개를 숙여 손을 잡고, 그간의 고통에 대해 위로의 말을 전했다.

책임교사와 교장 선생님은 서로 진정이 될 때까지 지켜보고 있었다. 얼마 후에 남미려 담임인 성민숙 선생과, 김성환 교무부장이 함께 남미려 학생과 김선희, 전은미 학생을 데리고 들어왔다.

갑자기 아이들이 들어와서 서로 어머니 곁에 가서 앉았다. 어머니들은 아이를 감싸 안고 아직도 숨을 가삐 쉬었다. 마음을 가다듬은 남미려 어머니가 병원에서 발급받은 '병원 진료기록부'를 꺼내 들었다.

"두 분 어머니께서도 이제 진정하십시오. 이제 서로의 마음이 통하였으니 더는 바랄 게 뭐가 있겠습니까? 우리 심은동 사모님께서도 이젠 그만 우시고요. 다들 고마울 따름이지요. 그리고 마지막으로 제가 가진 '병원 진료기록부'입니다. 이걸 못 믿으시고, 끝까지 죄를 인정하려 들지 않은 주동 학생 부친이 원망스럽군요."

"아! 아닙니다. 저희는 이미 마음속으로 확인한 터라서 볼 필요가 없습니다. 그러하오니 도로 넣으십시오. 우리가 그것을 보는 순간 진상 부모와 다를 바가 없기 때문입니다. 다친 미려 학생의 말과 구출하여 키우시는 어머니의 말씀을 믿지 못하겠다면, 우리는 이 자리에 오지 않았을 것이고, 또한 누굴 믿으란 말입니까? 이렇게 용서해 주시는 마음이 진정한 믿음인데, 어떻게 우리 아이들이 보고 있는데 의심을 할 수 있겠습니까?"

지켜보고 있던 교장 선생님도 눈시울을 붉히면서 떨리는 목소리로 말했다.

"참으로 감격스럽습니다. 저도 눈물이 날 정도로 가슴이 뭉클합니다. 지금 네 분의 어머님을 보고 있으니까, 갑자기 나폴레옹의 어린 시절에 있었던, 자모지심子母之心(자애로운 어머니의 마음을 이르는 말)의 일화가 떠오릅니다.

나폴레옹의 어머니 '레티치아 보나파르트(Maria-Letizia Bonaparte)'는 식탁에 놓아둔 과일을 허락도 없이 먹었다고 나폴레옹을 크게 야단쳤습니다. 나폴레옹은 아니라고 말했지만, 오히려 거짓말까지 한다고 이틀 동안이나 방에 가두고 벌을 주었습니다.

이틀 후에 그 과일은 나폴레옹의 여동생이 먹었다는 것이 여동생에 의해 밝혀졌습니다. 어머니는 억울하게 벌을 받은 나폴레옹이 애처로웠습니다. 그래서 '넌 동생이 과일을 먹은 것을 몰랐니?' 하고 물으니, 나폴레옹은 알고 있었었다고 대답했습니다. 그러자 어머니는 '그러면 빨리 동생이 먹었다고 말했어야지?' 했습니다. 그러자 나폴레옹은 '그러면 동생이 야단맞을 거 아니에요? 그래서 제가 벌을 받기로 했어요.'라고 했습니다.

대신 벌을 받은 어린 나폴레옹의 마음이 바로 어린 딸을 사랑하시는 여러분이 아니겠습니까? 어머니는 그런 나폴레옹의 '속 깊은 마음'을 헤아리고 아들을 꼭 껴안고 눈물을 흘렸습니다.

인생을 살다 보면 억울한 일도, 손해 보는 일도 있습니다. 그래서 세상은 혼자서만 살아갈 수는 없는 것입니다.

그리고 먹이를 발견한 사슴이 다른 배고픈 동료 사슴들을 불러서, 나눠 먹기 위해 내는 소리를 '녹명鹿鳴'이라 하는데, 이 세상의 수많은 동물 중에서 가장 아름다운 이 소리인 '녹명'같은 네 분의 목소리 때문에 제 가슴이 다 벅차오릅니다.

여느 짐승들은 혼자 먹고 남는 것을 숨기기에 급급한데, 사슴은 오히려 소리를 높여 함께 나눈다는 '녹명'은, 중국의 최고 시경詩經(오경五經의 하나. 중국 최고最古의 시집으로, 주周나라 초부터 춘추 시대까지의 시 311편을 수록함. 공자孔子가 편찬하였다고 전함. 모시毛詩)에도 나옵니다.

그래서 자신을 이롭게 하면서 동시에 남을 이롭게 하는, 불교 교리인 자리이타自利利他라고 하는 그 따뜻한 말 한마디에서부터, 이 세상에서 가장 아름다운 소리를 들려주신 어머님들께 경의를 표하는 바입니다. 지금부터 지난 과거는 다 잊으시고, 함께 살아가시면서 아이들을 위해 따뜻한 정을 나누시기를 부탁합니다."

교장 선생님의 따뜻한 말씀에 다들 다시 눈물을 쏟고 말았다. 마지막으로 교장 선생님의 깊은 배려 속에서, 한참 동안 눈물을 흘리다 진정하고 교장 선생님의 배웅을 받으면서 교장실을 떠났다. 그런데 이아연 학생은 제9호(16~20점: 10세 이상)로 단기 소년원 송치 6개월의 처분을 받았다.

그러나 부모님은 중학생 이하의 청소년은, 소년원에 보내지지 않을 것이란 생각으로 끝내 불복하고 항소하였다.

10세 이상의 청소년도 8~10호 처분을 받으면 소년원 송치가 가능했기 때문에, 결국은 부모의 안일한 선택으로 어린 학생만 힘든 생활을 해야만 했다.

이제 남미려 학생이 살아 돌아와 전 학교에 재입학하고서 처리 안 되고 남았던, 당시의 행방불명 사건이 경찰에 접수되면서 자연히 1차 '학교폭력전담기구'가 발동되었다. 학폭에 가담했던 두 학생 측은 모든 것을 다 인정과 함께 사과하여 선처로 끝이 났지만, 주동자 부모는 끝까지 법정투쟁에서 패소하게 되어, 어린 딸아이만 범죄자로 전락하게 되었는데, 마지막 결단으로 보호처분만은 면하려고 자퇴서를 냈지만, 사안이 중요해서(살인미수) 받아들여지지 않았다. 그래서 딸아이만 무거운 형벌을 받았다. 단, 형사미성년자일지라도 만 10세 이상이라면 소년법상 촉법소년으로 보호처분을 받지만, 최대 보호처분은 2년 이하의 소년원 송치로 보안처분이기 때문에 전과는 남지 않지만, 그래도 어린아이의 장래에 큰 오점을 남기게 되는 것이다. 자식의 장래를 내다보고 현명하게 대처하여, 오류를 범하지 말아야 하는 것이 바로 부모의 역할이라 할 것이다.

모든 것이 끝나갈 즈음인데, 사찰의 주지 스님께서 입적하신 지가 달포가 지나가고 있었다. 보현 스님께서 주지 스님 49재의 날짜를 알려왔다.

심은동 사모님과 미려 어머니는 주지 스님의 49재에 함께 참석하려고 했다. 그런데 김선희 학생 어머니한테서 전화가 왔다.

"미려 어머니! 언제 사찰로 가실 때 우리도 함께 가면 해서요. 우리 아이들도 아무 탈 없이 학교 잘 다니고 있는데, 이참에 사찰에 가서 아이들을 위해 불공을 드리려고요."

"네! 그러잖아도 며칠 후 심은동 사모님과 주지 스님의 49재에 가려 했는데, 마침 잘되었네요."

그렇게 해서 심은동 사모님과 김선희, 전은미 학생 어머니와 함께 소복을 하고 주지 스님의 49재에 참여했다.

고인의 영혼이 윤회를 거쳐 다음 세계로 나가는 과정을 기원하면서, 생전에 베푸신 은덕을 위해 극락왕생을 빌면서 합장했다.

49일이라는 숫자는 대승불교의 전통에 바탕을 두고 있으며, 사람은 죽어서 7일마다 다시 생사를 반복하다가 마지막 49일째는 반드시 출생의 조건을 얻어 다음에 올 삶의 형태가 결정된다고 믿었다. 그래서 7일마다 7차례 재를 지내므로 칠칠재라고도 하며, 49재의 제(第: 차례 제)가 아닌 재(齋: 재개할 재)를 썼다.

49재를 마치자 보현 스님이 종무실장님과 불자님들을 모시고, 요사채로 가서 주지 스님이 거처하시던 곳으로 안내했다.
 "이렇게들 오셔서 명복을 빌어주시니 주지 스님께서 극락왕생하실 것입니다. 주지 스님께서 두 불자님께 빌어 드렸던 염원으로, 함께 오신 분들께서도 공덕을 쌓으셔서 귀한 따님들한테도 은덕이 내릴 것이며, 두 불자님과 함께 '서광瑞光의 빛을 볼 상서祥瑞로운 일이 일어나게 된다.'고 하셨습니다. 또한, '이제 거친 비바람이 그치고 반짝 내비친 햇살에 저 언덕으로 쌍무지개가 뜰 것인즉슨, 기대할 만할성싶소!'라고 하신 말씀이 지금도 귓가에서 맴돕니다. 부디 쌍무지개를 따라 내딛고서 좋은 세계를 열어가십시오. 나무 관세음보살!"
 보현 스님이 주지 스님께서 내려주신 말씀을 전하자 학생 어머니들이 합장하고, 종무실장님과 보현 스님의 배웅을 받으며 요사채를 나왔다. 일주문을 나서면서 다시 돌아보고 합장했다.
 "주지 스님! 부디 극락왕생하십시오."
 다시 또 돌아서서 합장하면서 일주문을 벗어났지만, 풍령風鈴소리는 여전히 여운을 남기면서 멀어져 갔다.

윤재용 장편소설
쌍무지개 뜨는 언덕

인쇄 2024년 10월 11일
발행 2024년 10월 25일

지은이 윤재용
발행인 서정환
펴낸곳 인간과문학사
주소 서울특별시 종로구 삼일대로 32길 36. 운현신화타워 305호
전화 02)3675-3885
이메일 munye888@naver.com
출판등록 제300-2013-10호
인쇄 · 제본 신아출판사

저작권자 ⓒ 2024, 윤재용
이 책의 저작권은 저자에게 있습니다. 서면에 의한 저자의 허락없이 내용의 일부를 인용하거나 발췌하는 것을 금합니다.
COPYRIGHT ⓒ 2024, by Yoon Jaeyong
All rights reserved including the rights of reproduction in whole or in part in any form.
저자와 협의, 인지는 생략합니다.
잘못된 책은 바꿔 드립니다.

ISBN 979-11-6084-247-0 03810
값 18,000원

Printed in KOREA